장/편/소/설

복면의 세월

장/편/소/설

복면의 세월

양영수

평민사

차례

작가의 변 :

한 집안에 큰 우환이 닥친다 할 때, 그것은 온 가족이 화합을 이루고 공감대가 형성되는 계기가 될 수 있다. 그러나, 집안에 생긴 우환이 오히려 가족들 간의 다툼과 불화를 야기한다면 그 집안은 뼈아픈 이중고를 겪는 셈이 된다. 4.3의 참극이 있은 지 70년이 지나고 있는데도 이를 인식하는 시각의 차이 때문에 양대 진영논리의 대립각은 아직도 완강하고, 이같은 국론분열이 초래하는 막대한 국력 손실은 안타까운 일이 아닐 수 없다.

4.3사건의 원인과 과정은 워낙 복합적이고 다면적인 것이었기 때문에 일치된 해석을 내리기 어려운 것은 사실이다. 그럼에도 불구하고, 『복면의 세월』을 쓰는 동안 내 마음의 중심은 언제나 4.3역사에 대한 공감대의 확장에서 떠나지 않았다고 할 수 있다. 독자들이 이 작품을 읽어보고는 반미론에서 친미로 바뀌거나 친미론에서 반미로 바뀌는 일은 없겠지만, 적어도 반미론자가 친미를 혐오하거나 친미론자가 반미를 백안시하는 과거의 불행을 돌아보는 기회가 되었으면 좋겠다는 심정이다. 4.3사건이 수난과 원한의 역사이든 실패와 회한의 역사이든 이를 통해서 우리는 세계인식의 깊이와 넓이를 더하는 소중한 계기로 삼을 수 있을 것이다.

4.3의 역사를 다룸에 있어서 문학이나 예술은 다른 영역에서는 할 수 없는 일을 할 수 있다고 생각된다. 문예작품은 이성보다는 감성에 호소함으로써 소통의 기반을 넓힐 수 있는 것이다. 과거이든 현재이든

우리 모두가 공동운명체라는 공감대의 형성이 중요하다. 같은 하늘 아래에서 같은 물, 같은 공기를 먹고 사는 사람들끼리 생각이 다르면 얼마나 다르겠는가. 생각이 다르다고 말하는 사람들끼리도 알고보면 깊은 마음 속에는 공통되는 것들이 많이 있게 마련이다. 시간적 공간적으로 더 확대된 시각을 지님으로써 역사의식의 지평을 확장하여 4.3을 바라보는 작품을 쓰고 싶었다. 그러기 위해서는 입장을 달리하는 여러 주인공들의 등장이 필요하였고, 오랜 세월에 걸친 이들의 마음의 변천과정을 다양하게 그릴 필요가 있었다. 『복면의 세월』이라는 제목은, 오랜 세월이 지나는 동안 세상이 바뀌고 사람 마음이 바뀔 수 있음을 바라보고 탄성을 발한다는 뜻으로 새겨주기 바란다.

개인의 역사와 공동체의 역사가 어떻게 맞물려 돌아가는지를 실증적으로 보여주어야 독자의 공감을 얻는다는 생각에서 한국현대사의 관련 서적들을 꽤 많이 본 셈이다. 역사 공부를 하는 것은 기본이지만, 과거사의 증인격인 인사들과 만나서 체험담을 들어보는 것도 중요하였다. 특히 베트남전쟁 참전 용사들과의 인터뷰가 큰 도움이 되었다. 작품 안에서 작지 않은 비중을 차지하는 베트남전쟁을 다루는 것이 힘든 일이었는데 이 부분에서 역사적 사례 비교의 의미도 살리고 읽는 재미도 더하는 결과가 된 것은 그 분들의 도움 덕분이었다고 할 수 있다. 파월부대 소대장으로 참전하셨던 제주대학교의 서경림 님과 예비역 육군 소장 한철용 님, 붕타우 한국군 야전병원에서 군의관으로 수고하셨던 이용희 님, 그리고 파월군 헌병으로 복무했던 고용문 님에게 이 자리를 빌어 고마운 마음을 전하는 바이다.

2019년 8월 16일

양 영 수 씀

1부

1장
암울했던 시절에

지난날을 기억할 때, 보통 즐거운 것보다 괴로운 것이 더 뚜렷하고 더 오래도록 우리 마음속에 남아있지 않을까. 그것은 우리가 걸어가는 방향을 거스르는 역풍 바람이 우리 얼굴에 더 세차게 느껴지고 더 큰 자국을 남기는 것과 같은 이치가 아닐까 싶다. 고통스러운 경험 후에는 그 고통의 원인이 무엇인지 따져보면서, 고난을 이겨내는 투지와 저항력을 기르는 동안 우리의 기억 수첩에 더 깊이 각인되는 것이 아닐까. 내가 기억하는 가장 오래된 일은 내 나이 다섯 살가량 되었을 때가 아닌가 싶다. 어머니와 나, 달랑 두 식구의 외롭고 신산한 삶을 이어가는 가운데 겪었던 일들이다. 우리 두 모자(母子)가 그 게딱지 같은 오두막집에서 따로 차린 구차한 살림을 할 때 본가라는 번듯한 큰 집에 드나들면서 가슴이 조마조마했던 기억은 아직도 나의 머릿속에 생생하게 남아있다.

이런 얘기가 무슨 뜻인지 전달이 되려면, 그 당시 아버지가 두 아내를 두게 된 엉뚱한 사연과 이같이 엉뚱한 일이 가능했던 제주도 4.3사건 전후의 이 지방 역사를 잠시 언급할 필요가 있겠다. 이제 50줄 나이 중반을 넘기는 내가 과거를 돌아볼 때, 유달리 굴곡과 부침이 심했던 나의 생애의 시련은 우리 집안이 8.15 해방 후 4.3사건이라는 역사의 격랑에 휩쓸리면서 시작되었다고 할 수 있다. 3대독자였던 나의 아버지가 오랫동안 자식을 보지 못했다는 사실부터가 제주도 사람들의 그 잔혹한 수난사를 배경으로 하고 있다. 아버지는 결혼한 지 10년이 되도록 자식을 보지 못했기 때문에 나의 조부모님들은 본며느리에게서는 손주를 볼 희망이 없겠다는 결론을 얻었던 모양이고, 결국 나의 어머니가 씨받이로 우리 집안의 역사에 끼어들게 되었던 것이다.

아버지는 혼인 후 10년을 자식 없이 날려버렸다고 했지만 사실 그 10년 동안 남편 역할은 거의 포기한 뜨내기 세월을 보냈다. 문진섭이라는 이름의 아버지는 이른 나이에 강요된 결혼을 한 것이 불만이었는지 3년밖에 안된 신혼살림을 접어두고 일본으로 가버렸다는 것이다. 일제 치하의 재미없고 구차한 시골생활을 견디지 못했음직도 하다. 그가 다년간 나가사키 항에서 전함 만드는 조선공 생활을 했다는 것은 일본의 태평양전쟁 도발에 일조한 친일 전력자라는 말이 된다.

철이 들면서 나는 이 사실을 알고 고민과 갈등의 시간을 가져야 했다. 제국주의 일본의 패색이 짙어지면서 그는 서둘러 귀국하였지만 집에 얌전하게 붙어있는 날은 별로 없었다. 집안에 손주아기 웃음소리 나기를 기다리는 어른들이나 따뜻한 남편의 손길 고대하며 독수공방하는 아내의 마음 같은 것은 염두에 없었던 모양이다. 집안 식솔들의 가슴 조이는 소원을 나 몰라라 하는 아버지에게 씨받이가 따라붙게 된 것은 입장이 다른 여러 식솔들이 용케도 의기투합을 이룬 결과였다고 한다.

3대독자인 아들에게 득남의 기회를 만들어주려고 단단히 마음먹은 나의 조부모님은 제일 먼저 씨받이를 둔다는 묘안을 생각하셨던 모양이다. 나의 적모(嫡母)가 되는 본며느리도 웃어른들의 대담한 모의에 기꺼이 동조했던 모양인데, 이분의 그 같은 심정도 충분히 이해가 간다. 어디서 믿을 수 있는 만만한 여자가 나타나 득남을 해서 종손 며느리의 무자식 흠결을 덮어주기만 한다면 재산이 좀 들어가더라도 무슨 대수이랴 싶지 않았을까. 식솔들의 씨받이 특채 모의를 결행한 장본인인 아버지도 얌전한 아들이나 자상한 남편으로서의 역할에 소홀하고 무엇에 미친 듯 노상 밖으로 나돌았다고 했으니 그야말로 3박자 짝짜꿍이 맞아들어갔다고 할 수 있다. 그러나 이 같은 3박자 짝짜꿍이 소기의 목표를 이루기 위해서는 믿을 수 있고 만만한 씨받이가 나와야 했던 것인데, 우리 집안의 이런 요구에 딱 들어맞는 적임자가 바로 나중에 나의 친어머니가 된, 이연숙이라는 여자였다.

이연숙이 우리 집안의 씨받이 적임자로 나타나서 나의 친어머니가 되기까지의 내력을 말하려고 하면 일제 말기에 제주도와 일본 사이를 오갔던 정기연락선 이야기를 해야 되겠다. 기미가요마루(君代丸)라는 이름의 이 연락선은 오사카와 제주도 사이를 매달 3회씩 운항했는데, 30세 나이를 바라보던 여자가 태평양전쟁이 끝나기 직전에 이 배를 탔던 것이, 나중에 씨받이 신세의 기구한 운명을 맞는 계기가 되었다.

오사카에서 타향살이 고생 속에 일군 재산을 이 배에 몽땅 싣고 시모노세키(下關)를 거쳐 제주항으로 들어오다가 미군 폭격기의 공습을 받았는데, 수백 명의 승객들 거의가 폭사 또는 익사하는 참사의 와중에 극소수의 생존자들 틈에 끼어있었다니 가히 기적 같은 얘기라 할 것이다. 이 사고로 재산과 함께 남편과 딸 둘을 다 잃은데다가 파괴된 선체의 철물 부분에 걸려서 한쪽 발을 다치기까지 한, 갈 곳 없는 여자의 신세가 우리 문씨 집안의 곁가지로 들어오게 된 계기를 만들어준 모양이다.

아버지가 나의 친어머니와 만나서 사랑하는 관계가 되는 배경은 제주-오사카 간 연락선의 격침사건이었으니 말하자면 전쟁과 사랑의 운명이 서로 얽혀있었던 셈이다. 전쟁이 막바지에 이르렀던 그해 한여름에 오사카발(發) 제주행(行) 연락선이 미군 폭격으로 격침되었는데 바로 그즈음에 나가사키항을 떠나 시모노세키로 가서 제주행 여객선을 타려고 하던 아버지도 하마터면 같은 배를 탈 뻔했다는 얘기였다. 귀국 일정이 며칠 늦어진 것이 재난을 피하는 행운으로 통했지만, 만약에 아버지의 귀국 일정이 며칠만 더 늦어졌더라도 그해 8월 9일에 있었던 나가사키항 원폭투하의 희생자가 될 뻔도 하였으니 그야말로 인력(人力)을 넘어서는 운명의 가호를 톡톡히 받았다고 할 수 있다. 어수선한 막바지 전쟁판에서 온전한 몸으로 아슬아슬하게 귀국한 아버지는 그 배에 탔었던 학생시절의 한 친구가 무사했는지를 알아보기 위해 난파선 생환자들이 입원한 병원으로 찾아갔다. 아버지는, 자신이 찾던 친구가 두 딸과 함께 실종되었음을 알았지만, 그 친구의 아내를 생환자 구조병원에서 만나게 되었고, 병원에서 만난 이 미망인이 나중에 나의 생모가 되었으니, 운명의 갈림길은 매우 복잡하게 얽혀있었던 셈이다.

아버지는 제주-오사카 간 연락선 생환자들의 수용 병원에서 미래의 나의 생모 이연숙에 대해 진짜 사랑을 싹 틔웠으리라는 것이 나의 생각이다. 그때 수백 명이나 되는 승객들 중에서 살아남은 사람은 불과 열 명 정도라고 하였다. 바닷물에 빠졌을 때 익사하지 않고 견뎌내는 지구력은 남자보다 여자가 강하다고 하지만, 캄캄한 바닷물에 장시간을 떠다니면서도 용케 살아남았다는 사실 자체가 세상 남자들에게 경탄과 존경의 대상이 되지 않았을까 싶다. 하여간 나의 어머니가 재난구조 병원에서 퇴원하는 대로 곧장 들어가 거처할 집을 마련해 준 다음에 굶지 않고 살아갈 수 있게 해준 사람은 바로 아버지였고, 이 같은 사연이 바로 내가 이 세상에 태어나는 단초가 되었다는 것이다. 이 경우에, 사고

사(事故死)한 자기 친구의 미망인하고 사랑에 빠지는 남자에게 그 잘잘못을 묻는 사람이 있을지 모르지만, 적어도 나로서는 아버지의 순정과 의리에 대해 옹호하고 싶다. 자신의 사랑의 욕구에 충실하는 것이 죽어간 친구의 살아남은 아내에 대한 보호역할까지 떠맡아주는 격이니 이를 흠잡을 이유가 있을까 싶다.

어쨌거나, 나의 부모가 될 두 사람의 운명적인 만남은 우리 집안의 운명까지 결정짓는 중대한 계기가 되었다고 할 수 있다. 이들의 극적인 만남이 있고 나서 얼마 안 되어 전쟁이 끝나고 해방을 맞았는데 정작 아버지는 식솔들이 기다리는 집에는 잘 들어오지 않고 밖으로만 나돌더니 일본과 제주도를 오가는 연락선 운수업에 마음을 뺏기게 되었다. 해운사고 생환자를 만난 것이 묘하게도 해운업 개업에 착상하는 계기가 된 셈인데 그 당시 제주도 사회의 정황을 아는 사람이라면 아마도 이 같은 사건전개의 전후관계에 대해 공감하는 바가 있을 것이다.

해방되기 이전에는 제주에서 일본을 왕래하는 해운업을 일본인들이 독점해서 폐단이 많았다고 한다. 제주를 오가는 승객들의 편익을 무시하고 일본 운수업자들의 폭리를 추구하는 악폐가 심했음은 내가 읽은 일제시대 역사기록에도 나와 있다. 아버지는 일본 난파선 생환자인 이연숙과의 만남을 통해서 이처럼 억울한 역사를 생생하게 알게 되었다고 생각된다. 때마침 절박해진 것이 종전과 해방을 맞은 다음의 제주도 경제 사정이었다.

일제시대의 일본왕래 해운업은 억울한 형편인 대로 사람들 왕래와 물자의 유통을 막히게는 하지 않았지만, 종전이 되고나서는 유통 자체가 제대로 이루어지지 않았고, 게다가 당시 제주도의 인구는 갑자기 폭증하게 되었다. 징용이나 징병, 돈벌이 출향 노동 등으로 일본에 가있던 제주도 사람들이 대거 귀향해서 해방 직전 25만 정도였던 제주도 인구가 불과 1,2년 만에 6만이나 증가했다. 설상가상으로 일본인들이 갑자기 떠나버리면서 기술자 부족과 원자재 품귀현상으로 공업생산이 격감되는 바람에 주민을 먹여 살릴 식량과 일상용품의 품귀현상이 심각해졌다. 그 당시 한국의 통치권자였던 미군정은 공영무역 이외의 민간인 무역 행위를 엄단했다고 한다. 일본을 오가는 뱃길 자체가 극히 제한되었고, 제한된 뱃길을 통한 정상적인 교역만으로는 제주도 주민들의 생필품 조달이 도저히 불가능하여 비정상적인 밀수무역이 불가피했다는 것이다. 밀수무역을 단속하는 과정에서 있게 마련인 부정한 거래가 군정관리들이나 경찰의 치부수단이 되었고 이 같은 현상이 아버지의 의협심과 모험심을 함께 불러일으켰던 모양이다.

아버지가 일본 왕래 해운업이라는 대담한 모험에 착안한 것은, 말하자면 행운 보따리 속에 숨겨진 액운의 씨와도 같은 아이러니였던 것 같다. 나는 나이 들면서 우리 집안의 몰락을 가져왔다는 그 시절 선친의 대담한 모험에 대해 여러 모로 생각을 해보았다. 그 당시의 역사기록도 들쳐보았고 아버지의 고생길 모험을 가까이서 지켜보았던 고모의 목격담과 동네사람들 간에 오가는 후일담도 많이 들어보았다.

우선 아버지는 한일 간 해운업에 유혹을 느낄 만큼 해방 직후 제주도 경제난의 원인과 국제교류의 정황을 잘 파악했을 것 같다. 나가사키는 일본 근대사 최초의 개항지로 일찍부터 국제교류의 첨단지역이 되었다고 하는데, 그런 지역에 거주하면서 얻은 아버지 자신의 견문을 통해서 그 당시 한일 간 운수업의 가능성을 비교적 잘 내다볼 수 있었을 것이다. 잃었던 나라를 되찾은 국민으로서의 감격과 희망으로 부풀어 있었을 것도 같다. 때마침 만난 나의 어머니로부터 유익한 정보를 얻었을 것이라는 생각도 든다. 어머니는 해방되기 여러 해 전부터 일본 왕래 연락선으로 현해탄을 넘나드는 보따리 장사로 뱃길을 익혔다는 얘기였다. 어머니의 야무진 장삿속이 재미를 볼 만하자 온 세상이 전시체제로 들어갔기 때문에 큰 재산을 이루지는 못했지만 그동안에 얻은 정보는 아버지의 대담한 결심에 도움이 되었을 법하다.

게다가 우리 집은 옛날에는 소문난 부잣집으로 한일간 해운업에 손댈 수 있을 정도의 여유 있는 가산이 있었다고 하였다. 촌부자는 봄바람에도 거덜 난다는 말이 있기는 하지만, 우리 집안은 그 당시 마을에서 손꼽는 알부자였던 모양이다. 아버지까지 3대독자로 내려오는 동안 상속자들 간의 가산 분배도 없었을 것이다. 이 같은 호조건에다가, 그 당시 제주 사회의 정황으로 봐서 일본 왕래 운수업은 흔치않은 치부수단이 될 수 있었음이 아버지의 모험심을 자극했을 것이라는 게 나의 추측이다. 일본과의 정상적인 물류 경로가 원활치 못하여 제주도 내의 물가가 치솟는 관계로 조그만 발동선 하나로 밀수품 들여오는 것 가지고도 막대한 이윤이 나왔다고 하였다. 제주도 주민들을 먹여 살릴 물자의 공급난을 덜어주면서 그 당시로는 흔치않은 돈벌이 사업이었을 터이니 투자심리가 발동할 만하지 않았을까 싶다.

그 당시 이 지역 주민들에게 꼭 필요했고 의욕에 찬 젊은이로서는 덤벼들고 싶었던 이 사업이 끝내 좌절된 이유가 궁금했던 나는 언젠가 고모에게 물어보았다. 고모의 대답은 간단하였다. 행정당국에서 사업허가를 내주지 않았기 때문이었고, 당국의 허가가 나오지 않았던 이유는 그 당시 미군정이라는 데가 그만큼 엉터리였기 때문이라는 얘기였다. 미군정이라고 말은 하지만 미국사람들이라고는 지역 실정에 무지한 나이 젊은 군인 몇 사람에 불과했으며, 해방 전의 친일파 관리들이 거의 그대로 눌러앉아 민원을 샀다는 것이다.

일제시대의 관리들 중에서도 약간의 양심이 남아있는 사람들은 스스로 알아서 물러났고 낯이 두꺼운 악덕 관리들이 그대로 남아서 민원행정을 그르치고 있었다고 하였다. 사업허가를 잘 내주지 않아야 뇌물이 들어오고, 독점적인 공영무역 정책을 밀어붙여야 허가받지 못한 밀수입물품이 많아지고, 밀수품이 많이 적발되어야 돈줄이 생긴다는 단순한 논리였다. 고모의 말로는, 만약에 정책적으로 엉거주춤했던 미군정 초기에 아버지가 뇌물을 제대로 쓰기만 했다면 일본 왕래 운수업의 허가가 나왔을 것이지만 미군정의 성격이 냉전체제로 굳혀진 다음에는 뇌물을 어지간히 썼더라도 사업허가가 나오지 않았을 것이라고 하였다.

미군정의 한반도 통치가 후반기에 들어서 좌익퇴치라는 확고한 방향으로 접어든 다음에는 좌익활동 전력이 있는 사람에 대해서 감시와 통제의 그물을 강화하였다는 것인데, 아버지가 바로 좌익 혐의 대상자였다는 것이다. 아버지가 일제시대에 다년간 나가사키 부두노동자로 있을 때, 비슷한 처지의 조선인 노동자들처럼, 공산주의 사상에 물들었을 것이라는 추측성 혐의가 미군정 정보담당자들의 주목을 받았을 것이라고 나에게 뒤늦게 귀띔해 준 마을 노인들이 있었다. 또 우리 화북마을의 특별한 역사도 한 몫을 하였을 것 같다. 우리 마을은 역사적으로 해상무역을 통해 부자마을이 된 곳이어서 일본유학생이 많이 나오다 보니 항일운동이나 좌익운동 가담자들도 많이 나온 마을로 유명했다는 것이다. 미군정은 제주도 지역이 유별나게 좌익사상이 강하다는 판단을 내렸지만 그중에서도 화북마을이 대표격이라는 얘기였다. 미군정이 제주도 좌익세력에 대한 어거지 탄압수단을 강화한 결과 사상적으로 좌익성향이 없었던 사람들이나 심지어는 공산주의가 어떤 것인지 모르는 사람들조차 반발심리로 좌경화하게 됨으로써 4.3사건이라는 일대 참극을 일으켰으며 아버지가 4.3사건 지도자 대열에 끼게 된 것도 그 같은 역류현상의 한 부분이었다는 설명이었다.

아버지와 어머니가 만나서 사랑하게 된 사연을 얘기한다는 것이 너무 길어져 버렸다. 어쨌거나, 어머니를 깊이 사랑한 아버지가 당신의 본처에게 소홀했음은 분명하다. 해방 직후 몇 년간 아버지가 밖으로만 나도느라고 본처에게 배신감을 안겨주었음은 충분히 납득이 간다. 아버지는 원래 자상하고 모범적인 남편이 아니었기 때문에 부드럽고 다정한 말로 자기 아내의 외로움을 씻어주지 못했지만, 나의 적모는 남편의 배신을 원망하기보다는 옛날 세상 순박한 아낙네답게 남편의 배신에 대한 원망보다는 자신의 흠결, 즉 자식이 없다는 사실을 더 미안하게 여겼음직하다.

내가 태어난 것이 해방 이듬해 여름이었으니까 아버지가 작은집 살림을 차린 것은 늦어도 그 전 해 언젠가였을 것이고, 그 이전부터 자기 소생이 없다는 것은 적모에게 큰 부담이 되고 있었을 것이다. 남편이 외간 여자하고 통정하는 눈치를 보여도 이를 말릴 염치가 없고, 그러다가 덜컥 아들이나 생겨서 그 여자가 키운 아들이 이 집의 가통을 이어가게 될 경우에는, 이 집에서 자기가 차지하는 위치는 어떻게 될까 염려했을 것이다. 다른 여자가 남편의 아들을 낳더라도 본처로서의 위상에 흔들림이 없도록 하는 묘안을 궁리해 봤을 터이니, 바깥에서 태어난 아들이라도 출생 즉시 데려다 키운다면 자기 자식이 될 것이라고 생각했음직하다. 내가 이 세상에 태어난 것이 나의 적모의 희망이나 계획을 거스르지 않고 오히려 그것에 부합되는 일이었을 것이라는 나의 생각은 충분한 근거가 있다. 나의 생모는 우선 자식을 낳아본 적이 있었는데다가 한쪽 발이 좀 불편하다는 것 말고는 신체적으로 결격 사유가 없는 여자였다. 더 중요한 것은 가족들이 모두 타계해버린 자유로운 몸이면서도 가산이 모두 결딴나 버린 무일푼 신세이니 자유로운 몸 하나로 미래의 생계 밑천이나마 얻을 수 있으면 천운으로 여겨야 할 처지였다.

또한, 나의 생모는 출신지나 신원이 확실하였기 때문에 나중에 무슨 과도한 요구는 하지 않으리라고 믿을 수 있었을 것이다.

가혹하고 기구한 운명을 참고 견뎌야 했던 나의 생모는 애초부터 나에게 어두운 기억으로 남아있다. 밝은 웃음을 띤 어머니의 얼굴이란 나의 기억 속에서 매우 낯선 모습이다. 나는 철이 든 후에야 어머니의 무표정함과 과묵함 속에 얼마나 많은 시름과 설움이 숨겨져 있을 것인지 깨닫게 되었다. 나의 어머니는 혼례라는 공인된 예식을 치르고서 당당하게 우리 문씨 집안에 들어온 것이 아니었고, 가족들이 보는 앞에서 남편 되는 사람과 부부관계로 살아본 적이 단 하루도 없었던 것이다.

2장
작은집에서 큰집으로

사람 팔자는 시간문제라는 말이 있지만, 내가 태어날 무렵의 우리 집안 역사가 바로 그 격이었다. 10년 동안이나 무자식이던 나의 적모에게 떡-하니 아들이 태어나고 말았던 것이다. 나보다 불과 한 달 늦게 태어난 아들이니 나에게는 동생뻘이 된다. 이 아들이 태어남으로 말미암아 우리 집안의 가계도는 갑자기 복잡해지고 가솔들 간의 암투와 갈등이 자심해졌다고 할 수 있다. 나의 조부는 손주 아이 두 명을 한꺼번에 호적에 올리면서 나의 생년월일을 1년이나 늦추어서 올렸기 때문에 나는 영영 실제 나이보다 1년이 어린 것으로 되어버렸다. 이 일을 생각할 때마다 솔직히 찜찜한 기분을 떨칠 수 없지만, 정실 며느리의 자식을 장손으로 올리고 싶어 했을 우리 조부님의 그때 심정을 상상해보면 이해가 가기도 한다.

나는 나이를 먹어가면서 나의 조부모와 적모가 나의 생모를 씨받이로 들이는 밀계(密計)의 가족사를 나름대로 수긍하게 되었다. 그 당시에는 가통의 계승이 그렇게 중요했음을 상기해 보는 것이다. 내가 이상하게 생각한 문제는 10년 동안이나 무자식이던 적모가 왜 하필이면 생모를 뒤따라서 아기를 가질 수 있었느냐 하는 것이었다. 두 여자에게 거의 동시에 아기를 배태하도록 만들 수 있었던 아버지에게는 생식능력이 정상적이었음이 판명된 셈이다. 반면에 적모의 경우로 말하면 결혼 후 오랫동안 회임기능을 가동시키지 못하다가 생모가 씨받이로 나설 때에 이르러서 비로소 제 구실을 할 수 있었다는 것이다. 그러니까 생모가 씨받이로 등장한 사실이 적모로 하여금 배다른 동기를 잉태하게 만든 직접적인 원인이었다는 말이다. 생리학자들은 이에 대해서 어떤 설명을 할지 모르지만, 충분히 있을 수 있는 일이 아닐까 싶다. 사람의 욕망이 지극할 경우에 비상한 능력이 나오는 예는 우리 주변에서 비일비재하다. 자기가 못 낳는 아들을 다른 외간 여자가 낳고 그 여자가 낳은 아들을 데려다가 자기 자식처럼 길러야 한다는 절박한 상황인식은 비상한 모성애 본능과 종족보존 본능을 촉발시키지 않았을까 하는 생각이다.

어쨌거나 적모가 아들을 낳은 일은 그 자체로서는 분명한 경사임에도 불구하고 우리 집안 사람들 모두에게 당황스러운 일이었을 것이다. 우리 집안에서도 조부모님에게만은 손자 하나를 더 얻게 된 것이 일대 경사임에 틀림없었으리라. 어디 가있는지 모르고 언제 사라질지 모르게 산지사방으로 떠돌아다니는 3대독자 아들에게서 손주를 둘씩이나 보다니 이보다 더한 축복이 어디 있겠느냐 했을 터이다.

첩실에 이어서 자기에게도 아들이 태어난 뜻밖의 일을 나의 적모는 어떤 마음으로 받아들였을까. 첩실의 자식을 제 자식처럼 데려다 기를 만반의 준비를 하고 있던 차에 그 자식이 필요 없게 되었을 뿐만 아니라 그 첩실의 자식이 앞으로는 자기가 낳은 자식에게 강력한 경쟁관계로 나서게 생겼으니 마음 편할 리가 없었을 것이다. 나의 조부가 한 달

먼저 태어난 나를 실지 나이보다 한 살 아래로 입적시킴으로써 장손으로서의 권리를 놓고 다툴 염려는 없게 되었다 해도 가통 계승자의 권리를 많이 뺏겨버릴 것은 뻔한 일이었을 것이다.

나의 적모가 이 같은 문제를 놓고 많은 고민을 하고 그 대책을 세웠음을 나는 훨씬 나중에야 알게 되었다. 나의 이복 형 문상주는 어린 시절부터 신체적으로는 웃자란 보릿대 모양으로 훌쩍 커보이는 조숙형 발육을 보였지만 정신연령상으로는 어딘가 모자란 듯이 어릿두릿한 데가 있었는데, 그것은 갓난아기에게 한방 보약을 잘못 썼기 때문일 것이라는 말을 한참 나중에야 들었다. (나는 세상사람들에게 상주의 동생으로 통하고 있기 때문에 여기에서도 내가 동생인 것처럼 서술해 나갈 것이다.) 해방 직후 그 어려운 시절에 어린 아들에게 한방 보약을 다 썼을 정도로 아들의 성장촉진에 대해 노심초사했다는 얘기가 된다. 나의 적모의 친정집이 원래 한약방을 했다고 했으니 어렵지 않게 성장촉진 한약을 구할 수 있었을 것이라는 생각은 들지만 자기 자식이 첩실 자식과의 경쟁에서 뒤져서는 안 된다는 집념과 지극정성의 정도를 짐작케 하는 일이었다 할 것이다.

다음으로, 나의 생모는 나의 적모에게 이제까지 기대하지 않았던 아들이 생겼다는 사실을 어떤 마음으로 받아들였을까. 아마 처음에는 뜻밖의 사실에 대해 놀라고 당황했겠지만, 차츰 마음이 가라앉았을 때에는 예상하지 못했던 자신의 운명은 절대로 악운이 아니라 굉장한 행운이라고 여겼을 법하다. 애초에 예상했던 것은, 아들을 낳아준 대가로 약간의 재산을 얻는 것에 불과했는데, 이제 새로이 전개되는 운명은 자기가 낳은 자식을 자신이 직접 키우면서 세상사람들에게 버젓이 내세울 수도 있는 것이 아니겠는가. 아들을 낳기만 한 어머니의 입장이라면, 뉘 집 귀한 아들은 그 집 며느리가 키우기는 했지만, 사실은 숨겨놓은 어떤 외간여자가 비밀리에 낳은 아들이라는 말을 듣는 정도였을 터이다. 그 정도나마 꼭 그렇게 되리라고 예상할 수도 없는 일이었을 것이고, 그렇게 될 경우에도 세상사람들은 낳은 정보다는 기른 정을 더 알아준다고 하지 않는가.

정실 며느리의 예상 밖 득남을 계기로 거의 공개적인 작은집 며느리 행세를 하던 나의 생모는 얼마 후 정실 며느리가 갑작스레 죽게 되자 당당하게 우리 본가에 입성하여 큰집의 큰살림을 떠맡는 장손 며느리가 되었다. 정식 며느리가 6.25전란 당시 이상한 사건에 말려들어 돌아가신 것이 분기점이 되어 곁가지 신세였던 우리 두 모자는 운명의 대전환을 맞게 된 셈이다.

나의 적모가 돌아가신 것은 내 나이 네 살 무렵이었기 때문에 나는 그분에 대한 기억이 전혀 없고, 그 무렵까지 내가 나의 본가의 다른 사람들에게 어떤 대우를 받았는지에 대해서도 기억이 없다. 그러나 대여섯 살 무렵 본가 사람들에게 대접받았던 기억을 실마리로 삼아서 그 이전에 나의 주변 정황이 어땠는지를 어느 정도는 유추해 낼 수 있다. 나의 적모는 돌아가실 때까지 작은집 살림을 하는 우리 모자의 큰집 왕래를 일체 금했던 것 같다. 만약에 우리들 모자가 큰집과의 왕래를 단 몇 번이라도 하면서 그곳 사람들과 낯을 익혀두었더라면 나의 적모가 돌아가신 다음에 내가 가다오다 본가 나들이를 하면서 만나는 사람들이 그렇게 낯설고 무섭게 여겨졌을 리 없을 것이라고 생각되기 때문이다. 내가 엄마 손에 이끌려서 본가 나들이를 시작할 때에는 생전 처음 보는 집처럼 낯설어했던 기억이 생생하게 남아있다. 우리 형제가 태어나기 전에는 나의 생모를 괄시하지 않고 오히려 일정 부분 배려하고 후원까지 했던 나의 적모가 태도를 돌변했다고 할 수 있다.

나의 적모가 어린 시절의 나를 보았다면 어떤 생각을 했을 것이며 어떤 말을 건넸을 것인지, 간혹 이런 불손한 상상이 떠오를 때에는 눈앞이 아찔해지고는 했다. 씨받이에게 태어난 아들은 저렇게 멀쩡한데 자기 아들은 허우대만 멀쑥하고 말하고 머리 쓰는 품을 보면 분명히 모자란 데가 있음을 보면서 얼마나 야속하고 울화가 났을 것인가. 그분이 살아계셨다면 당연히 나와 나의 생모가 큰집에 입주하는 일이 없었겠지만, 이 세상에서 나를 가장 아픈 마음으로 바라보았을 여자가 난리통 시국에 종적 없이 사라져 버린 것이 어쩌면 벼랑 끝으로 치닫던 나의 운명의 갈림길을 아슬아슬하게 돌려놓았다고 할 수 있다.

내가 다섯 살 무렵 때때로 본가 나들이를 한 것은 아마도 제삿날이나 명절날 같은 특별한 날이었던 것 같다. 나는 엄마 손에 이끌려서 본가의 대문 안에까지 들어갔고, 엄마가 집안에 있는 누구한테 알리면 어른들 중 누군가가 시키는 대로 널따란 마루방으로 들어가서 사람들 틈에 앉아있다가, 차례 지낼 때가 되면 도열해 있는 사람들 맨 끝에 얌전하게 서서 병풍이 둘러쳐진 제사상 앞에서 진행되는 차례 의식을 지켜보아야했다. 그러다가 마지막 큰절 배례로써 제례의식이 다 끝나면 다시 사람들 틈에 끼어 앉아서 잘 차려진 음복 음식을 먹게 되는 것이었다. 낯익은 사람들이라고는 아무도 없는 자리에서 눈치 보며 음식을 먹는 것은 아무 맛도 없이 고통스러울 뿐이었다. 제사가 끝나고 집으로 돌아올 때는 큰집의 할머니가 보자기에 싸주는 시께테물(제사치르고 남은 음식이라는 제주말)을 가져다가 엄마에게 드렸던 기억도 난다. 그럴 때면 엄마는 나의 얼굴을 가슴으로 꼭 싸안으면서 '수고했져, 내 새끼.' 하고 낮은 소리로 말하는데 이상하게도 그렇게 말하는 엄마의 얼굴 표정을 봤던 기억은 없다. 엄마의 품에 안겨있어서 나의 눈이 가려져 있었기 때문이었겠지만, 어쩐지 그럴 때의 엄마 얼굴을 보면 안 될 것 같은 생각이 들었던 것 같다.

가슴 조이고 눈치 보이는 본가 나들이 시절 어머니에 대한 나의 믿음과 사랑은 고달픈 생활에서 나왔다고 할 수 있다. 게딱지같은 오막살이집을 거실과 부엌으로 겨우 나누어 살았던 그 시절 우리 두 모자의 생활은 먹고 입고 쓰는 모든 것이 궁색하였다. 무엇을 하던 것인지 잘 모르겠는 낡고 키 낮은 중고품 테이블은 식사용 밥상이나, 어머니가 책을 읽거나 내가 그림공부를 하거나 하는 책상으로 썼고, 돌아가신 이들 제삿날 제사상으로도 썼다.

어머니는 그 어려웠던 시절의 언젠가 나의 얼굴을 물끄러미 쳐다보면서, 불쌍헌 거, 남자가 그렇게 미죽어 가지고 후제 어디에다 쓸꼬, 이렇게 나의 미래에 대한 어림값을 성급하게 매긴 적이 있었다. 나는 어머니에게 그렇게 담력과 뚝심이 없는 아이로 보였던 모양이다. 내가 남 앞에서 당차게 자기주장을 못하는 성질인 것은 젖먹이 어린 시절부터였다고 하는데, 그 시절에 나는 와앙–하고 큰 소리로 울어보지 못한 아이였다고 한다. 젖을 먹고 싶을 때에도 그냥 애앵–하고 작은 소리로 울다가 그치는 성질이 된 것은 필시 어머니가 세상사람들 앞에서 숨죽이고 사는 것을 눈치챘기 때문이었을 것이라고 했다. 젖 먹는 아이들도 자기 환경에 대한 본능적인 지각능력을 갖고 있다는 얘기였다.

어린 시절 나에 대한 평가는 큰집 할아버지에게서는 좀 다르게 나왔던 것 같다. 어느 제삿날 밤 큰집 마루방에 앉아계시던 할아버지는 들어서는 나를 불러서 옆자리에 앉히고서는 나의 손목을 잡아 쓸어내리면서 말씀하셨던 것이다. 야이가 얌전허고 착허게 생긴 것이 지 애비허고는 많이 다륵크라. 어머니에게는 미죽은 아들이 걱정스러웠지만, 할아버지에게는 얌전한 손주아이가 믿음직해 보였던 모양이다.

할아버지가 나를 꽤나 아껴주시는 것 같았지만, 큰집 나들이는 영 어색하고 거북스러워서 엄마가 반강제로 시키지 않았으면 아마도 엄두를 내지 못했을 것이다. 그런 날에 있었던 일들은 결코 유쾌한 기억으로 남아있지 않지만 이상하게 생생하게 남아있는 기억들이 있다. 내가 본가의 큰집에 모습을 보일 때 집안어른들은 별로 냉대를 보이지 않았다. 우리 모자를 제일 미워했을 나의 적모가 그때에는 이미 이 세상에 살아있지 않았던 것이다. 가장 싸늘한 냉대, 그러니까 나에게 가장 생생한 모습으로 남아있는 어린 시절의 추억은, 나의 호적상의 형인 상주하고의 사이에서 있었다고 할 수 있다.

그 중에서도 명료하게 기억되는 한 장면이 있다. 나는 어느 해 설명절 날엔가 차례상 차린 집안에 들어가지 못하고 문밖에 서서 오들오들 추위에 떨고 있었다. 아마도 그때 나는 엄마 손에 이끌려 본가의 대문 안에 들어가기만 해놓고 어떻게 무슨 말로 내가 여기 와있음을 알려야 할지 몰라서 그냥 방문 밖에 서 있었던 모양이다. 나의 엄마도 무정하시지, 어린 아들을 데려다만 놓고서 어른들에게 잘 알리지를 않고 그냥 돌아가 버린 모양이었다.

문 밖에서 떨고 있는 나를 제일 먼저 알아본 사람은 얄궂게도 나의 형 상주였다. 어쩌다가 문을 열고 밖으로 내다본 상주는 분명히 내 얼굴을 알아보았을 것이다. 그리고, 자기 옷만큼은 못하지만 그래도 표나게 단정한 설빔 차림으로 나타난 나의 간절한 얼굴 표정을 알아보았을 터인데도 무정하게 모른 체하고 문을 닫아버렸다. 나에게 오라든지 가라든지 무슨 말을 하지도 않았고 입술을 앞으로 비쭉 내밀거나 차가운 눈총을 보내지도 않았다. 때마침 내 앞을 지나던 작은고모가 혼자 서서 떨고 있는 나를 발견하고 집안으로 들어가도록 해주었다.

내가 어머니하고 작은집에서 살면서 본가 나들이를 할 때 상주가 못 본 척한 것은 한두 번이 아니었다. 그는 나를 왜 그렇게 못 본 척했을까. 웃음 띤 얼굴로 반겨주기는커녕 도대체 사람이 가까이 왔다는 것을 모르는 것 같은 표정이었다. 고개를 외로 꼬고 삐뚜름하게 시선을 돌려

버리는 그의 모습이 아직도 나의 기억에 생생하다. 길거리에서 어쩌다가 만나는 심술궂은 악동들처럼 나를 향해 무섭게 쏘아보는 것도 아니고 무슨 경멸하거나 싫어하는 표정을 짓는 것도 아니었다. 남에게 무시당하면 유난히 상처를 입는 나의 성정은 아마도 어린 시절 상주 앞에서 뿌리내린 것이 아닌가 싶다.

그 당시 한없이 가녀린 내 마음에 기운을 넣어준 사람은 나의 작은 고모였다. 작은고모의 따뜻한 마음 씀씀이를 생각나게 하는 사건들 중에 하나는 내가 삶은 고구마를 살짝 훔쳐 먹다가 들켰을 때의 일이다. 사건이랄 것도 없는 일이었지만 나에게는 그때의 일이 오래 잊히지 않고 생생한 기억으로 남아있다. 그때는 나의 본가 나들이가 얼마간 계속되면서 그 횟수가 잦아졌고 그곳 사람들과도 약간은 낯익은 사이가 되었다.

그날은 이른 봄 따스한 햇빛이 아무도 없는 앞마당에 고즈넉이 비쳤던 것이 어렴풋이 기억난다. 무슨 일로 그 집 앞마당에 나 혼자 들어갔는지는 모르지만 마당을 지나서 앞마루 쪽으로 걸어가다가 마루 위에 놓인 조그만 차반에 삶은 고구마가 가득 들어있는 것을 보고는 먹고 싶은 마음을 참을 수가 없었다. 갓 삶은 고구마에서 김이 모락모락 올라오는 것을 본 순간 나는 그만 그 중에 한 개를 덥석 집어 들고 말았다. 누군가 보는 사람이 있을지도 모른다는 생각이 떠올랐지만 때는 이미 늦어버렸으니, 이제까지 보이지 않던 고모가 나의 앞에 나타났던 것이다. 고모는 고구마를 집어 들고 있는 나의 오른손을 살며시 붙잡는 것이었다. 나는 고모에게서 어떤 불호령이 떨어질지 몰라서 그냥 가만히 서 있었다. 작은고모의 입에서 떨어진 말은 뜻밖의 것이었다.

— 야이도 먹컬랑 큼지막헌 거 먹주 그치룩(그렇게) 족은(작은) 걸로

먹엄시니게.

이 말을 듣고 내려다보니 내가 손에 들고 있는 고구마는 차반 안에 있는 것들 중에서도 가장 작고 못생긴 고구마였다. 나는 이 집에서 고구마를 나누어 먹을 권리가 없는 사람으로 나 자신을 하대하고 있었던 모양이다. 나는 나의 잘못을 흠잡지 않고 오히려 맛있고 큰 고구마를 먹으라고 권하는 작은고모가 한없이 고마웠다. 내가 잘 생긴 고구마 하나를 새로 집어 들어서 다 먹고 나자 작은고모는 크고 맛있어 뵈는 고구마 세 개를 종이에 싸주기까지 하였다. 집에 가져가서 어머니와 함께 먹으라는 것이었다.

이렇게 떨떠름하고 어정쩡한 본가 나들이는 오래지 않아 끝이 났다. 그러니까 내가 이같이 가다오다 방문해서 곤혹스러운 얼굴로 본가 사람들을 만난 기간은, 나의 생모가 작은집 살림을 정리하고 본가 큰집으로 들어가서 장손 며느리로 떳떳이 행세하기까지의 과도기였던 모양이다. 결국에는 우리 두 모자가 큰집으로 들어가 살 것이었다면, 그리하여 함부로 쳐다보지도 못했던 그 집 사람들에게서 한 집안 식구로 인정받을 것이었다면 왜 그렇게 어설픈 과도기를 거쳐야 했는지, 나는 훨씬 나중에 이르러서야 그 정황을 어렴풋이 파악하게 되었다. 내가 초등학교에 입학하던 새 봄의 어느 따뜻한 날 우리 두 모자는 초라한 작은집 살림을 청산하고 큰집 살림에 합류하였다. 이때가 되어서야 그 험악했던 4.3 난리와 6.25 전란이 종료되었던 것이다. 이제야 비로소, 밥을 먹거나 잠을 자던 사람이 불시에 붙들려 나가 곡절도 모르게 사라져버리는 일이 없어졌으며, 이와 더불어 우리 집안 사람들도 한시름 놓고서 묵혀두었던 집안의 대사를 의논할 수 있었던 것이다.

3장
서먹했던 두 형제

4.3사건을 일으킨 공비들이 거의 격멸되고 한라산 틈서리 곳곳에 숨어있던 입산자들도 거의가 백기를 들고 하산함으로써 제주 사회의 공포 분위기가 종식되는 듯싶었다. 그러나, 얼마 지나지 않아 6.25전란의 더 큰 소용돌이가 한반도 전체를 덮쳤다. 우리 집의 가운이 결정적으로 몰락한 것은 바로 이 한반도의 전란 때문이었다. 한때 행방불명이던 나의 부친은 6.25가 터지기 직전에 서울의 서대문형무소에 수감중이라는 마지막 소식을 서신으로 전해 주었다. 그런데 이 마지막 소식이 인민군의 파죽지세 같은 남하 소식과 만나면서 우리 집안의 정실 며느리가 죽음을 당하는 단초가 되었다.

나의 적모는 그 당시 난세에 떠도는 뜬소문을 어떻게 들었었는지, 서울의 형무소에서 풀려난 남편이 남으로 밀려 내려오는 인민군 편대에 합류했다는 엉뚱한 생각을 했던 모양이다. 우연찮게도 그즈음에 '인민군환영준비회' 라는 이상한 단체 이름이 제주지역 주민들 간에 귓속말 화제로 떠오르고 있었음이 기화가 되었다. 그녀는 그 당시 시국의 삼엄함을 제대로 알아차리지 못했는지, 그 이상한 단체가 있다는 곳으로 찾아가서 자기도 인민군환영대회에 나가면 행방불명 중인 남편을 만나볼 수 있지 않겠느냐고 자랑스럽게 한마디 했다가 즉결처분으로 죽음을 당했다는 것이다. 전쟁 중 유언비어라는 것이 아무리 허무맹랑한 게 많다고 해도 그녀의 정신상태가 의심되는 어처구니없는 말 실수였다. 그녀의 설부른 말 한마디는 자신의 억울한 죽음을 불러들였을 뿐만 아니라, 생사조차 오리무중이던 자기 남편에게 인민군 출정이라는 최악의 딱지까지 붙여준 셈이었고, 이로 인해 우리 본가의 식구들은 한동안 조마조마 가슴 조이는 극도의 불안 속에서 숨을 죽이고 살아야했다는 것이다.

아버지의 행방이나 생사여부에 대해서 그 당시 우리 집 식구들이 어떤 생각을 하고 있었는지에 대해서는 나로서도 잘 알 수가 없다. 집안에 대역사범(大逆事犯)을 숨기고 있지 않은지 의심받고 있다는 극도의 불안감 속에서 살았으니 아무에게도 아버지 얘기를 함부로 할 수 없었을 것이다. 적모가 한마디 했다는 아버지의 인민군 출정 소식도 그것의 사실 여부를 알아볼 도리가 없었다. 그렇게 애매한 가운데 세월이 흐르다가 아버지는 호적상으로 사망 처리되었는데, 그것은 죽음을 앞둔 우리 조부님이 집안의 우환을 정리하고 속시원하게 세상을 하직하기 위한 결심에 따른 것으로 보인다.

그 당시 육지부 형무소에 수감중이던 4.3사건 연루자들 중에 살아남아 가족들 품에 안긴 경우는 극소수였다고 한다. 그 대부분이 행방불명 상태로 남아있다가 8,90년대에나 와서야 수형인 기록이 나타나는 등 진상조사가 이루어졌기 때문에 아버지의 사망신고를 접수한 관청에서도 일종의 편법처리를 했다고 할 수 있다. 오랫동안 나의 관심을 끌었던 것은, 살아있는 우리 가족들, 나의 어머니와 작은고모의 마음이었다. 고모의 생각은 아버지의 사망 쪽으로 기울어졌음에 반해서 어머니의 마음은 북한행 쪽으로 기울어졌던 것 같다. 고모가 자기 오빠의 죽음을 바랐다고 말하는 것은 도리가 아니지만, 반역사범이 어디에 살아남아 있음은 곧 가족 전체가 큰 우환을 안고 사는 것이 되었기 때문에 고모의 그 같은 심정은 이상한 것이 아닐 것이다.

어머니의 경우에는, 남편이 어떤 방식으로든 살아있다고 생각하고 싶은 나머지 탈옥수의 북한의용군 합류라는 미확인 풍문을 그냥 믿어버렸을 터이다. 어머니는 뭐를 알고서 그런 믿음을 가졌던 게 아니었지만 나중에 드러난 사실은 어머니의 생각과 합치되는 점이 있었다. 4.3사건에 연루된 육지부 수형인들 중에서 서울이나 인천 등지에 수감되었다가 풀려난 자들은, 그 지역을 불시에 장악한 인민군의 대세에 따라서 인민의용군에 가담한 자들이 많았다. 반면에, 충청 이남의 수감자들은 수형인들 처리에 대한 남한 정부의 명령 체계가 잡히는 시간여유가 있었기 때문에 재판 없이 즉각 사살되었다는 것이 나중에 내가 알게 된 정황이었다. 사흘 만에 서울을 장악한 인민군의 군사력이라면 남북통일이 곧 이루어질 것으로 믿은 사람들도 많았을 것이다.

어쨌거나 우리 두 모자는 전쟁 시국의 종료에서부터 큰 혜택을 누린 셈이었다. 우리가 작은집 살림을 청산하고 큰집 살림의 떳떳한 식솔 행세를 하게 된 것은 초등학교 입학 무렵이었는데, 이로써 나의 생모는 세상사람들 눈치 보는 작은집 신세를 마감하고 정실 며느리의 자격으로 본가 입성에 성공한 셈이다. 시국 정황의 변화와 더불어 우리 두 모자의 큰집 입주에 영향을 끼친 것은 우리 조부님의 신변 상황이었다. 우리 조부님은 4.3사건 당시에 좌익 지도자였던 아들 때문에 고생을 많이 하셨다. 경찰의 가혹한 고문에 대한 후유증이 도져서 죽음이 임박함을 예감하신 것이 우리 두 모자가 큰집으로 입주하도록 서두르게 된 배경이 아니었나 싶다. 죽음을 앞둔 조부님에게 시급한 지상과제가, 비어있던 장손며느리 자리를 채우는 일이었음은 당연한 일이었을 것이다. 나의 조부님은 우리 모자가 큰집으로 들어온 다음에 두어 해를 더 사시고 비교적 이른 나이에 돌아가셨다.

본가의 큰집 살림으로 들어온 다음에 우리들 모자의 생활은 어색하고 거북한 일이 많긴 했지만 대체로 순탄하고 무탈했던 것 같다. 우리가 새로 입주한 큰집은 우리 두 모자가 살던 오막살이집과는 비교도 되지 않게 크고 방들도 많았다. 집이 크다는 것이 처음에는 불편하기도 했지만 날이 가면서 익숙해지니까 큰 것이 역시 좋은 것이라는 느낌이 들었다. 처음에는 식구가 많은 것도 좀 헷갈렸다. 위로 조부모님 두 분이 계셨고 그 아래로는 작은고모와 나의 형 상주가 있었으니 모두 네 식구에다 우리 두 모자까지 하면 여섯 식구였으니 작은 가구는 아니었다. 그 당시 나의 조모는 비교적 건강하기는 했으나 실어증 비슷한 증세로 입을 여는 일이 별로 없으셨다. 4.3광풍의 소용돌이 속에서 하도 모진 부대낌을 당한 탓으로 바깥사람들 만나기를 두려워하는 대인공포증 증세까지 있었던 것으로 기억된다.

어머니는 작은집 살림할 때와 다름없이 조용하고 조심스러운 생활을 이어갔다. 큰집 살림은 어머니의 신분을 크게 격상시켜 주었고 지내기 편한 점이 있는 것도 사실이었지만, 날이 가면서 우리가 당면한 미묘한 문제들이 하나씩 드러나기 시작하였다. 제일 거치적거리는 문제가 상주하고 나 사이에서 일어났다.

첫 번째로 일어난 문제는 집안에서 식사를 할 때 누구와 함께 하느냐 하는 것이었지만, 나는 이를 전혀 눈치채지 못했었다. 우리 두 모자가 큰집 식솔들에게 합쳐지면서 한동안은 여섯 식구들 모두가 안채 마루방에 모여앉아서 식사를 하였다. 모두가 같은 가족이라는 느낌을 갖도록 하려는 조부님의 자상한 배려였다고 할 것이다. 이 같이 여섯 식구가 같이 하는 식사는 오래 못가서 중단되고, 우리 두 모자는 대문간 옆 자그만 바깥채에 작은 살림을 따로 차리게 되었다. 그렇게 식사 장소가 달라진 어느 날, 어머니가 나에게 안채 식구들이 식사 중일 때 그 쪽을 향해 기웃거리지 말고 특히 상주가 안채에 있을 때 무턱대고 그 가까이로 가지 말라고 주의를 주었을 때라야 대강 눈치를 채었다. 식사 중이 아닐 때라도 상주가 먼저 아는 체하고 오라고 하기 전에는 가까이 가지 말도록 일일이 예를 들며 가르쳐주셨다.

우리 두 모자가 큰집으로 입주할 즈음에 작은고모가 결혼을 하였다. 그동안 제일 큰 노동력으로 집안 살림을 이끌어온 작은고모가 시집을 간 다음의 대책에 대해서도 어른들은 미리 궁리를 해놓으신 모양이었다. 작은고모는 자신의 일손만이 아니라 모범 농사꾼인 남편의 노동력까지 친정집 거들기에 들여옴으로써 우리 집의 농사일은 훨씬 수월해지게 되었던 것이다. 고모가 화북마을 안의 그다지 멀지않은 동네로 시집을 간 것도 도움이 되었다.

작은고모 위에 큰고모가 있었는데 4.3사건이 터진 때를 전후하여 일찌감치 일본으로 도피했다는 것을 나중에 알게 되었다. 동경유학생 출신에다 열성적인 좌익운동가였던 같은 마을 청년과 눈이 맞아 함께 도피해 갔다는 것이 나의 관심을 끌었었다. 큰고모는 해방 직후 설립된, 그 당시로서는 엘리트코스인 제주 신성여중에 다녔었는데, 4.3사건만 일어나지 않았다면 일본으로 도피할 이유가 없었을 것이고 제주사회의 여성지도자로 자랐을 것이라는 말을 들은 적이 있다.

작은고모의 경우도 4.3사건 피해자이기는 마찬가지였다. 아버지의 해운사업 실패로 인하여 집안 살림이 쪼들리는 가운데에도 이 고모는 언니가 다니던 신성여중을 졸업하기까지는 했다고 한다. 그러나, 가족들의 빨갱이 딱지로 인하여 힘들게 쌓아놓은 학력을 썩히는 결과가 되어버렸으니 욕구불만이 컸을 것 같다. 나는 물론 그 당시의 상황을 훨씬 뒤늦게야 알게 되었지만, 나의 기억으로도 작은고모는 심통 난 사람처럼 말없이 뚱하고 있을 때가 많았다.

우리가 큰집으로 입주할 때쯤에 나와 상주는 초등학생이 되었는데, 초등학교에 입학하는 그 뜻 깊은 날을 나는 아직도 부끄러운 마음으로 기억하고 있다. 더구나 그날 그 시간에 나는 그것들이 부끄러운 행동인 줄을 모르고 있었음을 생각하면 나의 철부지 어린 시절이 더욱 부끄러워진다. 그날 우리 신입생들은 다 함께 학교 운동장에 집합하여 입학식을 한 다음에 우리에게 배정된 교실로 들어갔다. 그런데, 우리 반 신입생들이 다 들어왔는지를 확인해본 담임선생님이 한 사람이 모자란다는 말을 하자 우리들 중에 한 아이가 한 사람이 뒤쳐져서 아직도 밖에서 머뭇거리고 있다고 말했던 것 같다. 교실 안에 있던 우리는 일제히 그 아이가 가리키는 현관 쪽을 향해서 눈을 돌렸다. 그러자 교실문 밖 현관 한 모퉁이에 홀로 서서 주춤거리고 있는 한 아이가 보였는데 그 아이는 다름 아닌 상주였다. 저 혼자 서 있음을 우리에게 들킨 상주는 창피하다고 생각했는지 우리를 맞바로 바라보지도 못하고 입술을 실룩거리며 이제 곧 울 것만 같은 참담한 표정을 짓는 것이었다. 상주는 교실에 들어온 우리를 한번 흘낏 쳐다볼 뿐 어느 누구를 딱히 쳐다보는 것 같지는 않았으나 그 한번 쳐다보는 눈길이 바로 내 시선과 부딪치고 말았다. 나는 얼른 그의 눈길을 피하려고 했지만 우리들의 시선은 어떻게 된 일인지 서로 엉켜서 잠시 움직일 줄 몰랐다. 선생님은 주춤거리는 상주의 모습이 딱해 보였는지 우리들 중의 누군가에게 나가서 상주를 데려오라고 시켰다. 상주가 한 아이의 손에 이끌려서 교실문을 들어설 때 누군가의 입에서 야박한 말이 튀어나왔다.

— 야, 임마, 빨갱이가 꼴값 허는 거냐. 데리러 가야 들어오고 말야.

아주 오래 전 일이라 정확한 기억은 아니지만 이와 비슷한 말이었음에는 틀림이 없다. 이 말에 우리는 와—하고 웃었고 그 가운데에는 나의 웃음소리도 섞여있었다. 나도 몰래 얼떨결에 나온 웃음이었다. (나중에 알게 되었지만, 이렇게 말한 학생의 이름은 강범순이었고, 그는 우리보다 나이가 두 살인가 위여서 다른 아이들보다 키가 훌쩍하게 컸다는 것이 기억에 남아있다.) 상주는 빨갱이라는 말이 그렇게 마음 아프게 들렸던 것인지, 이제는 정말 고개를 들어 누구를 쳐다볼 기력도 잃어버리고 내딛던 걸음을 어떻게 움직일 줄을 몰랐다. 상주는 선생님의 손에 이끌려서야 제 자리로 가서 앉을 수 있었다. 내가 특히 부끄럽게 여기는 것은 바로 이때의 내 행동에 대해서이다. 상주가 그렇게 못난이같이 여러 학생들의 웃음거리가 되는 모습을 보면서 나는 도대체 무슨 생각을 하고 있었느냐 하는 것이다. 현관 구석에 홀로 쳐진 상주를 얼른 나가서 데려올 궁퉁이가 내 머리에서 나오지 못했던 것이다.

상주는 그날 학교에서 일찌감치 자취를 감추었던 모양이다. 나의 기억에는 입학식 날 하루 우리가 학교에서 무엇을 배웠고 학교가 파한 후 상주와 내가 어떻게 집으로 돌아갔는지 기억나는 것이 없다. 다만, 나의 기억에 분명히 남아있는 것은 하교길에서는 나와 상주가 동행하지 않았다는 사실이다. 내가 그날 아침 홀로 뒤쳐진 상주를 비웃음거리로 만드는 일에서 다른 아이들과 한 축이 되었음을 후회하는 마음이 있었다면 학교가 파한 다음 귀가 길에서는 마땅히 상주하고 같이 동행하려고 했을 것이 아닌가 하는 것이다. 집으로 돌아가는 길에 나의 머리에서는 상주 생각 같은 것은 깨끗이 사라졌는지, 나는 그날 학교에서 처음 배운 무슨 동요의 노랫가락을 흥얼거렸던 것 같다. 내가 그 입학식

날 하교시간에 대해 까맣게 잊어버린 것과는 달리 상주에게는 분명히 그날 하루 동안의 기억이 오랫동안 생생했으리라고 생각된다. 그만큼 상심이 컸을 것이기 때문이다.

내가 그날 상주에게 무정하고 무심했던 것에 대해 내 나름으로 변명할 수 있는 것이 한 가지 있기는 하다. 상주는 그날 아침 교실에서 한 아이에게 '빨갱이'라고 불리자 단박에 기가 죽어버렸는데, 이 '빨갱이'라는 말에 담긴 특별한 뜻에 대해 내가 그 당시에 잘 알지 못했기 때문에 상주의 참담한 심정에 대해 동정심을 갖지 못했다는 것이다. 우리 두 모자가 큰집으로 입주하기 전에 큰집의 가족들은 '빨갱이'의 지독한 설움을 직접 겪어봤지만, 나의 경우는 달랐다. '빨갱이'라는 단어가 어떻게 욕하는 말도 되고 따돌림 선언도 될 수 있는지를 나 자신이 알게 된 것은 훨씬 나중에 내가 제주도 4.3사건의 역사를 어느 정도 알게 된 다음의 일이었다.

그러나, 상주의 경우에는 달랐던 것이다. 상주가 그날 이 말 한마디를 듣고서 참담한 얼굴이 되어 고개를 들지 못했음은 그 전에도 이 같은 말로 수모를 당하고 빼돌림을 당할 때가 많았기 때문이었을 것이다. 입학식 날 이런 모욕적인 말을 건넸던 아이에게도 '빨갱이'라는 말은 특별한 의미가 있었던 모양이다. 나중에야 알게 된 것인데, 그 아이는 4.3사건 때 순직한 경찰관의 아들, 그러니까 고아였다는 것인데 몇 년 뒤에는 전학을 갔는지 보이지 않게 되었다.

입학식 날 있었던 그 부끄러운 일이 내 마음에서 잘 잊히지 않았던 이유는 그날 이후 상주가 보였던 행동 때문이기도 했을 것이다. 상주는 그날 학교 친구들 앞에서 단단히 창피 당하고 주눅이 들었는지 학교 나가기를 죽어라고 싫어하였다. 할아버지에게서 별별 나무람과 꾸지람 소리를 다 듣고서도 상주는 학교 가기를 끝까지 거부하였다. 할아버지는 손주아이를 학교 보내는 것이 억지로 될 수는 없다고 생각했는지 결국 상주의 취학연령을 한 해 연기해 주었다. 한 해를 넘긴 다음에는 그 '빨갱이' 모욕을 주었던 키 큰 아이가 2학년으로 올라가니까 상주하고 서로 얼굴 보는 일이 없게 된다는 계산을 했을 것이다.

상주는 이로부터 1년이 지나 새로 입학함에 따라서 나하고는 학교수업을 같이 받는 일이 없어지게 되었다. 나하고 서로 다른 학년이 된 것이 속 편하게 느껴졌는지 그는 학교 가기 싫다는 말을 하지 않게 되었고, 우리는 적어도 겉으로는 사이좋은 형제가 되었다. 빨리 걸어야 되는 등굣길에는 집에서 학교까지 동행했지만 시간 여유가 많은 하교 길에는 자연히 따로 떨어지게 되어서 오히려 서로에게 홀가분한 마음이 되었다. 학교에 갔을 때 상주의 모습이 나의 눈에 보이지 않게 된 것이 섭섭하게 느껴지지는 않았고 시원하기만 했던 것 같다. 문상주라는 이름이 나의 이름 문창주와 나란히 같은 반 아이들 명단에 나와 있었다면 그만큼 신경이 쓰이고 부담스러운 일이었을 것이다.

초등학교에 다니는 동안 내가 상주의 환심을 사려는 노력이 부족했을지는 모르지만, 나는 적어도 그의 미움을 받아서는 안 된다는 경계심을 잊지 않았다. 우리 두 사람은 안채와 바깥채에서 먹고 자고를 따로 했을 뿐만 아니라, 함께 지내는 말벗으로 말하면 나에게는 어머니가 있었고 상주에게는 할머니가 따로 있었기 때문에 우리들 사이의 이 같은 격리가 별로 불편하지는 않았던 것 같다. 상주에게는 한 가지 이상한 버릇이 있었는데, 나를 보면 갑자기 추물락하고 놀란다는 것이다. 우리 두 사람은 한 지붕 아래에서 살지는 않았지만 같은 올레로 바깥 출입을 하였고 마당을 같이 썼기 때문에 부지불식간에 부딪치듯이 만날 때가 가끔 있었는데 이럴 때에 상주는 소스라치듯이 놀라는 얼굴이 되었다. 출입구 같은 데에서 불시에 만나든가 그가 무심코 몸을 돌리다가 내가 옆에 있음을 보거나 할 때에 그의 얼굴 표정은 무슨 좋지 않은 일을 하다가 들킨 아이같이 당황하는 기색을 보이는 것이었다. 내가 그에게 무슨 겁을 주거나 해를 끼친 적이 전혀 없는데도 그랬다. 나는 어머니에게 들은 말이 있었기 때문에 상주의 심기를 잘못 건드리지 않으려고 조심하는데도 그랬으니 딱한 일이었다.

마음의 문을 닫아버린 사람처럼 답답하고 꽁한 상주의 성격과 관련하여 기억나는 사건이 하나 있다. 상주가 초등학교 5학년이고 내가 6학년이 되던 해였던 것으로 기억된다. 우리 학교 학예회 연극공연에서 있었던 일이다. 상주에게 맡겨진 것은, 시대감각이 무딘 완고한 노인 역할이었다. 그는 키가 훌쩍 큰데다 무표정하고 무뚝뚝한 느낌을 주었기 때문에 그런 역할이 맡겨졌던 모양이다. 그가 조연급이었으면서도 주연 역할 못지않게 박수와 웃음을 자아냈던 것은, 궁지에 몰려서 어쩔 줄 몰라 하는 모습, 정작 연기자 본인으로서는 전혀 의식하지 않았지만 보는 이들에게는 바보스러운 인물 역할의 고난도 연기를 잘해 낸 때문이었을 것이다.

그의 바보스러운 표정 연기는 마지막 장면에서 클라이막스에 이르렀는데, 그것은 중요한 대사 한 부분을 그가 까먹었기 때문에 주변머리가 꽉– 막힌 사람에게서 느껴지는 더욱 찐한 인상의 연기가 되어버렸기 때문이다. 대사를 잊어버린 그는 얼굴이 벌겋게 달아오르고 할 말을 찾지 못하여 쩔쩔매는 찡그린 표정에다 벙어리처럼 이상한 괴성을 지르기까지 하였다. 그런데다가 사팔뜨기처럼 시선을 옆으로 비끼는 그의 묘한 버릇이 그 순간에도 가미되어서 보는 사람을 더 답답하게 만들었다. 대사를 잊어버린 것은 상주의 기억력이 닿지 못했기 때문이지만 다행히 극중에서 그에게 맡겨진 역할은 말로 하는 표현보다 얼굴 표정이나 몸짓 같은 신체적 표현이 더 중요했다는 것이 나의 소견이다. 누구보다도 눈여겨 이 연극을 보았던 나는 나름대로 선의의 해석을 해서, 상주의 실수와 약점이 오히려 뜻밖의 효과를 본 것이라고 생각했다. 결과적으로 보면 훌륭한 연기가 되었지만, 그것은 그의 역할이 원래 바보짓이었기 때문이라는 해석이었다. 대본 중의 정확한 대사를 잊어버렸으면 그 비슷한 표현으로 바꾸어서 할 수도 있었는데 그럴 수 있을 만큼의 순발력과 융통성이 없는 것은 안타까운 일이라고 여기기까지 했던 나는 상주의 실수에 담겨있는 야속한 사연을 오랫동안 알지 못한 채로 세월을 보냈다.

4장
느가 뭘 안다고

어머니는 학교공부를 꼼꼼히 도와주었지만 아들에게 밝고 유쾌한 얼굴을 보여준 적은 별로 없다. 어쩌면 세상에 도통한 사람처럼 무표정한 얼굴로 묵묵히 해야 할 일만을 했다고 기억된다. 기쁜 일이 생겼을 때에도 배시시 입가에 엷은 웃음을 떠올리는 것이 전부였고, 활짝 입을 벌려 웃거나 시원하게 소리 내어 웃는 모습을 본 기억이 없다. 내가 학교 성적표를 갖다가 보여드렸을 때에 칭찬하는 것도 그런 식이었다. 이번에도 잘했구나, 정도가 기껏 해주는 칭찬이었고, 좀더 하신다는 말씀은, 아방 닮안 똑똑허구나, 정도였다.

내가 중학생이 된 후, 영어공부를 하게 되면서 내게 중요한 변화가 왔다. 솔직히 말해서, 나는 영어공부를 싫어해 본 적이 없다. 영어공부는 부지런한 학생이 잘하고 수학공부는 머리 좋은 학생이 잘한다는 말이 있지만 내 경우가 바로 그랬다고 할 수 있다. 내가 영어공부에 열의를 가졌던 데에는 그 당시 우리 학교 영어선생님의 가르침도 큰 몫을 했다고 할 수 있다. 세계의 지배자 미국의 언어를 알아야 세계역사의 흐름에 따라갈 수가 있다, 미래에 성공을 꿈꾸는 자에게 가장 확실한 길은 영어를 잘하는 것이다, 이것은 우리 반 영어선생님이 노상 하시는 말씀이었다. 지구상의 어느 곳을 가도 영어가 통하지 않는 나라는 없다, 영어는 영국말이나 미국말이 아니라 세계어이다, 우리는 이런 말도 많이 들었다.

영어 선생님과 더불어 나의 영어공부에 의욕을 더해준 것은 미국공보원(USIS)에서 제공해주는 공짜 영화였다. 아마도 그것은 내가 태어나서 처음 해본 영화구경이었을 것이다. 세계 각국에 설치된 미국의 대외홍보기관인 미국공보원에서는 그 당시 제주도 전역의 마을을 순회하면서 여러 가지 홍보영화를 공짜로 보여주었다. 한국이나 미국의 뉴스가 그 주내용이었는데 그중에서도 6.25전쟁의 폐허 복구에 관련된 미국의 대한(對韓) 원조사업 같은 내용이 자주 나왔다. 농촌계몽운동의 한 부류인 4H구락부 활동이 미국공보원 영화에 몇 번 나왔던 것은 그것이 미국에서 들어온 농촌운동이었기 때문이었을 것이다. 그 당시 농촌운동에 꽤 열심이었던 우리 고모부의 얼굴도 이 영화에 한번 나와서 우리 마을 관람자들의 큰 박수를 받았던 사실도 기억에 남아 있다.

전쟁으로 파괴된 나라를 일으키는 거국적인 희망 분위기 조성이 미국공보원 영화의 주된 테마였으므로 가난 속에서도 미래의 희망에 부풀어 있던 내 관심과 통하는 데가 많았던 모양이다. 공짜였기 때문에 매표창구나 영화상영관 같은 것도 필요 없었고 그냥 학교 운동장 바닥에 가마니때기 같은 것을 깔고 앉아 구경하였다. 영화 중의 대사나 해설은 주로 한국어로 되어있었고, 간간이 단편적인 표현만이 영어로 나왔던 것 같은데, 우리 영어선생님은 그 작은 부분까지도 영어시간의 교육재료로 잘 활용하였다. 우리에게 언제 어디서 미국공보원 영화 상영이 있다고 광고를 해주었고, 영화 구경을 한 다음 날 영어시간에는 영화 안에 나왔던 기억 날만한 단어나 문장들을 칠판에 써놓고 그 단어를 중심으로 그날의 영화내용을 대충 설명할 때가 많았다. 전쟁으로 파괴된 도시를 복구하는 건설업자들과 부상병들을 치료하는 의사나 간호사들이 자주 나왔는데 그때의 보급품들에는 미국 마크가 붙어있었고 이것들을 들여오는 사람들도 미국인들이었다.

이에 관련하여 기억나는 조그만 사건이 있다. 그 사건은, 미국공보원 공짜영화가 어머니의 미국 관련 기억과 형 상주의 영어 혐오증하고 얽혀있었다는 점에서 흥미로운 바가 있다. 그것은 내가 중학교 3학년이고 상주는 2학년일 때, 여름 막바지의 어느 날 저녁이었다고 기억된다. 나는 그날 우리 마을 초등학교 운동장에서 미국공보원 영화 상영이 있다는 것을 알고서 상주에게 같이 구경 가자고 권하였다. 그날따라 내가 그동안 상주에게 너무 무심했던 것이 울컥 미안하게 여겨졌던 것 같다. 나와는 동갑인 상주가 나보다 한 학년 아래였으면서도 성적은 노상 맨꼴찌에 가까웠으니까 소문난 우등생인 나에게 대해서 얼마나 주눅이 들었을 것인가, 하는 생각까지 떠올랐다. 주눅이 들면 쉬운 일도 잘 안된다고 하지 않는가. 나로서는 무슨 대책이 있는 것 아니었지만, 어떤 식으로든 상주를 미워하고 있지는 않음을 전해야 할 것 같았다.

나와 상주는 일찌감치 저녁을 먹고 아직 어둠이 깔리지 않은 우리 집 마당 한켠 시원한 나무그늘에 나란히 앉아서 이야기를 나누고 있었다. 나는 그날 아침부터 상주에게 둘이서 함께 공짜영화 구경 가자고 구슬리는 말이 잘 먹혀들지 않아서 속이 상해 있었다. 이제 곧 어둠이 내리면 영화상영 시간이었다. 그는 계속 심드렁한 반응을 보였고 내 말을 듣는 표정은 굳게 경직되어 보였다. 그가 영화구경을 탐탁지 않게 여기는 것 같아서 나는 영화라는 것이 얼마나 희한한 물건인지 재주껏 설명해 주었다. 활동사진이라는 말처럼 사진 속의 사람들이 마치 살아있는 사람들처럼 하얀 광목천 위에서 자유롭게 움직이다니 얼마나 신기한 기술이냐고 나는 정말 감탄조로 설명하였다. 그 다음에 나는 미국이라는 나라가 얼마나 힘이 세고 훌륭한 나라인지 설명하면서 그의 마음을 움직이려고 했던 것 같다. 6.25전쟁에서 우리나라가 북한군과 중공군을 물리친 것은 바로 미국이 도와주었기 때문이라는 말을 할 때에는 제풀에 신명이 났다. 전쟁으로 망할 뻔한 것을 구해준 다음에는 우리나라의 파괴된 경제를 일으켜주는 고마운 나라가 미국이며, 이같이 중요한 사실들을 알려주는 것이 바로 이 미국공보원 영화이고, 영어를 쓰는 미국사람들이 나오는 영화를 보아야 영어공부가 잘된다는 장황한 설명이었는데, 이 같은 설명을 할 수 있었던 것은 내가 우리 학교 영어 선생님에게서 들은 것이 있었기 때문이었다.

나는 그날 상주에게 영화구경을 시켜주지 못했다. 나의 말재주가 모자란 때문이 아니라 어머니가 갑자기 끼어들었기 때문이었다. 나는 아직도 그날 어머니가 보여주었던 화난 얼굴을 생생하게 기억한다. 어머니가 그렇게 가까이에서 나의 말을 듣고 있었다는 것을 나는 모르고 있었기 때문에 갑자기 들려온 어머니의 화난 음성은 나를 더욱 놀라게 했다. 그냥 화만 내는 것이 아니라 어머니는 눈살을 잔뜩 찌푸리고 고통스러운 표정을 짓고 있는 얼굴이었다. 그러더니 어머니는 겨우 입을 열었다.

— 야, 이눔아, 느가 뭘 안다고 시방 그런 말 허냐. 아직 어린 것이 아무것도 모르면서 나불대긴. 미국 때문에 우리가 얼마나 고생헌 줄 느가 알기나 허냐 말이다. 상주, 넌 야이 말 듣고 어디 갈 생각이랑 말아라.

오래 전 일이라서 정확하게는 기억이 안 나지만, 어머니는 대강 이런 뜻으로 말했던 것 같다. 말하는 목소리는 이상하게 떨리고 있었고 무엇에 북받쳐서 울먹이는 것 같았다. 나는 가슴이 철렁 내려앉음을 느끼면서 더 이상 입을 열 수가 없었다. 뜻하지 않은 어머니의 반응을 보자 나는 무안해서 몸 둘 바를 몰랐다. 어머니의 일그러진 얼굴을 한번 더 훔쳐보고 나서 상주 쪽을 바라보았더니 그는 어느 틈엔지 자리를 피해버리고 난 뒤였다. 나도 슬그머니 그 자리를 뜨고서 마당 밖으로 나왔다. 어머니 몰래 영화구경 가는 것은 마음이 내키지 않았다. 상주가 가지 않는데 나 혼자만 구경 가는 것도 못할 짓인 것 같았다. 혼자서 슬그머니 사라져버린 상주의 마음이 어떤 것일지 걱정이 되었다.

이날 어머니의 꾸지람이 잘 잊히지 않는 것은 내가 그전에 어머니에게서 욕을 별로 들어보지 못한 탓이었을 것이다. 그 이튿날 어머니는 나에게 미안하다는 말씀을 하셨다. 아마도 내가 어머니의 꾸지람 때문에 미국영화를 못 본 것에 대해 밤새 상심을 하고 계셨던 모양이었다. 어머니는 억지웃음이나마 살짝 지어보이기까지 하셨다. 어젯밤 상주에게 건네는 내 얘기를 듣고는 갑자기 지난날의 설움이 올라왔다는 것이 어머니의 변명이었다.

— 4.3사건으로 제주도 사름덜이 엄청 많이 죽은 거, 그것이 다 미국사름덜이 들어네 시킨 거옌 했저. 우리 집안이 망헌 것도 다 미국 때문이난, 우리에겐 미국이 웬수옌 말이여. 4.3사건만이 아니여. 미국 때문에 내가 당헌 일덜 생각허민 눈앞이 왁왁헌다.

어머니는 이어서 해방 후 미군정 때 아버지가 4.3사건에 휘말려든 내력과 제주사람들이 당한 고통에 대해 대충 설명해 주셨다. 무지한 제주도 백성들이 빨갱이로 몰려서 무더기로 죽음을 당했던 때를 생각하면 어떻게 그런 나라를 좋아할 수 있겠느냐는 말을 할 때에는 내 얼굴 쪽으로 시선을 돌려서 나를 무안케 했다. 그러나, 미국을 좋아하지는 않지만, 한국이 미국의 지배를 받는 마당에 한국학생은 미국말을 배우지 않을 수 없다는 쪽으로 결론을 짓는 것은 아무래도 공부 잘하는 아들의 처지를 고려한 결과인 듯하였다. 그러기는 하지만, 미국말을 잘하기 위해 미국영화를 보러가는 아들 모습이, 미국사람들에게 반대하다가 대역죄인으로 잡혀가던 애비의 모습과 자꾸 포개어져 어른거릴 때에는 머리가 어질어질 아파온다는 말을 할 때에는 눈을 지그시 감고 잠시 옛날 일을 떠올리시는 것 같았다. 어머니에게는 결국 남편보다는 아들이 더 중요했음일까, 나의 편을 들어주는 말로 그날의 서먹함을 끝맺음해 주는 것이었다.

— 내가 바라는 건 느가 영어공부 잘허곡 후제 큰 사름 되는 거여. 앞으론 느가 미국영화 보러 나가도 막지 않을 거여.

나는 그 당시 어머니를 무조건 믿고 존경하였기 때문에 어머니가 시키는 것이라면 무엇이고 잘 따랐었지만, 이번에는 달랐다. 학교 교과서에는 한국을 식민지에서 해방시켜준 것이 미국이었고, 한국이 전쟁으로 망할 뻔하던 것을 구해준 것도 미국군이라고 했는데 미국이 원수나라라니 어떻게 그런 말을 할 수 있을까, 나는 그저 답답할 뿐이었다. 한참을 고심한 끝에 내가 얻은 결론은, 어머니는 그 당시에 자기가 보고 들은 것밖에 아는 것이 없고, 내가 학교에서 배운 우호적인 한미관계의 역사를 모르는 탓에 이런 말이 나온다는 생각이었다.

이 날 있었던 조그만 사건을 계기로 하여 나는 어머니가 겪은 과거 일들에 대해 알고 싶어졌다. 어머니는 오래 전 일제강점기와 해방 후 혼란기에 내가 모르는 경험을 많이 하셨겠지만 자신의 그 같은 과거사에 대해서 별로 말해주지 않았었다. 이제 어머니의 과거 경험에 대해 제대로 알아봐야겠다고 마음먹은 나는 때를 보아 그런 생각을 비쳐보았다. 어머니도 살짝 미소를 지으시며 고개를 끄덕여 주셨다. 오래 기다릴 필요도 없이 어머니는 바로 그 다음 토요일 오후에 나하고 독대하여 오랫동안 함구하던 자신의 과거사들에 대하여 입을 열어주셨다.

어머니의 이날 회고담을 듣기까지 나는 어머니의 첫 번째 남편 강필호 씨가 어떤 사람이었는지 전혀 모르고 있었다. 어머니의 첫 번째 남편하고 두 번째 남편인 나의 아버지는 절친한 친구 사이였다니, 전쟁이 만들어낸 기이한 인연이다 싶었다. 강필호 씨가 부부동반으로 돈 벌러 일본으로 가게 된 것부터가 아버지가 손을 쓴 결과였다고 했는데, 그 부분의 이야기가 자못 아슬아슬하였다. 아버지가 돈벌이 도일(渡日) 이태 만에 조부상(祖父喪)을 당해서 일시 귀향한 동안이었다고 했다. 이때 아버지를 찾아온 강필호 씨가 돈벌이 출향의 권고를 듣고서 자기 혼자서 가는 결심을 했다는 것이다. 강필호 씨가 아내(나중에는 나의 어머니)와 딸 둘을 고향에 두고 갈 생각을 하게 된 것은, 여러 사람의 배삯 마련이 어려워서였는데, 다음 날 나의 아버지가 강필호 씨네 집으로 찾아갔을 때는 상황이 일변하였으니, 의논 중에 그의 아내가 가족동반의 일본행을 원하는 것을 눈치 챈 아버지가 일본 가는 가족들 여비를 무이자로 꾸어주겠다고 했고, 이로써 온 가족의 돈벌이 출향이 어렵게 결정되었다는 것이다.

어머니가 오사카에서 시작한 타향살이는 고생스럽기는 했으나 불안하거나 위험하지는 않았던 모양이었고, 그것은 마치 막막했던 미로를 빠져나오는 것처럼 후련한 뒷맛으로 끝나는 모험담 같았다. 제주에서 떠날 때는 일본까지의 여비 마련을 위해 비싼 이잣돈을 꾸는 예가 허다할 정도로 궁색한 사람들이었지만, 일본만 가면 막노동을 하더라도 한두 달 안에 여비 꾼 것 정도는 모두 해결되었다고 했다. 일본 땅에만 들어서면 그렇게 돈 벌 일거리가 많았다는 것이다. 일본에 가서 당장 필요한 집이나 세간살이 걱정이랑 말고 맨몸으로 오라는 말을 듣고는 긴가민가 했던 사람들도 그럭저럭 잘 헤쳐나갔다고 했다. 먼저 간 사람들에게서 집이나 돈을 빌릴 수가 있었고 빌린 돈을 다 갚는 데에 여러 해 걸리지도 않았다는 것이다. 먼저 건너간 사람들도 다 그런 방법으로 일본 정착의 초기과정을 거쳤다는 것이고 그러다 보니 제주 출신 오사카 주민들은 어느 특정 지역에 모여 살게 되었고, 이런 지역에서는 일본말 대신에 제주말만 써도 일상생활에 아무 불편이 없었다고 하였다. 제주에 살 때는 1년 가야 한번 만날까 말까하던 먼 친척들도 오사카의 제주사람들 정착지에 모여살면 이내 가까운 가족처럼 친밀해지다 보니, 어느 날은 뉘 집에 제삿날이다, 전해지면 마치 무슨 잔칫날 찾아가듯 했다는 것이다. 그 당시에는 제주도에서 사람 살기가 그리도 힘들었다는 것인지, 제주출신 재일교포들의 출향 비율이 다른 지방보다 훨씬 높아서 일제시대 한때는 제주 인구의 1/4이 일본에 거주할 정도였다는 것이 어머니의 말씀이었다.

돈벌이 출향으로 건너간 나라였지만 어머니는 일본에서 본격적인 직장생활은 별로 해보지 못했다. 딸 둘의 나이가 어렸을 때에는 엄마노릇 하기에 바빴고, 아이들을 이웃 교포들 집에 맡길 정도가 된 다음에는 취미나 교양을 위한 성인교육 과정에 열심히 나갔다고 했다. 반면에, 어머니의 남편 강필호 씨가 나갔던 오사카 소재 중소기업체인 고무공장의 직장생활은 수월치 않았다고 했다. 비숙련공의 말단직이라서 급료가 박하였고, 조선인이 받는 차별대우도 심했다고 했다. 그런 가운데 남편은 호전적인 반일감정을 키운 모양이었다. 자기네 공장에서 만든 고무신이 비싼 가격이어서 조선인들은 사기가 어렵고 거의가 일본인들에게로 가는 것을 알고는 반일감정이 끓어올랐다는 말도 했다. 아이들이 크면서 어머니는 고무신 보따리를 들고 현해탄을 오가는 봇짐장사를 시작했다고 했다. 얼마 못 가 전쟁이 격해지면서 장사를 오래 할 수는 없었지만, 이를 통해 얻은 견문이 좋은 공부가 되었다는 것이 어머니의 회고였다.

여객선 위에서는 조선인 차별이 심했다는 얘기도 했다. 객실 이용이 구분되어 있어서 2등실은 일본인, 3등실은 조선인만 들어갔고, 바다가 보이는 넓은 갑판 위에는 일본인만 올라갈 수 있었으며, 3등실에서 바다가 내다보이는 자리는 좌우 양쪽에 조그맣게 뚫린 현창(舷窓)밖에는 없었다고 했다. 어머니는 참다못해 한 일본인 승무원에게 이의를 말했더니 그 사람은 매우 딱한 표정으로 마치 걷지 못하는 장애인 동정하듯이 대답을 했는데 그 말이 기가 막혔다는 얘기였다. 조선인은 더럽고 지저분하며 예의와 교양이 없다, 아무데서나 침 뱉고 쓰레기를 버린다, 게으르기까지 하고 도둑질 선수이다, 일본인들을 보라, 조선인들과 다르지 않은가, 어떻게 같은 선실을 내줄 수 있겠나, 일본인들과 선실을 따로 써봐야 반성하고 교양인이 되어서 언젠가는 내선일체(內鮮一體)의 대우를 받을 것이 아닌가.

어머니가 대답을 못하고 슬그머니 물러난 것은 너무 부끄러웠기 때문이었다고 했다. 집에 와서 남편에게 그런 말을 했더니 노발대발했더란다. 일본처럼만 일자리가 있으면 게으르거나 남의 물건 훔치거나 했겠느냐, 나라의 정치질서가 서 있어야 사회질서가 설 게 아니냐. 아내가 전하는 승선 경험담이 남편의 반일감정을 더욱 부채질했지만, 남편의 분노는 이상하게도 아내의 마음을 더욱 부끄럽게 만들었다고 했다. 여객선 3등실에 탄 조선사람들의 무교양과 지저분함을 너무나 잘 알고 있었고 그것은 교양교육 받는 것 정도로는 고쳐질 것 같지 않았다는 것이다.

아버지는 강필호 씨에게 후한 선심을 쓰면서까지 일본진출을 시킨 다음에 자기 자신은 이제까지 살던 오사카를 떠나서 나가사키로 옮겨갔다고 했다. 다른 교포들처럼 오사카 소재 중소형 공장의 말단 직공으로 들어가는 것에 만족하지 못한 아버지는 나가사키 소재의 거대한 기업체인 조선소로 간 것인데, 그곳에 일자리를 얻기 위해 오사카에서 미리 용접기술 등 조선공업 관련 자격들을 얻어놓기까지 했다는 것이다. 아버지가 기술연마를 했던 것이 결국은 일본인들 잘되게 만들어준 것이 아닌가하는 내 의문은 어머니의 말씀을 듣고나서야 이해가 되었다. 아버지가 나가사키조선소에 기를 쓰고 들어가려고 한 것은, 조선인도 일본인 못지않게 훌륭한 조선공이 될 수 있음을 보여주고 싶은 마음 때문이었다는 것이다. 나는 이런 말을 들으면서 아버지의 어린 시절을 상상해 보았다. 한때 제주의 관문이었던 우리 화북마을에는 아버지가 젊은 때만 해도 외지에서 출입하는 배가 많았고 작은 조선소까지 있었다는 말이 생각났다. 아버지는 우리 화북마을 포구를 무시로 바라보며 미래의 꿈을 키웠던 마음이 있었기 때문에 멀리 일본 땅에서까지 조선소 직공이 되는 길을 택했을 것 같았다.

어머니의 회고담 중에서 이상한 일은, 현해탄을 건너갈 때까지는 도타운 우정을 지켜가던 두 남자가 일본에 간 다음에는 사이가 틀어졌다는 것이다. 오사카와 나가사키 사이가 많이 떨어져 있어 1년에 두어 번 만났는데, 만날 때마다 으레 서먹서먹 어정거리다가 심한 언쟁이나 벌이고 헤어졌다는 얘기였다. 두 사람이 언쟁할 때 자주 나왔던 말은, 전쟁의 승리자는 어느 나라가 되어야 하느냐였고, 그들은 이를 두고 격하게 다투다가 헤어지기가 예사였다는 것이다. 한 사람은 연합국이 이겨서 조선이 독립해야한다는 믿음이 있었고, 다른 한 사람은 자기의 일손이 들어가서 건조된 일본 전함들이 전쟁에 승리하여 대동아공영권의 꿈을 이루기를 바랐다는 얘기였다. 아버지는 해방 이전부터 친일에다가 반미사상이었다는 것이다. 해방 후 운수업 좌절의 억울함 때문에 반미를 택하기 이전부터 일본의 승리를 바라는 마음에서 반미가 됐다는 것인데, 나는 이 부분을 귀담아 들으면서 나의 부모님의 상호신뢰가 이때부터 싹 텄음을 직감할 수 있었다. 아버지는 자신의 조선소 노동이 보람을 얻는 길은 일본이 미국에게 이기는 것이라고 보았기 때문에 친일이 되었고, 어머니는 일본사람들의 교양과 예절에 대한 존경심에서 친일이 싹텄다는 말로 들리는 것이었다. 결국 부모님은 제주도로 귀향한 후 난파선 생환자 구조병원에서 만나기 이전에서부터 상호교감의 통로를 다졌었다는 얘기가 되는 것이었다.

어머니의 회고담은 내가 옛날 사람들의 반미감정을 이해하는 계기는 되었지만, 그렇다고 내 생각이 그렇게 쉽게 변하지는 않았다. 나는 결국 학교에서 배우는 역사서술이 중요하다는 입장을 고수했다. 그것이야말로 개인적이고 특수한 역사가 아니라 전체 국민의 포괄적인 역사일 것이니, 어머니 말씀보다는 학교 선생님의 가르침을 더 중시하는 것은 당연한 것 아닐까. 내가 학교에서 우등생이 되기를 바라는 어머니인지라 학교 선생님의 가르침을 무시하지는 않았다. 학교 선생님들 중에서도 특히 영어선생님의 가르침을 제일로 여겼던 나는 학교 밖에서 이 선생님과 같은 말을 하는 사람을 볼 때마다 우리 선생님의 말이 옳다는 믿음이 더욱 굳어졌던 것 같다.

영어선생님과 같은 미국숭배의 예를 나는 우리 고모부의 4H구락부

활동에서도 보게 되었다. 영어선생님에게서 배운 미국숭배심이 어머니 과거사 얘기를 듣고 잠시 흔들렸다가는 고모부의 말을 듣고서 다시 미국숭배 쪽으로 되돌아간 것이라 할 수 있을 것이다. 고모부는 모범적인 농촌운동가이자 열성적인 4H구락부 활동가였다. 박정희 대통령이 일으킨 새마을운동이 한국 농촌의 생활개선과 소득증대에 기여한 것은 1970년대 이후였고 그 이전 시기에 한국의 농촌운동은 4H구락부에서 선도했다고 할 수 있다. 내가 처음 4H구락부에 대해 알게 된 것은 그것이 우리 중학교에 특활부서로 들어있었기 때문이었다. 중학교에 입학하면서 초록색 네 잎 클로버에 새겨진 네 개의 알파벳글자 에이치(H)가 지덕노체(知德勞體; Head, Heart, Hand, Health)를 뜻하는 것임을 알면서 이들 영어단어 네 개를 우선적으로 암기했던 기억이 난다. 우리 마을 진입로 입구에 세워진 길 안내 표석에서 익히 보아온 단어들이었다.

고모부는 화북마을 4H구락부 회장이 되고부터는 구락부 사무실에서 보내는 시간이 많아졌고, 그 당시 중학교에 다니던 나는 학교가 파해서 집에 오는 길에 마을 중심에 있던 그 사무실로 가서 고모부를 만나볼 때가 많았다. 고모부가 나를 보면 끔찍이 반겨주었는데, 그것은 호기심에 차있던 그 시절의 나에게 그가 보여주고 들려주고 할 것이 많았기 때문이었다. 4H구락부 사무실 벽에는 구락부 활동을 알리는 홍보물들이 많이 걸려있었고, 그 같은 홍보물은 간단한 정기간행물로도 나왔던 것 같다.

정기간행물 가운데에는 한국에 들어와서 활동하는 미국 4H 지도자들의 모습과 함께 간간이 미국농촌의 생활상도 나와 있었던 것으로 기억된다. 미국의 농부들은 우리 제주도 농부들과는 달리 농사일을 하면서 매양 즐거운 표정을 하고 있다는 것과 농촌에도 기계사용이 많다는 것이 인상적이었던 것 같다. 고모부는 4H활동 지도자답게 미국을 찬양하는 말을 많이 해주셨던 기억이 난다. 4H구락부의 네 가지 모토 중에 노(勞)와 체(體)가 들어있는 이유를 설명하면서 고모부가 해준 말 가운데 내 마음에 딱 맞는 것이 있었다. 아마도 이런 뜻의 말이었을 것이다. '미국사람들은 머리로 지식을 얻는 것만으로는 만족치 않는다. 손으로 하는 노동을 존중하고 몸으로 즐기는 인생을 중시하는 것이 미국 사람들이다. 광대한 원시림을 밀어내어 마을을 만들고 허허벌판 광야를 일구어 농장으로 만들어야 했던 서부개척의 역사가 그들에게 있는 것이다.'

고모부가 4H 활동에 투신하게 된 계기가 특이했다. 고모부는 군대를 제대하고 결혼까지 하고 나서도 시골환경과 농촌생활에 만족을 못 했는지 대처로 나갈 꿈을 갖고 서울에서도 명문대학인 연세대학교에 진학을 했다고 한다. 그러나 집에 남겨둔 아내에게 미안한 생각이 들었는데다가 농촌출신이고 농업학교 출신인 자신의 본분은 농촌활동에 있다는 생각으로 대학생활 2년을 겨우 마치고 귀향했다는 것이다. 그 당시 연세대에서 있었던 어떤 교양강연이 결단의 계기였다고 했다. 미국의 어떤 4H운동 지도자가 했다는 그 연설을 듣고 감동 받아 대학생활을 집어치우고 귀향하는 결단을 내렸다는 얘기였다.

해방의 감격을 농촌운동의 희망으로 승화시킨 4H운동이 육지에서는 일찍이 미군정 당시부터 시작되었음에 비해, 제주도에서는 이보다 한참 늦은 50년대 중반이나 되어서야 알려지게 되었는데 바로 이 당시 제주도의 4H운동 선구자들 가운데 고모부가 끼여있었다. 그의 마음속에 미국숭배심의 뿌리를 심어준 계기는 미국 4H운동가들의 계몽적인 선례만이 아니었다. 고모부는 비록 대학생활을 2년밖에 하지 못했지만, 그가 다니던 기독교 선교학교인 연세대학교에 대한 깊은 자부심을 갖고 있었고, 그렇게 훌륭한 대학의 미국인 설립자들, 한국인보다도 더 한국을 사랑했다는 언더우드 일가에 대한 존경심은 곧바로 미국사람들에 대한 찬양으로 이어진 것 같았으며, 이렇게 굳혀진 그의 친미성향은 다시 나의 미국 숭배심에 큰 영향을 끼쳤던 모양이다.

고모부는 처조카인 나의 환심을 사고 싶었는지 내가 그의 사무실로 찾아가면 여러 가지 재미있는 이야기들을 들려주었다. 그 중에서도 흥미진진한 것이 그의 군대 경험담이었다. 고모부는 요즘의 중고등학교에 해당되는 제주농업중학교 재학 중에 6.25전쟁이 일어나서 학도병으로 출정했다는 것인데, 중공군의 인해전술 방식에 대한 그의 목격담은 어찌나 재미있었는지 오랫동안 잊히지 않았다. 그 중에는 분명히 과장과 허풍이 있었겠지만 그랬기 때문에 재미가 더했을 것이다. 일반병들은 군복조차 제대로 갖춰 입지 못하였고 분대장 이상이 아니면 총을 갖지 못할 정도로 전투장비가 초라했던 중공군은 전투부대가 나서기 전에 난타부대라는 것을 앞장세움으로써 빈약한 전투장비를 눈가림했다고 했다. 이 난타부대가 나서서 북과 꽹과리 등 요란한 타악기를 두들기면서 우렁우렁 천지가 진동하는 요란법석을 떪으로써 100만 대군의 위세를 과시하고 전투 분위기를 제압했다는 이야기를 온갖 몸짓을 섞어가면서 신나게 들려주었던 것이다.

그러나, 인해전술이란 결국 전투에 이기기 위해서는 병사들은 얼마든지 많이 죽어도 좋다는 것이니, 인권이나 생명의 존엄함은 전혀 고려하지 않는 무지막지한 인종의 작품이라고 하였다. 중공군에서는 사람 하나 값이 소총 하나 값만큼도 되지 않음에 비해, 미국군에서는 위기에 놓인 아군 병사 하나를 구하기 위해 1개 소대 병력을 투입할 수도 있다는 얘기였다. 전투에 임하는 중공군의 철칙은 '승리자가 되든지 전사자가 되든지 택일하라'는 것이었고, 전투에 질 경우에 패잔병으로 남거나 항복하는 것은 수치로 간주되기 때문에 적군에게 사로잡힌 중공군 포로들 중에는 자살자가 많이 나왔다고 하였다. 6.25전쟁 후 미국에서는 포로로 잡혀갔다가 돌아온 귀환병들이 영웅대접을 받았음에 반하여, 중공군 포로들은 돌아가봐야 가문의 수치가 되기 때문에 아예 본국 송환을 거부한 예가 많았다는 얘기도 들려주었다. 중국은 결국 인권사상이란 게 없는 까마득한 후진국이요 야만족이니 미국과 비교가 안 된다는 얘기였다. 고모부는 아마도 자신의 전쟁경험담을 통해서 미국이 더 정의롭고 인도적인 나라라는 얘기를 해주려고 했던 것 같다.

중공군 인해전술의 난타부대가 고모부의 인생행로를 결정적으로 바꿔놓았다는 얘기는 흥미롭고도 아이러니한 데가 있었다. 고모부는 사람들이 떼거지로 죽어가는 전쟁판에서 야단법석을 떠는 중공군의 희한한 모습을 그냥 지나칠 수 없어서 소속 부대에서 뒤쳐져 숨어서 구경하다가 왼쪽 허벅지에 총상을 입고 인근 자연동굴에 기어들어가서 겨우 목숨을 건졌다는 것이다. 때마침 나타난 미군부대에게 중공군이 사라진 방향과 그들의 전투장비에 대해 정확히 전할 수 있었기 때문에 미군부대의 승전을 가져온 유공자라 해서 허벅지 부상을 치료해 주겠다고 나선 미군 지휘자의 배려로 고모부는 미군 병원에 입원할 수 있었는데, 한국군 병원에서라면 다리를 절단할 것을 그냥 봉합수술 정도로 끝낼 수 있었지만 수술 후 회복을 기다리느라 군복무 기간이 1년 가량이나 연장되었다는 얘기였다.

고모부의 군복무 연장이 고모와의 결혼으로 이어졌다는 이야기도 나의 흥미를 끌었다. 나이가 찬 고모에게 한 동네의 괜찮은 청년에게서 청혼이 들어왔는데 고모는 이유를 대지 않고 이를 거절했다는 것, 그것도 빨갱이 가족이라고 해서 모두들 혼담 건네기를 꺼려하는 가운데 들어온 청혼이었으므로 할아버지는 시집가기 틀린 년이라고 된통 욕을 하셨다는 것, 고모가 남몰래 기다리던 남자가 한 마을의 신부길 청년이라는 것이 밝혀진 다음에야 오래 숨겨졌던 사랑의 비밀이 백일하에 드러나면서 아슬아슬한 전쟁터의 무용담과 더불어 마을사람들의 유쾌한 화제가 되었다는 것 등 깜짝깜짝 놀랄 이야기들이 고모부 자신의 입에서 나왔기 때문에 나는 그대로 믿을 수밖에 없었다. 고모부는 다감한 시절의 처녀 마음에 사랑의 불씨를 심어놓고서는 아마도 전쟁이라는 긴박한 상황 때문에 그것을 잊어버렸던 모양이라고 했다.

지금도 기억나는 것으로는, 고모부가 이 같은 과거사 토로를 할 때에는 어느덧 그의 말투까지 바뀌었다는 것이다. 고모부가 보통 때 쓰는 말은 대부분의 우리 마을 사람들과는 달리 서울말에 가까웠다. 그가 고향을 떠나서 살았던 것은 군대생활과 대학생활 5,6년 정도였고, 간간이 있었던 농촌운동 관련의 서울 나들이 정도가 고작이었을 텐데도 제주도 말을 잘 쓰지 않았던 것이다. 보통 때에는 서울말을 쓰는 고모부가 내 앞에서 과거의 경험담을 꺼낼 때에는 제주 말을 쓸 경우가 많았는데 그렇게 말투를 바꿀 때의 이야기가 어쩐지 더 재미도 있고 공감이 갔던 것 같다. 회를 거듭하면서 그의 회고담이 조금씩 가지를 쳐가더니 드디어는 차라리 하지 않았으면 더 좋았을 말을 덧붙이기도 했다.

— 그때 우리가 결혼허게 된 건 내가 군대 마청 돌아오는 것이 늦어진 때문이었주게. 느네 고모가 경 오래 기다리지 않아시민 난 결혼헐 생각 같은 건 나지 않아실 거난. 이건 무신 드라마 같은 열정 로맨스의 주인공이 되어부난 그 뜨거운 열기에 내가 폭삭 녹아분 거주. 소문이 너무 부풀려져 부렀덴 말이여. 그런 소문 들으멍도 그냥 모른 체해불민 내가 아주 불한당이 돼부러실 거난. 그런 거 있잖아, 말값이란 거 말이여.

나는 처음에는 고모부의 이런 말이 어쩌면 우스갯소리일지도 모른다고 생각했다. 고모부가 이런 말을 나에게 들려주었을 때에는 정말로 우스갯소리 할 때처럼 능청스럽게 앙다문 입술을 삐죽이 내밀면서 씽긋 웃었기 때문에 그런 생각이 들었던 것도 같다. 나는 뒤늦게야 서서히 알게 되었지만, 고모부의 이런 말이 아주 농담만은 아니었다. 고모네 부부의 결혼 행보는, 분위기에 휩쓸려 맺어진 결혼이 흔히 그렇듯이, 뜻하지 않은 걸림돌을 만날 때마다 쉽게 흔들리고는 하였던 것이다.

5장
첫 번째 좌절

내가 초등학교부터 중고등학교까지 우등생이었던 반면에 상주의 학교생활은 순탄하게 이어지지를 못했다. 처음부터 학교공부에 별로 재미를 붙이지 못했던 상주가 중학생 교복을 입어보았다는 것은 그나마 다행한 일이었다. 중학교에 들어간 그는 장기결석을 하거나 소문난 사고를 내거나 하는 일이 없이 무사히 두 해를 넘겼지만 그것이 마지막이었다. 영어공부가 싫고 수학공부가 어렵고, 그런 말을 입버릇처럼 하던 상주는 중학교 2학년을 마치더니 슬그머니 자퇴를 해버리고 만 것이다.

상주는 학교를 그만둔 다음에 정처 없이 가출소년이 되거나 하지는 않았다. 그는 한 마디로 착실한 시골아이였다. 할머니와 함께 농사일 나가는 때가 많아졌고, 때마침 그 당시 유행하기 시작한 태권도를 배우러 열심히 도장에 나갔다. 언제부터인지 상주는 우리 마을 4H지도자인 고모부의 심부름을 하면서 농촌운동에 대한 초보지식도 익히는 모양이었는데, 나는 이 같은 상주의 모습을 보고 속으로 안심이 되었다. 상주에게 그런 일이라도 없었으면 하루하루 시간 보내는 것이 얼마나 지루했을 것이며 그의 큰 키와 건장한 체력은 얼마나 멋쩍어 보였을 것인가 하는 상상까지 떠올랐다. 상주가 태권도장에 다니면서 그 방면의 친구들에게 인기를 얻을 것이라는 생각을 하면 나도 기분이 좋았다.

나는 상주의 어린 시절 생활환경이 나에게 비교가 안 될 정도로 불행했다는 것을 차차 깨닫게 되었다. 그의 불행은 일찍이 조실부모했다는 정도에 그치지 않았다. 어머니의 완벽한 사랑과 보호를 받는 내가 바로 눈앞에 있다는 사실이 상주에게는 얼마나 부러웠을까. 아니, 부럽기보다도 가증스럽거나 혐오스럽지는 않았을까. 게다가 나의 어머니는 나를 우등생으로 만들어준 최고의 가정교사이기도 했다. 내가 그동안 상주에게 얼마나 밉상스러운 존재였을지, 그렇게 밉상스러운 아이와 나란히 학교에 나가는 것이 그에게 얼마나 큰 고통이었을지, 뒤늦게야 상상이 되는 것이었다.

상주가 만약에 심술궂은 아이였다면 속이 쓰리고 배알이 뒤틀려서 무슨 해코지를 했을지도 모를 일이라는 생각이 들자 지난 날 나 자신이 무신경했음이 부끄러워서 얼굴이 화끈 달아오르는 것만 같았다. 상주는 나처럼 아버지 얼굴을 본 기억이 없을 것이지만, 아버지의 부재에 대한 상실감은 매우 컸을 것이라고 생각된다. 나처럼 어머니의 사랑이 아버지의 부재를 벌충해 주지 못했기 때문이다. 이를 말해주는 기억 속의 한 장면이 있다.

내가 본가의 큰집에 입주한 지 얼마 지나지 않아 상주가 남 몰래 자기 책상 서랍 속에서 무언가를 들여다보기를 여러 차례 하는 것 같길래 나는 나중에 아무도 몰래 그 서랍 속을 살짝 들여다봤고 그곳에는 건장한 젊은 남자들 서너 명이 나란히 서서 찍은 사진이 들어있었다. 그 자리에서는 별 생각이 없었으나 나는 나중에 그것이 아버지의 나가사키 조선소 시절의 모습이라는 상상을 하게 되었다. 그 사진의 배경이 거대한 조선공장이었기 때문이다. 일본 노무자 생활을 마감하고 귀국을 앞둔 기념사진일 터이고, 아버지의 파란만장한 일생 중 최고의 전성기에 해당된다고 할 수 있다. 귀국 후 아버지의 삶은 세월 좋게 사진 한 장 찍어둘 여유조차 없었을 것이기 때문이다. 상주에게는 사진 속의 늠름한 청년이 왜 살아있는 자기 아버지로 나타나지 않는지 원망스러웠겠지만 내가 이런 생각을 하게 된 것은 어느 정도 낫살이 들고 나서였다.

어린 시절 오랫동안 상주의 불행에 대한 나의 몰이해가 얼마나 심했는지를 일깨워주는 조그만 일이 있었는데, 그것은 우리의 고모를 통해서였다. 작은고모는 우리 두 모자가 큰집으로 입주할 즈음에 시집을 갔지만, 출가한 다음에도 친정집에 자주 들러 밭농사처럼 힘든 일들을 도와주었다. 고모는 무시로 친정집을 들락거렸으므로 나는 어쩌다가 집에서 고모의 모습을 보아도 이상하게 여기지 않았다.

그때도 내가 중학교 3학년쯤 되었던 것 같고, 햇옥수수 먹을 때였으니까 초여름 어느 날이었던 것 같다. 내가 학교에서 귀가했을 때 집에는 아무도 보이지 않았다. 어머니는 그즈음에 동네 친구네 집에 놀러 가기도 했었으니 오늘도 그러려니 하였고, 상주는 태권도장에 갈 시간이었다. 그 시간에 할머니가 안 계신 것은 이상하다고 생각하면서 바깥채의 내 방에 책가방을 던져둔 나는 안채의 부엌으로 들어갔다. 어머니가 아침에 말하기를 할머니가 옥수수를 삶아둔 것이 안채 부엌 어디에 있을 터이니 혹시 누가 안 보이더라도 찾아서 먹으라고 일러준 것이 기억났던 것이다. 삶은 옥수수를 찾아서 막 먹으려고 하는데 고모가 들어왔다. 나는 마침 잘되었다 싶어서 옥수수 몇 개를 손에 들고 고모에게로 갔지만, 나는 도로 뒤돌아서 나와야 했다. 할머니 방으로 들어가서 방바닥에 드러누운 고모는 지금 옥수수 먹을 정신이 아니니 가져가서 혼자 먹으라는 것이 아닌가. 흘낏 쳐다보니 고모의 얼굴은 되게 화가

난 표정을 하고 있었다. 나는 도리없이 부엌으로 들어가서 혼자 먹어야만 했다. 잠시 후에 고모부가 어딘가 엉거주춤하는 조심스러운 걸음으로 들어왔다. 고모부는, 고모가 들어가 있는 할머니 방으로 들어갔지만 나는 아무 말도 건네지 않았다.

이윽고 두 사람 사이에 말을 주고받는 소리가 들렸다. 나는 어느 사이엔지 귀를 기울이고 있었다. 처음에는 소곤소곤하더니 그들의 언성이 높아졌다. 집으로 가자는 고모부의 말과 가지 않겠다는 고모의 말이 몇 번 오가는 것으로 보아서 고모가 무슨 불만스러운 일 때문에 친정집으로 피해 온 것임이 틀림없었다. 나는 갑자기 긴장되어 더 바짝 귀를 기울였다. 잠시 침묵이 흐르더니 고모가 말을 이었다. 나직하고 조심스러운 목소리였으나 어쩐지 울먹이는 소리인 것도 같았다.

— 우린 서로 만나지 말아사 헐 사름덜이라서예. 미국허고 원수 진 사름이 미국 숭배허는 사름이영 어떵 한 지붕 아래서 살아지쿠과.

— 제주도에 살아도 미국 좋아허는 사람 많든데 당신은 왜 그러시오?

— 뭘 몰른 사름덜이사 경 헐텝주. 우리치룩 그 지긋지긋헌 미군정 이서난 거 알곡 그 무시무시헌 4.3사건 잊어불지 못헌 사름덜사 미국사름덜 온 덴 허민 머리꼭지가 핑 돌아붑주기.

— 거 참, 그렇게 고지식해서야 세상 어떻게 살아가는고, 이 사람아. 과거야 어찌 됐든, 현재 우리나란 미국 도움 없인 못 산다는 거 모르는가. 사에치운동만 해도 미국 도움 받고 농촌살리기 활동 허는 거 뭐가 잘못이라?

— 농촌운동은 꼭 미국사름덜신디 배워사 헙니까?

— 허 참, 미국에게 배워서 안 될 건 또 뭐냔 말이요. 미국에서 있었

던 성공사례와 실패사례를 참고하면 확실하게 일을 추진할 수 있을 거 아닌가?

— 사에친가 뭔가, 그런 건 당신 같은 미국 숭배자나 헐 일이주 상주치룩 미국허고 원수 진 사름이 어떵 그런 거 해집니까. 나 오늘 마을회관에 구경 나갔단 정말 기가 막혀네 말이 안 나옵디다. 그 사름덜 앞이서 태권도 시범꺼정 보이멍 알랑거릴 건 뭐우꽈. 난 정말 얼마나 기가 막혀신지 꿈에 시꾸카부덴 해점수다. 기념사진 찍는 건 차마 보지 못허연 나와부러수다.

— 허 참, 그게 바로 국제친선이고 한미협력 사업이란 거 아니오. 사에치활동 해외보급을 위해서 미국사절단이 우리 제주도로 온 건 큰 영광이요. 저번에 전국경진대회에서 우리 제주도팀이 우수상을 받았고 우리 제주도 안에서도 우리 화북마을 사에치가 중심역할을 했기 때문에 미국 사절단이 제주도 방문왔을 때를 잡아서 환영회 겸 축하회를 열었던 거요. 때마침 우리 마을 태권도장 선수들이 한국의 태권도 실력을 미국사람들에게 보여줄 좋은 기회다 해서 나갔던 것이고. 상주는 태권도 시범경기 연습을 얼마나 열심히 했는지 아시오? 이번에는 특별히 한미재단이라는 데서도 몇 사람이 같이 와서 봤기 때문에 우리 제주도 홍보도 많이 됐을 거요.

— 당신은 어찌 그리 내 마음을 몰라줍니까. 그런 행사 헌덴 해도 하필 우리 상주가 들어그네 함께 해야허느냐 말이우다. 상주가 사팔뜨기 병신 된 것이 그 난리 때문인 거 몰람수과. 세상 사름덜 무서와그네 똑바로 쳐다보지 못허단 보난 병신 된 거 아니우꽈.

— 아 글쎄, 과거 생각 땜에 현재를 놓치지는 말자는 말 아니오. 옛날이야 어쨌든 이 시대 사람들은 이 시대에 맞추어 살아야 될 거

아니냔 말이오.

— 당신이나 경 협서. 상주는 당신허고 다르난예. 그 난리 겪은 것이 이제 몇 년이나 지나수광. 아직까진 상주가 옛날 역사 잘 몰람주만은 앞으로 언젠가는 알 거 아니우꽈. 지네 집안이 억울허게 망해불고 지네 아방이 대역죄인 된 것도 다 미국 때문인 거 알게 되민 어떵 될 거우꽈. 경 허민 지가 미국 깃발 휘날리는 앞이서 춤추던 것이 눈앞이서 어른거령 해까닥 돌아불지 않으쿠과. 난 지금도 미국국기에 빨건 줄 긋어진 거 보민 가슴이 섬뜩헙니다. 4.3사건 때 학교 운동장에 열 지엉 늘어선 사름덜 총 맞앙 죽으멍 시빨건 피 흘리던 거 생각납니께. 거기다가 별 그림하영 그려진 건 꼭 총알덜 꽉 채워진 거만 같아마씸. 경 허고 당신이 사에치 회장 허는 거 난 다시 못 보쿠다. 우리 집의 과거 일들이 자꾸 생각나그네 으스스해지는디 어떵 헙니까.

— 내가 사에이치 이름으로 농촌활동 열심히 허난 저번에 농협 융자도 받게 된 거 당신도 알고 있잖소. 그러고, 이번에 미국 사에이치사절단이 왔다간 건 우리 마을에 일대 경사요. 그런 식으로 우리 마을 사에치가 유명해지면 우리가 중앙에서 무슨 지원을 받는 데에도 유리해진단 말이오.

— 암만 허민 아방 아들이옌 허곡, 개죽음 당헌 지네 아방 원수 갚진 못해도, 원수네 나라 깃발 날리멍 같이 손 잡앙 노래부를 수는 없지 않냐 말이우다.

— 내가 부탁헐 건 그냥 입만 다물어 달라는 거요. 상주에게 과거 얘기 헐 필요도 없고, 내가 사에이치 활동하는 것도 그냥 못 본 척해 달란 말이오.

이런 말이 들리고 나서 잠시 침묵이 흐르다가 고모의 말이 들렸다. 감정이 북받쳐서 흐트러지는 말투였다.

— 당신이 어떤 말을 해도 지금 이 정신으론 못 돌아갑니다. 상주가 지네 아방 무덤 앞이서 춤추멍도 지가 뭐 허는 줄 모른덴 생각허민 속이 터질 것만 같으난 당신 혼자 돌아갑서.

여기까지 엿듣고 있던 나는 급히 몸을 숨겼다. 잠시 후 고모부가 밖으로 나간 다음에야 나는 부엌을 나와서 종종걸음을 서둘러서 바깥채 내 방으로 들어갔다. 머리를 싸쥐고 방바닥에 드러누운 나는 어머니가 밖에서 돌아올 때까지 숨을 죽이고 눈을 감았다.

나는 가슴이 먹먹해 오는 것을 느꼈다. 내가 그 동안 들어왔던 우리 집안의 불행한 과거사들이 기억 속에 떠올랐지만, 고모네 부부가 다투는 것은 얼른 이해가 되지 않았다. 나로서는 과거 일이 아무리 억울해도 그것과 현재의 선택은 별개의 문제라는 고모부의 생각이 백번 옳겠다 싶었다. 잠시 후 어머니가 돌아왔다. 나는 상주가 눈 병신 된 것이 4.3사건하고 관계가 있다는 고모의 말이 무슨 뜻인지를 물어보았다. 어머니는 잠시 생각 끝에 입을 열었다.

4.3사건 때 미군정은 빨갱이 집단을 소탕하는 강경책을 썼고, 4.3사건이 끝난 다음에는 살아남은 빨갱이 가족들이 미움 받는 시대가 되었다는 것, 그들은 나라 망친 대역죄인 집단처럼 사회에서 따돌림을 당하게 되었고, 상주도 어린 시절에 빨갱이 가족이라는 이유로 세상사람들을 무서워해서 똑바로 쳐다보지 못하다 보니 사팔뜨기가 되었다는 설명이었다.

— 어릴 때 사람들 시선을 피허당 사팔눈 되는 일이 있덴 헌다.
— 상주는 우리 집안이 미국허고 어떵 원수 진 거 잘 모르는 것 같던 데예. 경 허난 사에치 활동 허멍도 태평헌 거 같고…….
— 그때 일 말해줄 사람이 어시민 모를 수밖에 없주게. 부모님은 안 계시고, 고모네는 그때 일들 쉬쉬허멍 살았지 않으냐.
— 어떻게 된 까닭을 잘 모르는디도 따돌림 당허는 건 알았단 말이우꽈.
— 집안어른들 허는 거 보멍 눈치로 알기도 해실 거여.

나는 어릴 때 상주로부터 외면을 당하여 상심했다는 말을 했더니 어머니는 그런 행동이 바로 그 당시의 우리 집 분위기를 말해준다고 하였다. 그날 이후 나의 심란한 마음은 쉽게 가라앉지 않았다. 상주가 어린 시절에 나에게 도도하게 굴었다는 나의 생각은 전적으로 오해였다는 것이 아닌가. 게다가, 작은집에 사는 내가 큰집에 사는 그에게 뭣 모르고 접근하려 들었던 것이 그에게서 대인공포증을 부채질했다면 그가 사팔뜨기 신세 된 데에는 나의 책임도 있었다는 말이 아닌가. 어머니는 내가 큰집 나들이를 할 때에 몇 가지 당부한 것들이 있었다. 항상 가슴을 펴고 정면을 바라보며 걷되 어디 쓸데없이 한눈파는 짓은 하지 말 것이며, 상주를 보거든 가까이 다가가서 다정하게 말을 걸어야 친해질 수 있다고 했던 것이다. 내가 가슴을 펴고 당당히 걸어가는 모습이 상주에게는 무섭게라도 보였단 말인가. 내가 빨갱이 자식이라는 괄시를 당하지 않았던 것은 내가 우리 큰집하고는 얼마간 떨어져서 나의 생모하고 작은집 살림을 하고 있었기 때문임을 나는 이제야 깨달았다. 빨갱이 딱지가 저주스러운 욕이 되는 시대의 경험을 용케도 빨갱이네 집 밖에서 겪었다니, 나는 다시 상주에게 미안한 마음이 울컥 솟아나는 것이었다.

고모네 내외는 그날 4H 활동을 두고 벌어진 다툼을 그리 오래 끌지는 않았다. 아마도 적절한 타협과 조율이 이루어진 모양이었다. 나는 이들의 화해가 참으로 고맙고 기뻤다. 내가 좋아하는 사람들이 사이좋게 사는 것 자체가 나의 마음을 기쁘게 했지만 그들 내외의 화목은 그 파장이 상주에게도 미쳤다. 고모부의 4H 활동이 상주의 일상생활을 더 활기차게 만들어 주었던 것이다. 학교를 그만두고 나서 분명히 풀이 죽어있을 상주는 태권도장에 나가는 것 말고는 농사일밖에 하는 일이 없었는데, 밭농사라는 것이 혼자서 하면 정말 재미없는 일이지만 4H 간판을 걸고 같이 일할 동료가 있거나 특히 같은 마을의 처녀들하고 같이 하면 재미가 좋은 모양이었다. 고모가 남편의 청을 쉽게 들어준 이유는 아마도 상주가 4H 활동을 좋아하기 때문이었을 것이다. 부모를 잃은 조카의 처지를 배려하는 고모의 정성이 자신의 반미감정까지 곰삭히는 결과를 낳았을 것 같다.

나는 중학교 졸업이 가까워지자 다른 아이들처럼 진학문제를 두고 고민하게 되었다. 내가 대학까지 갈 것을 염두에 둔 우리 학교 선생님들은 당연히 제주시내의 인문계고등학교를 택할 것으로 예상하는 것 같았다. 나도 그런 방향으로 생각은 하고 있었지만 고등학교를 나온 다음에 어떻게 대학진학까지 할 것인지는 아직 아무런 전망이 서지 않았기 때문에 그저 막연한 생각으로 날짜만 보내고 있었다.

그러던 어느 날 나는 우리 교실 뒷벽에 붙여진 '국립체신고등학교 입학생 모집공고' 를 보고 관심을 갖게 되었다. 며칠 동안의 고심 끝에 나는 담임선생님을 찾아가서 상담을 하였다. 박경수라는 이름의 우리 반 담임선생님은 나의 성격과 처지를 잘 알고 계셨기 때문에 말을 붙이기가 수월하였다. 박 선생님은 아직 어떤 결심을 하지 못한 나에게 인생의 중요한 고비에는 용기있는 결단이 필요한 법이라고 격려까지 해주면서 국립체신고에 대한 다각적인 정보까지 알려주었다. 담임선생님의 말씀을 들어본 나는 그야말로 용기백배가 되었다. 국립체신고등학교라는 학교는 납부금 없이 전액 국비로 운영되는 곳이고, 졸업 후에는 체신공무원으로 취직이 보장될 뿐만 아니라 성적에 따라서는 국내 진학 또는 해외 유학의 기회도 있을 수 있다는 아주 꿈같은 이야기를 들려주셨다. 이 학교의 입학생은 전국에서 모집하기 때문에 선발되기가 쉽지는 않지만, 나 정도의 실력이면 별로 어렵지 않을 것이라는 매우 낙관적인 전망을 하는 것이었다. 나는 그 자리에서 이 학교의 입학원서를 받고 집에 와서는 어머니의 허가 날인을 받아다가 그 다음 날 학교에 제출하였다. 전례로 보아, 체신고의 입학원서를 제출할 때 출신 중학교의 수석 졸업생 수준이 아니면 학교장 추천을 받기가 어렵다는 담임선생님의 말씀은 나의 자존심을 크게 살려주었다. 각 도별(道別)로 입학원서를 접수한 다음에 지망자가 도별 배정인원을 넘는 경우에만 필기시험을 치르는데 제주도에 배정된 인원은 딱 2명이라고 하였다.

나는 그 후 두어 달 동안 희망과 꿈에 부풀은 가슴을 안고 기다렸다. 담임선생님에게서 들은 말들이 몇 번이고 머리에 떠올랐다. 국비장학생이 되는 것이고 기숙사 생활을 한다니, 그동안 은근히 걱정되던 미래의 학비조달 문제가 깨끗이 해결되는 것이 아닌가. 그 학교에 진학하면 미국유학의 길이 트일 수도 있다는 것이 선생님의 말씀이었다. 나는 국립체신고 입학을 거의 기정사실처럼 여겼기 때문에 합격통지를 받고 서울 갈 때 입을 옷을 걱정하기까지 하였다.

기다리던 기쁜 소식은 오지 않았다. 어느 날 박경수 선생님은 나를 교무실로 조용히 부르시더니 나의 낙방 소식을 전해주며 위로해 주셨다. 국립체신고 지망자가 제주도의 배정 인원을 초과한 것은 사실이나 나의 경우에는 필기시험을 치르기 전에 서류심사에서 떨어졌다고 하였다. 입술을 몇 번이고 달싹거리면서 입맛을 쩍쩍 다시는 모습이 어쩌면 내가 떨어진 이유를 알고 있는 것 같기도 하였으나 어떻게 다그쳐 물어볼 엄두는 내지 못하였다.

원하던 국립고교 진학이 실패하고 나서 나는 한동안 좌절감에 빠졌다. 손에 잡히는 일이 없이 어두운 허공 속을 허우적거리는 심정이었다. 그 학교로 진학하지 못한 것이 나의 미래에 결정적인 장애가 될 일은 아니라는 그 단순한 사실을 인정하기까지 꼬박 겨울 한 철이 걸렸다. 지금 돌이켜 보면, 그때 만약 그 학교로 진학했더라면 나의 진로가 많이 순탄해졌을 것 같기는 하다. 내가 고향 땅 제주에서 고등학교와 대학을 마치는 동안에 겪었던 뜻밖의 불상사들을 상기해 볼 때 더욱 그런 생각이 든다. 나중에 세상이 변하면서 체신고 졸업생들의 한국내 위상이 더욱 높아진 사실을 생각하면 더구나 그렇다. 내가 지망했던 연도를 거의 마지막으로 해서 국립체신고는 폐교되었는데, 아마도 전문성이 높은 체신공무원의 양성 목적으로는 고등학교 학력만으로는 부족하다는 당국의 판단 때문이었던 것 같다. 체신부라는 명칭의 행정부처가 나중에 정보통신부로 개편됨으로써 체신고 출신들이 바로 정보통신부 공무원이 된 것도 시대의 발전상을 보여주는 것이었고, 사회의 각계각층에서 정보통신 기술이 조직 가동의 중추역할을 하게 되었으니 나의 사회진출이 그 만큼 달라졌을 것이라 생각된다.

6장
사춘기여서 그랬나

나는 고등학생이 되면서 학교공부 아닌 다른 일들에 정신을 많이 뺏겼다. 사춘기여서 그랬는지도 모르겠다. 원하던 고등학교에 들어가지 못해 실망한 탓도 있었을 것이다. 누구에게 배신당한 것처럼 억울한 심정이 떠나지 않았다. 중학교 졸업반 때 우리 반 담임교사였던 박경수 선생이 나의 고교진학과 같은 시점에서 중학교에서 고등학교로 전보 발령을 받았는데 나는 이런 사실조차도 반가움보다는 거북함으로 받아들였던 것 같다. 고교진학 후 교내에서 박경수 선생을 만날 때마다 그의 미소 머금은 눈인사를 받고 시선을 어디 둘지 몰라서 당혹스러웠던 기억이 난다.

고등학교 1학년 시절 내내 나는 생각과 행동이 따로 놀았던 것 같다. 책상 앞에 앉아서도 공부가 머리에 잘 들어오지 않았다. 이래서는 안 되는데 하면서도 산이나 들을 배회하며 공상에 빠질 때가 많았다. 그날은 코스모스가 만발할 때였으니까 아마도 그 해 가을의 한가운데 어느 날이었을 것이다. 일요일이었는데도 나는 허전하고 울적한 시간을 보내고 있었다. 나는 어머니 몰래 밖으로 나갔다. 화북마을에서 나와서 서쪽으로 걸어가던 나는 북쪽으로 방향을 바꾸어서 사라봉 기슭에까지 이르렀다. 화북마을 서북쪽에 우뚝 솟은 사라봉은 그 당시 내가 잘 가는 산책코스였다. 길모퉁이에서 잠시 멈춰서서 북쪽 사라봉 방향을 보았더니 웬 학생들이 떼를 지어 내려오는 것이 보였다. 그들이 다 지나가는 것을 기다리기로 마음먹은 나는 길섶 돌담 무너진 낮은 곳을 찾아서 몸을 내려놓았다. 삼삼오오 떼 지어 걸어오는 학생들이 저마다 손에 성경책 같은 것을 들고 있는 것으로 보아서 아마도 어떤 교회의 학생들이 가을맞이 야외예배 행사를 가졌다가 돌아오는 길이라 생각되었다. 야외예배는 사라봉 일대에서 내가 종종 보는 광경이었다.

나는 그들의 얼굴을 마주보는 것을 피하면서 곁눈질로 보았더니 그들은 모두 고등학생들로 보였는데, 슬며시 나의 흥미를 끈 것은 남녀학생 구별없이 함께 어울려 걸으면서 담소를 즐긴다는 사실이었다. 혼자서 따로 걸어가는 외톨이 학생은 보이지 않았다. 여학생들이 이렇게 활달하게 남학생과 어울리고 있다니, 세상에 이런 데가 다 있었구나 싶어서 그들에게서 곁눈질을 거둘 수가 없었다. 돌이켜 보니 나는 이렇게 여학생과 얼굴 맞대고 이야기 나누어 본 적이 없었던 것이다.

사라봉 쪽에서 내려오는 학생들 모습이 더 이상 보이지 않게 되었지만 나는 이제 더 이상 그쪽 방향으로 걸어갈 마음이 사라져 버렸다. 앉은 자리에서 벌떡 일어선 나의 발걸음은 학생들이 멀어져간 서쪽 방향으로 옮겨지고 있었다. 나의 발걸음이 한 가닥 주저함이 없이 그 쪽으로 향하게 된 것은 그들 일행의 맨 뒤에서 걸어가는 여학생 두 사람이 나의 눈길을 끌었기 때문이었다. 나는 좀 전에 곁눈질로 보았기 때문에 그들의 얼굴을 잘 살피지는 못했지만 그들이 걸어가는 뒷모습만 보아도 내 마음과 발걸음이 끌려가는 것을 어찔 수 없었다. 그들은 잠시 더 걸어가다가 어떤 건물 울담 안으로 들어갔는데 나는 곧 발길을 멈추고는 몇 걸음 뒤로 물러서서 그들의 동정을 살폈다. 그전에 봤을 때의 기억으로는 그 건물 입구에 무슨 종교단체 이름의 간판이 걸려있었는데 항상 문이 열려있는 것으로 봐서 출입제한이 없고 그냥 구경삼아 들어가도 되는 상 싶었다.

여학생 두 사람이 울담 안으로 들어간 것은 그곳에 있는 코스모스 꽃밭을 구경하기 위함인 것 같았다. 꽃밭 안에 들어선 그들이 코스모스 꽃송이를 뺨에 갖다대기도 하고 코에 대고 향기를 맡아보기도 하는 광경이 나의 눈에 들어왔다. 활짝 핀 코스모스들이 한들거리는 사이로 무슨 얘기인지 다정하게 속삭이고 웃고 하는 그들의 모습이 영화 속 장면처럼 아름다워 보였다. 나는 적당한 거리를 두고 그들의 시선을 피할 수 있는 자리로 이리저리 몸을 비키면서 울담 너머 꽃밭 속의 그들 모습을 하나하나 지켜보았다. 환하게 웃는 그들의 얼굴도 보였고 예쁘게 빗어내린 단발머리 매무새나 단정한 여학생복도 보였다. 두 사람 얼굴 중에 어느 쪽이 더 예쁜지는 얼핏 가리기 어려웠고 키도 엇비슷하였다.

두 사람 사이에 다른 것은 입고있는 교복 색깔이었다. 한 학생의 교복은 색깔이 바랜 것을 보아 나처럼 1년 내내 같은 교복을 입는 것 같았다. (그 당시 우리 고등학생들의 외출복은 교복만이 허용되었다. 주중이든 주말이든, 밤이든 낮이든 교복을 입고 다녔으니 단벌 교복은 색깔이 바랠 수밖에 없었다.) 또 한 학생의 교복은 감색 빛깔이 반질반질 윤이 나는 것을 보니 분명히 새 옷이었다. 그런데다 새 교복을 입은 여학생은 상의 교복의 옷깃 속에 분홍색 스카프를 받쳐 두르고 있었다. 나는 그 당시 그런 물건의 이름이 스카프라는 것도 몰랐는데 아마도 제주도 사람들 대부분이 그랬을 것으로 생각된다. 나는 반사적으로 이 여학생이 웬 거추장스러운 장식물을 다하고 있네 정도로 생각하고 있었는데 그런 느낌이 차츰 달라졌다. 그날 날씨가 쌀쌀하여 스카프 두른 것이 따뜻하게 느껴진 것이었을까. 어쩌면 연분홍빛 코스모스 꽃잎들과 잘 어울렸거나 그것을 교복 안에 받쳐 두른 그 여학생의 상큼한 모습과 잘 어울렸던 것 같다.

잠시 후 두 여학생이 꽃밭을 나오는 낌새가 보였다. 나는 재빨리 뒤로 돌아서서 걸어가는 척하였지만 이내 다시 돌아서서 그들의 뒤를 따라가기 시작했다. 그들의 얼굴까지 보고난 나는 이제 그들의 모습을 마음에서 지워버릴 수가 없게 되었다. 나는 앞서 가는 여학생들이 나의 낌새를 알아차리지 못할 정도의 거리를 유지하며 그들의 뒤를 밟았다. 나의 머릿속에서는 온갖 기대의 상념들이 떠올랐다. 사뿐사뿐 둘이서 발 맞춰 걷는 그들의 모습은 마치 우정과 믿음으로 다져진 두 사람 사이 교감의 깊이를 보여주는 것 같았다.

두 여학생을 뒤따라가는 나의 발걸음은 사라봉 기슭에서 시작되어 동문통 내리막길을 거쳐 동문로터리에 이르기까지 계속되었다. 그들은 동문로터리에서 동문시장 쪽으로 난 골목길로 접어들었다. 그 길을 따라서 나란히 동행하던 두 사람이 도로변의 어떤 교회 앞에 이르자 갈라서게 되었기 때문에 나는 도리 없이 그 중에 한 사람을 따라가야 할 판이었다. 지금은 제주시 동문시장이 옛날에 비하여 훨씬 더 커졌지만 그 당시에는 동문로터리와 동문시장 사이에도 얼마간의 일반 주택가가 있었고 그 주택가의 어느 한 곳에 제주동문교회라는 데가 있었다. 나는 잠시 주저하기는 했지만 새 교복을 입은 여학생 쪽을 택했다. 가던 길을 계속 걸어가는 여학생을 포기하고 동문교회 쪽으로 걸음을 옮겼던 것이다. 교회 안쪽으로 가는 길은 내가 모르는 곳이었기 때문에 나는 마침 교회 출입구 한 편에 서있는 게시판 앞으로 걸어갔다.

교회 게시판을 읽어보는 척하고 있던 나는 안으로 들어갔던 여학생이 잠시 후에 밖으로 나왔을 때 한 순간 바짝 긴장이 되었다. 그 긴장이 오래가지 않은 것은 여학생 입에서 흘러나오는 부드럽고 상냥한 목소리 때문이었을 것이다.

— 우리 동문교회에 나오려고 하는구나. 나와 봐, 좋은 교회야.
— 난 교회에 다녀본 적이 없는데.
— 우리 교회에선 처음 나오는 사람이 더 환영받아.
— 난 죄가 많은 사람이라서.
— 허, 별 걱정 다 하셔. 하나님은 죄 많은 사람을 더 사랑하신다는 거 몰라?
— 그럼 난 이중으로 환영 받는단 말이네.
— 그럼, 그럼. 다음 일요일 오전 열한 시에 여기로 나와. 여기 나와서 아무한테나 물어봐, 소회의실이 어디냐고. 고등학생부 예배는 그곳에서 있어.

처음 보는 여학생 앞인데 나의 입에서 이렇게 똑똑한 말대답이 척척 나올 수 있다니, 나는 생각할수록 기분이 좋았다. 초대면인 여학생이 나에게 반말을 쓴 것도 뜻밖의 일이었지만, 내가 그녀에게 덩달아서 반말로 응수할 수 있었다는 것도 나에게는 뜻밖이었고 고무적인 일로 여겨졌다. 반말이란 친한 친구 사이에서나 쓸 수 있는 것이 아닌가. 집으로 돌아오는 길에 나는 사라봉 기슭 오솔길을 한 바퀴 돌아나왔다. 제주동문교회 학생들이 오늘 오후 다녀갔음직한 길을 다시 밟아보는 것이 그렇게 기분이 좋았다. 기억을 되살려 보니 그들이 이 길을 걸어갈 때에도 남녀학생들끼리 서로 반말을 많이 썼던 것 같았다. 생각할수록 운수 좋은 날이었다.

나는 어김없이 다음 일요일 날 열한 시보다 조금 일찍 제주동문교회를 찾아갔다. 한쪽 손에는 찬송가와 성경책을 얌전하게 들고 있었다. 사실 나는 어렸을 때 어머니를 따라서 다른 교회에 다녀본 적이 있어서 교회예배는 생소하지 않았다. 요즘 와서 몸이 불편한 어머니가 교회에 나가지 않을 때가 많아서 어머니의 성경책과 찬송가책을 내가 갖고 나올 수 있었다. 나는 그전에 들은 말을 기억하고 있었으므로 고등학생부 예배실로 쓰인다는 소회의실을 찾아서 들어갔다. 서른 개쯤 될 것 같은 의자들이 아직 반도 채워지지 않았다. 나는 어디에 앉을까 잠시 망설이고 있는데, 어떤 학생이 나에게로 와서 안내를 해주었다. 오늘 처음 나왔으면 얼굴을 알려야 하니까 앞줄 의자 어디에 앉도록 일러주면서 오늘 예배에 대한 프로그램 팸플릿을 한 장씩 건네주었다. 프로그램을 얼른 봤더니, 학생대표가 인도하는 기도와 찬송가 시간, 이 교회 부목사가 하는 설교가 끝난 다음에도 뭐인지 모를 순서가 몇 개 더 있었다. 나는 앞줄에 빈 자리를 찾아서 앉았지만 여러 사람들 앞에 처음 얼굴을 보이는 것이라 신경이 쓰였다.

벽시계가 열한 시를 알릴 때에는 비었던 의자가 거진 채워졌지만 내가 기다리는 여학생의 모습은 보이지 않았다. 나는 뒷줄 의자에 앉은 사람들까지 다시 눈여겨 살펴보았지만, 저번 일요일에 보았던 그 여학생이 없는 것은 분명하였다. 열한 시에 기도가 시작되자 예배실 문이 꼭 닫히고 한동안은 들어오는 사람이 없었다. 기도가 끝나고 설교시간이 시작될 때에야 한 사람이 들어왔는데 눈길을 돌려 바라보았더니 바로 내가 기다리던 여학생이었다. 나는 가만히 앉아서 남이 하는 대로 눈치껏 따라서 하였다. 학교선생님 같은 젊은 목사가 열변처럼 쏟아낸 설교가 많은 시간을 차지했고, 길지 않은 기도시간과 찬송시간이 몇 차례 있고난 다음에는 몇 개의 부서별로 진행하는 홍보시간이 있었다. 다음 주일날에 올리는 예배는 이 교회 창립 20주년 기념행사를 겸한 것이기 때문에 특별히 일반부와 함께 합동으로 올린다는 것이 주요한 홍보내용이었고, 회원소식 알림을 겸하여 우스개처럼 진행된 자유방담 시간이 있었으나 나의 시선과 관심은 주로 문제의 그 여학생에게로 집중되고 있었다. 마지막 순서가 개인발언 시간이었는데, 나는 처음 참석하는 학생으로서의 자기소개를 해야했다. 성명과 재학중인 학교, 간단한 신앙전력 등 하찮은 이야기를 하는 것인데도 말이 더듬거려서 애를 먹었다.

신입회원 소개를 끝으로 그날 프로그램이 끝났는데 나는 크게 실망하였다. 내가 눈여겨 보던 그 여학생은 어디로 갔는지 보이지 않았던 것이다. 나에게 교회 나오라고 그렇게 달콤한 말로 권했던 여학생이 어딘가로 사라져 버리다니, 예배시간 전부터 나를 안내해 주지 못했으면 마지막 순서인 소개시간 때만이라도 나에 대해 한 마디 해주고 어디로 갈 수도 있었지 않은가. 나는 생각할수록 분하고 자존심이 상했다. 나는 사방을 두리번거리면서 누가 알은 체를 해줄까 기다렸지만 그럴 사람이 없다는 것을 알자 밖으로 나갈 생각으로 걸음을 옮기고 있었다. 그제서야 내가 찾던 여학생이 얼굴을 보이더니 나에게로 와서 말을 걸었다.

— 정말 미안해. 교회창립 기념행사 준비로 집사님 만나뵐 일이 있었어. 오늘 지각한 것도 그때문이었어. 다음 주일날 예배는 일반부와 합동으로 성대하게 하니까 그때 나와. 그땐 내가 안내 잘할게.

나는 다음 주일 날 예배에 나가지 않았다. 박대 받은 걸 생각하면 창피하고 분조금은 화가 났다. 그 여학생이 나를 안내해 준다고 했지만 아마도 그날은 엄청 많은 신도들 틈에 내가 어디에 묻혀있는지 걔가 알지도 못할 것 같았다. 나는 그날 예배에 나가지 않으면서 분풀이를 했지만 나의 성급한 소행을 곧 후회하였다. 그 여학생이 나를 기다렸다면 얼마나 미안한 일인가. 저번 일요일에는 바빠서 나를 안내해주지 못했다고 하지 않았는가. 그만한 일에 화풀이까지 하는 나 자신이 옹졸해 보였고 이전과는 다른 의미에서 창피하기까지 하였다.

다음 일요일 날 나는 마음을 고쳐먹고 동문교회로 다시 나가보았다. 저번 날과 대동소이한 예배시간이 끝나고 학생회장이라는 여학생이 인사말을 하기 위해 일어서는 것을 보았더니 내가 저번 일요일 날 사라봉 기슭에서 보았던 학생, 코스모스 꽃밭을 배경으로 한 고감도 감성영화 장면처럼 내 마음을 설레게 했던 여학생 두 사람 중에 하나였다. 안내 팸플릿에서 그 여학생의 이름을 보았더니 나의 고모 이름과 같은 문혜란이어서 나의 관심을 더 끌었다. 이름만 같은 게 아니라, 수수한 옷차림과 수더분한 분위기까지 닮았던 것 같다.

문혜란의 인사말이란, 지난 주일 날 교회창립기념 행사에 여러 학생들이 수고해준 것에 대한 치사가 주된 내용이었다. 그날 합동예배가 끝난 다음에는 고등학생부와 중학생부에서 합작으로 만든 연극공연이 있었고 오후에는 그 연극팀이 시립양로원에 가서 봉사공연을 가졌다고 했다. 이 같은 봉사공연의 진행 겸 연극연출을 맡아봤다는 학생이 나의 관심을 끌었다. 코스모스 꽃밭에서 문혜란과 동행했고 바로 그날 나를 이 교회로 끌어들이는 전도사 역할을 했던, 최항지라는 이름의 여학생이었다. 봉사부장 정도야 성의있고 부지런한 사람이면 능히 해내겠지만, 연극연출은 통 크고 끼 있는 사람이라야 할 수 있으려니 싶었다. 한 사람이 그렇게 힘든 일 두 가지를 해냈다니, 지지난 주일 날 최항지가 나를 보고 바빠서 미안했다고 말한 것은 사실임이 드러났고, 지난 주일 최항지 연출의 연극공연을 내가 관람하지 못한 것도 나의 마음을 더 쓰라리게 해주었다.

이날 예배가 끝나고 개인발표 시간에 최향지가 나를 특별히 언급한 것이 나의 마음을 아프게 했지만 이로써 나는 그 여학생에게 폭 빠지게 되었다.

— 저번 주에 우리 제주동문교회 고등학생부에 입회 등록을 한 문창주 학생을 환영하는 말을 해야겠습니다. 이 학생은 지금 ○○고등학교 1학년인데 그 학교에서 몇 명 안 되는 장학생이라고 합니다. 제가 듣기로는, 머리가 나쁜 학생은 말이 많고, 머리가 좋아서 공부 잘하는 학생은 말수가 적다고 합니다. 공부 잘하는 사람은 아는 것이 많다 보니 말하고 싶은 것들이 차고 넘쳐서 어느 것을 먼저 말할지 고르다 보면 자연히 말수가 적어진다는 것입니다. 저와 같이 머리에 든 것이 별로 없으니까 골라잡을 필요도 없이 아무거나 있는 대로 내놓다 보니 말이 많은 사람하고, 문창주 학생처럼 머리에 든 것이 너무 많아서 과묵해진 사람, 이런 사람들끼리 만나서 심령의 교류를 하게 된 것은 주님의 축복을 특별히 많이 받은 결과라고 생각합니다.

— 방금 제가 들은 이야기는 저를 칭찬하는 말 같긴 한데, 정말 당치도 않은 말씀이네요. 저는 이 칭찬을 모두 반납하려고 합니다. 지금 여러분들 앞에 서있는 저는 무슨 말을 할지 머릿속에 생각들이 차고 넘치기는커녕 한 가지 생각도 잘 떠오르지 않습니다. 제가 공부를 잘하는 것은 맞습니다만, 그건 머리가 좋기 때문이 아니라 공부 말고는 잘하는 것이 없기 때문입니다. 세상에 잘할 수 있는 일이 많고 많은데 다른 것은 잘하는 것이 하나도 없으니 공부 하나만은 잘하게 된 것 같습니다.

이것은 내가 실지로 동문교회 고등학생부에서 말한 내용이 아니라, 그날 집에 가서 혼자만 이 생각 저 생각 끝에 도달한 나의 연설문안이었다. 최항지의 능청스러운 즉흥연설이 끝나자 몇 사람이 박수를 치기도 했고, 잘해 보시오, 하고 소리지르는 사람도 있었다. 그런 가운데 나는 기껏해야 엉거주춤 일어서서 감사합니다, 한 마디 하고 앉았지만 그야말로 좌불안석이었다. 잠시 후 나는 바쁜 일이 있는 척 서둘러 교회를 나와 집으로 향했다. 길을 걷는 동안 줄곧 최항지의 생뚱맞은 말들이 나의 머릿속을 어수선하게 만들었다. 최항지는 내가 학교에서 장학생이라는 것을 어떻게 알았을까. 아마도 우리가 만난 첫날 내가 입은 교복의 명찰에서 내 이름을 알고서 그녀가 아는 우리 학교 1학년 학생에게 물어보지는 않았을까, 이 정도의 추측이 갈 뿐이었다.

최항지, 최항지……. 나는 그날 밤 잠자리에서 낮에 교회에서 본 여고생의 이름 석 자를 속으로 몇 번 되뇌어 보았다. 그렇게 예쁜 이름인 것 같지는 않은데, 나는 이 이름을 동문교회 안내 팸플릿에서 처음 보았을 때 '최향기'로 잘못 읽은 생각이 나서 실소를 머금었다. 그러자 나의 읽기 실수를 그냥 인정하면 어떠냐 싶어서 내친김에 짧은 말 짓기를 해보았다. '최고로 향기로운 여자.' 썩 우수한 작품은 아니지만 최항지 여학생의 모습을 떠올리면 딱 어울리는 말일 것 같았다.

나는 이렇게 제주동문교회의 신도가 되었다. 일요일마다 화북마을에서 동문교회까지 걸어서 30분 정도 걸리는 시간은 나에게 신체적인 운동시간이면서 정신적인 자기순화 시간이 되어주었다. 첫날 이후 나는 교회에 빠지는 날이 거의 없었다. 나는 최항지에게 특별히 관심있다는 티를 내지는 않았고 최항지도 나에게 별다른 기색을 보이지 않았다. 그냥 우리 두 사람이 가까이에서 시간을 보내고 예배가 진행되는 것을 보고 듣고 하는 것만으로도 가슴이 설레이고 마냥 즐거웠다. 나로서는 처음 느껴보는 설레임이었을 것이다. 목사님 설교와 성경공부 시간에도 예수님 사랑과 신앙문제보다는 최향지 여학생의 모습을 훔쳐보는 일에 바쁜 나 자신을 발견하고 소스라치게 놀라기가 여러 번이었다.

그렇게 두어 달을 교회에 나갔으면서도 나는 최향지에게 뚜렷하게 접근하는 행동을 보이지 않았다. 어떤 행동과 어떤 말로 접근할지 결심이 늦어졌던 것은 최향지가 어떤 성격인지를 알아맞히기가 어려운 탓도 있었을 것이다. 나는 원래 성격이나 어조가 차분하고 진중해 보이는 여학생에게 호감을 갖고 있었고 최향지를 처음에 볼 때에도 그런 성격을 기대했었는데 가만히 보니까 나의 기대와는 거리가 있는 것 같아서 좀 당혹스러웠다. 최향지는 가끔 내가 놀랄 정도로 활발하고 명랑한 데가 있었으며 때로는 극성맞기까지 하였다. 그녀는 자기 자신의 고백대로 말이 많은 편이었고, 때때로 언성을 높이기도 하였으며, 입을 벌리고 깔깔 소리내어 웃거나 고개를 흔들기도 잘하였다.

내가 기대했던 여자가 아닌 것이 좀 실망스러울 때도 있었지만, 그것이 최향지의 매력을 감하지는 않았다. 애초에 최향지에게 걸었던 기대의 내용을 바꾸는 것은 어렵지 않았던 것이다. 더구나 나에 대한 그녀의 배려가 나를 감동시켰다. 좀 덜렁대는 면이 있는 여자인데도 간혹 나에게 말을 걸 때에는 조용하고 사근사근한 말씨를 써준다고 생각할 때에는 그녀의 배려심에 감복이 되었다. 어떤 때는 감미롭다고 할 정도로 상냥한 그녀의 말씨가 나의 머릿속과 가슴 속에 저며들었다. 나중에 알고 보니 최향지에게는 그럴만한 이유가 있었다. 최향지는 출생지부터가 서울사람이었고 제주도에 들어와서 산 지가 5년밖에 안 된다는 것이었다.

나의 열성적인 교회 출석은 겨울방학과 학기말을 지나 새 봄이 될 때까지도 변함이 없었고, 그동안 별다른 사건도 없었다. 4월에 들어서

부활절 행사가 있었는데, 부활절 날 신도들에게 나누어줄 달걀에 그림 그리는 일이 내가 보낸 사춘기 한 때의 기념비적인 추억을 만들어주었다. 부활절 달걀 그림 그리기도 봉사부장인 최항지가 책임을 맡았다. 우리 고등학생부는 부활절 예배가 있기 하루 전인 토요일 날 오후에 동문교회 소회의실에 모여서 최항지가 준비한 미술도구들을 가지고 달걀 위에 무지개 그림을 그렸다. 열성적인 신도 학생들 열댓 명이 모여서 도합 2백 개나 되는 달걀에 그림을 그리는 데에 한 시간이나 걸렸는데 나는 최항지 지휘 하에 공동작업을 하는 그 시간이 그렇게 즐거울 수가 없었다. 무지개 색깔은 일곱 개라는 서양인들의 고정관념을 깨고 우리나라 어법의 전통을 살려서 5색 무지개로 하자는 것도 최항지다운 상큼한 상상력으로 여겨졌다.

내가 보기에는 최항지의 무지개 그림이 단연 최고의 작품으로 보였고, 그녀의 작품을 하나 갖고 싶은 불가항력적인 충동에 휩쓸린 나는 그녀가 자리를 비우기를 기다리며 기회를 엿보았다. 최항지가 무지개 그림을 그린 달걀들이 그녀의 앞 테이블 위에 수북이 쌓여있어서 그중에 하나가 없어져도 표가 나지 않을 것 같았다. 우물쭈물 쭈뼛거리기 몇 번 끝에 최항지의 작품 하나를 슬그머니 꼬불쳐다가 주머니에 넣고 집에까지 가져왔다. 나는 최항지의 손길과 입김을 느끼기라도 하듯이 훔쳐온 달걀을 양손 손바닥 안에서 이리저리 굴려보기도 했고, 얼굴에 대고 비비다가 콧구멍 앞에 대기도 했다. 최항지의 고운 살결이 나의 맨얼굴에 닿는 느낌과 함께 정말 '최고로 향기로운' 공기가 코로 들어오는 것 같기도 하였다.

사흘 동안이나 그 달걀을 책상서랍 속에 두고 상상 속의 최항지 손길 바라보기를 즐겼던 것 같다. 그러다가 생각해 보니 삶은 달걀은 여러 날 간수하지는 못할 물건이라서 난처해졌다. 오래 상하지 않게 하려면 식초에 담가두면 될 것이라는 생각이 떠올랐지만, 내가 지금 별 하찮은 일에 매달리는구나 싶어서 어느 순간 충동적으로 그냥 먹어버리고 말았다. 그리고 나서야 나의 행동이 얼마나 유치했는지 부끄럽고 창피하게 여겨졌다. 최항지에게 까놓고 떳떳하게 말할 수도 있었지 않은가. 나는 그림 그리기를 잘하지 못하니 네가 그린 무지개 그림을 보면서 그리고 싶다고 말해도 되지 않았을까. 그러고 나서 그 달걀을 그냥 집에 갖고와도 되었을 것이다. 달걀 200개 중에 하나였지 않은가. 최항지는 자신의 무지개 그림 작품을 내가 집에 갖고 갔다는 말을 들었다면 싫어했을까. 그렇게 하면 오히려 그녀에 대한 나의 관심과 호의를 전하는 방법이 될 수도 있지 않았을까. 그 며칠 동안 일어난 일들은 한동안 나에게 찜찜하고 창피한 기억으로 남아있었지만, 햇수가 쌓이면서 서서히 미화된 결과 애틋한 추억으로 바뀐 것 같다. 세월 속의 진화현상이랄까, 잊지 못할 순정 명화의 한 장면 같은 것으로 승격되었으니, 아마도 나의 사춘기 시절 내용물이 빈약했음에 대한 반작용 심리였을 것 같다.

그날 이후로는 최항지에게 가까이 가는 것이 더 어렵게 느껴졌던 것 같다. 부활절이 지나고 5월이 되었는데 가정의 달로 정해진 5월에는 내가 다니는 학교와 교회에서도 그 이름에 걸맞는 행사들이 연이어 있었다. 제주동문교회 고등학생부에서는 고아원 같은 복지시설의 신세를 지는 아동들을 돕기 위한 성금을 모으는 관례가 있는가 보았다. 성금을 모아서 전달하는 것도 사회봉사에 관한 일이어서 봉사부장인 최항지가 맡았다. 나에게는 최항지하고 한 마디 말이라도 건넬 수 있는 좋은 기회였다. 그런데, 내가 보여준 부끄러운 행동이 그러지 않아도 위태위태하던 나의 자존심을 천길 낭떠러지 아래로 내동댕이치고 말았다.

최항지는 여러 학생들 앞에서 성금 모으기 행사에 대한 안내 광고를 하면서 다음 주일날에 성금 얼마씩을 가져와 달라는 말을 분명히 했는데도 나는 그날 아침에 그 일을 깜빡 잊어먹고 그냥 맨손으로 교회에 나갔던 것이다. 지니고 다니는 기본적인 용돈이 워낙 넉넉치 못했다. 나는 최항지 앞에 나가서 정말 미안하다, 다음 주일날 올 때 가져오겠다고 말할 수밖에 없었다. 나는 무슨 중죄인처럼 기어들어가는 목소리로 말했지만 이에 대한 최항지의 응답은 바짝 쪼글아든 나의 마음을 부드럽게 다독여주었다. 우리가 모으기로 한 성금은 학생부 인원 전부가 내지 않아도 되는 것이고, 오늘 모인 돈만으로도 목표 금액을 거의 다 채울 수 있는데 마침 자기에게 용돈 쓰다 남은 것이 있으니 아무 걱정 말고 있으라는 얘기였다. 다음 주일 날에는 성금을 꼭 갖다 내겠다고 약속을 한 내가 그날 교회에 나갈 때 약속을 지킬 성의가 없었던 것은 아니었다. 그날 아침 교회에 나갈 시간이 되어서야 그 약속이 생각났던 것이 죄라면 죄였다고 할 것이다. 그런데 수중에 그럴만한 돈이 없었던 나는 어머니를 찾았고 하필이면 그 시간에 어머니는 예고도 없이 집을 비우고 있었던 것이다. 나는 그날 최항지를 만날 것이 창피스러워서 아예 교회 출석을 포기하고 말았다.

내가 꾸겨진 자존심을 회복하는 날은 영영 오지 않았다. 다음 일요일에는 내가 약속한 돈을 확실히 품에 안고 나갔는데 보여야 할 최항지가 보이지 않았던 것이다. 누구한테 뭐라고 물어보지도 못하고 혼자 마음을 끓이고 있었는데 그 다음 주일이 되어서야 최항지가 아버지를 따라서 서울로 가버렸다는 기막힌 소식을 듣게 되었다. 최항지가 몇 년간 제주도에 거주했던 것은 자기 아버지가 제주도청 고위공무원으로 발령받고 온 때문이었는데 두어 해 전에 서울 소재의 무슨 국영기업체 임원으로 전직을 한 아버지가 뒤늦게 가족들을 불러들인 것이라는 얘기였다. 그처럼 나를 위해 배려를 많이 하는 것처럼 보였었는데 나에게 한 마디 말도 없이 사라지다니, 나는 며칠을 두고 허탈한 마음을 달래면서 곰곰이 따져보았다. 미성년인 딸이 아버지를 따라서 이주를 하는 것은 전혀 이상한 일이 아니지만 나에게 한 마디 귀띔이 없었던 이유를 알 수가 없었다. 나는 여러 날을 두고 이리저리 생각을 굴려보았다. 최항지는 역시 나에게 오르지 못할 나무였음이 판명된 느낌이라고 할까. 나는 한때 자신의 분수를 모르고 허망한 꿈을 꾸었음을 인정하기로 했다. 최항지가 나하고 운명을 같이하기를 바란다는 것은, 우리 두 사람의 몸뚱이가 초대형 태풍에 실려서 멀리 무인도 같은 곳으로 날려가는 일이 없는 이상 불가능 할 것이라는 생각이었다. 그후 나는 제주동문교회 쪽으로는 가까이 가지 않았다. 그곳 사람들 보기가 너무 창피했던 것이다.

7장
연애의 승패도 힘의 논리런가

내가 최항지를 먼발치에서 그리워하기만 했던 그동안의 속앓이는 비록 아무런 사랑행위에도 이르지 못했지만, 그런 가운데에서도 내가 얻은 정신적인 성숙은 작은 것이 아니었을 것 같다. 그전에는 여학생 뒤를 쫓아다니는 남학생을 보면 무조건 천박한 탓이라고 생각했던 나였다. 여자의 유혹에 잘못 넘어가 일생을 망쳤다는 남자를 보면 가엾게 여기기보다는 한심하게 보고 경멸하던 나였는데 이제는 미묘한 남녀관계의 문제를 새롭게 보게 된 것이다. 세간의 손가락질 대상이 되는 남녀 간의 치정관계까지도 진지하게 바라보게 된 나의 눈에는 거리에서 팔짱 끼고 나란히 걸어가는 그 많은 남녀 커플들의 얼굴이 예사롭지 않게 보였다. 이처럼 남녀관계를 바라보는 안목을 일신하는 가운데 나는 자못 근신하는 마음으로 다시금 학업에 열중하게 되었으며, 정서적으로 한결 성숙해진다는 기분이 되었다. 이렇게 그 해 1년을 거의 다 보낼 즈음의 나에게 초미의 관심사로 떠오른 것이 우리 학교 여선생을 둘러싼 연애사건이었다.

우리에게 영어를 가르치는 안민영 선생의 러브스토리가 우리 학생들 사이에 귓속말로 삽시간에 퍼지게 된 것은, 2학기 학교수업이 거의 끝나고 겨울방학 시작이 가까운 때였던 것 같다. 안민영 선생의 연애사건이 이 때에 와서야 일어났다는 말은 아니다. 그 이전에도 그녀의 신상에 대한 소문들은 우리들 사이에 물밑에 잠긴 수초들처럼 소리없이 퍼지고 있었던 것인데 그것이 어떤 계기를 당하여 수면 위로 떠오르게 되었던 것이다.

안민영 선생은 아직 미혼이었다. 잡초처럼 왕성한 감성 발달이 최고조에 다다른 고등학생들에게는 나이 젊은 처녀선생이라는 것만으로도 관심과 흥미의 초점이 될 수 있는 일이었다. 안민영 선생은 적당한 키에다 얼굴까지 보기 드문 미인이었고, 목소리가 고와서 수업 중에 영어 발음도 음악소리처럼 들렸다. 실력이나 재치와 더불어 짓궂은 남학생들에 대한 이해성과 관대함까지 모두 갖춘, 말하자면 스타교사였다. 내가 생각해본 그녀의 흠이라면 입이 너무 크다는 것 정도였다. 우리 반 학생들 중에 안민영 선생을 좋아하지 않는 학생이 있었다면 어딘가 좀 삐딱한 성질이었을 것이다. 그 당시만 해도 젊은 여자선생이 남자고등학교에서 가르치는 예가 별로 없는 시대였다. 웬만한 처녀선생이었으면 개구쟁이 남학생들의 등쌀에 견디지 못하거나 근거가 애매하고 너절한 온갖 소문에 시달릴 법한데도 그 시절의 안민영 선생이 그런 불행을 겪지 않았음은 오로지 절대다수 학생들이 안민영 선생을 좋아하고 존경하기 때문이었다고 생각된다.

안민영 선생의 신상에 대해 나돌기 시작한 입소문은 거의 모두가 그녀가 언제 어디에서 어떤 남자하고 단둘이서 다니는 장면이 발견되었다는 내용들이었다. 아마도 다른 내용의 소문들은 어느 정도 유포되다가도 학생들의 흥미를 끌지 못하여 용도폐기 되었을 것이다. 그만큼 안민영 선생에게 데이트 파트너가 있을 것이냐 하는 문제가 학생들의 압도적인 관심사였을 거라는 말이다. 처음에는, 신제주의 민오름 올라가는 길에서 두 사람만 나란히 걸어가는 것을 본 학생이 있다거나, 제주항 서부두의 방파제 산책로에서도 두 사람만 걸어가는 것을 본 사람이 있다는 등 데이트 파트너가 있을 것이라는 추측성 소문이었다. 그러나 이런 정도의 정보만으로는 부족하였다. 먼발치에서는 안민영 선생의 동반자를 자세히 볼 수 없기 때문에 그 남자들이 동일인인지를 알 수가 없었고, 따라서 그 같은 장면의 목격은 연인관계임을 증명하는 사실인 증적 가치가 가벼울 수밖에 없었다. 결정적인 목격담이 나온 것은 초겨울 첫눈이 올 때쯤이었다. 안민영 선생과 어떤 남자가 둘이서 마지막회 상영이 끝난 영화관을 나란히 걸어 나오는 것을 바로 옆에서 보았다는 목격자가 있다는 말이 나돌 때에 비로소 우리는 이제 결론을 내려도 될 것임을 암묵적으로 시인하게 되었다. 그렇게 되자 그전에 용도폐기되었던 원거리 목격담들까지 회생하는 분위기였다. 이제 그녀에게 사랑하는 남자가 있다는 것이 증명되었다면 과연 그 남자는 누구일 것이냐 하는 문제가 자연스럽게 급부상하였다.

이제까지 친구들이 쑥덕거리는 소리를 듣고만 있던 과묵한 친구 하나가 입을 열었을 때 우리는 침을 삼키며 귀담아 들었다. 안민영 선생의 파트너는 작년에 우리에게 영어과목을 가르치던 김상길 선생이라는 얘기였다. 이제 와서 보니, 그 열정적이고 인기 좋았던 김상길 선생이 지난 학년말을 끝으로 우리 학교에서 나가버린 것은, 안민영 선생과의 연인관계가 무르익고 있음을 뜻하는 것이 아니겠느냐는 자신있는 해석까지 듣게 된 우리들 대부분은 이를 믿을 수밖에 없었다.

그러다가 안민영 선생이 김상길 선생과 멀지 않아 결혼하게 된다는 소문이 퍼지게 된 것은 겨울방학 시작이 불과 1주일밖에 남지 않은 때였다. 우리들 사이에서는 갖가지 열띤 반응들이 나왔다. 순간적으로 짤막한 괴성을 지르는 학생들도 있었는데 그들은 아마도 자기가 내는 괴성소리가 다른 친구의 입에서 다시 나왔다면 별일이란 듯이 피식 웃었을 것이다. 막상 안민영 선생의 결혼소식이 전해졌을 때 우리의 반응이 환영하고 축하하는 덕담 일색으로 일치하지 않았던 것은 아무래도 이상한 일이었다. 좋아하던 사람을 영영 놓치는 것 같으니까 이를 아쉬워하거나 서운하게 여기는 거야 그럴만하다고 하겠지만, 이제까지와는 달리 뜬금없이 빈정거리거나 괜히 악담하는 자들이 있다는 것은 알다가도 모를 일이었다. 전에 없이 화장실 벽에 대담한 낙서나 만화가 오리발 개발 그려졌는데, 차마 눈 뜨고 볼 수 없이 추잡스럽고 민망한 것들도 있었다. 무슨 때문인지 모르지만, 그 시대에는 학교 화장실 벽에서 낙서와 만화를 흔히 볼 수 있었다.

그 해 겨울방학을 앞두고 우리 학교의 화장실 벽에는 현란한 그림과 대담한 문장들이 유난히 많이 등장하였다. 여자의 알몸이 여러 가지 자세로 그려지는가 하면, 어느 여선생이 어떤 남자와 무슨 작업 하는 장면을 봤다는 등 날조된 것임이 분명한 고발까지 발견되었다. 그중에서도 이제까지 잊히지 않는 것이 하나 있다. 체모까지 그려진 알몸으로 비스듬히 마주보는 남녀 두 사람을 그린 만화인데, 남자 머리 위의 말풍선에는 느낌표(!)가 그려져 있고, 여자의 말풍선에는 물음표(?)가 그려져 있었다. 여자의 몸 아래에는 AMY라고 쓰여졌는데 안민영 선생의 이니셜임을 나는 즉각 알아보았다. 남자의 이니셜은 보이지 않았다. 나는 이 만화를 여러 번에 걸쳐 한참이나 바라보았다. 이것을 그린 사람도 한참 상상 공상을 즐기다가 그렸을 것이라는 생각이 들었다. 안민영 선생의 정사를 암시하는 다른 만화나 낙서들은 내가 깨끗이 지웠지만 이것만은 더 두고 보려고 했는데 며칠 뒤에는 누가 지웠는지 없어져

버렸다.

겨울방학이 시작되기 2, 3일 전 나는 다른 학생들은 아무도 모르는 이상한 사건의 주인공이 되었다. 그날 아침 나는 무슨 이유론가 아침 등교가 늦어져서 헐레벌떡 잰 걸음으로 교문 안으로 들어가고 있었는데 바로 내 눈 앞에서 낯설지 않은 얼굴이 나를 빤히 바라보는 모습을 보고 흠칫 놀랐다. 바로 작년까지 우리 학교 영어교사였던 김상길 선생이었다. 김상길 선생은 나를 보자 즉시 손짓하여 부르더니 작게 접힌 흰 종이봉투 하나를 내 손에 넣어주면서 말했다.

— 미안하지만 이거 안민영 선생에게 좀 전해줄래? 되도록이면 빨리 말야. 알겠지?

편지를 쥔 내 손을 꼭 잡는 김상길 선생의 얼굴은 안절부절 못하는 표정이 역력하였다. 나는 거절하지 않았다. 거절하기는커녕 백 번이라도 해드리고 싶은 심부름이었다 할 것이다. 나는 마땅히 들어가야 할 우리 반 교실로 들어가지 않고 누구한테 제지를 당하거나 인사말을 건넬 틈도 없이 교무실로 곧장 들어갔지만, 안민영 선생이 지금 수업중이라는 말을 듣고는 잠시 망설였다. 나는 옆자리 선생에게 대신 전해달라고 말할까 하다가 마음을 바꾸고는 편지봉투를 그냥 갖고 수업중인 우리 교실로 들어갔다. 마음이 총총하여 공부가 될 리 없었다. 겨우 한 시간 수업이 끝나고 교무실로 다시 갔더니 이번에는 수업 마치고 방금 들어왔던 안 선생이 급하게 밖에 외출 나갔다고 하였다. 다시 한 시간 수업을 마치고 갔더니 마침 자리에 계셨다. 편지를 받은 안민영 선생은 무척 겸연쩍은 표정을 띠었기 때문에 나는 찜찜한 마음으로 교무실을 나와야 했다.

나는 그해의 겨울방학 내내 찝찔한 기분으로 지내야 했다. 김상길 선생이 안민영 선생에게 전할 편지를 나에게 건네줄 때 안절부절 못하는 표정이었음을 생각하면 그 편지의 내용이 굉장히 시급하고 중요한 것이었음은 짐작하고도 남는 일이었다. 나도는 소문으로는 이들 두 사람의 혼인이 결정되었다고 하지만, 미래의 일이란 알 수 없는 것이라는 생각이 나의 마음을 아프게 압박하였다. 그때 내가 안민영 선생에게 편지를 제때에 전해주지 못한 것이 화근이 되어 무슨 불상사가 생길지도 모른다는 의구심이 나의 뇌리를 떠나지 않았다. 나에게 그럴 의도가 있었던 것은 아니지만, 결과적으로 메신저로서의 나의 역할이 부실했던 것은 사실이었고, 내가 그 운명의 순간에 좀더 신속하고 다부지게 편지를 전할 방도가 있었을 것이 아닌가 하는 생각이 나의 심기를 불편하게 만들었던 것이다.

겨울방학이 끝나고 개학하는 날 우리를 기다리고 있던 뉴스는 안민영 선생이 우리 학교 교사직을 사직했다는 소식이었다. 그녀가 결혼하는 거야 우리 모두가 예상한 일이었지만 학교를 사직하기까지 한 것은 뜻밖이었다. 화장실 벽에 낙서하는 학생들이야 제멋대로 감정발산을 했겠지만 안민영 선생이 떠나는 것에 대해 서운하지 않은 학생은 별로 없었을 것이다. 학생들은 서운해하면서도 그런 마음의 표시를 자제하는 가운데 며칠이 지났는데 마침내 드러난 사실은 우리 모두를 깜짝 놀라게 만들었다.

안민영 선생의 결혼 상대는 김상길 선생이 아니라 미국남자라는 것이었다. 이 충격적인 뉴스의 주인공인 미국남자가 어떤 사람인지는 멀지 않아 밝혀졌다. 바로 우리 학교에서 겨우 2년 동안 영어회화를 가르쳐온 피스코(Peace Corps) 강사라는 것이었다. 제임스라는 이름의 이 미국남자는 한 학급에 매주 한 시간씩만 수업을 했기 때문에 학생들에게 잘 알려져 있지도 않았다. 이건 믿는 도끼에 발등 찍힌 것이 아니라, 있는지도 몰랐던 도끼가 얼결에 발등을 찍는 격이었다. 제임스라는 인물에 대해서 나로서는 특별히 신세진 일이 있었기 때문에 나는 그의 스캔들에 대해 각별한 당혹감을 느끼게 되었다. 제임스가 2년 전에 부임한 후 우리 학교에서는 원어민 영어강사의 역할을 최대한 이용하자는 방침으로 한 학기에 한번씩 '잉글리쉬 스피치 콘테스트'를 실시했는데, 지난 학기 콘테스트에서 제임스는 나를 당당히 전교 일등으로 낙점했던 것이다. 영어공부를 열심히 한 것은 오래되었지만, 제임스가 부임한 이후에 그하고 개인적으로 자주 접촉하면서 영어회화 실습을 잘해 둔 것이 주효한 결과였다.

학생들은 자제하던 감정표현을 털어놓으며 이런저런 귓속말을 주고받았고 그중에는 노골적으로 제임스라는 미국남자를 비꼬는 사람도 있었다. 그 작자는 도대체 한국에 뭐하러 들어왔느냐, 평화봉사단으로 왔으면 최소한도 평화라는 이름값이라도 할 일이지 한국남자의 자존심과 적개심에 불을 지르는 것이 아닌가 등등 갖가지 비아냥거리는 말들이 오갔다.

이같이 비판적인 언사를 거침없이 쏟아낸 친구들 중에 박정훈이 있었음이 지금까지도 기억에 남는다. 평소에 과묵해 보이다가 중요한 논란거리가 있을 때 한 마디 똑 부러지게 내뱉는 그의 성질 때문이었던 같다. 이런 가운데서도 생각이 깊은 학생들 중에는 의문의 초점을 안민영 선생 자신의 선택에 두는 사람들이 있었다. 그들의 말로는, 안민영 선생의 선택은 특정 남자를 대상으로 한 것이 아니라 미국이라는 나라를 대상으로 한 것이라는 얘기였다. 한국여자가 미국남자를 남편으로 택한다는 것은 후진국 국민이 선진국 국민으로 일거에 격상됨을 의미하며, 게다가 안민영 선생은 영어선생이기 때문에 그런 유혹에 넘어간 것도 이해할 만한 일이라는 것이었다.

학급 친구들의 여러 가지 촌평을 듣는 나의 마음은 정말 착잡하였다. 내가 편지 전달을 잘못한 결과가 이렇게 됐다는 자책감이 더해진 것도 사실이었다. 자책감을 어느 정도 추스른 다음에 나는 안민영 선생의 미국남자 선택에 대해 곰곰이 따져보았다. 안 선생이 거의 성사되어가던 김상길 선생과의 결혼을 포기하였다면 그것은 정말 미국이라는 나라의 매력 때문이었을까. 한국남자보다 미국남자가 그렇게 좋았다는 것인가. 피스코 강사 제임스의 인물이나 허우대가 별로라는 것은 학생들 모두가 알고있는 대로였다. 그의 수업에 대한 학생들의 반응이 신통치 않은 것을 보면 인간적인 친화력이 있는 것도 아니었다. 요컨대, 안민영 선생의 신랑 선택은, 자신의 미래의 희망을 한국이 아니라 미국에 걸겠다는 믿음에서 나왔으리라는 심증이 섰다. 영어실력이 있으니까 영어 못하는 사람에게 있을 만한 의사소통 걱정에서 놓여날 수 있었을 것이고, 영어를 배우는 동안 몸과 마음에 익혔을 미국식 사고방식이 그녀의 취향에 맞았을 수도 있는 일이었다.

시간이 감에 따라 나의 착잡하던 심정이 정리되면서 안 선생의 선택을 타박만 할 수 없다는 생각이 들었다. 그러나, 그녀의 연애 파트너였던 김상길 선생에게 대해서는 좀 가혹한 평을 할 수밖에 없었다. 어찌 그리도 어리석게 다된 밥에 재를 뿌렸느냐 하는 심정이었다. 그동안 학생들에게 나돌았던 정황 수집이 정확했다고 한다면(다수 학생들의 간접 정보와 추측이 사실로 드러난 예가 의외로 많았다), 겨울방학이 임박할 무렵까지는 안민영-김상길 커플이 맺어질 가능성이 많았었는데, 아마도 내가 끼어든 편지 전달 사건을 전후하여 사태의 급전환이 이루어진 것 같았다. 김상길 선생이 작년에 우리 학교를 그만두고 지방대학의 시간강사로 자리를 옮겨간 것이 이들 커플의 결합이 성공단계에 임박했음을 의미하는 것이었다면, 일을 그르친 원인은 1년이라는 긴 세월을 허송한 데에 있고 이에 대한 문책을 당할 사람은 아무래도 김상길 선생 자신이라고 생각되었다. 조금만 더 결단력을 발휘하고 일을 서둘렀다면 왜 피스코 강사 제임스에게 그런 수모를 당했겠느냐는 것이다.

여기까지 상념을 이어가던 나는 결국에는 문제의 삼각관계 세 사람은 각자가 자기 갈 길을 제대로 찾아든 것이라는 결론에 이르렀다. 김상길이라는 남자에게 우유부단한 실기(失機)의 잘못을 탓하는 것은 부당하다는 생각까지 들었고 내가 중간에서 메신저 역할을 잘하지 못한 것이 그들의 운명 결정에 별다른 영향을 주지는 못했을 것이라는 판정을 내렸다. 나 자신이 면책받고 안도할 수 있는 방향으로 내려진 판정이었다. 안민영 선생의 마음이 미국남자에게로 돌아설 이유가 충분히 있었다면 비록 김 선생 쪽에서 더 일찍 결단력을 발휘하였다고 해도 그런 결단이 소기의 결실을 거둘 리가 없을 것이고, 설령 그들의 혼인이 용케 성립되었다고 해도 언젠가는 봄눈 녹듯이 해체되었을 것이다. 중요한 것은 힘, 남자쪽에서 갖추고 있는 종합적인 매력인데 제임스의 경우에는 그의 개인적인 매력의 결함을 벌충하는 미국남자로서의 매력이 그만큼 컸다는 것이 아닌가. 우리 반 학생들의 쑥덕거림을 가만히 들어봐도 초반의 안타까움이나 빈정거림이 사그라든 다음에는 대체로 수긍하는 방향으로 바뀌었다. 제임스를 택한 안민영을 놓고 배신자라거나 남자 고르기를 오판했다거나 하는 말은 거의 사라진 반면에, 잘했다, 땡 잡았다, 피스코 강사 하나 잘 만나서 팔자 고치겠다는 등 그녀의 선택은 어려운 행운을 잡는 똑똑한 판단이었다는 한 가지 방향으로 귀결되는 것이어서 한동안 헷갈리던 나의 마음에 평안을 가져다 준 셈이다.

안민영-제임스 커플의 결혼 소식을 들으면서 문득 생각난 것은 1년 전 내가 고교 1학년 때 영어 수업시간에 들었던 말들이었다. 그 수업을 맡은 사람이 바로 안민영 선생에게 버림받은 김상길 선생이어서 얄궂은 운명의 장난을 보는 것 같은 묘한 심정이 되었다. 언젠가 그는 그날 수업시간의 거의 대부분을 한국 현대사를 좌지우지한 미국의 힘에 대해 설명해 주었다. 미국은 인류역사상 그 어떤 강대국도 누리지 못했던 막강한 힘을 가지고 있는데, 이 같은 미국의 힘은 그 이전의 인간 역사와는 달리 정의로운 힘이라고 하는 해석이 나의 관심을 끌었었다.

종전에는 '힘이 정의다(Might is right)' 라는 부정적인 역사인식이 상식이었는데 미국의 세계지배에서부터는 '정의가 힘이다' 라는 긍정적인 인식이 가능해졌다는 것이다. 종전에는 국가의 힘이 지배자의 통치 기술에서 나왔지만, 이제 강하고도 정의로운 나라 미국이 등장하게 된 것은 국가의 힘이 국민의 자유로운 의사소통과 결집력에서 나오기 때문이라는 해석도 그럴듯하였다. 전세계 어디를 가도 미국 달러가 통용되지 않는 곳이 없고 미국언어인 영어가 통하지 않는 나라가 없다는 것인데, 만약에 달러화(貨)와 영어가 없었다면 세계인이 당하는 불편과 혼란이 얼마나 컸겠느냐는 얘기도 잊히지 않는다.

지금 돌이켜 볼 때, 내가 김상길 선생의 미국숭배 담론을 듣고 공감했던 것은 어디까지나 소박하고 순진한 마음에서였고 약소국가 국민으로서의 애국심의 발로였던 것으로 생각된다. 한미관계를 둘러싼 나의 소박한 애국심은 박정희 장군에 대한 기억하고도 함께 섞여 있다. 내가 고등학교 1학년 때 5.16 군사혁명이 일어났다. 혁명이 발발하던 당시의 어수선한 시국에 대해서는 뭐가 뭔지 잘 몰랐기 때문인지 별로 기억에 남는 것이 없다. 반면에 혁명이 나던 해에 있었던 박정희 최고회의 의장의 미국방문에 대해서는 한 가지 기억이 떠오르는데 아마도 그때의 사진 한 장 때문인 것 같다.

그 해 가을 어느 날엔가 내가 고모부를 그의 사무실로 방문했었는데 나를 본 고모부는 챙겨두었던 어떤 신문을 꺼내어 거기에 실린 사진 하나를 보여주었다. 박정희 의장과 미국의 케네디 대통령이 백악관에서 만나 악수하는 장면이었다. 무능부패한 민주당 정권을 무력으로 내쫓고 쿠데타를 일으킨 지 반년이 지나도록 군사정권의 정당성을 인정받지 못하고 있던 박정희 의장은 미국 대통령과의 회담에서 지속적인 한국원조를 약속받음으로써 겨우 한숨을 돌릴 수 있었을 것이라는 고모부의 말이 나에게 인상적으로 들렸던 것 같다. 거만스럽게 양복 주머니에 손을 찌른 채로 건성으로 국빈을 맞이하는 미국 대통령 앞에서 굵고 검은 테의 짙은 색안경을 끼고 얼어붙은 듯 긴장된 표정을 한 한국 지도자의 모습을 보면서 나는 약소민족의 설움을 느꼈지만, 강대한 나라 미국에 대해서는 미움보다는 고마움을 느꼈던 것 같다. 어쨌거나 미국은 한국을 도와주는 나라였던 것이다. 세계를 지배하는 미국으로부터 인정을 받아야 한다는 전략적인 필요에서 이루어진 정상회담이었지만, 그것이 박정희 정부가 무능부패한 한국정권의 이미지를 떨쳐내는 계기가 된다면 좋은 일이 아니냐는 단순한 생각이었다. 만약에 박정희 정권이 미국 대통령의 신망을 얻지 못한다면 이와 함께 한국국민들로부터도 지지를 받지 못했을 것이니, 양국 정상회담이 원만하게 끝난 것은 천만다행이라고 생각되었다. 박정희 장군은 자신이 출마했던 첫 번째 대통령 선거에서보다 두 번째 선거에서 훨씬 더 많은 지지를 얻었는데, 이로써 나는 정의로운 나라 미국의 위상을 다시 확인하는 심정이 되었다. 박정희 장군이 결국 한국국민이 바라던 소신있고 능력있는 대통령으로 등장했다는 것은 뒤늦게나마 군사혁명을 승인해준 미국의 판단이 옳았음을 증명한다는 생각이었다.

김상길 선생이 그의 수업시간에 들려준 미국찬양의 담론은 그칠 줄 몰랐는데 그중에는 이민국가로서의 미국역사에 대한 것도 있었다. 외국이민들이 건국하고 발전시킨 나라들 가운데에서 미국은 특히 이민 조건이 까다로운 나라인데, 미국의 막강한 저력의 바탕이 바로 여기에 있다는 얘기였다. 출산율이 높지 않음에도 불구하고 미국의 인구가 계속 늘어나는 것은 전세계적으로 미국이민으로 들어가 살기를 원하는 사람들이 많기 때문이라고 하였다. 가령 어떤 평범한 한국사람이 그냥 미국 땅에 가서 살고싶다고 이민신청서 써내기를 골백번을 해도 헛수고이겠지만, 만약에 노벨상을 타든 세계적인 규모의 음악상을 타든, 그 밖에 어떤 방식으로든 세계가 인정하는 유명인사가 되면 미국은 그런 사람의 이민을 환영할 것이라는 얘기였다. 그러니까 세계에서 똑똑하고 잘난 사람들이 모여 사는 나라가 미국이라는 것이었다.

김상길 선생이 나에게 남긴 말들이 나의 뇌리에 강하게 각인되었던 것은, 안민영 선생을 둘러싼 구애 경쟁에서 그가 패배한 사실이 나 자신의 아픈 기억을 떠오르게 했기 때문이었을 것 같다. 그가 미국남자에게 애인을 빼앗긴 불행은 결국 그가 태어난 나라의 국제적인 위상이 뒤졌기 때문이라는 생각을 하게 된 나의 마음속에는 무력한 위치에 있는 남자로서의 동지의식 같은 것이 느껴진 것이었다.

김상길 선생이 애인을 빼앗긴 것은 요컨대 그가 갖고 있는 힘, 개인적이든 국가적이든 종합적으로 작용하는 실력이 달렸기 때문이라는 결론에 이른 나는 다시금 나 자신의 처지에 생각이 미치게 되었다. 나는 최항지에게서 작별인사 한 마디 없이 버림을 당하고는 나 자신의 용기없음을 자책하였지만, 내 나름대로 큰 용단을 내린 것도 사실이라는 생각이 들었다. 나는 종교신앙이 별로 없는 사람인데도 한 여자를 만나보고 싶은 마음에서 주일마다 교회 나들이를 했고 내 나름대로 나의 감정표현을 했지 않은가. 그런데도 불구하고 그녀가 떠나가기에 앞서서 한 마디 인사도 없었다는 것은 내 마음의 전달 여부에 상관없이 내가 지닌 힘, 그녀가 나에게서 인정하는 남자로서의 종합적인 매력이 모자랐음을 의미하는 것이 아닌가. 고위직 공무원 딸이라는 그녀의 사회적 신분이나 유복한 가정환경은 나의 경우와 견주어서 비교도 안될 것이라는 생각이 떠오르는 것이었다.

나는 결심을 단단히 다졌다. 힘을 기르자. 최향지, 아니 어떤 여자 앞에 나서서도 꿀리지 않을 힘을 기르자. 이를 악물고 열심히 공부하는 것, 이것만이 세상 여자들에게서 대우받는 길이다. 재산도 문벌도 아무것도 없는 나의 핸디캡을 메워줄 수 있는 것이 공부일 것이다. 공부야말로 나의 특기가 아닌가. 공부 말고는 잘하는 것이 없지만, 공부 하나만은 자신이 있지 않은가.

나의 노력은 헛된 것이 아니어서, 중상(中上) 정도로 떨어졌던 학과성적은 상으로 올라갔고, 드디어는 옛날의 최상을 다시 회복하였다. 졸업을 앞둔 진학상담 계절이 되면서 지망하는 대학과 전공이 학생들의 관심사로 떠올랐다. 담임선생하고의 상담은 너무 사무적이어서 그런지 기억에 남는 말들이 별로 없다. 그것보다는 학교 선배로부터 들은 말들이 아직도 기억에 생생하다. 고교시절 마지막 겨울방학을 앞둔 어느 날 우리 ㅇㅇ고등학교 선배들의 초청강연 시간에 들은 말들이었다. 이 지방 명문고교라는 명성에 어울리게 서울대학교에 다니는 선배들 네 명이 와서 우리 졸업반 네 학급에 한 사람씩 들어가 졸업 후 진로결정에 참고가 될 조언을 해준다는 것이었다. 칠판에 커다란 글씨로 써놓은 격문도 지금까지 기억에 남아있다. '오늘 다짐한 나의 결심, 내 인생의 갈림길.'

우리 반에 들어온 선배는 자신의 서울대법대 진학의 의미를 사회계층론적인 관점에서 풀이하는 열성을 보였다. 그는 자신이 그 대학을 지망할 때의 결심에 대한 회고로부터 그의 연설의 말문을 열었다. 말하기를 쉴 때마다 입술을 양쪽 입가로 바짝 당겨 실룩거리는 모습이 '나는 의지의 사나이다' 라고 말하는 듯하였다. 그의 연설 내용도 그만큼 결연한 의지력의 응결 같았다. 그는 자신이 고등고시 패스에 미래의 운명을 걸자는 결심을 한 것은, 그것이 가장 확실한 신분상승 사다리이기 때문이라고 하였다. 전세계를 둘러보아도 한국사회처럼 신분상승의 사다리가 제 구실을 하는 나라를 찾아보기 힘든 것은 그 나라에 전통적인 세습신분의 구조가 완강하기 때문이라는 것, 한국사회의 경우 일제의 침탈이나 전쟁 등 격변과 고난의 세월이 있었지만, 전통사회의 신분구조가 파괴되고 평등사회의 새판 짜기 기회가 열리는 의외의 효과가 있었다는 것…….

나는 그의 열변에 감동을 받았다. 나의 미래는 서울법대 진학에서부터 개척할 수 있다는 강력한 자기암시를 얻을 수 있었다. 가장 안전하고 확실한 신분상승의 사다리, 내가 그것을 놓칠 수는 없다, 놓쳐서는 안 된다……. 나는 제풀에 부풀어오르는 가슴을 안고 심호흡을 하였다. 중학생 시절 나는 미국유학 가는 구름 같은 꿈을 자신의 성공적인 미래 구상의 지표로 삼았던 기억이 떠올랐지만 이제 나는 더 현실적이고 더 확실한 성공의 길을 택하는 것이었다.

나는 지망대학을 정하고 결심을 굳힌 다음에는 흔들리지 않는 마음으로 오로지 입시공부에만 전념하였다. 누가 어디를 지망하느냐고 물어오면 그냥 웃으면서 글쎄요, 하는 정도로 얼버무렸다. 그런 질문에 대답하면서 마음이 흐트러지는 것조차 마다함이었다. 담임선생이 진학상담 시간에 물어올 때조차 글쎄요, 라고 할 수는 없어서, 어떻게 할까요, 하고 되물었다. 그러자, 내 성적 정도면 서울대 법대 정도도 바라볼 수 있을 것이라고 격려를 해주었다. 내가 그냥 가벼운 미소를 지은 것이 긍정적인 대답이 되어 버렸고 그런 상태로 날짜가 흘러가던 중이었다.

하루는 중학교 졸업반 때 나의 담임을 맡았던 박경수 선생을 학교 운동장에서 만났는데 대뜸 나에게 지망 대학 결정을 했는지 물어왔다. 이 분에게는 속내를 숨길 수가 없어서 나의 결심을 사실대로 말하였다. 그는 내가 중학을 졸업할 때 국립체신고등학교 진학문제로 신경을 많이 써준 사람이 아닌가. 잘했다고 격려의 말을 해줄 줄 알았는데 그의 표정이 이상하게 굳어지면서 입을 여는 것이었다.

— 집에서 어머니에게 상담해 봤어?

— 아직 안했지만 반대는 안 하실 것 같습니다.

— 그래도 한번 말씀드려 보라고. 그런 중대문제는 집안어른들 말씀을 들어봐야지 않겠어?

나는 더 이상 무슨 말을 하지 않고 집에 와서 어머니에게 말씀드리려고 했으나 어떻게 된 셈인지 말이 잘 안 나왔다. 나의 결심이 아직 설익었다는 생각이 들기도 하였다. 할 수 없이 나는 다음날 하교 후 집에 오는 길에 우리 마을 리사무소 옆 4H사무실에 들러서 고모부한테 이 문제를 의논거리로 내놓았다. 고모부는 그전처럼 친절하고 자상한 말 상대가 되어주었다.

— 서울법대 지망할 만큼 실력이 된단 말이지. 그런데 한 가지 걸리는 게 있단 말이지, 한 가지가…….

고모부는 잠시 뜸을 들이면서 나의 얼굴을 응시하더니 조용히 표정을 가다듬으면서 말문을 열었다.

— 조카는 연좌제라는 말을 들어봤는가?
— 좀 들어보기는 했습니다만, 그게 저에게 무슨 상관이 있나요?
— 조카는 아직도 세상 돌아가는 것이 캄캄이란 말이지.

고모부가 조용히 나에게 들려주는 말은 나에게는 실로 청천벽력이었다. 6.25전쟁이 일어난 지 10년이 더 지났지만 아직도 남북한 대치상황이 계속 중이기 때문에 과거에 빨갱이로 낙인 찍힌 사람의 가족들은 여전히 사회진출에 제약이 가해지며, 특히 나의 경우에는 부친이 좌익사상범으로 수감중에 행방불명이 된 상태에서 편법으로 사망처리가 된 경우이니 연좌제 적용대상 중에서도 최우선일 것이라는 얘기였다.

— 연좌제에 걸려서 고시에 떨어진 사람이 많단 말이다. 그런 거 알면서 어떻게 법과대학을 지망하느냐 말이지.

나는 갑자기 눈앞이 캄캄해 오는 듯하였다. 더 이상 물어볼 기분도 아니어서 나는 조용히 고모부 앞을 나와서 걸음을 바닷가 쪽으로 옮겼다. 갑자기 힘을 잃은 나의 발걸음은 바닷가 화북포구 쪽으로 향하였다.

나는 화북포구에 이르러 방파제 위를 걷다가 적당한 자리에 몸을 내려놓았다. 내가 앉은 자리에서 내려다보이는 눈앞의 풍경은 내가 수없이 여러 번 보았던 익숙한 것이었으나 오늘은 처음 보는 것처럼 낯설어 보였다. 끊임없이 일렁이는 파도가 검은 방파제 바윗돌에 부딪치며 흰 물결을 일으키고 있는 모습을 가만히 보고 있느라니 그 가운데에 얼굴도 모르는 아버지의 그림자가 어른거리는 듯했다. 일렁이는 파도가 바윗돌에 아무리 세게 부딪쳐도 우람한 방파제가 끄떡도 하지 않는 것처럼, 나의 앞길을 가로막는 거대한 절벽이 괴물처럼 버티고 서 있는 것 같았다.

맥 풀린 생각을 이어가던 중 문득 나의 머리에 떠오르는 일이 있었다. 내가 중학교 졸업할 때에 국립체신고등학교에 낙방한 것도 그 연좌제 때문이 아니었을까. 체신행정이라면 바로 국민의 정보통신망을 관리하는 업무이고, 국가의 주요 기밀이나 정보가 체신 공무원 손아귀 안에서 얼마든지 새어나갈 수 있는 것이 아닌가. 그러고 보니 어제 학교에서 만난 박경수 선생이 나에게 미심쩍은 말을 했던 것도 그런 내막 때문이라는 추측이 들었다. 연좌제는 도대체 언제 끝난다는 것인가. 앞으로도 그 해괴한 제도는 얼마나 더 나의 미래를 가로막을 것인지 막막하였다. 법과대학만이 아니라 어느 대학을 가든, 서울대학만이 아니라 어느 지방대학에 들어가든, 대한민국의 국경 안에 있는 한에 있어서 연좌제의 쇠사슬은 내가 꿈꾸던 신분상승의 사다리를 넘어뜨릴 것이 아닌가.

나는 지망대학 선택을 놓고 실의에 빠졌던 며칠 동안의 일들을 어머니에게는 이야기하지 않았다. 어머니에게까지 심려를 끼치고 싶지 않았던 것이다. 입시원서 제출 마감 날이 가까워서 나는 다시 고모부를 찾아갔다. 마음의 상처로 남을 낙심과 비관에서 벗어나 새로운 결심을 다질 필요가 있었던 것이다. 나의 방문을 반가이 맞아준 고모부는 먼저 내가 서울법대 지망을 포기하는 것이 마치 자기 잘못 때문인 것처럼 겸연쩍은 표정을 지으면서 말했다. 서울 소재 대학을 지망하는 것은 워낙 큰돈이 들어가니까 지방대학을 졸업하고 때를 기다리다 보면 세상이 바뀔 수도 있을 것이며, 지방대학 중에서도 사범대 쪽이 학비가 싸니까 우선적으로 고려해 보도록 권하는 것이었다. 내 생각으로도 고모부의 권고 속에서 나의 진로를 찾을 수밖에 없을 것 같았다.

4H 사무실을 나오던 나는 때마침 밖에서 들어오는 상주를 만났다.

4H구락부 활동 관계로 고모부를 만나 의논할 일이 있다고 말하는 상주의 얼굴이 전에 없이 밝고 기운차 보였다. 아마도 그가 4H 회원으로 벌이는 사업이 잘 돌아가는 상 싶었다. 식사만 따로 할 뿐 거의 날마다 집에서 보는 그였지만, 오늘 밖에서 보는 그의 얼굴이 유난히 어른스러워 보였다. 고단수 태권도 선수로 단련된 탄탄한 그의 몸매가 오늘따라 한결 돋보이기도 하였다. 상주는 이제 신체적으로나 정신적으로나 온전한 성인 노릇을 하겠거니 생각하니 나 자신의 처지가 전에 없이 쪼그라드는 것 같았다.

8장
어벙한 강의였으나

대학생이 되어서도 좌절감이 쉽게 가시지 않은 나는 몸도 마음도 나대는 일 없이 조신한 생활을 하기로 하였다. 이제까지는 흐르는 강물 물살이 얼마나 거센지를 모르고 거슬러 오르려고 하다가 상처만 남은 것 같아서 앞으로는 그냥 강물 줄기 흘러가는 대로 몸을 맡기자는 결심이었다. 신입생 환영회니 무슨 모임이니 하면서 많이들 모이고 떠들고 하는 자리도 가급적 피하고 먼발치에서 바라보기만 했다. 같은 또래 학생들의 보조에 맞추지 못하여 소외감이 들 때에는 도서관을 찾기로 하였다. 대학에 입학했으면서도 즐겁거나 희망찬 신입생이 되지 못했기 때문에 캠퍼스 안에서 누가 나를 알아보는 것도 별로 반갑지 않았다. 고등학교 때 같은 반이었던 박정훈이가 나하고 같은 사범대로 들어왔는데 오래된 친구가 같은 캠퍼스에 있다는 것이 거북하게 느껴지기까지 했다. 나는 영어교육전공이고 박정훈이는 국어교육전공이어서 교양과목 강의는 같은 클래스에 속했다. 그는 좀 과묵하고 까다로운 데가 있지만 인정이 많은 친구였다. 사교성이 없기로는 나하고 비슷하였기 때문에 우리 두 사람이 오랫동안 같은 캠퍼스에 있으면서도 그렇게 친숙해지지 못했던 것 같다.

나의 처량한 신세가 막막하게 느껴질 때 상주의 얼굴이 떠오르고는 하였다. 그는 밭농사보다 수익성이 훨씬 좋은 밀감재배에 손을 대었다. 그것도 마을 안에서 소문 날 정도로 대규모였다. 작년에 있었던 전국 4H경진대회에서 우수상을 받은 일로 해서 상주는 우리 마을에서 유명인사가 되었다. 부상으로는 오토바이 한 대를 받았고, 협력기관인 농촌진흥청의 추천으로 농협 영농자금을 대출 받아서 대단위 토지를 구입했던 것이다. 물론 고모부의 도움이 컸을 것이다. 상주가 일찍부터 매맞은 자국을 아물리고 있음에 비해 나의 경우는 뒤늦게 맞은 매 때문에 걸음 옮기기가 힘든 격이었다. 어머니와 둘이서 딴살림을 살았던 덕분에 빨갱이 가족의 설움을 당해본 기억이 별로 없는 나에게 연좌제는 생소하고 엉뚱하고 거대한 절벽 같이만 여겨졌다. 상주는 농촌에 묻혀 사는 관계로 연좌제에 부딪칠 일이 없다는 것도 부러웠다.

대학 신입생 1년을 흔히 방황기라고 말하지만 나야말로 무척 오랫동안 방황하고 고뇌했던 셈이다. 나의 처지로는 어울리지 않게 오만한 생각에 빠지기도 했다. 교수들은 자기가 소개해준 교과서를 여기저기 겉핥기로 훑어보다가 얼렁뚱땅 마치는 수가 많았는데 나는 그것을 교수들이 실력이 없기 때문이라고 단정해버렸다. 지식이란 것은 완성단계가 있을 수 없고 영원한 가설들을 한데 모은 것이 교과서임을 알기에는 내가 그 당시에 너무 무지했다고 해야할 것이다.

왕년의 우등생이라는 주제넘은 호기를 가지고 교수들 강의를 평가하려 했던 나는 쓸데없는 꼬투리 잡기나 공상에 빠지기도 했다. 그러나, 어설픈 오만과 방자함을 즐기는 나로서도 한눈 팔지 않고 주의를 모으게 하는 강의가 없는 것은 아니었다. 몇 마디로 간단히 요약한 말이 나중에 보면 방대한 지식발달사의 흐름을 압축했음이 드러날 정도의 훌륭한 교수도 있었던 것이다. 2학년 때 들었던, '한국사의 이해' 라는 제목의 강의는 좀 다른 의미에서 나의 주의를 집중케 하였다. 담당교수는 이번 학기에 대학강의를 처음 해본다는 시간강사였다. 그의 강의는 자신의 솔직한 고백대로 서툴고 요령없고 어벙함에 틀림없었지만, 그렇다고 수줍어하기는커녕 도도하고 안하무인격이어서 우리 모두를 어리둥절케 하였다. 그는 첫 시간 첫인상부터가 우리의 주의를 확 끌어당겼다. 세련되지 못한 옷차림과 어눌한 말투, 학생들을 똑바로 바라보지 못하는 불안정한 시선, 이 모든 것이 이 사람은 대학강의를 처음 해보는 것임을 알려주었다. 한 가지 얘기 하다가 다 마치지 못한 채 다른 얘기를 시작하고 왔다갔다하는 품이 가히 좌충우돌이며 천방지축이었다. 우리는 이 시간강사가 나이가 어리고 재일교포 출신이니까 그런 것이려니 하고 그냥 들어준 셈이다. 나로 말하면, 이같이 어설픈 첫인상이 오히려 그에 대한 주의력을 높여주었던 것 같고 그에게서 풍기는 묘한 매력이 되었던 것 같다.

황인탁이라는 이름의 이 풋내기 시간강사는 막무가내로 겁나는 것이 없어 보였다. 그는 자신의 강의 첫 시간에 말하기를, 자기가 맡은 강좌의 명칭은 '한국사의 이해' 이지만 이번 학기에는 '한국현대사의 이해' 로 범위를 줄여잡겠다고 하였다. 우리가 받은 강의계획서와도 일치하지 않는 강의진행을 처음부터 계획하다니 괘씸하기도 했지만, 나는 그의 진정어린 어조와 표정을 한번 믿어보기로 하였다. 처음 몇 주일 동안의 강의는 비참하게 몰락한 대한제국의 말로에 대한 설명이었는데 고등학교 때 많이 듣던 내용이어서 그런지 다소 지루하게 느껴졌다. 일제강점 시대의 민족사적 의의를 설명하면서부터는 그의 강의스타일이 뭔가 색다르다는 인상을 심어주기 시작했다. 특히 그가 구사하는 표현

중에는 감정이입적인 것이 많다는 것이 나의 주의를 끌었다. 다만 일제의 침탈을 당한 수난의 역사는 우리 민족이 국운융성의 시대를 맞기 위한 준비단계라고 풀이하는 부분에 이르러서는 뭔가 앞뒤가 맞지 않아 보였는데 우리 가운데 한 똑똑한 학생이 손을 들고 질문을 하였다.

— 일제의 식민지 시절이 국운융성의 준비단계였다는 말은 무슨 뜻인가요. 식민지 억압에서부터 독립된 나라는 모두 국운번창의 역사를 이루어야 그런 말을 할 수 있는 거 아닙니까.

세계역사와 국제정치에 대해 상당한 식견을 가져야 대답할 수 있을 것 같은 질문이어서 나는 황인탁 선생의 발언에 귀를 기울이고 있었다. 잠시 생각 끝에 그가 내놓는 대답은 그의 강의가 상당한 준비의 결과임을 보여주었다. 전쟁이 끝나고 열강의 식민 지배에서 풀려난 약소국가들 중에 실지로 발전과 번영을 이룬 나라들은 극소수에 불과했고 대개는 혼란시국을 면하지 못했다는 것이다. 자주독립국가로 가는 방법과 노선을 놓고 내부분열과 극심한 혼란을 겪는 경우가 대부분이었다는 설명이었다.

그럼에도 불구하고 한국의 경우에, 식민지시대의 종료가 국운융성의 시대로 이어질 수 있었다고 말할 수 있음은 제국주의 일본의 한국 침탈이 유례없이 잔혹하였기 때문에 이에 반발하고 비분강개하는 우리 국민들의 분풀이 욕구가 중요했다는 설명이었다. 더구나 우리 민족은 역사적으로 일본민족을 얕보았었기 때문에 이 같은 분풀이 욕구가 더 강할 수밖에 없었다고 하였다. 황인탁 선생은 나라 잃은 백성들의 '울분에너지' 야말로 민족적인 '발전에너지' 의 가장 큰 저력이 된다는 표현을 썼다. 역사지식만으로는 나올 수 없는 답변이었고 그가 일본에 거주하면서 당했을 모멸의 경험이 묻어나는 설명이라고 생각되었다. 대다수 학생들이 공감하는 모습이 역력하였고, 나로서도 그의 감정이입적인 역사서술에 공감이 가는 것이었다.

황인탁 선생이 해방 후 혼란기를 다루는 시간에 각별한 공을 들이는 것은 그의 학문적인 관심의 방향을 보여주는 것 같았다. 이 시대에 대한 황 선생의 설명이 내가 이제까지 듣던 것과는 너무나 달랐기 때문에 정말 내 귀를 의심할 정도였다. 종전과 더불어 일제강점기가 끝나는 시점은, 우리 민족의 울분에너지가 발전에너지로 승화되어 국운번창의 시대로 접어들 때였는데도 이 같은 민족도약의 꿈이 깨진 것은 미국이 끼어든 남북분단 때문이었다는 것이다. 나는 황 선생의 강의에 즉각 반발심이 생겼다. 반미감정을 지닌 채 역사를 보고 있으니 남북분단이 미국의 부당한 간섭 때문이라는 결론이 나온다는 것이 나의 생각이었다. 나처럼 반발심을 참지 못한 한 학생이 손을 들고 질문을 하였다.

— 교수님, 남북분단에 책임이 있는 것은 미국만이 아니라 소련도 마찬가지 아닙니까. 소련도 공산권 블록을 만들기 위해 남북분단에 참여하고 북한을 지원한 거 아닌가요.

황인탁 선생은 이 같은 질문에도 대답할 준비가 잘되어 있었다. 그는 잠시 당황하는 얼굴을 했지만, 잠시 후에 신념에 찬 대답을 내놓았다. 그 당시 소련이 제국주의 팽창정책을 쓴 것은 미국과 다름이 없지만, 그 악랄함과 집요함에 있어서는 미국이 훨씬 심했으며, 더 중요한 것은, 소련이 한반도의 사회주의정권 창출을 유도한 것은 이 지역 주민들의 요구에 따른 것이지만, 미국의 팽창정책은 한국국민의 요구를 무시하고 자국의 절박한 요구에 따랐다는 점이라고 설명하는 것이었다.

대다수 한반도 주민들이 희망했던 것은 자본주의 정권이 아니라 사회주의 정권이었음은, 그 당시 미군정 치하 남한 주민들에 대한 사회조사 결과가 보여준다고 하였고, 북한 주민들의 사회주의 지향은 남한보다 더 심했을 것이라고 하였다. 일제하 항일운동가들은 그 절대다수가 사회주의 운동가들이었다는 얘기도 강조하였다. 한반도의 남북에 미국과 소련의 괴뢰정권이 들어설 때, 북한에 주둔했던 소련군대가 철수할 때도 주한 미군의 철수가 지연된 것은 남한 내의 좌익척결을 끝낼 필요 때문이었다고도 했다. 북한지역은 일찍부터 사회주의 혁명세력이 장악하고 있었고, 해방 직후에는 좌익과 우익이 백중세이던 남한지역에서도 3,4년 만에 우익 세상이 된 것은, 미군정의 무자비한 좌익말살 정책 때문이었다고 했다. 황 선생의 강의는 때때로 대담하고 비장한 표현을 씀으로써 내 기억에 더욱 강렬한 인상으로 남아있다. 쫓겨난 좌익세력이 숨어들어가 유격대 신세가 되었던 태백산맥과 한라산 기슭은, 못다 이룬 민족의 비원이 묻힌 무덤이라는 것이다.

황 선생은 우리 민족의 우매함과 무능함을 개탄하는 부분에서는 더욱 준엄하였다. 만약에 일제치하 독립운동가들이 분열되지 않고 뭉쳐서 싸우는 모습을 연합국에게 보이면서 해방 시국을 맞았더라면, 승전국으로서의 자주독립권을 얻고서 신탁통치 논란이나 민족분단의 비극을 방지할 수 있었을 것이라는 얘기였다. 민족 내부의 분열상황은 한반도의 좌우익 간이나 남한 내의 우익세력들 간에서만이 아니라, 북한의 좌익세력들 간에도 있었음을 우리가 알게 된 것은 황 선생의 강의를 통해서였다.

만약에 북한의 김일성이 박헌영 지도하의 남한지역 좌익세력을 적절히 활용하기만 했더라도 한반도 전역에 사회주의 정권이 자리잡는 일이 가능했을 터이지만, 이들 두 사람이 서로 질시하고 배척했음은 안타까운 일이라고 하였다. 해방 이전에 독립운동 할 때부터 좌익이 우세하였던 한반도의 정세 때문에 미국은 우리나라가 남북으로 분열되어야 남쪽만의 우경화에 기대를 걸 수 있는 상황이었고, 애초부터 사회주의 정권이 공고해진 북한의 지배를 넘볼 수는 없었던 미국정부는, 하늘을 나는 두 마리 새보다는 새장 안에 갇힌 새 한 마리를 손에 넣으려는 꼼수를 썼다는 표현이 인상적이었다. 신탁통치 수용의 방향으로 갔을 경우의 자주적 역사창조에 대한 그의 신념어린 가설도 참신해 보였다. 우리가 옛날 교과서에서 배운 바 있는, 반탁(反託)이라는 남한정부의 선택은 미국의 음모에 놀아난 결과였으며, 한반도 전역에 대한 신탁통치 기간을 얻은 다음에 이 기간을 이용하여 우리 민족 내부의 자율적인 대립 극복이라는 성장통(成長痛) 과정을 거침으로써 좌우익간의 소통과 단합을 통하여 단일정부를 수립하는 것이 장기적인 전략이 될 수 있었을 것이라는 얘기였다.

어느 날 황인탁 선생이 민족통일에 대한 제주도 사람들의 신념과 열정에 대해 언급할 때에는 내 마음이 조마조마해졌다. 그는 민족반역자나 폭도라는 말 대신에 영웅이라는 찬사를 썼다. 5.10 총선거는 민족분단으로 가는 길이라고 생각한 제주도민들이 일으킨 것이 4.3항쟁이었으니 이야말로 민족통일 이념의 선구적인 발양이라는 설명이었다. 5.10선거가 국민들의 반대로 무효로 끝난 곳은 온 나라를 통 털어서 제주도밖에 없었다, 이승만과 김일성은 양쪽 모두가 한반도 전체의 단일선거에서 이념적으로 패배할 것이 두려웠으므로 반쪽만의 통치라는 기득권에 집착했다, 설령 한반도 전체를 자기와는 다른 이념집단에게 양보하는 것조차도 민족분단보다는 낫다고 생각했다면 어땠을까, 이념이란 것은 역사의 한 페이지이고 세월이 가면 변하게 마련이지만 민족은 영원한 것이 아닌가…….

황인탁 선생은 미국의 제국주의적 팽창 욕구를 그 나라의 건국이나 발전 역사와 결부시키기도 했다. 미국은 원래 아메리카 원주민들을 정복하고 세워진 나라였고, 유럽의 경쟁국들을 무력으로 퇴출시킴으로써 영토가 확장된 나라인 관계로 태생적인 패권주의 국가라 할 수 있고, 가진 자가 더 많이 가지려고 하는 무한한 욕망의 확대가 자본주의 미국의 팽창원리이기 때문에, 침략과 정복이 그들 고유의 유전자임을 면치 못하는 것이라는 설명이었다. 내가 들어왔던 역사서술과는 매우 동떨어진 주장이었지만 황 선생의 말도 일리가 있어보였다. 역사인식의 문제가 간단치 않다는 사실을 알려주는 것만으로도 그의 강의는 들을 만하다고 생각되었다.

그는 미국의 패권주의 정책 사례를 한국전쟁 말고도 베트남전쟁에서 찾아볼 수 있다고 하면서 다음 강의시간을 기다리게 하였다. 그의 다음 강의는 중간고사가 끝난 다음에 있을 것이어서 그동안 나의 머릿속은 그의 강의로 인한 혼란스러움이 그대로 계속되었다. 그의 새로운 이론 보따리가 내가 지녔던 지식과 신념에 대해서 너무나 동떨어졌기 때문이었지만, 그의 어설프고 덜떨어진 모습이 나의 혼란스러움을 더해주었을 것 같다. 만약에 같은 내용의 강의였더라도 황인탁 선생이 아닌 다른 어떤 사람, 품격이 있고 고명하신 노교수가 맡아서 했더라면 더 큰 호소력을 가지고 나의 마음을 움직이지 않았을까 하는 생각이 들기도 했다.

황인탁 선생이 간첩혐의로 검찰에 송치되었다는 것을 우리들은 신문기사를 보고서야 알았다. 우리는 2학기 중간고사가 지난 다음 첫 시간에 출석했다가 그 강의가 예고 없이 휴강된 것을 이상하게 여기면서 헤어졌는데 그 다음 강의시간에 '재일교포 간첩혐의자 검거' 라는 제호가 나있는 지방신문을 한 학생이 들고 왔던 것이다. 학생들은 어깨너머로 그 신문을 들여다보면서 놀람을 감추지 못했다. 역시 그랬었구나, 하는 표정들이었고, 대체로 그런 엉터리 시간강사에게 속은 것을 어이없어하는 기색이었다.

나는 제주출신 재일교포 사회에 대해서 아는 것이 많았지만 아무 말도 하지 않았다. 4.3사건 때 검거를 피해서 일본으로 도피한 사람들이 수천 명이 된다는 말을 들은 적도 있었다. 이들의 영향을 받았다면 제주출신 재일교포들 사이에서는 좌익사상이 더 우세할 것이라고 생각되었으나 나는 우리 교실 안의 분위기를 흔들고 싶지는 않았다. 무자격 강사 때문에 공연히 시간 낭비했다는 식으로 말하는 친구들이 많았지만, 그런 강의가 그 사람 혼자서의 상상과 공상에서 나온 건 아닐 것이라고 응대하는 대담한 친구도 있었다. 그같이 편파적인 주장을 가능케 한 재일교포 사회의 사상적 배경이 어땠을까 하는 것은 나에게도 의문이었다. 한국이 철저한 반공주의 국가라는 것을 알았다면, 그 강사는 그렇게 노골적으로 반미와 좌익 쪽으로 기울어진 강의가 용납될 리 없음을 왜 몰랐을까. 그가 진짜로 남파간첩이었다면 더 치밀하고 조심스러워야지, 대학 강의시간에 그렇게 좌경화된 역사서술을 펼 업무를 내다니 그럴 수 있는가 하는 생각이었다.

황 선생의 검거 사건을 시발점으로 하여 우리들 간에는 한동안 다양하고 엇갈리는 화제들이 오갔지만 그것도 학기가 끝나고 방학에 들어가면서 자연히 잠잠해졌다. 나는 이 어설픈 시간강사가 휘저어 놓은 마음의 동요를 누구보다도 오랫동안 겪었을 것이다. 이러한 마음 속 혼란이 어느 정도 가라앉은 다음에 남은 것이 베트남전 파병이라는 화두였다.

나는 이전에 한국군의 베트남전 참가에 대한 신문기사를 본 적이 있었지만 별다른 관심을 갖지는 않았었다. 베트남전쟁에 한국군대를 파견하는 문제가 정치인들 사이에서 찬반의 논란을 일으키는 것 같았으나 나로서는 이에 대한 판단을 내릴 만한 식견이 없었고, 위기에 처한 나라를 도울 수 있는 한국의 위상이 대견스럽다는 정도의 단순한 생각밖에 하지 못했었다. 미국이 소위 통킹만 침공사건을 계기로 베트남에서 전면전을 개시한 것은 내가 고등학생 때인 1964년이었는데 그때만 해도 지구상에서 공산당을 물리치는 전쟁은 모두 정의사회 구현을 위해 불가피하다는 단순논리가 나의 지적인 수준이었던 것 같다. 대학생활 한두 해가 대단한 것은 아니었지만, 적어도 역사의 진실이라는 문제에서 그렇게 간단한 결론이 나오지 않는다는 것을 알기에는 충분하지 않았나 싶다. 고명하신 교수님들끼리 서로 다른 주장을 한다든가, 대학강의에서 교과서로 쓰이는 책들 간에 서로 상이한 것이 많다는 사실도 세상을 똑바로 보는 것이 그리 간단한 문제가 아님을 깨닫게 했을 것이다.

내가 황인탁 선생에게서 베트남전쟁에 대한 언급을 들었을 즈음에는 우리 화북 마을에서도 베트남전 참전용사에 대한 입소문이 간간이 들려오고 있어서 나는 이에 대해 전에 없이 큰 관심을 갖게 되었다. 어느 집 귀한 아들은 베트남 참전 반 년 만에 전사하였다는 통지가 날아들어 아들을 기다리던 홀어머니는 충격을 받고 여러 날 침식을 못하였다고 하였다. 그런가 하면, 가출을 밥 먹듯이 하던 어느 집안의 골칫거리 아들은 월남전에 불려가 싸우다가 한쪽 다리에 중상을 입고 급거 귀국조치 되었는데 병원비로 쓰고도 남을 만큼 보상을 받는데다 이제 다시 가출은 하지 않게 되었다는 우스개 섞인 소문이 나돌고 있었다.

내가 베트남 전쟁을 염두에 두고 군입대 결심을 하게 된 데에는 여러 가지 사정들이 함께 모여서 용기를 주었다고 생각된다. 그 전쟁에 나가면 돈을 벌 수 있다는 말이 쪼들리는 우리 집 형편을 돌아보게 한 점도 나의 결심을 도와주었다. 그 당시에 누군가가, 영어실력만 있으면 베트남 전쟁에 나가서 팔자 고친다는 말을 했었는데, 그런 말이 오랫동안 나의 머리에 남아있었음이 기억난다.

그러나 더 중요한 것은, 나 자신의 억울한 신세를 면하는 일, 나의 아버지의 좌익 전력이 나 자신의 입지를 옭아매는 연좌제에서 벗어나려는 욕구였다고 생각된다. 나의 처지는 이와 유사한 전례를 떠올리게 하였다. 제주도 4.3사건 때 좌익 혐의로 당국의 사찰 대상이 되었던 제주도 청년들이, 6.25전쟁이 나자 국군으로 대거 자원해서 출정함으로써 빨갱이 딱지를 떼었다는 사실이 남의 일 같지 않아 보였던 것이다. 미래의 언젠가 내가 어떤 자리에 나설 때, 어느 나라의 멸공 전선에 자진 출전하여 미국군대와 함께 싸웠던 나의 전력이 밝혀진다면 그것은 나의 사상이 건전함을 증명해 줄 것이고, 아무도 나의 부친의 좌익 전력을 가지고 시비를 걸 수 없을 것이라는 생각이었다.

9장
두 형제 축배를 들다

나는 모처럼 결단력을 발휘하여 육군입대 지원서를 냈고 다음 해 봄에 영장이 나올 것이라는 통보를 받았다. 영장을 기다리는 나의 마음에는 온갖 상념들이 뒤섞였고, 입대 전 마지막 학기가 저물어가자 초조해지기까지 하였다. 나의 원대로 베트남전쟁에 나간다고 하면 그야말로 생사를 걸고 싸워야 하는 것이 아닌가. 이런저런 생각으로 어수선한 가운데 문득 상주 형의 군복무 문제는 어떻게 되는지가 궁금해졌다. 어느 날 이 문제에 대해 상주 형에게 물어보았더니 자기는 군대 징집이 면제되었다는 뜻밖의 얘기를 들려주는 것이었다. 작년에 병무청의 통지를 받고 정식으로 신체검사를 받았는데 시력검사 결과로 불합격 판정을 받았다는 것이다. 전혀 뜻밖의 소식이었다.

상주 형은 막강한 체력으로나 건장한 체격으로나 빠질 데가 없을 것 같고 더구나 소문난 태권도 선수가 아닌가. 상주 자신도 차마 자기가 신검에서 떨어지리라고는 생각을 못했다고 말하면서 자신이 타고난 사팔뜨기의 운명을 기뻐해야 할지 원망해야 할지 모르겠다고 하였다. 원래 정상적인 안구 기능이라면 양쪽 두 눈을 함께 사용하는 시력이 한쪽 눈 사용시보다 나아지게 마련인데, 사팔뜨기 눈의 경우에는 좌우 안구의 시력이 제대로 결합되지 않는데다가, 다른 사람들과 대화 중일 때에도 서로의 시선 맞추기가 어렵기 때문에 의사소통에 장애가 된다는 설명이었다. 이런 설명을 하면서 상주 형은 자기만 군대 면제받는 것이 나한테 미안한 생각이 들어서 내가 정식으로 신검 받고 입대할 때에 이런 말을 하려고 기다려왔다는 말까지 하는 것이었다. 나는 잠시 가벼운 웃음소리를 냈는데 그것은 아마도 나의 코끝이 갑자기 찡해오는 것을 막기 위함이었을 것이다.

— 축하해. 잘됐네. 정말 잘됐어.

나는 상주 형에게 힘주어 말했다. 그 험악했던 시절에 세상이 얼마나 무서웠으면 사람들을 똑바로 쳐다보지도 못하고 눈까지 불구가 되었을까. 그나마 군대생활의 고생에서 벗어나게 되었다니 축하한다고는 했지만, 씁쓸한 뒷맛은 어쩔 수 없었다.

상주 형이 군대에 안 간다는 말은 입대를 앞둔 나에게 큰 위안이 되었다. 두 형제가 모두 입대해 버리면 나이든 여자 어른들만 집안을 지키실 것이 걱정될 뻔했던 것이다. 어머니도 내가 입대하는 것을 반대하지 않아서 안심이 되었다. 이제는 나 자신이 부딪칠 일들이 걱정되었다. 멀고 낯설고 무더운 나라의 전쟁에 파견되어 간 다음에 어떤 일들이 있을지 하나씩 상상되어 떠오르는 것이었다. 맨몸 가슴에 방탄조끼밖에 입은 것이 없이 어깨에 탄띠를 걸친 병사들이 땅바닥에 엎드려 우거진 정글숲을 향해 소총을 조준하고 있는 베트남 참전 한국병사들의 사진을 보았던 기억도 떠올랐다. 아슬아슬한 전쟁터의 위험뿐만이 아니라 온갖 무서운 독충이나 전염병을 조심해야 한다는 말도 생각났다. 위험한 일들은 주로 낮에 일어나겠지만, 사위가 잠 든 한밤중에는 어떤 상황이 벌어질 것이며 혼자 조용히 밤을 지낼 때에는 내 마음이 얼마나 막막하고 쓸쓸해질 것인지 미처 생각지 않던 걱정들까지 떠올랐다.

마음이 쓸쓸해진다는 것에 생각이 미치자 그동안 까맣게 잊어버리고 있던 누군가의 말이 문득 떠올랐다. 군복무 중에는 러브레터를 주고받을 여자가 꼭 필요하다는 어느 학교선배의 말이었다. 여자가 잘나고 못나고는 중요하지 않고, 러브레터를 보내는 여자의 마음이 어떤 것인지도 중요하지 않다고 하였다. 이역만리 낯선 나라, 목숨 걸고 전쟁판에 나가는 남자를 대견스럽게 여길 여자들이 있을 법도 하였다. 좀 괜찮은 여자와 편지로나마 회포를 푸는 일조차 없다면 그곳은 얼마나 삭막할 것인가 싶었다. 보이는 것은 하늘과 땅, 그 위에 먼지구름과 정신나간 사이비 인종들밖에 없는데 그 속에서 사람의 온전한 정신상태를 유지하려면 흔들리는 마음 살포시 감싸줄 여자가 있어야 되고 그러려면 맨허공에서도 아리따운 그림으로 떠오를 여자, 러브레터 읽어주고 답장 보내줄 여자가 꼭 필요하다는 말이 무슨 뜻인지 알 것 같았다.

나는 정말 전쟁판의 쓸쓸한 남자에게 편지를 써 보내줄 여자를 머릿속에서 그려보았고, 나의 기억 속의 여자들 가운데에서 적임자이다 싶은 여자를 찾아보느라 한참을 고심하였다. 우선 나의 날조된 청원사항을 선뜻 들어줄 여자라야 했다. 남자의 당돌한 프로포즈를 놓고 시비를 걸지 않는 수더분한 여자라야 할 것이고, 자존심을 앞세우는 까다로운 여자는 절대로 안 될 터이었다. 나하고 같은 학과도 안 되겠다 싶었다. 같은 학과 소속이면 그 동창관계가 평생 불변인데, 혹시 일을 그르칠 경우의 그 어색한 관계가 부담스러울 것이었다. 그렇다고 해서 나하고 생면부지 사이라면 말을 붙여볼 건덕지가 없을 터이니까, 그동안 쌓아놓은 약간의 친교관계는 있어야 할 것 같았다. 동아리활동에서 알게된 사이라면 좋겠다 싶어서 꼽아봤더니, 신입생 시절 내가 잠시 가입했다가 탈퇴해버린 연극반 소속의 여학생 하나가 생각났다. 그 여자라면 가다오다 만나면 눈인사 정도는 하고 다니는 사이여서 괜찮겠다 싶었다. 그만하면 주고받을 이야기 재료도 얼마간 나올 것 같았고, 연극에 흥미있는 여자라면 꽁하게 체면 차리는 까다로운 스타일은 분명 아닐 것 같았다. 그리 미인은 아니지만, 내 처지에 미인이기를 바랄 수는 없는 일이었다.

나는 결단을 내리고 러브레터를 써보내기로 했다. 문장을 늘였다 줄였다 하면서 두 쪽짜리 편지를 쓰는데 하룻밤을 꼬박 새우다시피 하였다. 써놓고 보니 2인칭 대명사 당신이라는 표현은 아무래도 어색하여서 아무개 씨로 바꾸었다. 그것을 다시 읽어보니 사랑이라는 단어가 몇 번 쓰였는데 아무래도 염치없는 것 같아서 좋아한다, 마음이 통한다는 등의 단어로 바꾸었다. 나는 전에 없던 용감성을 발휘하여 바로 다음날 이 편지를 들고서 인근의 우체국으로 향했다.

그러나, 이 급조된 러브레터를 품안에 지니고 가는 동안에 나의 용감성이 다 소진돼 버리고 말았다. 우체통 있는 곳을 향하여 걸어가던 나의 머리에 느닷없이 내가 옛날 사모하던 최항지의 얼굴이 떠올랐던 것이다. 물론 최항지를 만난다는 기약은 없었지만 이런 러브레터를 부친다는 것은 적어도 최항지하고 있었던 아련한 추억들을 휘저어놓을 것이 틀림없었다. 만에 하나라도 최항지를 다시 만나게 된다면, 내가 떳떳하지 못할 것도 같았다. 순간적으로 결심을 바꾼 나는 결연히 걸음을 돌이켰고 갖고 있던 편지를 비벼서 가까운 휴지통에 던져버렸다. 미련없이 걸음을 돌이키던 나는 다시 돌아가서 휴지통 속에 구겨져 있던 편지를 꺼내들고 집에 돌아와서는 불태워 버렸다. 나는 러브레터 보낸다는 생각을 깨끗이 씻어냈다.

드디어 입대 날짜가 며칠밖에 안 남은 어느 이른 봄날이었다. 그즈음에 내 마음을 무겁게 내리눌렀던 것은 어머니에 대한 미안스러움과 함께 나의 형 상주에 대한 착잡한 심정이었던 같다. 그동안 우리 형제간이 너무 소원하고 서먹했다는 느낌이 몰려와서 부담스러웠던 것이다. 형제간 소홀했음에 대한 책임은 상주보다 나에게 있다는 생각이 들었다. 조상들 모시는 제사상 앞에서야 상주가 윗자리이지만 세상에 먼저 태어난 사람은 상주가 아니라 나이고, 무엇보다도 상주는 중학교 중퇴밖에 안 되는 학력이고 나는 어엿한 대학생이 아닌가. 나는 그날 따라 한결 따뜻해진 우리 집 마당에 나와서 요즘 부쩍 길어진 봄날 해를 바라보았다. 상주하고 둘이서 회포를 푸는 자리는 오늘이 좋지 않을까 생각하고 있는데 때마침 안채에서 나오던 상주가 먼저 말을 걸었다. 오늘 날씨도 좋고 한데 입대하는 동생에게 자기가 환송파티를 해주겠다고 하는 것이 아닌가. 지난겨울에 자기 농장의 밀감을 팔아서 처음으로 약간의 수입을 보았는데 동생에게 술자리 한번 마련해줄 밑천은 된다는 말까지 덧붙여서 나로서도 기분 좋은 자리가 되겠다 싶었다.

우리들 형제는 그날 저녁 대충 옷을 차려 입고서는 밖으로 나섰다. 동문시장 안에 식당가가 우리 화북 마을 사람들이 많이 가는 곳이어서 우리는 자연스럽게 시내버스 정거장으로 걸어갔다. 정거장 바로 옆에 우리가 나온 초등학교가 있어서 우리 한번 모교 운동장을 둘러보고 가면 어떠냐고 내가 말하자 상주는 그냥 지나치자고 하였다. 언제 조용할 때 나 혼자 찾아오면 좋지 않겠냐고 변명까지 곁들여서 나도 그러기로 하였다. 동문시장에 이르자 상주는 자기가 잘 간다는 식당으로 나를 데리고 들어갔다. 자리에 앉자마자 막걸리와 안주를 주문한 다음에 걸쭉한 소리로 먼저 입을 연 것도 상주였다.

— 거 뭣인가, 모교라고 해서 한번 들러보고 싶은 심정은 나도 알 만해. 군대 가면 옛날 일들이 그리워지기도 할 거고. 근데 난 말야, 솔직히 말해서 내 모교라고 해도 별로 그리운 추억이 없거든.

— 옛날 추억이라는 것이 그렇잖은가, 싫은 것도 있고 좋은 것도 있고 말이지.

— 그렇기는 하지만, 난 옛날 초등학교 다닐 때 쪽팔렸던 거 생각하면 아직도 그곳에 발트집하기가 영 내키지 않는단 말이여.

— 그런가? 뭐가 그리 쪽팔렸다는 거지?

— 다 알잖은가, 내가 그때 얼마나 창피당했는지.

— 언제 일 말인고.

— 거 있잖은가, 내가 5학년 때 학예회에서 연극 대사 까먹어서 먹통 된 일 말이여.

— 아, 그 얘긴가. 그때 일은 나도 잘 기억하고 있는데, 그날 화북초등학교 학예회 연극공연은 문상주 학생 연기가 인기 최고였잖은가.

— 최고 인기라니, 무슨 말을 그리 하노. 내가 그때 무슨 말을 할지 대사를 까먹고선 얼굴이 빨개지고 땀이 비 오듯 했던 거, 난 그때 일 잊지 못할 거여.

— 내 말 정말 안 믿는가 보네. 그때 문상주 역할이 바로 그런 거라니까. 가족들이 무슨 말을 해도 통하지 않고 혼자만 애통 끊어지는 먹통 하르방 역할이었거든.

— 동생이 지금 이 형을 위로하려고 하는 모양인데, 난 정말 그때 대사를 까먹어 가지고 진짜로 숨이 막히고 애통 끊어지는 지경이 되었단 말이여.

— 그거 참 재미있네. 진짜로 애통 끊어진 사람이니까 가짜로 애통

끊어지는 척하는 사람 연기보다 더 인기가 있었다는 거 아냐.

— 허, 그랬던가. 그렇다면 이거, 내가 우리 모교에 화려한 추억을 묻어두고도 몰랐단 말 아닌가. 자, 그런 의미에서 축배다. 문창주의 대한민국 국군입대를 축하하는 자리에서 문상주의 쪽팔렸던 추억도 함께 축배다.

우리 형제는 막걸리 잔을 부딪치며 건배를 들었다. 실로 오랜만에 유쾌한 시간이었고, 어쩌면 우리 형제간에 처음 맛보는 유쾌한 건배의 맛인 것 같았다. 우리의 초등학교 시절로 말하면, 내가 상주를 시샘했던 시절이라 할 수 있었는데, 학예회가 있던 그날 상주가 연극대사 까먹는 장면을 보면서부터 그에 대한 연민의 정이 그를 시샘하는 마음을 덮어가기 시작했던 것 같다. 그때부터 싹 트기 시작한 연민의 정은, 상주가 중학교를 그만두고 농사일로 방향을 바꾼 때에 이르러서는 그에게 시샘하는 마음을 온전히 물리쳐 버리지 않았나 싶다.

— 근데, 그때 연극대사 잊어버릴 정도로 형이 그렇게 긴장했었나? 그렇지 않으면 다른 무슨 일이 있었든지. 형이 맡은 역할은 대사가 별로 길지도 않았을 건데.

— 아, 그거 말이지, 난 지금도 기억이 생생한데, 그때 내가 보지 말아야 할 사람을 봐버린 탓이었어. 그 많은 관객들 틈에서 하필 그 사람이 내 눈에 띄었단 말이여.

— 누구를 봤는데?

— 그 작자 있잖은가, 우리가 초등학교 입학하던 날 나를 보며 악담하고 놀려준 작자, 기억 안 나나?

— 아, 그 키가 걸찍하고 여학생들 잘 놀려주고 하던 사람 말이지.

이름이 강범순이었을 거라. 화북교에 다니다가 4학년 땐가 전학 갔었지, 아마.

— 그랬지. 그 사람이 전학 가서 속으로 좋아하고 있었는데, 학예회 열리는 그날 구경 왔었나 봐.

— 그건 그래. 그날 다른 학교 학생들도 많이 와서 구경했던 거 나도 기억 나. 그 사람을 보니까 전에 있던 그 일이 생각났던 거구나. 오죽 허민 그 오랜 일을 잊어불지 못하고…….

— 그래 말이야, 얼마나 인이 박혔는지…….

— 이제랑 속시원허게 잊어불고 사시오. 잊을 건 잊고 살아야지, 원.

막걸리 잔을 여러 순배 돌리는 동안 취기가 돌았고 두 사람의 담화도 무르익어갔다. 술맛이 이렇게 얼큰한 줄을 이제야 아는 것 같았다. 술잔을 내려놓은 상주는 쩍-하고 한번 입가심 소리를 낸 다음에 잠시 나를 바라보더니 말을 이어갔다.

— 그러고 말야, 내가 동생한테 진작 이런 말을 하고 싶었는데 지금이야 하게 되네. 뭔고 하니, 우리 형제가 처음에 만날 때 너무 어렵게 만났다 이거여. 난 말야, 그때 생각허민 우리 집 어른들을 원망하고 싶어. 아이들 알아듣게시리 느네 형제허고 우리 집안 역사에 이런저런 과거사가 있었지만 다른 집 형제처럼 사이좋게 지내라, 이렇게 좀 다정하게 왜 말해주지 못했냐 이 말이여. 그때 동생이 나를 바라볼 때 내 심정이 어땠는지 아는가. 내가 그때 생각하면 참 어이가 없어서. 빨갱이 자식이라고 나를 놀릴까 봐서 동생을 피하려고 했다는 거여. 그때 동생은 어떻게 한 줄 기억나? 내가 동생을 못 본 체하려고 해도 동생은 나를 눈여겨보

려고 하고 꼭 나를 쫓아올 것처럼 했단 말이여. 난 동생이 나에게 무슨 놀리는 말이라도 하려는 줄 알고 멀리 달아나고 싶었다니까. 난 자네한테 엄마가 있다는 것이 얼마나 부러웠는지 몰라. 내 생각엔, 4.3사건 때 우리 엄마처럼 빨갱이 엄마는 다 죽였으니까 엄마가 있는 아이는 빨갱이 아들이 아닌 것으로 알았단 말이여. 허, 참, 그때 생각 허민 어이가 없다니까. 난 그 당시에 사람들이 나를 바라보는 것이 얼마나 겁이 났는지 몰라. 내가 키가 커서 사람들 눈에 잘 뜨이는 것까지도 싫었다니까.

— 아, 그랬단 말인가? 난 형이 그런 이상한 생각 가졌다는 거 꿈에도 몰랐는데. 그럼 오늘 우리 그것도 굿바이 건배 합시다. 그러니까, 어두운 추억은 멀리 가라고 굿바이 건배할까? 아, 그럴 게 아니라 우리 이번엔 좀 다른 건배사로 합시다. 에-또, 내가 지금 추억에 관한 명언 하나가 생각나는데, 이런 말이 있더라고. 좋았다면 추억이고 아팠다면 경험이다, 어때? 그러니까 우린 좀 바꿔서 이렇게 합시다. 아팠던 과거도 추억은 아름답다!

— 그거 좋은 말이여. 아팠던 과거, 추억은 아름답다!

우리는 다시 건배를 들었다. 나는 취기가 빨리 올라오는 것을 느꼈고 상주 역시 그러는 것 같았다. 이제까지 어른들이 시키는 말을 자주 들었으면서도 서로 호형호제하기가 쉽지 않았는데 오늘은 그게 슬슬 잘 나오는 것도 술기운 덕분인 것 같았다. 취기와 더불어 기분도 달아올랐지만, 내 머릿속에서는 한 가지 질문을 할까 말까 망설이고 있었다. 상주는 자신의 사팔뜨기 눈이 어떻게 해서 생긴 것인지를 알고 있는지 물어보는 게 좋은 일인지 판단이 서지 않는 것이었다. 나는 결국 이런 의문을 입밖에 내지 않기로 마음먹었다. 나는 그 대신에 상주의 농장 계획이 어떻게 되어가는지를 물어봤다. 상주는 제꺽 내 말을 받아 응수하지는 않고 술잔을 한번 더 들이킨 다음에야 작심한 듯이 깊게 가다듬은 목소리로 입을 열었다.

— 내가 요즘 말이지, 기분이 무지 좋거들랑. 기분 같아서는 말이지, 우리 집 지붕 꼭대기에 올라가서 큰 소리로 대한민국 만세, 하고 외치고 싶거들랑.

— 무슨 일이 우리 성님신디 경 기분 좋은지 한번 들어봅시다.

상주는 게슴츠레 두 눈이 붉어지고 목소리가 휘청거리는 것이 술기운이 제대로 오른 것 같았지만, 무슨 기분 좋은 일이 있다는 그의 말은 진정어린 것 같았다. 술은 값싼 막걸리가 좋지만 안주는 제일 비싼 걸로 다시 시키자고 드는 것을 보니 한껏 흥이 오르는 모양이었다.

— 난 요즘에 말이지, 올림픽 경기 비인기 종목에서 금메달 딴 선수 같은 심정이란 거여. 동생도 알다시피 내가 옛날에 중학교 그만둘 때 얼마나 창피했는지 몰라. 그러다가 고모부 덕분에 4H 활동 시작하고 농사에 재미 붙이다 보니까 자신감이 생기드란 말이여. 그래가지고는, 한라산 북쪽에선 누구보다도 먼저 감귤 과수원을 시작했고, 여기서도 밀감농사가 된다는 걸 증명했단 말이여. 이거 작은 일이 아니라니까. 그러니까 난 말야, 산북지역 밀감 농사에서 금메달을 땄다는 거여. 내 말을 알아듣겠나?

나는 상주가 나에게 스스럼없이 까놓고 자기자랑을 늘어놓는 것부터가 반갑고 기뻤다. 전에 없이 술기운이 빨리 올라오는 것 같았다.

10장
베트남전쟁 곁봉 보기

입대 후 석 달 동안 나의 훈련소 생활은 고되기는 했어도 지레 걱정했던 것처럼 심한 고생은 아니었다. 신병훈련소 기합이 혹독하다는 말을 여러 번 들었던 내가 마음에 준비를 단단히 한 탓도 있었을 것이다. 주는 대로 먹고, 패는 대로 맞고, 시키는 대로 하면 된다는 졸병생활 처세훈이 말 그대로 명언이었다. 군댓살이라는 말이 있잖은가. 고된 훈련병 생활 몇 달을 겪고서는 이전보다 오히려 탄탄 여문 살이 보송보송 오르는 젊은이들을 볼 때에는, 군대생활의 묘미, 눈 딱 감고 쓰디쓴 칡뿌리를 질근질근 씹는 것 같은 묘한 맛이 떠오른다. 대학생들 공부처럼 어려운 문구의 뜻이 안 풀려서 고심할 필요가 있나, 날마다 일터로 나가는 직장인들처럼 목표했던 실적을 거두지 못해서 속 썩힐 필요가 있나, 그야말로 만고강산이 땡인 것이다.

사람의 인내력을 시험하는구나 싶었던 시간들의 기억은 많은데 추억으로 간직할 만한 것은 별로 없는 것이 훈련소 시절일 것이다. 우연찮게도 학교 동창인 박정훈이가 신병훈련소에서 같이 고생하는 동지가 되었는데 지루하기 마련인 훈련생활 틈틈이 동석하여 신세타령하던 것이 오랜 기억으로 남아있다. 훈련소에서 겪은 일들 중에서 아직까지도 특히 씁쓸한 맛으로 기억되는 것은 번개목욕일 것 같다. 번개처럼 빨리 목욕하는 것도 훈련이라는 조교의 말도 일리는 있지만, 문제는 좁은 공간에 많은 인원을 투입하는 것이었다. 우리가 몰려가서 목욕했던 곳은 수도꼭지가 딱 두 개 있었는데, 열 명이나 되는 분대원들이 들어가 몸을 씻기에는 턱없이 부족한 공간이었다. 하루 종일 제식훈련 하다보면 땀과 먼지로 온몸이 질척거리게 마련이었는데, 일과 끝에 목욕시간은 너무 짧았다. '딱 5분 동안이다. 목욕 실시!' 라는 구령이 떨어지면, 목욕할 자리는 먼저 점령하는 놈이 임자였다. 후다닥 옷을 벗은 사내들이 우루루 몰려가서 알몸들끼리 서로 비비고 부딪치면서 몸을 씻는데, 의례히 약삭빠른 놈들이 수돗가의 좋은 위치를 잽싸게 선점해 버렸다.

나처럼 숫기가 없거나 느린 사람은 노상 다른 사람들 주변을 얼쩡거리다가 급한 대로 뒷물 비슷한 것을 대충 하다보면 '목욕 끝!' 구령이 떨어지는 것이었다. 나의 성질이 무른 탓으로 고생한 예는 그것만이 아니었다. 어느 날 내무반 점호시간에 복장단정을 다 갖추었는데 언제나 옆에 두었던 나의 모자가 보이지 않았다. 모자 쓰지 않은 채로 점호에 응했다고 해서 죽지 않을 정도로 되게 얻어맞았다. 군장비나 군복은 국가재산이요 자기 물건 챙기기는 군인의 기본자세임을 알라는 본보기 기합이었다. 나중에 나의 모자임이 분명한 것을 어떤 훈련병이 쓰고 있는 것을 발견했지만, 나는 감히 내 물건 돌려달라고 할 수가 없었다. 평소에 그가 보이는 곤조가 얼마나 악질인지를 알고 있었던 것이다.

정식으로 이병 계급장을 달고 자대배치를 받은 다음에는 오히려 신경 쓸 일이 더 많아졌던 것 같다. 내무반 생활이란 것이 별로 힘 드는 것은 아니었으되 선임사병들에게 자잘한 심부름을 해 바치고 잔소리를 들어야 하는 것이 아니꼬운 일이었다. 아니꼬운 졸병생활 견뎌내는 요령은 적당히 배짱을 기르는 것임을 깨닫는 동안 반년 세월이 후딱 지났다. 나는 베트남 파병에 대한 무슨 언질이 나올 때가 되었음을 감지하고 있었다. 해외파병의 인선은 형식상으로는 자발적인 지원자를 대상으로 한다고 하지만 실질적으로는 거의 대부분이 임의 차출로 이루어진다는 것, 베트남 파병의 시기는 이르면 이병 시절이고 늦으면 일병 시절이라는 것, 나는 이 정도의 정보를 입소문을 통하여 알아놓고 있었다. 나는 해외파병자의 인선 방법이 궁금하였다. 좀 더 자세히 알아봤더니 파병자의 명확한 인선 방법은 사실상 없다시피 하고, 중대마다 약간씩 다르다는 애매한 대답을 들었다. 결국은 중대장의 마음먹기에 따라서 지원자 모집과 임의 차출 두 가지 방법을 모두 쓰는 것 같았다.

나는 이 같은 정보를 얻은 다음에는 내무반 생활을 더 열심히 챙기느라 노심하였다. 특히 중대장 부관의 하명이라면 충실히 수행함은 물론 하명이 떨어지기 전에 눈치껏 알아서 행하는 등 그의 환심을 사느라고 애를 썼다. 어느 날 나는 중대장 부관에게 조용히 다가가서 나의 베트남전 출정 의사를 밝혔다. 아무려면 목숨을 건 해외파병에 나가기 싫어하는 사람을 뽑는 것보다는 자진해서 나가겠다는 사람을 뽑아야 군대사기라는 것도 나올 것이 아닌가 싶었던 것이다. 나의 생각은 적중하였다.

어느 날 중대장 부관은 나를 데리고 직접 중대장실로 가더니 나의 요망사항을 직접 말하도록 해주었다. 중대장은 부관 앞에서 나의 신상에 대해 몇 가지 물어보더니, 앞으로 나를 부르는 일이 자주 있을 터이니 그 부름에 잘 응하도록 지시하는 것이었다. 알고 보니 그의 소환 목적은 나의 영어실력을 이용하자는 것이어서 그날 이후 1주일에 한번 정도는 나를 불러들였다. 나의 대학 재학 중 전공이 영어라는 말을 들었던 모양이다. 그 후 몇 달 동안 그는 영어 시사주간지인 타임지(誌)를 읽다가 어려운 부분이 있으면 밑줄을 그어놓고서는 나를 부르는 것이었다. 영어 이야기만이 아니라 때로는 세상 돌아가는 얘기도 나눌 때가 있었는데 그러다보니 중대장과 나 사이는 친숙한 학교 선후배처럼 되어갔다. 얼마 후 내 이름이 베트남전 파병자 명단에 오르게 되었음은 물론이다.

파월부대로 새롭게 편성된 병사들은 6주 동안의 특별훈련에 들어갔다. 새로운 부대 조직은 파병기간 중에도 그대로 유지될 것이기 때문에 이제까지 없었던 진짜 전우애를 쌓는 출발점이라는 사실을 지휘관은 몇 번이고 강조하였다. 신병훈련소 시절에 받지 못했던 실전(實戰)상황 적응훈련이 더 힘들 것은 각오한 바였으나 이것도 말하자면 인내력 훈련이라는 점에서는 대동소이하였다. 정글 숲속의 게릴라전을 가상한 고난도의 사격술 훈련이나 주요 전투사(戰鬪史)를 곁들인 군사학 수업이 우리에게 엄숙한 긴장감과 함께 세계사의 주인공이 된다는 자부심을 심어준 것도 사실이라 하겠다.

미군에서 빌려왔다는 어마어마하게 큰 수송함에 몸을 싣고 베트남으로 향하는 우리 파월부대 장병들은 모두 대단한 영웅이나 된 기분이었다. 눈부신 꽃장식과 현수막이 높이 내걸리고, 길게 도열한 군중들 손에 태극기가 나부끼는 가운데, 우렁찬 군악대의 환송 팡파르가 낭랑하게 울려퍼졌던 거창한 파월장병 환송대회는, 죽고 죽이는 전쟁터로 떠나는 기분이 들기보다는 영광의 국가대표 올림픽선수라도 되는 양 우리의 마음을 들뜨게 하였다. 거대한 수송함에 실려 장장 열흘 동안의 항해 중에 끝없는 하늘과 바다를 바라보는 마음은 자못 웅대한 야망을 품고 역사적인 대장정에 오르는 열혈청년과도 같았다. 그러나, 우리가 탄 배가 이름도 생소한 베트남의 항구도시 나트랑에 도착하면서 이제 정말 우리가 전쟁판에 뛰어드는구나 생각하니 가슴은 뛰고 전신에 피가 솟구치는 느낌이 되었다. 훅- 끼치는 무더운 바람을 맞으며 베트남 땅에 발을 내딛는 순간부터 나는 무엇에 되우 취하여 몽롱해진 정신상태가 되는 것 같았다. 내 딴에는 마음에 준비를 단단히 하고 왔음에도 불구하고, 베트남 참전 이후 수십 년이 지난 지금 생각해도 그때의 내 정신은 무엇에 홀린 듯 나도 모르게 내밀리는 느낌이었던 것 같다.

베트남 땅에 도착한 다음에 마주하게 된 하늘과 땅의 꿈같은 풍경들은 나를 잠시 몽환상태 속으로 끌어들였다. 끝 간데 없는 한증막처럼 숨 막히는 무더위의 연속, 천지개벽이 다시 되는가싶게 무서운 천둥번개와 함께 억수로 퍼붓는 스콜의 빗줄기, 인간세계를 압도하는 거대한 생명체의 무리처럼 무성하게 자라는 열대 정글지대, 이같이 낯선 풍경들은 내가 지금 생전 보지 못하던 아득한 꿈나라에 이끌려 오는 것이 아닌가 하는 착각에 빠지게 하였던 것이다.

베트남은 역시 멀고도 낯선 나라였다. 들려오는 소식부터가 우리들이 먼 나라에 왔음을 일깨워주었다. 나트랑 시내에서 멀지않은 곳에 있는 십자성제2지원단 보급부대 영내에서 몸을 풀고 며칠이 지난 다음에 입소문으로 얻어들은 소식은 우리 신참 파월병사들을 잠시 어리둥절케 하였다. 우리 부대에서 아주 가까운 곳에서 우리 한국군 병사들을 태운 대형트럭 하나가 전복되어 적지 않은 인명피해가 났다는 소식이었다. 지뢰 폭발사고로 전복된 그 트럭에 타고 있던 병사들은, 나와 함께 한국에서부터 같은 배를 타고 와서 베트남 땅에 내린 전투부대원들이었는데, 그들이 나트랑 항구에서 한참 떨어진 내륙 주둔지로 이동하는 도중에 참변을 당했다는 것이다. 소형 지뢰 같은 자잘한 무기를 쓰면서 기습작전을 벌이는 것이 베트공 게릴라들의 특기라는 얘기였는데, 이동 중인 수십 대 트럭들 중에서 그래도 한 대만이 사고를 당한 것이 불행 중 다행이라고 하였다.

한국군 이동 시의 폭파 사건을 통해서 알게 된 것은, 내가 속한 십자성부대의 다행스러운 입지조건이었다. 내륙 깊숙이 들어가 주둔하는 한국군 전투부대는, 한국과의 왕래 시 경유하는 나트랑 항구로부터의 원거리 운송이라는 위험성을 안고 있을 뿐만 아니라, 전투에 참가하는 날이 아니고서는 영내를 벗어나는 일이 거의 없다는 것인데 우리 십자성부대는 이와 다르다는 얘기였다. 우리 부대는 물자보급이나 한국군 관련 보안업무, 현지주민들과의 우호증진 등이 주된 업무여서 나트랑 일대 주민들이 사는 풍경을 구경 갈 기회도 열려있다는 것이다. 십자성이라는 부대명칭부터가 전쟁의 살벌함을 씻어내는 부드러운 느낌을 준다고 하였다.

한국에 있을 때 내가 속한 부대의 중대장이 이곳 베트남에 와서도 나의 직속상관 중대장이 되었던 관계로 나는 여기에서 중대장 전령이라는 직책을 맡게 되었는데 이것은 나에게 큰 행운이었다. 우리 중대장은 한국에 있을 때의 나를 잊지 않았고 나의 충성심과 정직성과 영어실력을 인정했던 모양이다. 이곳에 와서도 틈틈이 타임지(誌) 등을 읽으면서 시사문제에 대한 안목을 얻는 우리 부대 중대장과의 대화는 베트남 전쟁 등 국제정세에 대한 나의 식견을 얻는 데에도 큰 도움이 되었다. 그는 한국에 있을 때처럼 타임지 읽는 시간에 나를 불러다가 도움을 청할 때가 많았는데 이럴 때는 나의 영어실력과 그의 시사문제 식견이 종합되어서 적절한 해석이 나오는 것이었다.

베트남 전쟁의 특수한 성격은 아군 지역과 적군 지역이 명확히 구분되지 않는 점이라고 하였다. 월맹이라고 불리는 북베트남은 '베트남민주공화국' 이라는 이름 아래 일사불란하게 뭉친 공산주의자들이 통치하고 있었음에 반하여 북위 17도 이남의 소위 '베트남공화국' 의 정체는 아주 애매하다는 것이었다. 미군 등 연합군의 보호를 받는 남베트남 정부의 통치권은 주로 대도시 지역에만 미치고 있었고 시골지역이나 정글지대는 북베트남 공산정권에 협력하는 베트공이라는 반정부 게릴라들이 장악한다고 하였다.

베트공들은 군복을 입지도 않고 계급장을 붙이지도 않으니 정면으로 만나도 알아볼 수가 없고 적절한 대응이 안된다고 하였다. 이들이 연합군을 마주할 때 무기를 갖고 대항하면 베트공이고 손을 흔들면 양민이라고 말은 하지만 손을 흔들던 사람이 갑자기 총을 들고 겨누는 경우도 적지 않다는 얘기였다. 남베트남 정부와 연합군에 대해서 국민 대다수가 면종복배(面從腹背)의 태도를 갖는 한 이 나라의 전쟁은 끝나지 않을 것이라는 말이 베트남전쟁의 아이러니를 요약한 것이라고 하였다. 병력 규모나 무기 등 보급품으로 말하면 베트공과는 비교도 안 될 정도로 엄청난 우위에 있는 연합군인데도 전국적인 판세로 보아서 절대적인 장악력을 갖는 지역은 얼마 되지 않는다고 하였다. 나는 이런 말을 들으면서 옛날 4.3사건 당시의 제주도 상황이 상기되었다. 낮에는 경찰 편인 것처럼 산폭도 욕을 하다가 밤이 되어 산사람이 찾아와서 손을 내밀면 먹을 것을 내주는 어정쩡한 행동이 그 당시 제주도 주민들의 실상이었다고 들었던 것인데, 지금 이 나라에서도 꼭같은 현상이 일어나는가 보았다.

내가 십자성부대 본부중대에 속해있으면서 차차 알게 된 또 하나 놀라운 사실은 베트남에 와있는 한국군과 미국군의 성격 차이였다. 전쟁판에서도 큰 나라와 작은 나라의 본색이 드러난 것이라고 해야할까, 미국군은 하늘과 땅을 크게 들썩이는 대판 싸움, 통 큰 전투를 선호하고, 한국군은 정글 속 같은 좁은 바닥에 조심스럽게 다가가서 구석구석을 훑어내는 정밀형 전투를 선호한다는 것이었다. 미국군은 역사적으로 대규모의 정규전 위주로 전쟁 경험을 겪었는 데다가 부자나라의 이점을 최대한 이용하여 첨단 무기와 고성능 장비를 동원하는 대대급 규모의 작전방식을 취하기 때문에 우거진 열대정글 속에 숨은 베트공 게릴라들과 싸우는 데에는 불리하다고 하였다.

이에 비해서 해방 후 태백산맥과 소백산맥, 한라산 등지에서 빨치산 게릴라들과 싸운 경험이 있는 한국군은 중대나 소대단위로 분산된 소규모 전술기지를 중심으로 싸운다고 하였다. 무기와 장비 중심이 아니라 사람 중심인 소규모 게릴라전은 고도의 심리전과 정밀한 수색전과 정확한 타이밍 전략을 씀으로써 저비용 고효율의 전술을 지향하기 때문에 가난한 나라 군대 한국군에게 어울린다는 얘기였다. 한국군이 미국군 작전과는 별도로 독자적인 작전권을 행사하겠다고 주장했던 것은 두 나라 군대의 전술전략이 상이하기 때문이었는데, 자기 나라에서 일어난 6.25전쟁에서도 확보하지 못한 독립작전권을 남의 나라 베트남의 전쟁판에서 뚝심좋게 얻어낸 채명신 주월한국군 사령관은 이 문제를 놓고 참전 초기부터 미국군 사령부와 티격태격 다투었다고 하였다.

어쨌거나 전쟁 경험은 인간세상을 알아가는 값비싼 수업이었다. 고성능의 공중폭격 무기와 장비를 구사하는 미국군 전략과 지상군의 밀착전투 중심인 한국군 전략이 연합전선을 벌이는 과감한 시도가 있었는데 하필이면 이 전투에 내가 동원되어 고생을 겪었으니 나는 시행착오 전투의 희생물 본보기가 되어 베트남 전쟁사에 기여한 셈이다. 물론 나는 비전투부대인 보급부대 소속이었기 때문에 탄약 등 전투장비를 소형 트럭에 싣고 다니면서 전투병들에게 공급하는 역할을 맡았지만, 내가 동원된 전투가 밀림지대 깊숙한 곳에서 벌어진 관계로 나 역시 총을 들고 적군 가까이 접근해야하는 상황이었다. 나에게는 이것이 내 손에 무기를 들고 베트남 전쟁판에 직접 참가한 첫 번이자 마지막 기회였기 때문에 수십 년이 지난 지금까지도 그 전투의 전개과정을 생생히 기억하고 있다.

우리 부대는 정글지대 끝자락에 확보된 우리 진영 내 나무그늘에 숨어서 우거진 나뭇가지들 틈으로 미군 전투기가 귀를 찢는 요란한 굉음을 내며 맹폭격을 가하는 광경을 숨죽이고 지켜보았다. 정글 속 깊숙이 숨어있는 베트공 집단에 대한 미국군의 1단계 공중폭격이 끝나고도 우리 한국군 부대는 한참동안 2단계 출격 명령을 기다렸다. 나는 우리 분대장의 명령에 따라 어김없이 탄약상자를 잘 날랐고 내가 보는 한에서 우리 동료들도 상관의 출격명령을 잘 준수하였다.

그러나, 공중폭격 부대와 지상군 부대 사이의 정보전달이 충분하지 못했고 양국 군대 사이에서 역할분담이 명확하지 않았기 때문에 한국군의 지상전투는 소기의 전과를 올리지 못했다. 미국군의 공중폭격이 끝나고 한국군이 정글 속으로 침투했을 때는 베트공 주력부대는 이미 사라져버린 뒤였으며, 매복했던 그들의 공격을 받은 우리 한국군에서 사상자가 무더기로 나왔던 것이다. 널브러져 뒹구는 사람들의 목숨은 파리 목숨이었다. 전투경험이 없었던 나는 뭣 모르고 우왕좌왕하다가 왼쪽 발목이 지뢰 폭발 유탄에 맞아서 쓰러지는 몸이 되었다. 죽지 않고 살아남은 것이 천만다행이었다.

나는 그 이상한 전투에서 부상병이 되어 한 달 이상이나 군병원에 입원하는 몸이 되었는데, 이 기간 중에 나는 몇 가지 아주 중요한 사건들을 겪음으로써 베트남 전쟁의 실상에 더 가까이 다가가는 기회를 얻게 되었다. 이 전투에서의 한국군 부상병들은 한국군 병원이 아니라 미군병원에 입원한 관계로 얻어진 기회였다. 우리가 한미연합작전에 참여했던 사이공 인근 지역에서부터 미군 야전병원이 아주 가까이 있었다는 이유에 더하여 그 작전에서 미국군 쪽에서는 사상자가 별로 나오지 않았다는 사정 때문이라고 했다.

우리 부대 부상병들 중에서 경상자는 하루 이틀 만에 한국군 병원으로 이관되었지만 중상자는 더 오래 미군병원 신세를 졌다. 중상자들도 여러 명이었는데 어떻게 병동 배치를 시켰는지 내가 속한 병동에는 한국군으로서는 나 혼자만 들어가게 되었다. 나는 발목 복원수술을 받았던 관계로 한 달 이상을 미군병원 환자로 머물러 있었는데 아마도 이 병원에 이렇게 오래 입원한 한국군 병사는 없었을 것 같다. 완치가 안 된 병사들도 본인이 원하면 한국군 병원으로 이관시켜주었는데, 언어 소통이 문제되었기 때문이다. 나는 군의관이나 간호사들하고 영어로 대화하는데 큰 지장이 없다고 생각되어 그냥 미군병원에 남아있기를 원하였다. 미국군인들의 집단 안에서 그들의 전쟁참여 속사정을 알아보고도 싶었고 미국이라는 나라의 정체를 가까이에서 접해보고 싶었던 것이다.

11장
베트남전쟁 속내 보기

입원해서 처음 며칠 동안 나는 군의관과 간호사 말고는 아무에게도 관심을 두거나 말을 걸지 않았다. 수술 부위에 통증이 심하였고 이래저래 머리가 어수선하였던 것이다. 나의 병상 가까이에 있는 환자들에게 관심이 가기 시작한 것은 입원 후 1주일이나 지나서였다. 병상이 족히 30개는 될 것 같은 병실이었는데 이곳 환자들이 하루하루를 지내는 모습은 가지각색이었다. 하루 시간 대부분을 누운 채로 보내면서 고통을 참는 환자들이 있는가 하면, 이와는 정반대로 침상에 누워있기가 지루한 듯이 쉴 새 없이 누웠다 앉았다를 반복하다가 바닥으로 내려와서 이리저리 왔다 갔다 하면서 하루하루를 지겹게 보내는 환자들도 있었다.

나의 침상은 병실 맨 끝에 있었는데 나의 바로 오른쪽 자리의 환자는 이 같은 양극단의 중간쯤 되는 사람이었다. 나는 그것이 마음에 들었다. 그가 침상에 누워있을 때에는 옆에 아무도 없는 것처럼 나 혼자만의 상상과 공상을 즐길 수 있었으며, 그가 침상에서 내려올 때에는 이런저런 말을 주고받을 수가 있었다. 서로 통성명이 있은 다음에 (그의 이름은 제퍼슨이라고 하였는데) 우리들 사이에서는 별 뜻도 없는 짧은 말들이 오가다가 나중에는 서로의 고향이 어디고 이곳 베트남에 대한 인상이 어떻고 하는 말들도 오갔다. 말을 해보니 꽤 붙임성이 있는 사람이었다.

입원 후 한 달 가까이 나는 제퍼슨하고만 얘기를 나누었다. 견디기 어려운 고통과 고독 속에서 지낸 나는 거의 날마다 병실 안에 환자들 얼굴이 바뀌는 것도 잘 알아차리지 못했다. 며칠 지나고 나서야 그동안 환자들 얼굴이 바뀐 것을 알아보았고, 바뀌지 않는 것은 수십 명 환자들이 모두 지겹게 병원생활을 한다는 사실과 아침마다 들어와서 환자들 양태를 확인하는 군의관과 간호사들의 무표정한 얼굴이었다. 무료한 시간이 많아지면서 여자들 생각이 떠오르는 것을 막을 도리가 없어서 상상 속에서 여러 여자의 얼굴을 그려보기도 하였다. 여자들 얼굴 상상하는 것이 시들해지면 더 무료하고 심심해졌다. 오죽이나 심심했으면 우리 병실의 청소부 여자에게까지 별로 의미 없는 말을 걸어서 그 작은 반응을 보고 즐겼을까. 그녀의 이름이 팜호아라는 말을 들은 나는 그 이름의 영어 스펠링(Pamhoa)을 알아보고 종이 위에 몇 번이나 써보는 연습을 해보았다. 팜호아-, 팜호아-, 소리내는 것이 마치 무슨 주문 외는 것 같아서 실없는 웃음이 나오기도 하였다.

베트남 현지인인 팜호아는 몸 매무새만 청소부 아줌마처럼 수수한 차림이었지 잘 보면 앳된 얼굴 티가 역력하고 볼그스레 연한 피부 색깔도 아직 세상살이 풍상에 별로 시달리지 않은 연배임을 알 수 있었다. 어떤 시에선가 보았던, 오래 보아야 아름답다는 구절을 생각나게 하는 얼굴이었다. 팜호아에게 시선이 자꾸 향하는 것을 억제하지 못한 나는 그녀의 환심을 사는 방법이 없을까 궁리하기까지 하였다. 나는 휴지조각 하나라도 함부로 던지는 일이 없었음은 물론이고, 그녀가 무슨 무거운 물건을 나르기라도 할 때면 제꺽 다가가서 도와주기도 하였다. 어쩌다가 우리가 마주보게 되는 순간에 그녀가 시선을 살짝 돌리는 듯하면서 가벼운 미소를 지을 때의 모습은 내 머릿속에 아련한 여운을 남기기도 하였다. 그녀가 나 말고 다른 사람과 시선을 마주할 때에도 미소를 짓는지 숨어서 바라보기도 하였다.

그러는 사이에 나의 서투른 영어 사용이 담력을 얻으면서 우리 두 사람은 제법 가까운 말벗이 되어갔다. 팜호아는 제퍼슨하고도 곧잘 영어 대화를 나누고는 했는데 가끔은 우스갯소리까지 알아듣는 대단한 영어실력을 보여주기도 하였다. 베트남 사람으로서 그 정도 실력이라면 대학생치고도 우등생이겠다 싶어서 나의 관심을 더욱 불러일으켰다. 팜호아를 여늬 베트남 여자와는 다른 각별한 감정을 가지고 바라보게 만든 일이 있었다.

어느 날 가벼운 산책 삼아 병동 건물 옆 나무그늘 아래를 거닐고 있는데 나의 이름을 부르는 사람이 있어서 돌아봤더니 팜호아였다. 그녀는 어디서 났는지 불그레한 망고 열매 하나를 손에 들고 있다가 나에게 주는 것이었다. 한국에서 왔으면 이런 열대과일을 먹어보지 못했을 것이 아니냐는 말을 하는 이 여자가 갑자기 오래된 지인 같이 느껴졌다. 그러면서 그녀가 하는 말을 들어보니 그녀는 진즉부터 나에게 관심을 가졌던 모양이었다. 팜호아는 예전에 한국에서 온 사람들로부터 한국 관련 이야기를 많이 들었는데, 그중에서도 한국은 사철변화가 뚜렷하여 철따라 다른 꽃들이 피고 겨울에는 하늘에서 하얀 눈이 내린다는 말과, 한국과 베트남은 같은 유교문화권이라는 말이 기억에 남는다고 하였다.

미군 병원에 입원했을 때 알게 된 미군병사는 또 있었다. 제퍼슨 침상의 바로 오른쪽, 그러니까 나의 침상에서 오른쪽으로 두 번째 침상에는 피터슨이라는 이름의 환자가 있었는데 이들 두 사람은 이 병원에 들어오기 전부터 잘 아는 사이인 것 같았다. 그들은 한 마디 말로 열 마디를 알아듣는 그런 사이로 보였는데 그들이 주고받는 이야기는 생략법과 비유법을 많이 쓰는 표현이어서 내가 알아듣지 못하는 것이 많았으나 나의 입장에서 그런 것을 물어볼 수는 없는 노릇이었다.

내가 입원하고 그럭저럭 한 달이 지날 무렵 이상한 일이 일어났다. 피터슨이라는 환자가 갑자기 사라진 것이다. 언제 사라졌는지 나는 전혀 감을 잡지 못했던 것이 아마도 내가 잠자는 어느 시간대에 사라져버린 모양이었다. 낮 시간에도 나는 잠을 청할 때가 있었던 것이다. 그의 몸 거동하는 품이 부자유스러운 데가 없어보였던 것이 퇴원할 때가 된 것도 같았었지만, 퇴원을 앞둔 환자는 부지불식간에 어떤 낌새를 보이게 마련인데 피터슨의 경우에는 그런 게 없었던 것이 이상하여 나는 제퍼슨에게 물어보았다. 그는 내 질문을 받자 그냥 씨익 웃으면서, 뭐 좋은 곳으로 갔겠지, 하고는 말문을 닫고 외면하는 품이 그런 것을 당신이 알 필요가 있겠느냐고 말하는 듯하였다.

며칠 후 내가 그하고 조용히 대면하는 좋은 찬스를 만나게 되었다. 나의 미군병원 퇴원 날을 하루 앞둔 그날 오후 나는 제퍼슨을 우리 병동 흡연실 앞에서 우연히 만났다. 우리 병동 건물 끝자락 조용한 곳에는 작은 흡연실이 붙어있었는데 나는 그날 이른 오후 이 흡연실 앞으로 무심코 걸어가다가 제퍼슨이 그 낯익은 청소부 여자 팜호아하고 단 둘이서 마주 서있는 장면을 목격하게 되었던 것이다. 무슨 일인지 진지한 표정으로 얘기를 나누던 그들은 나를 보자 무안스러운 듯이 말을 끊었고 팜호아는 겸연쩍게 웃으며 자리를 피하였다. 나는 머쓱해졌지만, 이때다 싶어서 제퍼슨 앞으로 다가갔다. 할 이야기가 있다고 하면서 나는 그에게 흡연실을 가리켰다. 내가 먼저 그 안으로 들어가보니 아무도 없었다.

우리는 긴 의자에 나란히 앉았다. 나는 제퍼슨에게 다음 날 이 병원에서 퇴원한다는 말과 함께 그의 조속한 쾌유를 빈다는 의례적인 인사를 건넸다. 나는 그에게 퇴원 날이 언제쯤 되느냐고 물어봤지만 그는 얼른 입을 열지 않았다. 잠시 후에, 하늘이 알지요(Heaven knows), 한 마디 내뱉고는 나를 빤히 쳐다볼 뿐이었다. 나는 다시 물어보았다. 영어로 말하기가 익숙지 못하니 속도가 느린 것은 어쩔 수 없었다.

— 당신네는 퇴원하면 본국으로 돌아가는 거 아닌가요? 피터슨도 지금쯤은 미국에 가있겠네요.

— 메이비(Maybe).

'메이비' 라는 영어표현의 의미는 구체적인 상황에 따라서 크게 달라질 수 있다는 말을 들은 적이 있지만, 제퍼슨이 이 때 쓴 이 단어가 그랬다. 어째서인지는 모르지만, 그의 메이비는 나에게 부정적인 의미 쪽으로 느껴졌다. 피터슨은 자기 본국으로 돌아가지 않고 어디로 갔단 말인가. 제퍼슨은 잠시 나를 쳐다보다가 누구를 빈정거리듯이 씨익- 웃으면서 또박또박, 그러면서도 나지막한 소리로 말을 이었다. 베트남에 나와 있는 미국군들 사이에서는 삼성장군(Three Star General)이라는 은어(隱語; slang) 속에 독특한 의미가 있다, 베트공들이 쳐놓은 갖가지 형태의 함정에 빠졌다가도 구사일생으로 살아남으면 원 스타, 베트공들에게 붙잡혀서 모진 고문을 받아도 발광하지 않고 탈출해 나오면 투 스타, 미국군 영내를 탈출하여 무사히 사라지면 스리 스타가 되는 것인데 피터슨은 이들 세 가지 스타 관문을 다 통과한 삼성장군이 된 것 같으니 그의 생애 최고의 행운을 누린 것이다, 그 친구가 사라진지 이제 5일이 지나도 아무 뒷소문이 없으니 아마도 성공한 모양이다.

나는 제퍼슨이 일전에 말대답을 피했던 이유를 짐작할 수 있었다. 내가 짐짓 알아듣기 어렵다는 표정을 지으며 고개를 흔들자 제퍼슨은 자기 말의 신뢰도를 높이려는 것인지 다시 덧붙이는 것이었다.

— 미국군인들 중에는 이 전쟁에 붙들려 온 것을 운명의 저주로 생각하는 이들이 많고 이들은 기회만 되면 탈영하려고 갖은 수단을 다 쓴다, 미국의 간섭을 원하지 않는 나라에 우리가 왜 들어와서 이 고생을 해야 하느냐 말이다, 해마다 수천 명의 미군병사가 탈영한다, 미국 국민들 중에 베트남 전쟁 지지자가 반에 반도 되지 않을 것이고 아마도 앞으로는 대규모의 반전운동이 벌어질 것이다, 탈영병이 많아져야 이 전쟁이 빨리 끝난다.

그가 귓속말로 속삭이듯이 말하는 동안 나는 혹시 누가 엿듣고 있는 것은 아닌지 조마조마한 마음이 되었다.

그는 나의 마음을 얼마나 믿고 있는지 마치 오랫동안 준비해둔 것처럼 거침없이 말하는 것이었다. 나는 연방 고개를 끄덕이며, 아이 씨, 아이 언더스탠드를 연발하였지만 내가 그의 엄청난 폭로를 얼마나 믿는지는 나 자신도 당장 감이 서지 않았다. 내가 베트남에 들어와서 직접 보고 듣고 한 것이 있었기 때문에 그가 하는 말을 믿어야 할 것 같았지만, 그의 말을 믿는 순간 이 나라에서 나의 존재이유는 뭐가 되는지 내 처지가 고민스러워지는 것이었다.

나는 그의 말을 받아서 의문스러운 것들을 되물어볼 엄두는 내지 못하였다. 다만 머릿속이 먹먹해졌고, 떠오르는 의문들은 그냥 생각의 끝을 맴돌 뿐이었다. 이 병원에서 맨몸으로 입원환자 생활을 해오던 피터슨이 무슨 요술방망이를 썼길래 철통같은 군부대 감시망을 뚫을 수 있었으며, 그의 탈출 경로와 종착지는 어디인지, 그리고 당신 제퍼슨도 탈출 계획을 세우고 있는 것은 아닌지……. 하기는 그때 이런 질문을 하려고 했더라도 그럴 시간이 없었을 것이다. 제퍼슨이 말을 마치고 다시 그 빈정대는 듯한 웃음을 씨익-하고 보이는 순간 다른 환자들 두어 명이 우리가 앉아있는 흡연실로 들어왔던 것이다.

제퍼슨이 사라진 것은 바로 그날 오후 어느 시간이었다. 그날 저녁 식당에서 식사를 마치고 들어와 보니 주인 없는 그의 침상이 어딘가 이상해 보였다. 눈 여겨 잘 보았더니, 침상에 이부자리 모양은 평소에 잠시 외출할 때나 다름이 없었지만, 그의 사물함이 전에 없이 싹 비어있었고, 그의 베개 위에는 난데없는 야자수 나뭇잎 조각 하나가 얌전히 놓여있었다. 나는 나뭇잎 조각을 가만히 내려다보면서 생각해 보았다. 자기가 사라진 것은 불의의 사고가 아니라 계획적인 행위임을 알아달라는 뜻일 듯하였다. 어쩐지 예감이 이상하다는 생각을 하기는 했지만, 정말 깜쪽같이 사라진 사람을 생각하니 참 묘한 기분이 되었다. 설마 환자복장을 하고 나갔을 리는 없을 터인데 도대체 그의 탈출 묘방이 어떤 것이었는지 감이 잡히지 않았다.

그날 밤 나는 뒤숭숭한 잠자리에서 오래 뒤척였고, 다음 날 아침에 깨어나서도 찜찜한 기분을 떨칠 수가 없었다. 제퍼슨의 사람 좋은 얼굴 표정이 눈앞에 어른거리는 듯도 하였다. 나는 자리에서 일어나 어제 대화를 나누었던 흡연실 쪽으로 걸음을 옮기다가 멈칫하였다. 우리 병동 건물의 끝에서 흡연실에 이르기 전에 한쪽 구석에는 청소도구 등을 넣는 관리실이 있었는데 그곳에서 팜호아가 무엇인가를 찾고 있었던 것이다. 나는 어제 일들이 생각나면서 그녀에게 말을 걸었다. 그녀는 나를 보자 눈살을 살짝 찌푸리면서 놀란 표정을 지었지만 내가 건네는 말을 피하려고는 하지 않았다. 팜호아의 영어실력이 나보다 낫다는 생각을 하니까 나는 마음 놓고 영어를 할 수 있었다.

— 어제 저녁부터 제퍼슨이 안 보이는데, 어디로 갔는지 당신은 알 게 아니오?

— 왜 나한테 물어보시오?

— 두려워하지 마시오. 나는 당신 편이오. 제퍼슨은 내가 알고 있는 유일한 미국인이고, 우린 서로 마음이 통했던 사이였소. 혹시 사고 난 건 아닌지 걱정되어 물어보는 것이오.

— 내가 잘 안내했으니 무사히 잘 갔을 것이오.

— 제퍼슨의 목적지는 어디였소? 당신은 그걸 알고 있을 거 아니오?

— 그건 알아서 뭘 하시겠소. 병원에서 무사히만 빠져나갔으면…….

누군가가 우리 옆을 지나 병동 안으로 들어간 것은 바로 그때였다. 나는 얘기하는 데에 신경을 쓰다 보니 지나는 사람들을 미처 보지 못하다가 그녀가 갑자기 말을 끊는 것을 보고서야 알았다. 뒷모습으로도 그들이 우리 병동에 매일처럼 드나드는 군의관과 간호장교임을 알아볼 수 있었다. 팜호아는 그들의 뒷모습을 잠시 지켜보면서 눈살을 잔뜩 찌푸리는 품이 뭔가 걱정된다는 뜻인 것 같았다. 우리는 곧 헤어졌고 나도 내 자리로 돌아왔다.

미군병원에서 퇴원하는 수속은 어제 미리 끝난 상태였기 때문에 나의 개인 소지품만 챙겨드는 것은 간단한 일이었다. 제퍼슨 말고는 떠난다는 수인사 나눌 사람도 없었다. 우리 병동 담당 행정사병에게 보고하고 나서 아침 열 시에 맞추어 병원 입구 초소 앞으로 갔다. 나를 태우러 한국군 병원의 앰뷸런스가 오는 것을 기다려야 하는 것이었다. 미군 야전병원이 있는 사이공 변방에서부터 붕타우라는 해변도시에 있는 한국군 제일이동외과병원까지는 자동차로 약 두 시간이 걸린다는 말을 나는 잘 기억하고 있었다. 한국군 병원으로 이관되면 나의 수술 후 회복

상태를 점검해 보고 적절한 조치가 내려진다는 것이었다.

열 시가 되려면 아직도 시간이 좀 남아있어서 나는 초소 주변을 어슬렁거렸다. 이곳에서 나를 알아보는 사람은 있을 리 없었다. 피터슨이나 제퍼슨이 어떻게 이 병원을 빠져나갔는지, 어제부터 나의 뇌리를 떠나지 않던 의문이 다시 떠올랐다. 설마 이 초소를 당당히 걸어서 빠져나갈 배짱은 없으려니 싶었다. 전쟁소설에 나오는 것처럼 철조망을 뚫고 나가는 것도 가능하지 않을 것 같았다. 그러려면 철조망 바깥에 숲이거나 골짜기 같은 은신처가 있어야 하는데 여기는 바로 바깥이 사람들 다니는 인가이고 가로가 아닌가. 탈출이나 밀항하는 사람이 많이 쓰는 방법은 자동차나 선박 내부의 어두운 구석칸에 숨는 것이라는 말을 들은 적이 있어서, 나는 병원 주차장 쪽으로 발걸음을 돌렸다. 그곳에서 이리저리 서성거리며 둘러보았지만 보이는 것은 미군부대 차량 밖에 없었다.

바로 그때 무슨 청소차 같은 것이 내 앞을 지나갔다. 운전석에는 베트남 현지인 같아 보이는, 차림이 후줄그레한 사람이 혼자 앉아 있었다. 깔끔한 미군부대 차량들 가운데 베트남 사람의 너저분한 차는 영 어울리지 않는다는 생각을 하면서 나는 다시 병원 초소 쪽으로 걸어가고 있었는데 바로 그때 한국군 마크가 달린 지프차가 도착했다. 지프차의 운전수가 내려서 주위를 둘러보더니 내가 있는 쪽으로 걸어왔다. 나를 데려다 줄 사람이 맞았다. 그는 약속시간보다 20분이나 지체된 것을 놓고 몇 번이나 사과하였다. 게다가 지프차 안에 운전수 말고도 한 사람이 더 타고 있는 것에 대해서도 사과하였다. 나는 앞자리의 운전병보다 뒷자리에 타고 있는 여자가 더 크게 눈에 들어왔다.

내가 올라타는 즉시 시동이 걸린 차가 가로를 질주하는 동안 운전병은 나에게 할 말이 많았다. 자신을 김 병장이라고 소개한 운전병이 나에게 변명처럼 늘어놓는 말에는 진정성이 가득 묻어났기 때문에 나는 뭐라고 토를 달 수가 없었다. 상병인 나보다 작대기 하나가 더 많은 병장 계급장을 달고 있으면서도 존댓말에 가까운 교양있는 서울 말씨로 깎듯이 접근하는 그에게 나는 추호의 저항감도 가질 수가 없었다. 나의 군복무 기간 중에 이렇게 품위 있고 온전한 서울말을 구사하는 사람을 본 적이 없었기 때문에 나의 머리에서는, 서울내기면서도 가정교육을 잘 받으면 이런 교양인이 되는구나 하는 민첩한 추리까지 하고 있었다.

오늘 나를 태우러 오기로 되었던 병원 앰뷸런스는 갑자기 생긴 환자들을 운송하느라고 오지 못하고 그 대신 병원장 전용 지프차가 동원되어 왔다, 병원장 지프차 운전병인 자기는 모처럼 생긴 오늘의 출동 네 시간을 큰 행운으로 생각하고 있다, 여기까지 오는 데에 두 시간이 지났고 앞으로 한국군 병원으로 돌아가는 길에 두 시간 정도가 걸릴 것이다, 지금 동행하고 있는 이 여자와 함께 어디 다녀올 곳이 있는데 볼일을 다 본 다음에 이 여자를 내려주고 오는 동안 여기에서 가까운 사이공 시내 렉스호텔로 가서 기다리고 있어달라, 이 사람은 내가 잘 아는 베트남 여자인데 아주 착한 사람이다…….

듣고 보니 한국군 병원까지 가는 짧은 일정이 상당히 바쁘고 긴박한 시간이 될 것 같았다. 조심스럽게 질주하는 김 병장의 옆자리에 앉은 나는 불만의 기색을 보이고 싶지 않았다. 나를 무사히 태워다주기만 하면 되는 것이었다. 잠시 후에 도착한 렉스호텔은 고색창연하면서도 꽤 크고 우아한 건물이었지만, 미국군이 곳곳에 지키고 있어서 전쟁 중의 나라임을 역력히 보여주고 있었다. 이 나라가 프랑스 지배하에 있을 때 지어진 역사 오랜 호텔이라서 이곳에 한번 와본다는 것 자체가 추억에 남을 일이라고 설명을 곁들이는 김 병장은 커피값이라고 하면서 1달라 지폐 한 장을 건네는 것이었다. 공적인 직무수행 시간에 개인 용무를 보는 변칙행위에 대해 입막음 선심을 쓰는 것이라 생각되어 나는 고맙다는 말과 함께 1달러 지폐를 선뜻 받아 넣었다. 김 병장은 차에서 내린 나에게 호텔 1층 가운데쯤에서 간판이 보이는 커피숍을 가리켰다.

— 저기서 반 시간 정도만 기다리시오. 오늘 우리는 공동운명체요. 알겠소?

공동운명체라니, 이렇게 거창한 말을 쓸 정도로 김 병장의 기분은 지금 매우 들떠 있는 것 같았다. 김 병장은 그전에도 몇 번 와본 적이 있는 듯 익숙하게 차를 돌렸다. 그는 차를 발진시키기 전에 나에게 손을 흔들며 웃어 보였다. 이와 함께 입술 끝을 살짝 내밀어 보이는 것은 아마도 자기가 하는 일에 협조해주면 서로가 좋을 것이라는 뜻일 터였다. 운전석 옆으로 옮겨 앉은 베트남 여자도 나를 향해 가볍게 웃으며 손을 흔들어 주었다. 나는 떠나는 차를 향해 그네들보다 더 크게 손을 흔들어 주었다.

나는 렉스호텔 1층의 커피숍에 들어가서 커피를 시키고 자리에 앉았다. 나 혼자였지만 역사가 오랜 이 호텔의 내부를 둘러보는 것만으로도 심심치 않을 것 같았다. 그러나 나의 느긋한 호텔 구경은 곧 중단되고 말았다. 뜨거운 커피를 홀짝이며 잠시 앉아있는 나에게 호텔보이가 메모 쪽지를 들고 왔던 것이다. 2층 5호실에서 나를 기다리고 있는 여자가 보낸 것이라고 했다. 쪽지에는 '팜호아를 도와주기 바람(HELP WANTED FOR PAMHOA)'이라고 쓰여 있었다. 바쁘게 흘려 쓴 글씨였지만 달필이었다. 이상한 일도 있다고 생각되었지만 가보지 않을 수 없었다.

얼른 2층으로 올라가 5호실을 찾아가보니 내가 들어있던 병동의 여자 청소부 팜호아가 있었다. 2층 객실의 창문에서 호텔로 들어오는 사람들을 내다보다가 나임을 알아보고 호텔보이를 보냈다는 얘기였다. 말을 급하게 쏟아내느라고 숨을 가쁘게 쉬고 있는 그녀는 입술까지 부르르 떨리는 듯하였다. 오늘 아침 급히 병원장 부속실로 오라는 전갈을 받자 오토바이를 타고 지체없이 내뺐다는 것이다. 아마도 병동 관리실 앞에서 나하고 하던 얘기를 그 앞을 지나던 군의관과 간호사가 알아들은 것 같다는 얘기였다. 듣고 보니 나 자신도 관련이 있는 일이었다. 이 호텔에서 이렇게 만나게 된 것이 참으로 기묘한 운명이다 싶었지만, 팜호아의 심정은 나보다 더 절박하여 한 순간이 급한 초조한 표정이었다. 내가 반 시간 안에 이 호텔을 나가야 한다는 말을 들은 그녀는 더 다급한 어조로 자기가 생각하는 계획을 말하였다.

자기가 병원에서 내뺐음이 알려지면 자기 사진을 미군 검문소마다 보내어 수배망을 펼 것이다, 아직까지는 무사했지만 수배망이 깔리기 전에 급히 변장을 해야한다, 지금 입고 있는 연록색 조끼는 미군병원 청소원 유니폼이라서 우선 이것부터 바꿔 입을 필요가 있다, 변장에 필요한 것은 운동화, 선글라스, 얼굴을 덮는 넓은 모자 등을 포함하여 여행자의 간편복 스타일인데 시내에 나가서 이런 물건들을 급히 사다주면 좋겠다……. 나는 팜호아의 도피 계획을 도와주지 않을 수 없었다. 그녀가 나에게 돈을 주려고 하자 나는 물건들을 사갖고 와서 받겠다고 하면서 서둘러 호텔을 나왔다. 내가 어쩌다가 이런 일에 걸려들었는가. 나 자신의 황당한 처지가 좀 어이없다 싶었지만, 얼른 스치는 생각으로도 내 자신의 성급한 소행 때문이었다. 병원에서 팜호아에게 내가 미군 탈영병을 돕는 당신의 편을 들겠다고 얼결에 말해버렸지 않은가. 그 말 때문에 그녀는 자기 비밀을 노출시킨 결과가 되어버린 것이고, 그래서 택한 줄행랑이 아닌가. 졸지에 베트공 조직의 끄나풀이 되어버린 나의 처지가 당황스러웠지만 이 순간에 내가 팜호아의 부탁을 저버릴 수는 도저히 없는 일이었다.

호텔을 나가면서는 어디로 갈까 허둥댔지만, 길에서 만난 택시기사의 도움이 컸다. 다행히 영어가 되는 사람이었고, 호텔 가까운 곳에 벼룩시장이 있음을 알려주었다. 중고품 노천매장을 찾아든 나는 한동안 어떤 옷을 택할 것인지 막막했다. 청바지와 운동화는 금방 눈에 띄었지만 칫수를 맞추기가 어려웠다. 품이 좁은 쫄바지와 끈이 달린 운동화가 좋을 것 같았다. 선글라스는 의외로 여러 가지가 나와 있어서 헷갈렸지만 안경알이 크고 검정색깔이 진한 것을 택했다. 얼굴을 덮을 넓은 모자는 둥글고 긴 챙이 있는 등산모자를 골랐다. 청바지 위에 입을 상의를 고르는 것이 어려웠는데, 급하게 고른다는 게 좀 야하다싶게 빨간 블라우스였다.

내가 렉스호텔로 돌아가 보니 약속 시간보다 꽤 많이 지나 있었다. 부랴부랴 2층 5호실로 들어갔는데 있어야 할 사람이 없었다. 나는 도리 없이 준비한 물건들을 객실 테이블 위에 놓아두고 나올 수밖에 없었다. 그냥 나오려고 하는데 아무래도 성이 차지 않았다. 테이블 위를 보니 팜호아가 벗어놓은 듯이 보이는 비취색 팔찌와 리넨천 머리끈이 있었다. 이 물건들의 주인은 아마도 욕실에 들어가 있는 것으로 생각되었다. 나는 무슨 충동에서였는지 테이블 위에 놓인 팔찌를 손에 집어들고는 지체없이 뛰쳐나왔다.

호텔 주차장으로 달려갔는데 이번에는 그곳에 있어야할 김 병장 차가 보이지 않았다. 나를 두고 혼자 가버릴 리가 없다고 생각되었지만 나는 초조하였다. 이 사람이 바쁘다고 고속으로 달리다가 교통사고 당했을 수도 있고, 겁없이 어디 으슥한 곳에 갔다가 베트공 공격을 받았을 가능성도 있었다. 잠시 후 김 병장 차가 나타났을 때는 얼마나 반가웠는지 모른다. 그가 늦게 와서 미안하다는 말을 했을 때, 나도 사실은 어디 갔다가 늦게 왔다는 말을 하지는 않았다. 그는 시간이 지체된 것을 별로 걱정하지 않았다. 반 시간 정도 늦는 것은 인정해 주기로 되었다는 것이다.

내가 올라탄 지프차는 사이공 시내를 벗어나자 쾌속으로 달리기 시작하였다. 과속하는 것이 걱정된다고 내가 한마디 했더니 김 병장은 그동안 이 도로를 수백 번 다녀본 운전실력이니 안심하라고 이르는 것이었다. 다른 지역의 도로는 대개 비포장이고 노면이 거칠지만 이 도로는 이 나라의 수도권 지역이어서 노면상태가 비교적 양호한 관계로 속도를 낼 수 있다는 얘기였다. 긴장이 풀려서 홀가분해진 나는 신나게 달리는 자동차의 속도감을 즐기면서 슬그머니 입을 열었다. 길 양옆으로 보이는 낯선 나라의 낯선 풍경들이 나의 시선을 끌었지만 그런 것은 나중에 보기로 하고 나는 두 사람 사이에 오가는 이야기에 정신을 집중하기로 하였다.

— 우리 두 사람은 오늘 공동운명체라고 해놓고 한 사람은 목빠지게 기다리고 한 사람은 신나게 엔조이하고, 이거 너무 불공평한 거 아닌가요?
— 그 말은 맞소. 내가 그만 큰 실수를 했소. 용서를 바랄 뿐이오.
— 용서는 마음의 문제인데 이건 마음으로 끝낼 문제가 아닌 것 같은데요.
— 그럼, 불공평을 해소할 대안을 말해 보시오.
— 저는 오늘 신세를 지는 입장이니까 이 정도 불공평한 것은 괜찮습니다. 다만 그 베트남 미인하고 어떤 관계인지 말해주시면 안 되겠습니까. 질투하는 건 아니고 저도 한 건 하는 요령을 배우고 싶은 겁니다.

— 한 건 하다니, 표현이 좀 그러네요. 국경을 초월하고 전쟁도 초월해서 한국과 베트남 나라 사이에 일어나는 국제친선과 우호관계를 축복해 주겠다고 하면 모를까.

— 축복하고 말고지요. 그렇지만 솔직하게는 말해주시는 겁니다.

— 남녀관계를 어떻게 솔직하게만 말할 수가 있나요. 남녀관계 얘기 에누리하는 것은 하나님도 용서한다고 하지 않소.

— 말씀 참 어렵게도 하시네요. 그럼, 없는 일 지어내서 말하지는 말고 사실대로만 말하기로 합시다. 사실인지 아닌지는 나중에 판명될 수가 있지만, 숨기는 것이 있는지 없는지는 알 도리가 없을 테니까, 있었던 일 숨기시는 것은 제가 봐드리는 겁니다.

— 좋소. 나도 사실은 그 여자하고 있었던 일들이 너무 드라마틱해서 누구한테 조용히 말하고 싶던 참이었소. 아무한테나 할 수는 없는 얘기지만, 혼자만 알기에는 너무 극적인 스토리요. 그런데 어디서부터 말해야 할지, 그것이 문젠데, 그럼 이렇게 해요. 듣고싶은 얘기를 물어보면 그 범위 내에서 내가 대답을 하기로 말이오.

— 그것도 좋은 방법이네요. 자, 그럼 질문 나갑니다. 우선 그 여자의 이름은 뭔가요.

— 다랑시바, 다랑시바라요.

— 다랑시바, 좋습니다. 다랑시바하고 오늘 어디 가서 무얼 했는지는 물어보지 않겠습니다. 그건 제가 좋을 대로 상상할 것이고, 그 여자하고는 어떻게 만나서 알게된 사이인지 물어봐도 되겠습니까.

— 그건 우리 두 사람 러브스토리의 키워드 같은 건데 단박에 물어보시네. 그러니까, 우리가 만나게 된 데에는 기막힌 사연이 있다는 거요. 그건 내가 여기 와서 첫 번 교전에 나선 날이었소. 베트공들이 숨은 마을을 구석구석 뒤지고 다녔는데 어떤 농가 헛간

짚더미 속에 다랑시바가 숨은 것을 찾아낸 거요. 양손 들고 나오라고 해놓고 방아쇠를 막 잡아당기려고 하는데 벌벌 떠는 그 여자가 너무 불쌍해서 도저히 죽이지 못하고 그냥 숨어있으라고 해주었소. 곧 울 것 같은 그 여자 얼굴이 예쁘지만 않았어도 방아쇠를 확 잡아당겼을 텐데.

— 아니 그럼, 여자가 예쁘다고 살려주었단 말이오?

— 솔직히 말해서, 방아쇠 잡아당기려는 순간엔 진짜 예뻐 보였소. 나중에 여러 번 보니까 그리 대단한 미인은 아니었소만은.

— 그 정도면 미인이지요. 그렇지만, 그건 적군과 내통한 거나 다름없는데, 군법회의깜 아닙니까?

— 그렇진 않소. 적군과 싸우지 않고도 귀순시키면 더 고단수 전술 아니겠소.

— 아니, 그 여자를 귀순시켰단 말입니까? 베트공들은 애국심이 강해서 별별 고문을 가해도 소용없다고 하든데 그 여잔 가짜 베트공이었던 거 아닙니까?

— 글쎄, 내 말 들어보시오. 다랑시바는 내 말대로 짚더미 속에 숨으려고 하다가 밖으로 나와서 내가 안전하게 갈 길을 가리켜주었소. 안전한 퇴로를 몰랐으면 난 지뢰 밟고 죽었을 거요. 베트공 치고는 가짜였다고 할 수 있지만 나중에 알고 보니 그럴만한 사연이 있었던 거요.

— 사연은 무슨 사연인지…….

— 이 여잔 그날이 베트공에 입대한 후 게릴라전에 출전 첫날이었다니까 기막힌 얘기 아니오?

— 죽고 죽이는 전장에선 한 순간에 목숨이 왔다갔다할 텐데 어떻게 그런 말을 할 수가 있었습니까?

— 글쎄, 천천히 들어봐요. 이런 사연은 그 여자와 처음 만난 날에 들은 것이 아니라 그때부터 한참 후에 들은 얘기란 말이오.

— 알겠시다.

— 그러니까, 이 나라에서 베트공이라는 사람들도 날 때부터 베트공으로 태어나는 건 아니란 말이오. 이 여자도 태어난 가정으로 말하면 반정부 게릴라전에 참여할 출신배경은 아니었다는 거요. 아버지가 남베트남 정부의 무슨 고위직에 있다고 하니까. 그랬는데 자기 오빠가 열성 베트공이 된 다음에 감화 받고 세뇌가 되어서 뒤늦게 베트공이 되었다는 거요. 결과적으로 전향한 거 보니까 오빠보다는 아빠가 더 중요했던 모양이오.

— 그보다는 한국 남자의 매력에 뿅가버린 거 아닙니까?

— 허긴 옛날엔 나도 연애대장이라는 사람들을 부러워했지요.

— 그 다음은 어디에서 어떻게 만났는지 궁금합니다.

— 그 말을 하려면, 우리 연합군 전략을 좀 설명해야 하는데, 에-또 우리 연합군이 이 나라에 전략촌이란 걸 만들고 있다는 거 알고 계시오? 사상적으로 좀 애매한 마을에서 공산주의자 베트공들을 소탕한 다음에 집중적으로 마을발전을 지원해서 주민들을 확실히 반공 쪽으로 돌려놓는다는 전략이오. 그러니까 내가 다랑시바를 처음 만난 건 전략촌 건설을 위한 초기 작전이 있던 날이었고, 두 번째는 전략촌 정착화를 위해 그 마을에 무료진료 대민봉사를 몇 번 가다보니까 만나게 된 거지요.

— 의무병과도 아니신데 의료봉사를 나가요?

— 아직 베트남전쟁에 대해 잘 알지 못하시나? 무료진료 나갈 땐 의무부대만 달랑 나가는 줄 아슈? 의료진이 출동할 때에는 전투부대가 앞뒤에서 호위하고 나간다는 거요. 게릴라전은 전천후전이

란 말 뜻을 아시오?

— 지금 알아가는 중이지요. 그럼 의무부대 따라서 출동한 마을에서 다랑시바를 우연히 만나신 거네요.

— 우연히는 아닌가 봐요. 그 여자가 나중에 나한테 고백하기로는, 나를 만나기 위해서 그 마을에 한국군의 무료진료가 있을 때마다 나와서 나를 찾았다는 거니까. 나중에 내가 병원장 운전병 된 다음에는 정식으로 진료반 멤버가 되었으니까 더 쉽게 만나게 된 거요.

— 전투병 하다가 병원 운전병, 운이 아주 좋으셨던 모양입니다.

— 나는 처음에는 수송병과 소속이었는데 베트남 파견 복무를 지원하면서 일반병과의 베트남파견 특수훈련을 받고 여기 온 거요. 지금 우리 병원 원장이 나의 사촌형인데 베트남으로 파견 오면서 나를 옆으로 불러갔던 것이고. 그러니까 내가 다랑시바를 만나는 운명의 동아줄은 여러 갈래인 거요.

— 그럼, 군법회의에 가도 걱정 없으시겠습니다. 저로서는 듣기가 좀 섭한 것이, 저한테는 아무런 도움이 안되는 얘기라는 거네요. 저한테도 비슷한 여복이 돌아올까, 힌트를 얻으려고 했는데 말입니다.

— 감나무 밑에 누워서 백 날 기다리면 뭐가 떨어지나요. 번쩍 일어서서 낚아채야 떨어지지요.

— 그럼, 다랑시바는 베트공에서 아주 전향해 버린 건가요?

— 전향이라고 할 것도 없지요. 게릴라전에서 아주 손놓고는 순수 민간인 신분으로 돌아와 버린 거니까. 난 이 여자가 자신이 변심한 걸 가지고 고민할까봐서 그 비슷한 얘기는 꺼내지 않기로 했소. 그냥 연애하는 일에만 열중하기로 한 거요. 이 여자도 전쟁

이니 역사니 하는 말을 도통 꺼내지 않아서 내 마음이 편하오. 우리가 데이트할 때 주로 뭐하는지 아시오? 옛날부터 유명했다는 붕타우 해변에 가서 그 넓은 바다를 향해서 우렁차게 노래를 불러 젖히는 것이오. 내가 그 여자하고 데이트 나갈 준비도 노래 연습 하는 것이고, 하여간 우리 두 사람 공통점이 노래 좋아하는 것이오. 한국노래만이 아니라 난 요즘 베트남 노래 연습하느라 세월 가는 줄 모른다는 거요. 내가 그 여자에게 점수 따는 것도 그 노래 때문인 거 같고.

— 전쟁하러 온 나라에서 청춘과 사랑을 노래하다니 부럽습니다.

— 나도 그런 말 들을까 봐서 이런 얘기 남에게 하기가 거북했소. 오늘은 당신에게 빚진 거 갚으려다 보니까 옆길로 샜소. 처음에야 나도 이런 행운을 생각이나 했겠소?

김 병장은 입을 닫더니 한참이나 말이 없었다. 바깥으로 보이는 울퉁불퉁 거친 노면 때문인가 했는데 다시 괜찮은 포장도로로 돌아왔는데도 그는 입을 열지 않았다. 나는 이것이 그의 말을 들을 수 있는 마지막 기회인지도 모른다는 생각에 가만있을 수가 없었다.

— 어째 말을 끊으십니까? 비밀을 다 털어놓아서 손해된다고 생각하십니까?

— 아, 그런 건 아니고, 내가 이런 얘기 누구한테 해본 적이 없는데, 오늘 내가 너무 나간 거 같아서…….

— 좀 쑥스럽기로서니 어떻습니까. 저는 오늘 김 병장님의 경험담 들으면서 정말 감동했습니다. 자갈밭에서 장미꽃 보는 감동입니다. 그렇지만, 난 노래를 못하니 그걸로 여자 환심 사기는 글렀

네요. 다른 비결 같은 건 없겠습니까?

— 나라고 해서 특별한 비결이 있겠소? 우리 경우엔 운이 좋았던 거지만, 마음도 중요한 거 같아요. 이 여자가 나를 만나려고 한국군 대민봉사부대를 찾아다녔다는 말을 듣고는 나도 마음이 기울어진 거요. 자기를 좋아하는 사람이 좋아 보이는 건 인지상정 아니겠소? 어- 그런데, 여자 마음에 들려면 돈이 많이 들어가는 건 어쩔 수 없는 거 같소. 맛있는 거 많이 사 주고 액세서리 같은 선물도 사 주고 하다보니 월급 받는 것이 다 들어갈 정도요.

— 투자가 있어야 재생산이 있지 않겠습니까. 하여간 이런 전쟁판에서 운이 좋으십니다. 국경을 넘는 사랑, 얼마나 낭만적입니까?

— 그건 나도 인정해요. 다랑시바만이 아니라 이 나라 여자들이 낭만적이고 기분파적이라는 말이 맞는 거 같소. 그게 프랑스 사람들 성격을 물려받은 때문이라는 말도 있지만, 우리 관계가 특별하게 느껴지는 건 운명적인 만남이라는 생각 때문인 것 같소. 다랑시바는 나 때문에 살아남았다고 생각하고 있고, 난 다랑시바 때문에 죽음을 면했다고 생각하는 거요.

— 존경도 하고 축하도 합니다만은, 한편으로는 시샘이 나기도 하네요.

— 샘 낼 거 있나요. 당신도 한 건 만들면 되잖소. 당신은 중대장 빽이 좋은 모양이든데.

— 어찌 그런 말씀 하십니까?

— 당신네 중대장이 우리 병원장에게 잘 부탁한다고 전화했다고 하니까 허는 말이오.

— 중대장과 자주 만나긴 합니다만은.

— 중대장하고 잘만 통하면 시내로 심부름 나갈 일이 많이 생길 거

아니오. 나도 그런 케이스고. 난 너무 깊숙이 들어가버렸지만.

붕타우의 한국군 병원에 도착할 때까지 우리의 이야기는 그칠 줄을 몰랐다. 우리의 대담이 오랜 친구들 못지 않게 대담한 밀담 수준에까지 나갈 수 있었던 것은 아마도 전쟁하는 나라라는 특수환경, 상식이나 예의, 체면 같은 것은 쉽게 무너지는 비상한 정황의 덕분이었을 것이다. 그러지 않았다면 감히 꺼낼 수 없을 말들이었음을 내심으로 알고 있던 우리는 헤어지기에 앞서 짤막한 너털웃음으로 초대면 밀담의 어색함을 떨쳐버렸다. 지프차를 타고 횡—하고 떠나면서 손을 크게 흔다는 김 병장이 마치 오랜 역전의 전우같은 생각이 들었다.

내가 배정된 병동을 찾아가는 동안 잠시 잊었던 팜호아의 얼굴이 떠올랐다. 렉스호텔 이층 객실에 은신 중이던 팜호아의 안부가 걱정되는 것이었다. 미군 병사의 탈영을 방조한 죄가 작을 수는 없을 터이었다. 제퍼슨만이 아니라 피터슨까지 관련된 것 같고 어쩌면 더 이상의 혐의 사실이 있을지도 모르는 일이었다. 미국군 탈영을 도와주었다는 사실이 미군병원 조사에서 밝혀졌다면 팜호아가 지명수배될 것은 뻔한데 내가 사다준 변장 장비들이 제구실을 해서 무사히 도피할 수 있었는지 궁금해지는 것이었다. 이 부분에서 내내 의문스러운 것은, 미군병원에서 그녀를 청소부로 고용할 때 그녀의 신원이나 거주지를 확인했을 터인데 그랬다면 지명수배까지 할 필요가 없을 것이 아닌가 하는 점이었다.

한국군 야전병원에서는 나의 수술결과를 진찰해 본 결과 귀국조치라는 소견서를 내주었다. 수술 경과는 좋은 편이지만 지뢰 파편을 맞고 떨어져나간 복숭아뼈 자리에 이물질을 집어넣은 것이기 때문에 상당 기간의 안정을 요한다는 것이 담당 군의관의 말이었다. 이 같은 조치는 나 자신 어느 정도 예상한 것이라 별로 놀라지는 않았지만 '귀국조치 요망'

이라고 적힌 군의관의 소견서를 받아 든 나의 마음은 착잡하였다.

그날 오후 나는 나트랑 주둔 십자성부대로 귀환하는 퇴원 동료들 다섯 명과 함께 운송용 헬리콥터에 탑승했는데 공중에 몸을 띄우고 눈 아래 도시들과 정글지대를 내려다보는 나의 심정은 허망함으로 가득 찼다. 뭐가 뭔지 알지 못할 이상한 나라를 잠깐 스쳐보고 떠밀려 나가는 것 같았다고나 할까. 이 나라에 처음 들어섰을 때의 가슴 두근거림이 이제 다시 살아나는 것 같았다. 그런 가운데 나의 머릿속에 점차 분명하게 떠오르는 것은 사이공에 두고 온 베트남 여자 팜호아의 얼굴이었다. 만약에 그녀의 도피행각이 실패로 끝나서 고생을 하고 있다면 그 책임의 일단이 나에게도 있다는 생각이 나의 마음을 아프게 했다.

한국군 야전병원이 있는 붕타우에서 동북쪽 방향인 나트랑까지는 헬기로도 두 시간 이상이나 걸렸다. 왼쪽편 아래로 내려다보이던 사이공 시가지가 멀리 사라진 다음에 보이는 것은 거의가 열대식물이 우거진 삼림지대였다. 눈 아래로 펼쳐지는 열대림 풍경들이 이날따라 더 낯설어 보이는 것은 품에 간직하고 있는 '귀국조치 요망' 이라는 군의관 소견서 때문이었을 것이다. 하늘 높은 줄 모르고 무성하게 자라던 거대한 열대식물들이 곳곳에서 공중폭격을 받고 보기 흉하게 짓뭉개진 모습들은 전쟁의 파괴력이 얼마나 엄청난 것인지 보여주는 역사박물관을 보는 듯했다. 싱싱하게 잘 자라던 검푸른 색깔의 나무들을 바싹 말려죽이는 고엽제의 독성이 얼마나 강한 것인지 한눈에 알 수 있었다. 헬기 아래로 보이는 낯선 나라의 풍경들이 이제 영영 작별이구나 생각하니 어쩌면 전쟁의 상흔으로 얼룩진 이 나라의 정글지대 모습은 번번이 짓밟힘을 당했던 내 마음의 풍경과도 비슷할 것 같았다. 팜호아의 얼굴이 다시 떠올랐다. 이 여자가 나를 사랑한다는 증거가 있느냐 하고 물어오는 소리가 들렸지만 다음 순간 그녀의 마음이 어떠하든 그녀에게로 향하는 나의 미련은 떨쳐버릴 수가 없는 걸 어떡하냐는 대답이 들리는 듯했다.

나는 나트랑시 인근의 십자성지원단 보급부대 병영에 도착하여 본대복귀 신고를 하는 대로 본부중대 중대장을 찾아갔다. 나의 청원을 솔직하게 말해볼 수 있는 최적의 상관이 그였던 것이다. 군의관의 귀국조치 요망을 소속 중대의 지휘관이 따르지 않을 수도 있는 것인지 나는 별로 기대를 하지 않았지만, 나는 아주 수월하게 오케이 응답을 들을 수 있었다. 중대장은 나에 대한 귀국조치 실시를 유보했을 뿐만 아니라 한동안 다른 병사에게 가있던 중대장 전령 자리를 나에게 넘겨준다는 약속까지 했다. 수술 후 안정이 필요하다는 나의 신체조건이 고려되는 모양새라서 무리한 조치는 아닐 것이라고 생각되었다.

다음 날 오후 긴급 호출을 받고 중대장실로 달려간 나는 중대장 전령보다 더 좋은 자리에 나를 천거한다는 뜻밖의 소식을 들었다. 십자성지원단 본부의 연합군협력과에서 영어 잘하는 사병이 필요하다고 해서 우리 중대장이 나를 천거하였다는 것이다. 십자성부대 내에는 베트남, 미국, 한국의 세 나라 군대를 중심으로하는 연합군 내부의 연락과 협력관련 부서가 있는데 세 나라 간의 사실상 소통 수단은 영어라는 얘기였다. 세 나라 군대에서 파견한 장교와 사병들 십여 명이 모여서 근무하는 곳은 나트랑 시내 성청(省廳) 내의 한 사무실이며 이 곳의 업무는 전투 준비와는 직접적인 관계가 없다고 하였다. 나는 새로운 직책이 마음에 들었고 이 같은 선처의 배려를 해준 중대장이 고마웠다. 베트남 전쟁이라고 하는 알 수 없는 연막 속 드라마의 중요한 부분 한 곳을 직접 볼 수 있다는 것이 나의 기대를 부풀게 하였다.

새로운 보직은 마음에 들었지만 우리 중대장과의 대면 기회가 없어진다는 것은 섭섭한 일이었다. 이제 나는 소속 중대가 바뀌게 되어 특별한 용건이 없는 한 두 사람이 만나는 자리는 없을 것이었다. 나는 오늘 중대장을 만나는 이 자리가 그와의 마지막 만남일 수도 있다는 생각이 들면서 큰마음 먹고 입을 열었다. 그동안 하고 싶었으나 참아왔던 말이었다.

— 중대장님, 미군부대에서 탈영하는 사병들이 적지 않은 것 같았는데, 정말 놀랐습니다.

— 그런가? 미군병원에 있는 동안 뭐를 본 모양이군.

— 그런 낌새를 좀 들여다본 거지요.

— 나도 듣기는 했지만, 그거 작은 문제가 아니지. 탈영만이 아니라 상관살해 같은 하극상 사건도 자주 일어난다니까 군대사기가 말이 아닌 거지. 어느 전쟁에서나 영내사고는 어느 정도 있게 마련이지만, 군대생활의 고통이나 죽는 것에 대한 두려움보다도 자존심이나 부끄러움 때문에 사고치는 자가 많은 것이 더 문제인 거야. 전쟁판에 제일 골치 아픈 존재가 철학자라고 했어. 전쟁의 목적에 대해 의문을 품는 사람들 말이지.

— 미군들 사기 떨어진 것이 우리 한국군에게는 영향이 없는 겁니까.

— 다행히도 별 영향이 없는 거 같애. 우리 한국군 부대에서는 아직 탈영이나 하극상 사고 같은 것이 일어나지 않고 있으니까.

— 그렇다는 건 한국군들이 더 충성스럽다는 건가요?

— 암, 그러고 말고지. 한국군이 미국군보다 더 용감하고 승률이 높다는 거 베트남정부에서도 인정하고 있어. 물론 미국정부도 인정하겠지마는.

— 그럼 베트공들에게는 한국군이 더 미움을 받을 거 아닙니까.

— 꼭 그렇지도 않은 거 같애. 베트공들에게는 한국군이 미국군보다 더 무서운 상대니까 경계의 대상이기는 하지만, 한국은 미국의 입

김 때문에 마지못해 이 나라에 왔다는 걸 아는 사람들은 한국군 입장을 동정하기도 하는가봐. 더구나 같은 피부색을 한 아시아 사람이라고 해서 동지의식 같은 걸 느끼기도 하나 보더라고.

— 그런데요, 미군들은 탈영해 봐야 본국으로 돌아가는 것이 쉽지 않을 텐데요. 베트남 안에서 빠져나가는 것부터가 어려울 거 아닌가요.

— 탈영병이 자기네 나라로 돌아가 봐야 자기 신분을 드러낼 수가 없으니 돌아가고픈 사람이 많지 않을 거야. 베트남 인근 국가로 많이들 간다고 하지만, 외국 가는 교통편보다도 베트남 안에서 무사히 빠져나가는 것이 더 어려울 거 같아. 전시체제의 감시가 심할 거니까.

— 베트남 사람들이 도와주든지 해얄 거 아닌가요?

— 그러겠지. 베트남에는 미국 민간인들도 많이 와있으니까 민간인처럼 위장하고 빠져나갈 수도 있을 것이고. 돈만 갖고 있으면 어떻게 수단이 생기지 않겠어?

— 제가 있던 미군병원에서도 입원 중에 탈영사건이 나올 정도로 군인들 사기가 땅에 떨어졌다는 겁니다. 도대체 어떤 방법으로 병원을 빠져나가는지 모르겠단 말입니다.

— 자동차 운전수하고 내통이 있으면 트렁크 같은 데에 숨어서 나가는 수도 있다더군. 일반 부대에서 탈영하는 방법으로는 휴가 나갔다가 귀대하지 않는 예가 많은 모양이고.

— 미군이 탈영하는 것을 도와주는 이 나라 사람들 말예요, 베트남 정부쪽의 일반 국민들이겠습니까, 그렇지 않으면 반정부 베트공 쪽이겠습니까.

— 글쎄, 베트남 정부 사람들은 미군탈영병을 보면 신고해서 잡게

해얄 거 아닌가. 그러고 보면 베트공이나 중립적인 국민이 그런 일 하지 않을까.

— 중립적인 국민이라면 돈을 벌려고 도와주겠지요. 그런데 베트공이라면 미군탈영병을 도와줄 이유가 있겠습니까?

— 그럴 이유가 있고 말고. 베트공 입장에서는 미군 한 명을 사살해서 없애는 것보다 탈영시켜서 없애는 쪽을 더 원할 걸. 생각해 보라고. 전사자 한 명하고 탈영병 한 명하고를 비교해 볼 때, 병력 감소의 숫자는 같지만 군 부대 전체의 사기와 기강에 끼치는 영향에서 볼 때는 큰 차이가 나지 않겠냐고. 전사자가 나오면 적군에 대한 적개심과 우군들 사이의 전우애를 고취시키지만, 동료들 가운데서 탈영병이 나오면 전쟁동지에 대한 배신감이나 전쟁의 의미에 대한 회의심 같은 것이 생기지 않겠는가 말이지.

나는 중대장의 말을 듣고 있기가 거북하였다. 면종복배해야하는 나의 처지가 마음에 찔렸던 것이다. 그동안 고마웠다고 인사하고 나오는 나의 발걸음이 비틀거리는 것 같았다.

이틀 뒤 나는 십자성부대 연합군협력과 연락병으로 근무를 시작하였다. 나와 함께 지프차를 타고 날마다 나트랑 시내 성청으로 나가는 통근 팀에는, 과장 자리에 있는 장 대위와 그의 보좌관들인, 서 중사와 전 하사라는 하사관 두 사람이 있었다. 4인조 팀에서 내가 최연소에다 최하계급이어서 나는 그저 시키는 대로 따라하면 될 것 같았다. 내가 맡고 있는 업무 중에 중요한 것은, 연합군 간에 오가는 영문 공문서를 받아서 꼼꼼히 읽고 그것을 한국어로 번역, 복사하여 한국군 각 부대로 전달하는 것이었다.

내가 나가는 연합군협력과 사무실은 칸호아 성청 부속건물 안에 있었는데 우리 사무실 바로 옆에 성청의 3층 본관이 있어서 눈만 돌리면 창밖의 그 본관 건물이 시야에 가득 들어왔다. 그 본관은 꽤 오래된 건물인 듯 외벽 전체가 암회색의 고색창연한 빛을 띠고 있었고 건물 옥상의 네 귀퉁이에는 모래주머니들로 둘러친 벙커가 있었으며 그 안에 군데군데 총좌 구멍들이 보였다. 게다가 본관 건물 1층 창문의 주위에는 모래주머니들로 꽉 채워져 있어서 밖에서는 건물 안을 전혀 들여다 볼 수 없었다. 언제 어떻게 총격을 당할지 모르는 삼엄한 분위기의 이 같은 행정관서 모습은 하루의 대부분 시간을 그 가까이 있어야 하는 나의 마음을 조마조마 옥죄기에 족했다. 세 나라 군대에서 파견되어 온 세 팀 멤버들은 나란히 붙어있는 세 개의 사무실에서 근무를 했는데 다른 나라들도 한국군하고 거의 같은 인원들이 나오는 것 같았다. 제일 왼쪽 사무실은 베트남군 차지, 제일 오른 쪽은 우리 한국군 차지이고, 가운데 사무실이 미국군 차지였기 때문에 우리 한국군 파견자들은 자연히 미국군 요원들과 접촉하는 시간이 더 많았다.

서투른 신참자의 소심한 마음으로 며칠 출근을 하면서 가만히 보니 사무실 안의 정황에서 이상한 것이 한두 가지가 아니었다. 우리 한국군 사무실에 출근하는 네 사람들 중에 사병인 나를 제외한 장교와 하사관들은 근무 중에 꽤 많은 시간을 어디론가 나갔다가 퇴근 무렵에야 나타나는 것이었다. 그러니까 최하급자인 나 같은 사람이 하는 중요한 일은 사무실을 지키는 것 정도가 되는 기분이었다. 나는 처리할 공문서들을 꼼꼼히 읽고 쓰고 하느라고 꽤 많은 시간이 소요되었는데 나의 상급자들은 모두가 대충 읽어보고 넘겨버리는 것 같았다.

그런데도 불구하고 우리 사무실에 나오는 한국인 장교와 하사관들은 그 적지 않은 문건들을 읽다가 걸리는 데가 한 군데도 없다는 듯 그냥 무사통과였다. 더 이상한 일은, 내가 문서들을 꼼꼼히 읽는 것을 본 서 중사는 화를 내면서 직속상관들이 통과시킨 서류를 신참 졸병이 뭐를 안다고 토를 달려 하느냐고 하는 것이었다. 이런 타박을 들은 나는 미안하다고 사과하였고 서류를 꼼꼼히 읽어본 것은 이의를 가진다는 뜻이 아니니까 안심하시라고 부언하기까지 하였다. 평소에는 나에게 깐깐하게만 보이는 서 중사가 또 하나 나에게 이상한 행동을 보였다. 전속 받아 들어간 지 2 주일이 되던 날 서 중사는 우리 두 사람만 있을 때에 조용히 나를 부르더니 하얀 봉투를 나에게 주면서 말하는 것이었다.

— 이거 용돈에 쓰라고. 1백 달러야. 우리가 이곳에서 하는 일이 그 만큼 중요하다는 거 잘 알라고 주는 거야.

나는 이 돈이 어떤 돈인지 몰랐지만 상관의 명이라 거절할 수는 없었다. 우리 사무실에서 하는 일이 왜 중요한지도 알 수 없었다. 이렇게 이상한 일들이 몇 가지 있기는 하였으나 성청에 나가는 나의 새 일과는 우선 편해서 좋았다. 베트남 지방정부의 청사를 겉으로나마 구경하는 것도 흥미있는 일이었다. 출퇴근 시에는 거리에 나다니는 이 나라 사람들을 가까이서 볼 수 있는 것도 나의 호기심을 만족시켜주었다. 거리에 보이는 사람들은 대부분 보행자들이었지만, 자전거나 오토바이 탄 사람들이 우리나라보다 훨씬 더 많았고 한국에서는 없어진지 오랜 (시클로라 불리는) 인력거까지 볼 수 있어서 나의 출퇴근 시간은 견문을 넓혀주는 세계여행 같이도 느껴졌다.

성청 인근에는 한국인 식당이 두 군데 있어서 그곳에서 점심식사를 하며 주변 풍경을 구경하는 것도 좋았다. 하나는 '나트랑식당' 이었고 다른 하나는 '아리랑식당' 이었다. 이 나라에 파병된 군인들 못지않게 운명을 걸고 열심히 일하는 한국사람들은 건설업자나 무역업자들이라고 하였다. 점심 먹으려고 식당에 앉아있다가 한국 민간인을 만날 때도 있었는데, 그들을 대면할 때의 인상이 항상 좋은 것은 아니었다. 전쟁 중인 나라에 들어와 돈을 버는 그네들의 용감성과 창의력이야 존경할 만하지만, 그런 사람들만 있는 것이 아니라는 얘기였다. 이 나라에 들어온 한국인 업자들 중에는 도박판이나 나이트클럽을 좋아하다가 돈 다 털리고 신세 망친 사람들도 더러 있다는 말을 들어봤던 것이다.

성청 안의 사무실로 통근하면서 또 하나 나의 관심사가 있었으니 그것은 팜호아의 자취를 찾는 일이었다. 나는 날마다 목격하게 되는 수많은 베트남 현지주민들 가운데에서 혹시나 팜호아의 얼굴이 나타나지 않을까 막연한 기대를 떨쳐버릴 수 없었다. 그러나 그 수많은 행인들 중에서 아는 여자 하나가 섞여있는지 찾는 것은 모래사장에서 좁쌀 방울 찾는 격이었다. 나는 팜호아를 찾는 길이 어디에도 있을 수 없는 현실을 받아들이기로 하고, 그녀는 이제 나의 추억 속의 인물일 뿐이라고 마음속으로 다짐하기에 이르렀다.

멀리 떨어진 바깥 세상 막연한 곳에서 찾던 인물을 내가 날마다 먹고 자는 가까운 곳, 바로 우리 병영 내에서 만난 것은 정말 천만뜻밖이었다. 내가 십자성부대로 복귀한 다음에 우리 병영 구내식당에 갈 때마다 그곳 종업원 여자들을 유심히 훑어보고 기웃거리다가 무안만 당한 나머지 그런 어설픈 짓을 단념하기로 마음먹은 지도 한참이 지난 어느 일요일 아침이었다. 출근하지 않는 날인지라 나는 느지막하게 식당으로 갔다. 여느 때처럼 식반을 손에 든 내가 음식배분대(臺) 앞에서 줄을 서고 있는데 나는 그날따라 이상하게도 내 앞에 서서 내가 내민 식반을 채워주는 종업원 여자의 얼굴을 쳐다보지 않았던 모양이다. 나의 식반 한쪽 끝을 톡톡 두드리는 소리를 듣고서야 나는 내 앞에 서 있는 여자를 쳐다보았다. 팜호아였던 것이다. 우리는 한 순간 서로의 얼굴을 바라보면서 입이 크게 벌어졌지만, 나의 입에서는 갑자기 무슨 말을 할지 몰라서 그냥 앞사람을 빤히 바라볼 뿐이었다. '그쪽에서 나중에 봐요'(씨 유 레이더 오버 데어)라고 나직하고 급하게 말한 사람도 팜호아였다. 나는 고개를 끄덕여 응수하고는 식반을 들고 식사 테이블로 갔다. 식사를 마친 나는 식당 밖으로 나가서 어정거리다가 아침식사 시간이 끝날 때쯤 해서 다시 안으로 들어갔다. 음식배분대 앞 의자에 앉아서 얘기를 나눌 때 우리는 최대한 압축된 표현을 썼다. 사방에 사람들 눈이 있으므로 여기서는 되도록이면 말을 빨리 끝내자는 무언의 합의가 된 것이다. 우리는 앞으로도 영내에서는 만나지 말고 밖에서 만나는 좋은 방법을 찾기로 하였다. 1주일에 하루인 팜호아의 휴일은 정해진 날이 아니지만 나에게 돌아오는 휴일은 언제나 일요일 하루이기 때문에 두 사람의 동반 외출은 일요일에 나가도록 미리 조정하기로 하였다. 그러고 보니 당장 오늘이 문제였다. 나는 그날 일요일이 자유시간이었지만 팜호아는 오늘 하루를 휴일로 잡아두지 않은 처지였다. 잠시 망설이던 팜호아는 나를 두고 잠시 식당 주방에 다녀오더니 자기 동료 한 사람이 오늘 일정을 맞바꾸어주었다는 희소식을 전하는 것이었다. 나도 역시 영외 외출을 허가받는 것이 걱정되었지만 다행히 우리 소대장은 나의 청을 들어주었다. 혼자 나간다고 하면 허가가 나오지 않기 때문에 현지주민이 동반한다는 것을 잘 설명해야만 했다. 내가 근무하는 나트랑 시내 성청 앞 동네에서 영업하는 한국인 식당 주인이 현지주민 누군가와 친분을 트고 싶어한다는 말을 들었었는데, 우리 영내식당 종업원인 현지주민 중에서 내가 소개하고 싶은 사람을 알게 되었다, 그동안 미루어 오던 두 사람 간 소개를 오늘 하고자 한다, 이렇게 둘러대었더니 다행히도 외출허가가 나왔다.

동반 외출 시의 교통수단으로는 팜호아가 시내 나들이 할 때에 타는 오토바이를 두 사람이 합승하기로 하였다. 그 당시 베트남사람들이 타던 오토바이는 제주도에서 나의 형 상주가 타던 미제 오토바이보다 훨씬 작고 엉성한 교통수단이었다. 부르기도 오토바이라고 하지 않고 스쿠터라고 했다. 나는 우리 병영을 벗어나는 정문 초소까지는 일부러 혼자서 걸어갔다. 베트남 주둔 한국군 병사들은 특별한 포상 보너스가 있거나 하지 않으면 영내를 벗어나는 외출허가를 받지 못했는데 그것은 무엇보다도 지역사회의 치안상태 때문이었다. 민간인의 경우는 사정이 다르지만, 한국군 군복을 입고 시내 거리를 걸어다니는 것은 위험천만이었고, 이면도로나 소로를 다니는 것은 더 위험한 일이었으며, 혼자서 나다니는 것은 절대 금지사항이었다. 이 나라의 수도인 사이공 시내에서조차 베트공 잠행자들에게 화를 당하는 미군이 종종 있을 정도였고 한국군은 미군보다 안전하다고 하지만 안심할 정도는 결코 아니었다. 이런 판국에서 내가 만약 베트남 여자의 오토바이에 동승하여, 그것도 젊은 여자의 허리를 뒤에서 꼭 껴안은 자세로, 병영 밖으로 나가는 광경을 우리 부대의 누군가가 보았다면 나를 얼마나 시샘하고 미워할 것인가. 나도 염치가 있는 사람인 것이다.

오토바이를 타고 나온 팜호아의 차림새를 본 나는 눈이 휘둥그레지고 말문이 막혔다. 챙이 넓은 등산모자를 푹 눌러 쓴 아래로 곧 드러난 검은 색깔의 커다란 선글라스는 얼굴을 거의 가리는 듯하였고, 다리통에 착 달라붙는 쫄바지 위에 받쳐입은 새빨간 색의 헐렁한 블라우스까지 너무 튀는 스타일이었다. 그 전에는 단정하고 수수한 모습만 보여준 여자였다. 팜호아 자신도 나의 반응을 눈치 채었는지 연신 생글생글 웃고 있었다. 그녀의 모습을 잠시 훑어보던 나는 이내 그녀가 웃는 뜻을 알 것 같았다. 내가 그전에 사이공에서 그녀의 변장 장비로 사다준 물건들이 기억에 떠올랐던 것이다. 그날 이 같은 장비가 실지로 성공적인 결과를 가져왔는지는 그동안 나의 머리를 떠나지 않던 의문이었다. 나의 질문을 받은 그녀는, 다 잘됐으니 걱정 말라고만 할 뿐 자세한 이야기는 하지 않았다. 우리가 더 이상 변장 도피 이야기를 해볼 새도 없이 오토바이는 요란한 발진음과 함께 출발하였다.

팜호아의 오토바이 실력은 대단하였다. 이 나라 국민들이 애용하는 교통수단이 자전거와 오토바이니까 능히 그러려니 생각되긴 했지만, 나트랑 시내 번화가에서 두 발 달린 이륜차를 나란히 타고 가면서 옆 사람들끼리 담화를 즐기는 모습은 마치 네 바퀴 달린 승용차에 타고 가는 사람들이 옆에 대고 말하는 것처럼 자연스럽고 편안한 자세로 보이는 것이었다. 그동안 내가 나다닐 때에는 조심조심 두리번거리며 살펴 가야했던 낯선 거리를 마치 자기네 동네 나들이하듯이 익숙하게 질주하는 팜호아의 기운찬 모습을 보자 나도 덩달아 기분이 좋아지고 그동안의 불안감과 두려움이 사그라드는 것 같았다.

팜호아는 우리의 행선지로 나트랑시의 바닷가가 어떠냐고 물어왔다. 나로서는 이를 거절할 이유가 있을 리 없었다. 나트랑 해변은 국제적으로도 유명한 해수욕장이고 휴양지라는 얘기를 그전부터 들어오던 차였다. 얼마 후 도착한 나트랑비치(beach)는 시원하게 트인 모래사장이랑 주변 경치가 아늑해보여서 우리는 우선 한 바퀴 돌면서 구경을 하기로 하였다. 상하의 나라인지라 바닷바람은 차갑지 않고 시원하기만 했다. 전쟁중인 나라에 어울리지 않게 해수욕 나온 사람들도 심심치 않게 보였다. 우리는 이곳에서도 사람들 눈에 뜨이는 것을 피하기 위하여 비교적 한적한 곳을 찾아 앉았다. 팜호아의 말로는, 이 나트랑비치에 한국군 장병들을 위한 휴양소가 있다고 했지만, 우리는 그런 곳과도 멀찌감치 떨어져 앉기로 했다.

바다를 향하여 나란히 앉은 다음에 나는 참았던 질문들을 하나씩 꺼내들었다. 팜호아가 사이공 시내 호텔에서 나하고 헤어진 다음에는 성공적으로 도피했던 모양이지만, 그 후 두 달이나 지난 다음에 그녀가 어떻게 내가 있는 부대의 영내식당에 일자리를 얻어서 왔는지가 제일 궁금한 일이었다. 그녀의 대답을 들어본 나는 그녀의 영특한 행동에 대해 감탄하지 않을 수 없었다. 나의 소속부대가 십자성부대라는 것을 그녀가 잊어버리지 않았던 것은, 우리가 미군병원에서 알고 지낼 때 내가 초록색 야자수나무 아래 하얀 별 네 개가 그려져있는 이 부대의 마크를 자랑하듯이 설명해준 덕분이라고 하였다. 한국군 부대는 여러 군데에 있는데 십자성부대를 찾은 것은 그랬다 치고, 그 부대의 영내식당 일자리는 어떻게 얻어들어갔는지도 궁금한 일이었다.

이 점에 관해 그녀의 대답을 들어본즉, 이 나라의 도처에 침투해있는 베트공 요원들이 얼마나 치밀한 조직망을 갖추고 있는지 놀라웠다. 한국군 부대 안에서 일하는 종업원들 중에도 다수의 베트공 프락치들이 있으며 특수 임무를 띤 새로운 프락치가 어떤 곳으로 침투할 때에는 조직 담당 베트공 지도자의 조정을 거쳐서 선임 파견자가 자리를 넘겨준다는 얘기였다. 그러니까 팜호아는 나의 소속부대에 침투하여 나를 만나는 기회를 얻기 위해서 베트공 조직의 특수 임무를 자청하여 들어왔다는 것이다. 예전에 그녀가 미군부대에 청소부로 들어갈 때의 치밀한 계획도 모두 베트공 조직의 기본 전략에서 나온 것이라고 했다. 베트남 현지주민이 미군이나 한국군 부대의 잡역부로 고용될 때에는 그 사람의 거주지나 신원을 확인하는 절차가 있기는 하지만, 이 나라의 거의 모든 관공서에 베트공 활동에 협력하는 끄나풀 공무원들이 포진하고 있어서 그들 잡역부의 신원증명을 위한 가짜 공문서를 만들어 준다는 얘기였다. 팜호아는 원래 이 나트랑 시내의 거주자이지만 사이공 소재 미군병원에 청소부로 들어갈 때에는 사이공 거주자로 행세했다고 하였다.

팜호아하고 얘기하는 동안 그녀의 영어구사력을 따라가기가 버거운 나는 이 여자가 도대체 어떻게 공부했길래 영어를 그렇게 잘하는지 물어보았다. 가볍게 던진 나의 질문에 그녀는 불행한 가족사의 내막을 털어놓았다. 그전에 내가 미군병원 입원 중에 들었던 것처럼, 팜호아는 자기 아버지의 사업파트너인 미국인 가족들과 가까이 살면서 친하게 지내다 보니 일상생활 속에서 영어실력을 쌓게 되었다는 얘기였다. 미국인 가족과의 친분 덕으로 영어사용의 기초가 닦여진 다음에 대학에서도 영문과를 다녔으니 영어구사력이 좋을 수밖에 없었던 것이다.

미국이 지배하는 베트남 사회에서 딸의 장래가 보장받으려면 영어실력이 중요하다는 아버지의 믿음에 따라 대학 진학도 영문과로 가게 되었다고 하길래 나는 뭣도 모르고, 그럼 아버지 덕을 많이 입은 딸은 확실한 효녀가 될 것 같다는 쓸데없는 말을 덧붙이고 말았다. 팜호아는 대답 대신에 잠시 고개를 떨구면서 침묵을 삼키더니 자기 아버지는 딸에게서 효도 대신에 저주를 받았고, 종내는 베트남 역사의 준엄한 심판을 받아서 돌아가신 지가 여러 해 된다는 어려운 자기고백 끝에 비감에 젖은 얼굴이 되는 것이었다. 나는 그게 무슨 말이냐는 듯 팜호아의 얼굴을 빤히 쳐다보았다. 그녀는 잠시 입술을 깨물고 나서 말을 이었다. 자기는 아버지의 부끄러운 죽음을 계기로 하여 민족해방전선에 용감하게 뛰어들었다는 얘기였다.

프랑스인들이 물러간 자리에 들어온 미국인들이 베트남에 대한 내정간섭을 강화하고 군대파견까지 하면서 베트남 국민들의 미움을 받기 시작한 것은 그녀가 중학생 때였는데, 대학생이 된 후에라야 자기 아버지가 민족의 자존심을 팔면서 돈을 버는 내막을 알게 된 그녀는 아버지 사업에 대한 반대의 뜻으로 가출 생활을 하였고, 그동안에 미군부대에 군납물품을 거래하러 가던 아버지가 베트공들이 매설해 놓은 지뢰를 밟고 즉사하였다는 것이다.

아버지가 죽고 나서 한동안은 부끄러운 마음에 숨어살다시피 했는데 나중에는 결심을 바꾸어서 베트공의 민족해방투쟁에 가담하는 것이 아버지의 죄를 감하는 것으로 보기로 했다고 말하는 그녀는 가만히 눈을 감는 것이었다. 민족문제를 고민하는 가운데에도 가족 간의 화목을 잊지 않는다는 그녀의 말은 그것대로 나의 심금을 울려주었다. 그녀의 오빠가 지금 남베트남 정부의 하급공무원으로 있는 것은 옛날 아버지의 영향을 받았기 때문인데, 어머니에게 가족간 불화에 대한 걱정을 끼치지 않기 위해서 집에 들어가면 자신의 비밀활동에 대해 수상한 낌새를 드러내지 않으려고 애쓴다고 하였다.

팜호아네 가족들이 가까이 지냈다는 미국인 가정의 내막도 나의 관심을 끌었다. 베트남전쟁 초기부터 미군부대 군속의 신분으로 팜호아 부친의 군납품 사업 파트너가 되었다는 미국군 퇴역장교가 해방 직후 미군정 하의 한국 근무 군사고문관이었다는 말은, 미군정의 비리와 얽힌 우리 집안의 몰락 역사를 상기하게 만들었다. 미군정 하의 군사고문관이라면 우리 집안의 가정파괴 원인을 제공하였었고, 그것은 팜호아네 집안 역사에도 해당되는 말이 되지만, 나와 마찬가지로 팜호아도 뒤늦게야 역사의 진실을 알게 된 듯하였다.

한국의 해방공간에서 미군 장교가 북한에서 온 음악인과 결혼하게 된 사연도 드라마틱하였다. 그 부인은 해방 전부터 서울에서 유학하고 있었던 평양 명문가의 딸이었는데, 두 사람이 음악회에서 만나 서로 사랑하게 되었다고 하니 정치이념 같은 문제는 두 사람 사이에 없었던 모양이다. 예술전문대학을 마친 다음에도 미군장교와 교제를 끊지 못하여 서울에 머물러 있다가 남북분단의 철퇴가 내려진 탓으로 북한으로 돌아가지 못한데다가, 미군장교와 깊이 교제했다는 이적(利敵)혐의 때문에 6.25전쟁 당시 남한으로 내려온 인민군들과 함께 이북의 고향으로 돌아갈 수 있는 기회를 영영 놓쳐버렸다는 것이다. 미국인 남편은 결국 본의 아니게 자기 부인에게 돌이키지 못할 실향의 아픔을 안겨준 결과가 되어버렸다는 기막힌 사연이었다. 팜호아는 그들 부부를 통하여 한국의 비극적인 분단역사에 대해 많이 알게 되었고, 한국사람들에 대한 관심과 동정이 싹텄다고 했다.

팜호아가 대학생 친구들에게 베트공 전선에 함께 참여하자고 설득하는 자리에서 한국분단의 사례를 들고 말을 시작하면 호소력이 컸다는 얘기가 나왔을 때 나는 어떤 얼굴표정을 지어야할지 난감하였다. 자신이 영어를 배우게 된 과거의 이야기를 끝낸 팜호아는 누가 자신의 영어실력을 칭찬하는 말을 들으면 자기 집안의 치부가 드러나는 것 같아서 쑥스럽다고 하였다. 그러나, 영어를 배운 보람을 느끼는 이유가 딱 하나 있다고 하면서 마치 수수께끼를 꺼내는 사람처럼 팜호아는 나의 얼굴을 빤히 쳐다보았다. 나는 이 여자가 나에게 무슨 시험을 하나 싶었지만, 그녀의 의중이 어떤 것인지 짐작이 가지 않았다. 나의 응답이 신통치 않을 것임을 알아봤는지 팜호아가 입을 열었다.

— 문창주 씨를 만난 거지요. 제가 영어를 잘했기에 우리 두 사람의 만남과 소통이 가능했던 거 아닌가요?

팜호아의 이 같은 말만으로도 나는 충분히 감격할 수 있었을 텐데 이런 말을 꺼냄과 동시에 그녀는 오른손 검지손가락으로 나의 콧잔등을 가볍게 톡톡 두드리는 것이 아닌가. 세상에 이렇게 간 큰 여자도 있었는가 싶었지만, 나는 얼떨결에 덩달아서 나의 오른손을 불쑥 내밀어 그녀의 손을 꼭 잡고 위아래로 흔들어주었다. 대인관계의 감각이 둔한 내가 그 짧은 순간에 그 정도의 순발력있는 행동을 보인 것은 지금 생각해도 놀라운 일이 아닐 수 없다.

팜호아는 우리 사이의 무거운 분위기를 돌릴 필요가 있다고 보았는지 자신의 변장 도피사건을 다시 화제로 꺼내들었다. 듣고보니 그것은 재미있는 해프닝이었고 웃기는 이야기였다. 팜호아가 미군 검문소마다 무사히 통과할 수 있었음은 아마도 깜쪽같은 변장 때문이었을 것이라는 얘기여서 나도 기분이 좋아졌다. 두 사람 사이에 애매하게 나있던 통로 하나가 뻥 뚫린 듯하였다. 도피 중에 만난 사람들 몇몇은 자기의 이상한 차림새를 보고는 어디서 왔느냐, 무엇 하는 사람이냐, 물어봤는데 그때마다 팜호아는 이 나라에 여행 온 미국사람처럼 영어로만 대답했노라고 하였다. 유창한 영어 구사력을 호기있게 이용한 셈이었다. 대담하고 파격적인 의상 스타일이 사람들의 시선을 끌었음은 사실이지만, 외국인 행세를 하는 데에는 오히려 효과가 있었다는 것이다.

말을 끝낸 팜호아는 품에 간직하고 온 달러지폐를 꺼내 나에게 내밀었다. 내가 변장 장비에 썼던 비용만큼은 될 것 같아서 나는 주는 대로 그냥 받아두었다. 나에게도 그녀에게 건네줄 물건이 있었다. 팜호아가 피신했던 렉스호텔을 내가 떠날 때 꼬불쳐갖고 나갔던 그녀의 비취색 팔찌였다. 돈과 팔찌를 주고받으면서 우리는 다시금 서로의 손을 꼭 잡고 흔들었다. 두 번째의 악수여서 한결 느긋해진 느낌이었다.

우리의 데이트 첫날은 일찍 돌아와야 했고, 나는 팜호아에게 맛있는 것을 사주고 싶은 마음도 참아야 했다. 그녀의 그날 스케줄은 급하게 허락받았기 때문이다. 다음 일요일 날 다시 만나자는 것이 우리의 약속이었지만 그날 데이트도 나의 사정상 무산되었다. 우리 부대 소대장이 갑자기 바뀌면서 신임 소대장에게 외출허락을 내려달라고 감히 말할 수가 없었던 것이다. 한 주를 그냥 지나친 다음에 나는 용기를 내어 그 다음 일요일의 외출허가를 받아냈다. 우리는 그날 주로 시장거리를 구경 다녔다. 해외여행 나갈 때 제일 흥미로운 구경거리는 서민들의 민속시장 풍경이라는 말이 생각났거니와 나는 그런 시장통에 가서 하고 싶은 일들이 있었다.

이 나라의 민속시장에도 한국에서처럼 공장제품보다는 농수산물을 벌여놓은 것이 더 많아보였고, 땅에서 나는 갖가지 풍성한 채소와 과일들을 벌여놓은 좌판 장수들이 특히 나의 눈길을 끌었다. 제주도 민속시장의 좌판 장수들보다 호객 방식이 더 극성스럽다는 것이 나의 눈을 끌었다. 열대지방 산물이어서 그렇겠지만, 한국산보다 더 탐스럽고 현란한 빛깔을 한 과일들이 즐비하였으며, 떠들썩하고 활기찬 시장통 모습을 둘러보니 사람 사는 세상은 어디나 비슷하구나 싶었다. 두 사람이 구경 위주로 시장거리를 돌아다니는 동안 나는 팜호아에게 사줄 만한 물건이 어디에 있을지 눈여겨 찾아보았다. 여자의 환심을 사려면 맛있는 음식이나 선물을 많이 사주어야 한다는, 저번에 만났던 김 병장의 훈수가 내 머릿속을 떠나지 않았던 것이다. 내가 그녀에게 맛있는 것 파는 데로 가자고 했더니 그녀가 앞장서서 간 곳이 과일전이었다. 그녀는 큼직한 망고 세 개를 골랐다. 한 개는 우리가 나누어 먹고 두 개는 내가 귀대할 때 신임 소대장에게 갖다주라는 그녀의 제안이 기특하였다.

망고 열매 한 개를 두 사람이 나누어 먹는 맛은 유다른 것이었다. 그녀가 잘라먹은 잇발자국 선명한 부분에 나의 잇발이 들어가서 싹둑 잘라먹는 것도 색다른 맛이었다. 우리 소대장에게 이렇게 큰 망고를 두 개씩 선물하는 것은 무슨 때문이냐고 했더니, 두 사람이 주는 선물이어서 두 개라는 말을 전하라고 하였다. 어떻게 그런 깜찍한 생각이 나왔을까. 내가 소대장에게서 일요일 외출 허락을 받는 것은 우리 두 사람이 만나는 일 때문임을 알리고 싶다는 것이 아닌가. 그래 놓고서는, 내가 그녀에게 선물을 사주고 싶은데 무엇을 원하느냐고 물었더니, 졸병 신세에 무슨 돈으로 선물을 사느냐, 자기네도 지금 누구에게서 선물을 주고 받을 만큼 편안한 세상에 살고있지 않다고 덧붙이는 것이었다.

팜호아의 말대로 망고 두 개를 선물 받은 우리 소대장은 아주 기분이 좋아보였다. 그것이 베트남 여자에게서 받은 선물이기 때문에 더 그런 것도 같았다. 망고 선물을 받으면서 소대장은 한 마디 충고를 잊지 않았다.

— 베트남 여자들 만만치 않으니까 조심하라구. 조심하라는 내 말, 무슨 뜻인지 알어?

— 넷, 잘 알고 있습니닷.

나는 호기롭게 대답은 했지만, 베트남 여자를 만나면서 어떤 것을 조심해야 할지 실지로 알고 있는 것은 별로 없었다. 그랬던 탓인지, 나와 팜호아는 어렵게 얻은 데이트 시간을 아슬아슬하게 즐기는 가운데에도 어쩐지 어색하고 어설프다는 느낌을 지울 수 없었다. 우리는 조마조마 마음 조이는 병영 밖 데이트를 서너 번 나갈 수 있었고 그러는 과정에 별다른 장애물은 없었던 셈이다.

그러던 어느 일요일이었다. 그날 있었던 우리의 데이트야말로 어설픈 시행착오의 결정판이었다고 할 것이다. 그것은 뜻밖에 만난 자연재해 때문이기도 하였다. 그날은 우리가 나트랑 시내로 채 들어가기도 전에 오토바이 위에서 소나기 세례를 맞았다. 이 나라에 와서야 비로소 그 위력을 알게 된 스콜이었는데 정상적인 도로교통을 일시 정지시킬 정도로 강한 폭우였다. 사실 나는 그즈음에 이 나라의 스콜을 볼 때마다 비에 흘딱 젖은 몸으로 팜호아와 손 잡고 아무데나 급한 대로 찾아

들어가는 장면을 상상으로 몇 번이나 그려보았었다. 펄펄 끓는 젊은 혈기라니, 영내생활을 하는 동안 밤에 침상에 누워 뒤척일 때마다 참고 달래고 억누르고 했던 동물적인 그 욕망을 나라고 어떻게 뭉개버릴 수가 있겠는가.

그날 나는 여러 번 상상했던 시나리오에 맞추어서 정말 홀딱 젖은 몸으로 아무데나 눈에 보이는 여관을 찾을 요량으로 있었고 당연히 그녀도 나의 가벼운 힌트를 알아차리고서는 순순히 내 뒤를 따라와 주기를 기대하고 있었다. 팜호아가 이제까지 보여준 화끈한 친화력을 믿고 있었던 것이다. 그날 그 시간에 나의 눈에 비친 그녀의 몸은 홀랑 벗은 맨몸 이상으로 더 고혹적이었다. 마른 옷을 헐렁하게 입을 때에는 가늘고 가볍게만 보이던 여자의 몸이었는데 비에 흠뻑 젖어서 얇은 옷이 맨살에 찰싹 달라붙게 되자 탱탱 여물고 부풀어 오를 듯한 피부의 탄력이 돋보였고, 나의 상상력과 욕망을 한껏 부풀린 것만큼 더 관능적으로 보였던 것이다. 그러나 팜호아의 행동은 나의 예상과 기대를 정면으로 배반한 것이었다. 그렇게 빗물이 줄줄 흐르는 옷은 당장 벗어서 말려야지 그런 꼴을 하고 어디를 다시 가겠다는 건지, 나의 얼굴표정에 나타나는 절박한 힌트를 어찌 그렇게도 몰라볼 수 있는지, 나는 그녀의 무감각함이 도무지 믿어지지 않았다. 그녀는 스콜이 내려치는 동안만 잠시 가까운 길가의 어느 가게 처마 밑에서 신세를 진 다음에는 나를 다시 오토바이에 태우고서 나트랑 비치로 향하는 것이 아닌가. 젖은 옷 말리는 데에는 바닷바람과 햇빛에 몸을 드러내는 것 이상으로 좋은 것이 없다는 말을 하는 품이 마치 위엄 어린 어른이 철모른 어린아이 타이르듯 하는 것이었다. 보통 때는 그렇게 곰살궂고 상냥하던 여자가 어떻게 그리 쌀쌀맞고 비정하게 보이던지, 유명하다는 유원지 풍경 같은 것도 내 눈에 들어올 리가 없었다.

이 날 데이트에서 곤욕을 치른 나는 그 다음 한 주일 내내 수치감과 열패감으로 몸을 떨었다. 그냥 욕망을 채우지 못한 불만 정도가 아니었다. 팜호아가 나의 욕망을 깡그리 무시한다고 생각하자 그녀의 진심이 무엇인지, 의심이 들기 시작했다. 이런 것이 소위 미인계라는 함정이 아닌가 하는 생각도 떠올랐다. 그녀가 나의 욕정을 거부하는 것은, 나에게서 그녀의 환심을 사려는 노력을 유도하려함이 아니겠는가. 여자가 남자에게 몸을 허락하고 나면 남자의 욕망이 감퇴한다는 말을 그녀도 들어봤을 것이다. 그녀는 자신에 대한 나의 욕망을 간절하게 만든 다음에 나를 매개 수단으로 해서 베트공 첩자 활동을 하려는 속셈이 아닐까.

다음에 데이트 가는 날 나의 마음을 가득 채우고 있던 것은 아마도 복수심이었을 것이다. 여자의 말을 들었으면서도 못 들은 척하거나 무슨 뜻인지 모르는 척했다. 화가 난 것처럼 보이면 나의 인격에 흠 잡히는 것이 될까 봐서 참았지만 동행 시간 내내 무표정한 얼굴을 보이도록 했다. 이 날 대부분의 시간을 시장통 골목을 돌아다니면서 보냈는데 여기저기 구경하느라고 말을 별로 하지 않아도 되었으므로 내 마음은 오히려 편했다 할 것이다. 우리의 냉랭한 데이트는 한 번 더 있었고 나의 고의적인 냉담함은 팜호아의 호의를 잃을 수 있는 한계선 직전까지 이르렀을 것이다.

다음 데이트 날에 이르러 팜호아는 마침내 몸을 허락하였다. 이날은 우리 앞에 나타난 스콜이 전날처럼 요란한 것은 아니었다. 한바탕 내려친 소나기는 그냥 잠시 시원한 바람을 일으킬 정도였지만 우리는 이것을 결연한 행동 유발의 힌트로 삼았다 할 것이다. 나트랑 시내 이면도로 인근에서 여관을 찾아 들기도 어렵지 않았다. 팜호아의 손목을 잡고 여관 방문을 들어가면서 나는 그녀의 마음이 몸을 허락한다는 메시지를 분명히 포착하였다. 전날에 있었던 나의 복수심 발휘를 보고도 뚱하거나 꽁하지 않고 생글생글 웃는 표정이 나의 속 좁은 토라짐에 대한 너그러운 용서가 아니겠는가 싶었다. 이날따라 우리는 자기 표현의 미묘한 뉘앙스 차이를 무릅쓰고 순탄한 교감과 성공적인 교합을 이룰 수 있었다 할 것이다. 더운 날씨라서 몸에 걸친 옷들이 가볍고 간단했기 때문에 내가 그녀의 몸에 손을 대어 여러 번 수고할 필요도 없이 그녀는 금세 알몸으로 나타났고 우리는 그냥 그대로 한몸이 되었다. 내 몸에서 곧추선 뜨거운 살덩이가 그녀의 몸 깊은 곳으로 꽂혀들어갈 때에는 천지개벽이라도 다시 되는 것처럼 온세상이 아뜩하고 눈앞이 막막하였다. 보이는 것이 없으니 지금 여기가 어딘지 알 수 없는 어둠 속으로 빠져드는 것 같았다. 내 품에 안긴 여자가 누구인지도 잠시 잊어버린 듯하였으니 그야말로 무아지경에 빠진 셈이었다.

팜호아는 격렬하게 덮치는 나의 몸을 자연스럽게 받아들였다. 그녀는 잠시 몽롱한 듯 두 눈을 감고 짐승 같은 신음소리를 내며 멀리 꿈나라를 다녀온 표정이더니 이내 평상심을 회복한 듯하였다. 내가 나중에 돌이켜 보았을 때, 그날 그 시간에 그녀는 마치 혼자서 오래 예상하던 일에 임하는 사람과도 같았다. 어쩌면 목소리조차 차분하게 가라앉은 것 같았다. 그만큼 내공을 많이 쌓은 여자였다는 것일까, 그녀는 알몸이 된 나의 신체의 여러 부분을 지그시 훑어보았다. 베트남전 파견 특별훈련 받느라 흉터가 생긴 나의 손등과 미군병원에서 받은 발목수술의 꺼칠한 자국까지 발견하고는 그 부드러운 손가락으로 어루만져주는 것이었다. 그러다가는, 그날따라 면도하기를 거르고 나온 나의 코밑수염을 신기한 물건 보듯이 쓸어주면서 호호 웃지를 않나, 당신은 이렇게 살짝 수염 밑둥치가 보일 때에 멋이 있고 언제 한번 만져보고 싶었다고 말하는 데에야 나도 따라서 껄껄 웃지 않을 수 없었다.

팜호아의 천연덕스러운 칭찬이 나의 코밑수염에서 나의 출신국으로 옮아갈 때에도 나는 느긋이 즐기는 기분이었다. 한국은 자기가 오래 전부터 동경하던 나라이고 한국남자와 사귀어 보는 것이 그녀의 오랜 꿈이었다는 말을 들을 때 나는 잠시 나의 귀를 의심하였다. 미국남자와 결혼했다는 한국인 부인에게서 한국에 사계절 변화가 있다는 말을 듣고 가보고 싶었다는 그녀의 말은 이전에도 들은 적이 있었지만 그 기분 좋은 말을 이제 다시 들으니 울림이 달랐다. 베트남에는 아직도 유교문화의 오랜 전통이 남아있다는 것이 한국하고 공통된다는 얘기도 했다. 베트남인들이 민족적인 유대관계를 어떤 정치이념보다도 중시하는 것은 가족윤리를 중시하는 유교적인 전통의 힘이라는 팜호아의 말이 나의 관심을 끌었지만 나는 이에 대해 맞장구를 치지는 못하였다. 한국도 분명히 유교문화권이기는 하지만, 한국인들에게는 민족보다도 정치이념이 더 중요했기 때문에 한국현대사의 분단비극이 발생했다는 누군가의 말이 생각났던 것이다.

그녀는 내가 끼어들 틈도 별로 주지 않고 말을 이어갔다. 나는 그녀의 말에 응수하기보다는 그냥 잠자코 들으면서 그녀의 얼굴을 바라보는 일에 더 마음이 갔던 것 같다. 가볍게 듣기만을 즐기던 나는, 팜호아의 화제가 현재의 베트남 전쟁으로 옮겨가면서 귀가 번쩍 트이는 것이었다. 베트남전쟁에 대한 그녀의 진심을 들어보면 나를 만나는 그녀의 본심이 드러날 것 같았다.

내가 귀담아 들어본 그녀의 얘기는, 그녀의 정체를 의심쩍게 보았던 나의 속마음을 부끄럽게 하였다. 언젠가는 당신들 외국군대가 물러갈 것이고 이 나라는 통일이 될 것이다, 아버지와 오빠에 대한 혈육의 정을 비정하게 물리치고 남베트남 정부에 반대하는 나를 보라, 우리의 민족해방 투쟁은 베트남 나라 안에서 좌우익 간에 싸우는 것이 아니라 베트남 민족과 미국 간의 전쟁이다, 한국은 왜 남북으로 분단되었나, 이념이 다르다고 분단되었다니 이해가 안 된다, 한국군과 미국군이 동맹하여 같은 한국인 집단인 북한을 상대로 싸웠다니 같은 민족끼리 전쟁을 할 수도 있나…….

민족해방전선에 참가하는 팜호아의 열정을 짐작케 하는 것은 그녀가 겁도 없이 가족들과는 적대적인 정치노선을 선택했다는 사실이었다. 자기 부친의 미군 군납품 거래에 대한 죄책감으로 베트공이 되었다거나 남베트남 친미정권의 관리인 자기 오빠에게 면종복배한다는 혈육간 의리배신을 불사하고 있다는 것이다. 베트남 사람들이 기(氣)가 세다는 말은 이를 두고 하는 것인가 싶었다. 기가 센 사람 옆에 가면 그 사람 기를 쏘인다는 말처럼, 이 여자의 뱃속에서 나오는 날숨을 내가 들이마셨으니 그네들의 센 기가 내 몸 속으로 들어온 것은 아닌지, 희한한 상상이 다 떠오르는 것이었다.

어쨌거나 그날 팜호아하고 감행했던 사랑 모험은 내가 베트남 땅에 발을 디딘 다음에 있었던, 가슴 속 울림이 가장 컸던 사건이었다. 그러나, 그날 이후 날짜가 지나면서 그날에 있었던 일보다는 있을 수 있는데도 놓쳐버린 일들이 더 크게 떠올랐다. 팜호아가 나에게 보여준 열애는 그녀로서는 대단한 결단의 결과였을 것이다. 그러나, 그녀의 결단을 받아들이는 나의 응답은 적절하지 못했고 그냥 무덤덤하게 구경만 한 꼴이 아닌가 싶었다. 사랑의 표현을 몸으로 하는 것이 여자라면 남자의 사랑 표현은 말로 한다는 누군가의 말이 떠오르기도 했다. 이 다음에 만나면 그럴듯한 표현으로 사랑을 고백함과 더불어 선물도 하나 사주면 팜호아의 믿음을 얻으리라 싶었다. 달력을 보니 구정명절이 열흘 앞으로 다가와 있었다. 이 나라 국민들은 새해 명절을 음력으로 치르고 한 주일 가까운 구정연휴 기간에는 전쟁도 일시 정지에 들어갔던 것이 전례라고 하였으니, 그 기간을 이용하기로 하였다.

그즈음 나는 팜호아와의 관계에 마음의 중심을 뺏기고 있어서 성청에 나가는 일은 자연히 나의 관심 뒷전으로 밀려나고 있었다. 사무실 근무에 있어서는 그저 욕 먹지 않을 정도로 최소한의 충성을 바치자는 것이 나의 속셈이었다. 우리 사무실에서 내가 제일 졸병이니까 속 편한 점도 있었다. 그러다 보니 세 나라 군대 파견팀의 사무실 위치가 나의 관심사로 떠올랐다. 우리 한국군 사무실 바로 옆에 미국군 사무실이 있고 그 건너에 베트남군 사무실이 배치된 것은 단순한 물리적인 공간배치에 끝나는 일이 아니었다. 우리 한국군은 베트남군보다 미국군하고의 접촉이 더 많다는 것인데 접촉이 많다보니 자연히 양국군 간의 소통과 협력 또한 긴밀하게 마련이었다. 열려있을 때가 많은 사잇문으로 미국군 사무실과 쉽게 통하는 것이 좋았다. 나로서는 베트남말 보다는 미국말로 소통하는 것이 더 수월하기도 했다.

날이 가면서 미국군 사무실의 말단 사병하고 친구가 된 것도 행운이었다. 맥필드라는 이름의 그 미국군인은 계급도 나하고 같은 작대기 세개(코퍼럴이라 했다)였고 다행히 동양인처럼 키가 작고 오동통하여서 말을 붙이기가 한결 부드럽게 느껴졌다. 말단 졸병인 맥필드와 나만이 사무실을 지키고 있을 때도 있었는데, 그런 경우에는 계급장 달린 유니폼이고 뭐고 시원하게 벗어붙이고 잠시 러닝셔츠 차림으로 지내는 일도 있게 되었다. 이 친구가 뉴욕에서 대학 다니다가 온 사람이라는 것을 알게 되자 나는 마치 갑자기 출세한 것 같은 기분이 들었다. 대한민국의 작은 섬 제주도에서 온 국제촌놈이 세계의 수도 뉴욕 출신을 친구로 얻다니 어찌 우쭐해지지 않았겠는가.

나는 미국군 사무실이 비어있을 때에는 그쪽으로 들어가서 이것저것 물어보기도 했다. 그 질문 가운데에는 어려운 영어표현 같은 것이 많았음은 물론이다. 맥필드에게 한 가지 부러운 것은 그는 주말 휴가를 사이공으로 가서 보낸다는 것이었다. 그의 소속 부서는 사이공에 있는 주월미군사령부인데 나트랑 지구 연합군협력과에 파견 나온 것이라서 평일에는 나트랑 시내 미군부대에서 통근하고 주말이나 휴가중에는 미국군 파견대 일행과 함께 헬기를 타고 사이공의 사령부 본대로 돌아간다는 얘기였다.

사이공으로 말하자면, 내가 저번에 렉스호텔 커피숍에 들르면서 잠시 구경했던 곳이어서 막연하게나마 그 도시의 세련된 모습 같은 것을 떠올릴 수 있었다. 옛날 이 나라를 지배했던 프랑스사람들의 예술적인 감각이 도시 곳곳에 묻어난다고 해서 '동양의 파리'라고 불리는 곳이라고 하였다. 맥필드가 사이공 방면으로 다녀오는 편을 이용하여 나는 시사주간지 타임지(誌)를 사다 읽기도 했다. 내가 베트남전쟁 당시 미군들이 자행했던 민간인 학살사건에 대해 알게된 것도 이 때 읽은 타임지를 통해서였다. 나는 언젠가 맥필드에게 물어봤다. 아무리 전쟁이라 해도 비무장 민간인을 죽이면 안되는 것이 상식 아니냐고 했더니 그의 대답이 걸작이었다. 전쟁은 성인군자가 하는 것이 아니다, 그건 어느 나라나 마찬가지이며, 당신네 나라 군인은 그러지 않는 줄 아느냐고 퉁을 놓았다. 나는 물론 대답할 말이 없었다.

구정연휴가 사흘 앞으로 다가온 어느 겨울날 오후 우리 한국군 사무실의 수장인 장 대위가 부하들 세 명을 앞에 세우고 헛기침을 두어 번 하는 일이 일어났다. 무슨 좋은 일이 있는 듯 그의 입가에 흐뭇한 미소가 어려있음이 우리의 주의를 끌었다. 좀처럼 없는 일이어서 우리는 그의 입에서 어떤 말이 떨어질지 침을 삼키며 기다렸다. 듣고 보니 그가 입을 열기 전에 뜸을 들일 만도 하다 싶었다. 현재 미국에서 최고 명성을 누리는 대중가수 프랭크 시나트라의 공연을 직접 볼 수 있는 기회가 생겼다는 것이다. 사이공 소재 주월미군사령부에서 행해지는 특별 위문공연의 관람 기회가 우리에게 주어진 내력을 설명하는 그의 얼굴에서는 시종 웃음이 떠나지 않았다. 벽 하나를 사이에 둔 이웃 사무실에서 근무중인 우리의 파트너, 그러니까 미국군 쪽 연합군협력 파견대의 소속 부대가 주월미군사령부이기 때문에 이들의 호의적인 배려의 결과로 이루어진 특별 초청인데, 이들이 구정 전날 저녁 사이공으로 가는 헬기편(便)에 우리 한국군 파견대 사람들이 동행하면 된다는 얘기였다.

구정연휴 기간이 1주일이나 되므로 구정 전날 밤의 이 특별 위문공연을 보고나서 사이공에서 며칠 더 머물면서 구경할 수도 있고, 나트랑으로 돌아올 때에도 그들의 헬기편을 이용할 수 있다고 했는데, 이 모두가 우리의 근무처가 그만큼 운 좋은 곳이기 때문에 가능한 것임을 잘 알라는 말을 덧붙임으로써 생색내기를 숨기지 않았다. 거기까지는 좋았는데 그 다음 말이 이상하였다. 이웃해 있는 연합군협력부서들 중에서 이 같은 기회가 주어지는 것은 우리 한국군 파견대만이고 베트남군 파견대는 해당이 안 되니까 그쪽 사람들에게는 비밀로 하라고 당부하는 것이었다. 장 대위의 말이 끝나고 자리로 돌아오면서 나는 그가 하는 말의 의도가 궁금하였다. 물론 베트남 사람들은 한국사람들처럼 구정명절에 조상숭배의 가정행사를 크게 치른다니까 외국군 부대의 위문공연에 초청받지 않아도 이상할 게 없을 것 같기는 하였다. 그렇다면, 그런 말을 까놓고 할 일이지 그게 무슨 비밀이나 된다고 그쪽 사람들에게 함구하라고까지 단서를 붙일까 싶었던 것이다.

나는 다음 데이트하는 날이 오기 전에 팜호아를 만나봐야 했다. 저번에 약속하기로는 구정연휴 첫날에 두 사람이 만나서 나트랑 시내로 가기로 되어있었지만 이제 그 약속을 변경해야할 상황인 것이다. 장 대위에게서 들었던 대로 구정연휴 앞 부분을 사이공에서 화려하게 보낸 다음에 연휴 뒷부분에 가서 데이트 일정을 잡아야 될 판이었다. 생각해 보니, 이번 데이트는 여러 가지로 풍성한 화젯거리가 있게될 것 같았다. 이름으로만 듣던 프랭크 시나트라를 보고 온 이야기와 사이공 명소를 구경한 이야기가 있을 것이고, 무엇보다도 팜호아를 만나서 선물을 사주면서 그동안 하지 못했던 사랑의 고백도 정식으로 할 참이었던 것이다.

장 대위로부터 들은 위문공연 얘기를 전하기 위해 나는 그날 저녁 우리 부대 영내식당에서 팜호아를 만났다. 주방 밖으로 나온 그녀에게 내가 미군부대 위문공연 구경 가는 계획을 말해줄 참이었는데 이상하게도 그녀가 먼저 나에게 무슨 큰일이라도 난 듯이 목소리를 낮추고 귓속말을 들려주었다. 이번 추석연휴 중의 우리 데이트는 무기연기 해야 할 판이라는 것이다. 그전에는 구정연휴 기간 중에는 전쟁이 일시 정지 상태로 들어가는 것이 관례였는데 베트공은 이번에는 전례를 깨고 전면공격을 감행할 계획이라는 통보를 바로 오늘 오전에 받았다고 했다.

내가 속한 십자성부대는 비전투부대이기 때문에 아마도 공격대상이 아닐 것 같지만 군수품 창고 같은 곳에는 가까이 있지 않도록 귀띔을 해주는 것이었다. 팜호아의 긴급정보를 들은 다음에 나도 귓속말로 미군부대 위문공연 얘기를 꺼냈는데 그녀는 내가 예상했던 것 이상으로 크게 놀라는 기색이었다. 미군부대 위문공연이란 것이 그녀에게 그렇게 큰 의미가 있는 행사였는지 그녀는 우리가 초청받았다는 위문공연 행사의 정확한 시간과 장소를 물어왔다. 나는 그 자리에서 그녀의 질문에 대답할 수는 없었기 때문에 다음 날 아침까지 정확히 알아다가 전해주겠다는 약속을 하였다.

나는 그녀와 헤어진 다음에 곧장 우리 사무실 수장인 장 대위를 그의 숙소로 찾아갔다. 좋은 공연을 보게 해주어서 감지덕지한다는 인사말을 겸해서 그냥 가볍게 이번 공연행사의 정확한 시간과 장소를 물어보았다. 정확한 공연시간은 구정연휴 바로 전날 밤 일곱 시이고 장소는 주월미국대사관 바로 옆에 있는 시티즌홀이라고 하였다. 나는 이 같은 내용을 작은 종이쪽지에 적어서 이튿날 아침 영내식당 주방에 나온 팜 호아에게 어김없이 전해주었다.

팜호아에게서 구정 때 기습 계획에 대한 설명을 자세히 듣지 못했기 때문에 나의 불안은 더했을 것이다. 바로 다음 날이 구정연휴 전날이었고 그날 밤중에 베트공들의 대규모 기습 공격이 시작된다고 했던 것이다. 미군부대 위문공연 관람은 포기하기로 결심한 나는 연 이틀을 여느 때와 다름없이 성청 사무실로 가서 자리를 지켰지만 마음은 허공을 맴돌았다. 하루 내내 보이는 것들과 들리는 것들이 다른 때와 다름없었지만 나 스스로 지어낸 상상과 불안이 그것들 위에 덧씌워졌다. 미국최고의 유명 가수들 위문공연이 있는 날 아침 나는 핑계를 대고 그날 밤의 공연 관람을 포기하겠다는 말을 장 대위에게 하느라고 얼굴을 한껏 찡그리는 위장 표정을 꾸며내야 했다. 뭐를 잘못 먹은 탓인지 토할 것 같고 머리가 빙빙 돈다고 했더니 그는 내 말을 믿어주었다. 나를 제외한 한국군 사무실 일행이 보통 날보다 일찍 하루 일과를 마치고 미국군 일행과 함께 헬기 비행장으로 향할 때 나는 마치 그들을 나만 아는 사지로 보내는 악질 범죄자가 된 것 같은 기분이었다. 그렇다고 해서 오늘 있을 베트공 기습작전에 대해 운을 떼었다가는 나중에 공연히 적과 내통한다는 억울한 혐의를 받을 것이었다. 아침저녁으로 우리를 태워서 통근시켜주는 지프차가 어김없이 나와주자 나는 운전석 옆에 달랑 혼자서 앉는 몸이 되었다. 좀 일찌거니 성청 사무실을 떠나서 우리 부대로 돌아올 때쯤에는 온몸에 소름이 돋을 것처럼 불안에 떠는 심정이 되었다. 저만치에서 보이는 열대밀림이 오늘따라 더 우람하게 보였다. 이제까지 묵묵히 모여 서있던 나무 모양의 병정들 무리가 일제히 들고일어나서 덤

벼들려는 꿈속같은 장면이 얼핏 떠올랐다. 이제까지 별로 말을 건네본 적이 없는 운전병에게 나도 몰래 어정쩡한 인사말이 튀어나왔다.

— 구정연휴 푹 쉬게 생겼네요. 그저 가만히 있는 게 제일이에요, 어디 나가지 말고요.

운전병이 씩 웃고 돌아서는 모습이 오늘따라 남남 같지 않게 보였다. 부대로 돌아온 후 저녁식사를 마치고 숙소로 돌아오자 머릿속은 캄캄하고 눈앞에 보이는 물건들도 어리어리해지는 것 같았다. 어디서 무슨 소리가 들리면 그게 베트공들의 기습인가 하고 귀를 기울였고, 그 뒤를 이어서 오늘 밤 공연에 대한 상상과 공상이 머릿속을 맴돌았다. 프랭크 시나트라의 얼굴은 이제까지 신문사진에서밖에 본 적이 없었지만, 그에게서 풍기는 분위기는 짐작되었다. 어떤 무서운 일이 일어나도 호쾌한 웃음과 감미로운 음성을 잃지 않을 것 같은 얼굴이었다. 이 톱가수와 그의 일행은 자기네 눈앞에서 야간기습 폭탄이 터질 때 어떤 표정을 지을까. 폭탄이 터지고 조명이 꺼져서 아무도 자기 얼굴을 들여다보지 않는 뒤범벅 아수라장 속에서 그들은 연예인에서 자연인으로 돌아가 비명을 지르고 몸 둘 바를 모르겠지 싶었다. 어쩌면 미군쪽에서 공연장 주변에 철통같은 경비망을 쳐놓은 관계로 베트공의 야간기습 작전이 헛방치기로 끝나지는 않을까 싶기도 했지만 혼란스러운 장내 풍경만은 상상할 수 있었다. 장 대위랑 성청 사무실의 동료들이 혼비백산하는 미군들 틈에 끼여서 도망 갈 길을 찾는 장면이 머릿속에 어른거렸다. 자욱한 폭연 속에 우왕좌왕 아수라장을 이루는 청중의 모습은 꿈속처럼 아련했지만 공연장 안팎에 가득했을 공포감만은 생생하였다.

베트남전쟁 최대의 격전으로 알려진 1968년 구정(舊正) 때의 대규모 전투가 끝나고 단 하루 만에 나는 즉각적인 귀국조치 명령을 받았다. 귀국 명령이 떨어진 사유를 설명해주는 사람이 없었으므로 나 혼자서 한참 머리를 굴려보았다. 아마도 베트공 첩자와의 동행 사실이 문제가 되어서 내려진 조치일 것으로 추측되었지만, 그런 혐의에 대한 수사나 심문 같은 것은 없었다. 내가 의심받을 행위를 많이 한 것을 나 자신이 알고 있기도 했지만 관련 혐의사실에 대해 증언해준 사람이 있었길래 귀국조치 결정이 그렇게 신속히 나왔을 것이라고 짐작이 갔다. 그즈음에 영내에서 길을 가다가, 우리 성청 사무실팀을 태우고 다녔던 운전병을 몇 번 만났는데 그때마다 그는 고개를 돌리고 외면하면서 뭐를 잘못 씹은 듯한 표정을 보였다. 그럴 때에 나의 머리에 떠오른 것은 내가 팜 호아하고 같이 다니는 장면을 그가 여러 번 보았다는 사실이었고, 미군 사령부 위문공연이 있던 날 내가 장 대위 일행에서 이탈하여 혼자 우리 부대로 돌아올 때 그에게 어정쩡하게 변명하던 말도 생각났다.

들리는 풍문에 따르면, 베트공들의 전방위적인 기습공격으로 시작된 대규모 공방전은, 우수한 무기와 장비를 갖춘 연합군의 반격으로 인해 전세가 역전되었다고 했다. 북베트남의 호지명 정부로부터 많은 지원을 받았으면서도, 그들이 밀착적인 게릴라 전투에서 발휘했던 고도의 전술과 책략이 대규모의 전투에서는 소기의 성과를 거두지 못했다는 것이다. 나 자신이 하마터면 걸려들어 불구덩이에 빠질 뻔했던 미군 사령부 위문공연의 귀추가 나에게는 초미의 관심사였으나 이에 대한 뒷소문은 들려오지 않았고 다만 그 공연 장소와 가깝다는 미국대사관이 베트공들에게 하루 동안 점령당했다는 소문을 들었을 따름이었다. 내가 귀국조치 당하던 날은 그 위문공연 날짜로부터 이미 1주일이나 지난 때였지만 그 공연을 보러갔던 장 대위 일행의 안부에 대해서는 아무런 얘기도 나돌지 않았다. 그들이 시티즌홀이라는 공연장에서 다행히 화를 면했다고 하더라도 격전이 진행 중인 사이공에서 나트랑까지의 장거리 구간을 살아서 돌아왔다면 기적이었을 것이다.

전보발령을 받는 바로 다음 날 특별히 마련된 헬기에 태워진 나는 사이공 인근 탄손누트 공항으로 곧장 직행하였다. 헬기 동승자들은 나처럼 급히 귀국조치 명령을 받은 십자성부대 내의 몇몇 사병들이었다. 팜호아에게 작별 인사 한마디라도 해볼 시간이 없었고, 며칠 간 시간여유가 있었더라도 이제는 그녀를 만날 기회가 원천 봉쇄되어 있었다. 베트공들의 대규모 기습공격을 계기로 한미 연합군 지휘관들은 베트남 현지주민들을 병영 내 잡역부로 고용하는 것을 전면 중지한다는 방침을 택했기 때문에 우리 부대의 영내식당에서 일하던 현지 노무자들은 전부 퇴출당했고 그 자리는 모두 한국군 사병들로 대치되었던 것이다.

한국행 비행기 안에서 나는 뜻밖의 인물을 만났다. 내가 사이공 소재의 미군병원에서 바닷가 휴양도시 붕타우의 한국군 병원으로 이동할 때 지프차를 태워준 운전병 김 병장이었다. 나는 김 병장을 단번에 알아보았다. 그는 깍듯이 교양 있는 서울말을 쓰는데다 전쟁하는 나라에서 연애하기를 즐긴다는 혼란스러운 인상을 남겼던 사람이었던 것이다. 그의 이름이 김병국이라는 것은 이번에야 확실히 알게 되었다. 우리는 마치 사지를 거쳐온 전우들처럼 서로 껴안고 반가움을 나누었다. 앞으로 네댓 시간을 이 사람 좋은 친구와 말벗이 될 것이라고 생각하니 나는 대번에 안도의 한숨이 나왔다. 불시에 받은 귀국명령으로 내내 우울하고 조마조마하던 참이었다. 두 사람이 옆자리에 앉을 수 있도록 해달라고 승무원에게 부탁한 사람은 김 병장이었다. 예전에도 이 사람은 이렇게 수완꾼이었음이 생각났다. 나는 창문 쪽 좌석을 그에게 권하면서 말했다.

— 역시 서울사람은 다르네요. 사교성 좋고 머리회전 빠르고…….

— 문 형이 하는 그 말, 진짜로 하는 말이요? 서울사람 같다는 말은 그저 그런데, 사교성 좋다는 말을 듣는 건 기분이 썩 좋소. 난 이래 뵈도 외교관 지망생이오.

— 김 병장님은 유능한 외교관이 되실 것 같습니다. 군대시절부터 외교관 되실 준비 하시는 거 아닙니까.

— 사실이 그렇소. 난 입대하기 전 1년은 다니던 대학까지 휴학해 가지고, 외국어 실력을 닦았다는 거 아니오. 영어실력 강화 프로젝트에다 중국어 베트남어까지 2개 국어를 더 추가해서 공부하느라고 애 좀 먹었소.

김 병장은 기창(機窓) 밖으로 보이는 구름하늘을 구경하는 것보다는 옆자리에 앉은 나하고 이야기하는 일에 더 큰 관심이 있는 듯 적극적으로 말을 걸어왔다. 내가 제주도 출신임을 밝히자 그는 나의 어깨를 두드리면서 탄성을 질렀다. 예전에 대학생 때 제주도 여행을 갔었다는 그가, 한라산 등산보다 제주도 사람들이 사는 인상적인 모습이 더 기억에 남는다는 추억담을 늘어놓자 두 사람 간의 대화가 급진전되었다. 그전에 만났을 때에는 나를 지칭하여 당신이라고 했었는데 이번에는 '문 형' 이라고 불러준 것도 나에 대한 그의 호감을 보여주는 것이라 생각되었다. 그의 제주도 추억담이 우리의 담화에 시종하여 활기를 넣어주었다. 지겨운 서울 생활에서 벗어나 보려고 찾아간 제주도였으므로 서울에서는 볼 수 없는 것들이 우선 눈에 띄더라는 얘기였다. 제주도의 시골마을에서도 일박을 했었는데, 서울말의 고어체를 잘 간직한 방언이 재미있었고, 제주도 주민들의 교육열이 서울 못지않게 높다는 것에 감탄하였다고 했다.

서로의 고향 이야기가 오간 후 우리의 관심은 자연히 갑작스러운 귀국조치의 사연으로 향하였다. 베트남 파견기간이 무사무탈하게 끝난 사병들은 대단위의 귀국 집단을 이루어서 대형 선박 편으로 한국행 이동을 하지만, 사고를 치거나 신체적인 이상이 발생한 사병들은 속전속결 조치를 취해야 하므로 개인단위의 이동수단인 항공기편을 이용해야 한다는 것은 우리 모두가 잘 알고 있었다. 건강한 사병이 비행기로 귀국하는 것을 보면 사고 친 놈이구나, 알아본다는 얘기였다. 나로서는 자신의 귀국조치 사유를 누구에게 알리고 싶지 않았지만, 그는 그렇지도 않았는지 나의 질문을 받자 선뜻 말문을 열었다.

— 어떻게 이렇게 갑자기 귀국조치를 당하셨습니까.

— 베트공들 난리 피운 덕분이죠. 문 형이 귀국조치를 당한 것도 베트공들 분탕질하고 관련이 있을 것 같지만, 하여간 우리 연합군이 이번처럼 되게 욕본 적은 없다는 거요. 비상경계령이 떨어지고 첩보망을 점검하다 보니 내가 걸린 거요. 베트공들의 이번 기습작전은 양쪽 진영의 주특기가 어떻게 다른지를 증명한다는 얘기요. 베트공 걔네들은 첩보전쟁에서 이기고 연합군은 무기전쟁에서 이긴다는 거 아니겠소.

— 김 병장님이 첩보망 점검에 걸렸다는 겁니까?

— 그렇다니까요. 내가 전에 말한 적이 있잖소. 베트남 여자하고 사귄다는 얘기 말이오. 적과의 내통은 작은 죄가 아니잖소.

— 그런 말씀 기억납니다. 그렇지만, 그 여잔 베트공 게릴라 그만두었다고 했잖습니까.

— 내가 알기로는 그렇소. 그동안 우리가 여러 번 만난 것도 공공연하게 알려진 사실이고, 그 여자의 아버지가 남베트남 정부의 고

위직에 있다는 것도 잘 알려진 사실이오. 그런데 그 여자의 오빠가 문제였소. 내가 전에 그 오빠가 베트공 지휘자라는 얘기 했던가요.

— 그 비슷한 말씀 들은 거 같습니다.

— 그러니까 내가 다랑시바하고 사귀는 건 그 여자의 오빠인 베트공 골수분자하고 접선하는 루트가 될 수 있다고 말한 사람이 있었나 봐요. 이번 구정에도 그전처럼 휴전이 되었더라면 우리 관계가 이적행위로 의심받는 일은 없었을 거요. 원래 전시체제가 강화되면 검거기준도 더 강화되기 마련 아니오? 전에는 다랑시바의 색깔을 부친과 동색으로 보다가 이번 난리가 터지니까 그 여자의 오빠와 동색으로 보았다는 거요. 하여간 꼬리가 너무 길어서 밟힌 셈이오.

그의 말은 나에게 팜호아와의 관계를 떠올리게 하였다. 그의 경우에는 꼬리가 너무 길어서 밟힌 것이라면 나의 경우에는 꼬리가 길지는 않았지만 그 길지 않은 꼬리가 너무 굵었던 것이 탈이었다. 나는 우리 커플의 얘기가 김 병장네 커플의 얘기하고 너무 근접해 가는 것을 피하고 싶어서 말머리를 돌렸다.

— 연합군 쪽 무기가 우수하다는 건 알겠지만 베트공들이 첩보전쟁에서 이긴다는 말은 무슨 말인가요?

— 베트공들 무기가 빈약한 것을 보충해 준 것이 치밀한 첩보망이었단 말이오. 걔네들이 이번 기습작전을 얼마나 철저하게 준비했는지는 걔네들 첩보망이 얼마나 치밀했는지를 보면 알 수 있다는 거요. 베트공들은 이번 기습작전을 계기로 해서 완전히 전

세를 역전시킬 계획이었다는 말이오. 연합군 쪽은 그전처럼 이번 구정에도 휴전이라고 생각하고 완전히 손 놓고 있었는데 그런 때를 이용하여 기습공격해 가지고 기선을 제압한다는 전략이었고, 작전방식도 게릴라전 중심이 아니라 전방위의 대규모 공세를 취했다는 거요. 그런데도 이렇게 중요한 전략 변경에 대해 연합군 첩보망은 전혀 낌새를 차리지 못했다는 거요. 베트공 부대 탱크가 미국대사관 정문을 밀고 쳐들어가는 순간까지도 미국대사라는 사람은 자신의 공관 숙소에서 쿨쿨 자고 있었다는 거요. 전투가 개시되는 순간까지 걔네들 기습작전 계획이 밖으로 새어나가지 않았을 정도니까 알 만하잖소.

— 저도 베트공부대가 미국대사관을 하루 동안 점령했다는 말은 들었습니다마는.

— 이제 와서 보니까 이 전쟁은 베트남 국민들 간의 전쟁이 아니라 베트남 민족하고 미국 간의 전쟁이라는 말이 맞는 거 같소. 내가 전해 들은 얘긴데, 베트남정부군과 미국군과 한국군 이렇게 3개국 군의 지휘관들이 모이는 연합군 전략회의가 끝나면 남베트남군 대표만 빠지고 미국군과 한국군 대표끼리만 따로 회동을 한다고 했소. 한국군이야 들러리 격이니 제쳐놓고, 베트남 정부군은 미국군보다는 베트공들하고 더 가깝다는 얘기요. 처음에는 세 나라 지휘관들의 3자회담이었는데 그러다 보니까 수상한 일이 자주 벌어지더라는 거요. 베트공 집단이 분명히 어떤 밀림지대 안에 있다는 것을 탐지한 미국군이나 한국군이 공격 끝에 목표 지점에 당도해보면 그곳이 텅텅 비는 일이 종종 생긴 거요. 작전계획이 베트공들에게 누설되었다는 거지요. 근데, 문 형은 프랭크 시나트라라고 좀 아시오?

— 미국의 유명한 대중가수 말인가요.

— 그래요. 그 프랭크 시나트라가 사이공 미군사령부에 와서 위문 공연을 했다는 거 알았소? 베트공들이 대규모 기습공격을 시작하는 날 밤이었는데 미군부대에서는 안전보장을 위해서 행사 날 직전에야 티켓을 배부했다고 해요. 대규모 기습 당하는 것도 까맣게 모르고 위문공연이나 벌이고 말이오. 그런데 베트공들이 어떻게 그걸 알아냈는지 공연장소에다 시한폭탄을 매설했다는 거요. 아마도 그 시티즌홀에 청소부나 전기기사 같은 사람들 중에 베트공이 끼어있었나 봐요.

김 병장의 말을 듣는 나의 마음이 찔끔 아려왔다. 내가 팜호아에게 알려준 미군사령부의 위문공연 소식이 베트공들에게 이용된 정보였을 가능성이 떠올랐던 것이다. 다른 경로가 있었을 수도 있지만 어쨌거나 나도 베트남 전쟁사의 주인공 노릇을 톡톡히 했다는 느낌이 들면서 문득 나의 목소리에 힘이 실리는 것 같았다.

— 김 병장님은 어떻게 그런 걸 잘 아십니까.

— 내가 직접 그 위문공연 관람을 갔었으니까 알지요. 나도 미군부대 쪽으로 연결되는 데가 좀 있어가지고 어떻게 티켓을 구해서 구경 갔었다가 혼이 났지요.

— 그 큰 행사장에 시한폭탄을 매설했으면 대형사고가 났을 거 아닙니까?

— 미군사령부 위문공연이 그렇게 허술하게 계획된 건 아니었소. 공연장 주변에 철통같은 방어벽을 쌓았다는 거니까. 그런데 베트공들 전략이 얼마나 치밀했던지 위문공연장 침입은 처음부터

포기하고 미국대사관 점령을 노렸던 모양이오. 공연장 쪽에선 시한폭탄 터지는 것 이상으로는 걔네들 공격이 없었지만, 한 시간 정도 시차를 두고 대사관 진입을 감행했다는 거지요. 공연장 쪽에서 연달아 폭음이 들리고 불길이 치솟자 대형사고가 나는 줄 알고 그 인근에 위치한 미국대사관의 경비병력까지 그 쪽으로 모두 집결했으니까 걔네들 위장전술에 꼴딱 넘어간 거지요. 내가 알기로는, 공연장 쪽에선 폭발음 소리만 컸지 사상자는 많이 나오지 않았을 거요. 천만다행이지요.

— 그러니까 베트공들은 위문공연 박살내는 것보다 대사관 점령을 더 중요한 것으로 보았단 말이네요.

— 대사관 점령이 더 큰 사건인 건 분명하지요. 대사관 점령 중에 낚아채 간 기밀문서들도 많았을 거고, 대사관 경내는 치외법권 지역이라고 해서 미국영토나 다름없는 곳이니까 미국이라는 나라의 위신도 크게 추락한 셈이오.

— 프랭크 시나트라라고 저는 이름만 알고 있는데 그 가수 노래가 그렇게 대단하든가요.

— 아깝게도 노래를 딱 하나 마치고 두 번째 곡을 부르는 중에 폭음이 터져가지고 실력발휘를 제대로 못한 셈이요.

나는 전쟁 이야기에 밀려서 정작 중요한 화제는 빠지고 말았음이 마음에 걸렸다. 잠시 숨을 돌리고 나서 나는 물어보았다.

— 제가 그전에 봤던 베트남 미인은 어떻게 되는 겁니까. 국경을 넘는 러브 스토리가 허무하게 끝장나 버렸네요.

— 어떻게 보면, 내가 하기 어려운 결단을 전쟁이 대신해서 내려준

것 같소.

— 그럼 두 사람이 다시는 만나지 않게 된단 말입니까.

— 않는 게 아니라 못하는 거지요.

— 이 전쟁이 끝나면 만나는 길이 생기지 않겠어요? 남자가 베트남으로 가든지 여자가 한국으로 오든지.

— 여자가 한국으로 온다면 어쩔 수 없지만 남자가 베트남으로 가지는 않을 거 같소. 그리고, 내가 보기엔 이 전쟁이 쉽게 끝나지 않을 거요. 이번 구정에 전투도 연합군 쪽이 대승했잖아요. 베트공들 인명피해가 연합군의 몇 배가 될 거라고 했소. 수만 명이 죽었다고 하니까. 그렇다고 해서 베트공들이 쉽게 물러서지도 않을 거란 말입니다. 베트남 민족이 중국의 지배를 1천 년간이나 받았고, 19세기에서 20세기에 걸쳐서 프랑스 통치를 1백년이나 받았다는 거 아닙니까. 그러고도 망하지 않았으니까 이 전쟁도 언제 끝날지 모르는 거지요. 그동안에 남자나 여자나 늙어 죽을 수밖에 더 있겠어요?

그는 자기의 경험담이 너무 길게 느껴졌는지 다음 화제는 나의 몫이라는 듯 내가 귀국 조치를 당하게 된 이유를 물어왔다. 나는 나와 팜호아와의 스캔들이 김 병장의 경우와 비교되는 것이 싫어서 말을 약간 바꾸었다. 3개국 군인 대표들이 함께 근무하는 연합군협력과에서 근무 중에 나의 눈치없음이 상관들이 보기에 비협조로 비친 것 같다는 얘기와, 내가 뭣 모르고 시장통 같은 데로 함부로 출입했던 것이 베트공들과 접촉했다는 의심을 받게 만든 것 같다는 등의 얘기를 급히 둘러대었다. 얄팍한 재치로 포장된 나의 대답은 결국 그의 똑똑함을 드러내는 결과를 가져왔다.

그의 예리한 관찰과 친절한 설명에 의하면, 내가 근무했던 연합군협력과라는 곳은 아무나 가지 못하는 장땡 보직이어서 내가 잘만 하면 치부할 수 있는 좋은 기회였다는 것, 그곳은 미군부대에서 나오는 각종 물자의 분배 결과를 검사하고 보고하는 부서이지만, 이 부서에서 제출하는 서류들을 허위로 작성해서 관련 부서의 책임자들은 대량의 물자를 착복한다는 것, 그곳 상관이 부하에게 정체 모를 돈을 주었다면 그것은 이 같은 착복사실에 대해 입막음하려고 주는 뇌물임이 틀림없다는 것, 처음에 뭣 모르고 그 돈을 받아놓으면 나중에는 입막음 돈임을 알고서도 고발하지 못하는 것은, 부정한 돈임을 알고서 받은 사람은 꼼짝없이 의도적인 공범자가 되어버리기 때문이라는 것…….

김 병장이 들려주는 말들은 나에게 정말 뜻밖이었다. 남이 겪은 일의 후일담은 그냥 재미로 들으면 되었지만 자신이 겪은 어리숙한 일들을 돌이켜보는 마음은 씁쓸하였다. 성청 근무에 관련된 일들은 이미 과거 속으로 들어갔으니 그냥 잊어버리면 되겠지만 아직 끝나지 않았고 똑 부러지게 끝날 수도 없는 일들이 문제였다. 나는 김 병장의 친절한 말들이 더 이상 부담으로 다가오는 것이 싫었다. 미안스러움을 무릅쓰고 고단한 척 졸린 척 가만히 눈을 감아버렸다. 눈을 감은 후에도 머릿속에 떠오르는 팜호아의 그림자는 사라지지 않았다. 주마등처럼 떠오르는 그녀의 얼굴은 커졌다 작아졌다를 반복하는가 하면, 생글생글 웃는 얼굴과 바위산처럼 엄숙한 얼굴이 포개지기도 하였다. 이제 다시는 베트남 땅을 밟아보거나 팜호아의 얼굴 보는 일이 있을지 막연하게 여겨지면서, 이 나라에 와있던 1년 세월이 한 폭의 그림처럼 뭉뚱그려져 떠오르는 것 같았다.

12장
아버지가 살아있다니

팜호아의 예측대로 베트남 국민은 마침내 미국 군대를 그들 나라에서 몰아내는 일에 성공하였다. 나를 베트남 전쟁에서 퇴각시킨 베트공들의 대규모 기습공격은 결국 미군철수라는 역사적인 변곡점을 이루어낸 것이다. 나중에 언론이나 역사책 같은 데에서 구정대공세(舊正大攻勢, Tet Attack)라는 고유명사로 표기될 만큼 이 전투는 세계인의 주목을 받는 중대사건으로 평가받기에 이르렀다.

그 자체로서는 연합군의 대승으로 끝난 베트공들의 구정대공세가 거시적 장기적으로는 미국의 퇴각으로 이어졌으니 역사의 아이러니라 할 수 있다. 베트남 민족의 항전의지와 반미감정이 얼마나 강한지가 대내외에 증명되면서 이제까지 미온적이던 미국내의 반전운동에 불을 당겼던 것이다. 이 같은 반전운동의 와중에 일어난 충격적인 보도 하나가 전 세계를 경악케 했다. 애초에 미국이 베트남전 개입의 명분으로 내세웠던 것은, 통킹만에 접근하던 자국 군함이 북베트남군에 의해 폭격 당했다는 사실인데 이것이 모두 사실무근의 조작된 각본이었음이 밝혀짐으로써 미국은 국제적인 신뢰에 치명타를 입게 되었던 것이다. 한국전쟁에 비해 세 곱절이나 오래 끌었던 베트남전쟁은 참전병력이나 인명피해의 면에서도 한국전쟁과는 비교가 안 될 정도로 참혹을 극한 비극이라고 하였다. 미국이 한국전쟁에서 어렵게 얻었던 동아시아지역 참전의 의의와 보람은 베트남전쟁 패퇴로 여지없이 짓밟히고 말았던 것이다.

나는 한국으로 돌아와 원대복귀를 했지만, 불명예 귀환 병사의 충격과 후유증은 한동안 계속되었다. 그나마도 다행스러운 것은 팜호아와의 교제 사실을 조사받거나 하는 일이 없이 세월이 지났다는 것이다. 만기제대가 될 날도 반 년 앞으로 다가오고 있었다. 내 마음 속의 달력에서 하루하루를 지워나가는 것이 주요한 일과이고 그 하루하루가 지루하고도 달콤한 이른바 만기병장 신세가 된 것이다.

제대 날짜를 석 달가량 남겨두고 나는 고향에서 온 전보를 받고 특별휴가를 신청하게 되었다. 나의 형 상주가 교통사고로 사망했다는 것이다. 짤막한 전보내용만을 보고서는 사건의 경위를 짐작할 도리가 없었다. 암울한 기억으로 얼룩진 우리 형제의 어린 시절을 되돌아보면서 이제 겨우 철부지 시절을 끝내고 형제간 혈육의 정과 도리를 알아가는가 했는데 그렇게 홀연히 세상을 뜨다니 정말 믿기지 않는 소식이었다. 경조사 귀향을 위한 특별휴가는 보통 3박 4일이지만 육지에서 제주도까지의 교통사정을 감안하여 5박 6일의 휴가를 받은 나는 바로 다음날 아침 군용열차에 몸을 실었다. 목포에서 제주행 여객선을 타야하는 나는 고향집에는 휴가 3일째 되는 날 장례가 이미 끝난 다음에야 도착할 수 있었다.

휴가기간 중에 알게 된 상주 형의 교통사고 경위는 그야말로 천만뜻밖의 것이었다. 사건의 전말을 나에게 들려주는 어머니부터가 어떤 것부터 말해야 좋을지 모르겠는지 두서없이 말을 헷갈리게 하니 나는 한참을 듣고 나서야 전후관계를 겨우 알 수 있었다. 처음에는 상주 형이 제주공항에서 오토바이를 타고 나오다가 전봇대에 부딪쳤다는 말을 듣고서 도무지 어떤 상황이었는지 감이 오지 않았다.

사건의 발단은 제주 출신 재일거류민단 일행이 고향 방문차 들어왔을 때, 그 방문단 중의 한 사람을 우리 고모가 만난 데서 일어났다고 했다. 이진수 씨라는 이름의 그 재일교포는 아버지와 고모에게는 고종사촌 사이(그러니까, 나와 상주 형에게는 당숙 관계)인데, 우리 고모는 그 친척에게서 명암이 엇갈리는 소식 두 가지를 들었다는 것이다. 4.3사건 때 일본으로 도피했던 언니네 부부(나에게는 큰고모네 부부)가 60년대 초에 일본정부의 재일교포 북송계획에 따라 북한행을 택했다는 소식과 6.25 때 행방불명된 아버지가 북한에 살아있다는 소식이었다. 큰고모네가 북한으로 들어간 다음에 아버지의 생존 소식을 일본에 사는 자기 사촌 이진수 씨에게 알려온 모양이라고 했다.

우리 작은고모가 교포 사촌에게서 이런 말을 들은 것은 자기 혼자 호텔로 찾아가 만난 자리에서였는데, 청천벽력 같은 소식을 들은 고모는 처음에는 그저 놀란 가슴으로 집에 돌아와 남편에게 말하고 보니까 이것은 입 밖에 발설하면 큰일 날 일임을 직감하고서는 극비에 부치기로 했다는 것이다. 그때에는 상주 형까지도 이 소식을 듣지 못한 것을 다행으로 여겼다는 것인데 결국은 이것이 큰 실수임이 드러난 셈이었다. 만약에 고모네 부부가 조카하고 한 자리에 있을 때 그런 소식을 조용히 전했더라면 상주 형이 받았을 충격도 좀 덜했을 것이고 오토바이 타고 질주하는 일도 없었을 것이라는 게 이 사건에 대한 어머니의 소견이었다.

어머니의 정황 분석에 따르면, 고모가 실수한 것은 이것만이 아니었다. 고모는 무슨 급한 일 때문이었는지 교포 사촌이 제주공항을 떠날 때 자신이 직접 전송 나가지 못하는 대신에 상주 형을 보냈다는 것이다. 제주도 농산물을 선물로 사놓았는데 이것을 딸려 보내려 했던 모양이다. 공항을 떠나 시내로 들어오다가 당한 교통사고였고 익숙했던 오토바이 운전을 실수하게 할 정도였으니까 공항에서 엄청 충격적인 소식을 들었기 때문이었을 것이라는 추측이었고, 그것은 분명히 부친의 생존 소식이었을 것으로 짐작된다고 했다.

고모가 대성통곡하면서 조카의 죽음을 슬퍼했다는 얘기를 어머니로부터 전해 들으면서 나는 사건의 전말을 곰곰이 생각해 보았다. 나와는 달리 빨갱이 딱지 때문에 무척 설움을 당했던 상주 형의 어린 시절로 미루어 볼 때 그에게는 아버지의 생사여부가 나에게보다 훨씬 더 애끓는 문제였을 것이고, 그런 아버지의 생존 소식을 듣고서 큰 충격을 받는 것은 이상한 일이 아니었을 것이다.

그러면서도 나에게 풀리지 않는 의문이 하나 있었다. 상주 형이 충격을 받은 것은, 죽었다던 부친이 살아있다는 소식을 희소식이라고 생각했기 때문일까, 아니면 알아도 알은 체를 할 수 없는 가공할 소식이라는 것을 알았기 때문일까. 어쩌면 상주 형의 경우는 아버지의 생존소식에 대해 나보다 단순한 반응이 나올 법도 하였다. 연좌제라는 사회적인 족쇄에 걸려본 적이 없고, 사회생활이나 세상의 변화에 별로 관심이 없는 상주 형이 월북자 가족이 겪는 설움을 알기나 했을까. 6.25전쟁 이후 월북자들은 간첩파견이나 빨치산 활동의 목적으로 북한정권에 이용당하면서 남한에 거주하는 가족들에게 엄청난 우환이 되었음을 상주 형은 알지 못했을 것 같았다. 결국 상주 형에게 아버지의 생존소식은 희소식이었을 것으로 짐작되었지만, 그것이 그의 오토바이 충돌사고를 어떤 식으로 촉발했을 것인지는 상상이 잘 되지 않았다.

아버지의 생존 소식과 함께 또 하나 놀라운 일은 큰고모 부부의 북한송환 소식이었다. 중학생 시절 나 자신이 재일교포 북송반대 궐기대회에 참가했던 기억도 떠올랐다. 그 당시 우리는 재일교포들을 생지옥 같은 북한으로 강제송환하는 만행을 규탄하는 대규모 집회에 참가하여 목청껏 반공과 반일 구호를 외쳤었다. 그러면서도 그같은 궐기대회가 열리게 된 한일관계 등 주변정세에 대해서는 알려고 하지 않았지만, 이제는 생각이 달랐다. 필시 그 당시 제주도의 좌익운동에서 실패한 큰고모부가 자신의 새로운 활동 공간을 찾아서 북한행을 택한 것은 아닌지, 이렇게 대담한 상상을 펴보게 된 것은 베트남전쟁 등 그동안 내가 보고 들은 바깥 세상의 역사가 생각났기 때문이었을 것이다. 큰고모부는 그 어려운 시절에 동경유학을 갔을 정도로 엘리트였다는 말도 생각났다.

연이어 떠오르는 상념들을 간직한 채로 나는 그날 저녁 고모네 집을 방문하였다. 걸어가는 동안 이 고모가 나보다도 상주 형을 더 위해주었음이 생각났다. 나와는 달리 어머니를 일찍 여읜 상주 형의 불행을 고모도 잘 알고 있었던 것이다. 단숨에 달려가듯이 도착한 나는 뜻밖의 장면을 보아야 했다. 고모는 보이지 않고 고모부가 중학생인 막내아들과 함께 저녁식사 준비를 하고 있었다. 고모가 왜 보이지 않느냐고 묻는 나에게 고모부가 들려주는 얘기는 모처럼 인사 차리러 방문한 나를 무안스럽게 만들었다. 고모는 상주 형의 장례가 끝나는 날 무단 가출하여 하루가 지났는데도 아직 그 행방을 모른다는 것이었다. 나는 그런 말을 듣고는 대뜸 상주 형의 사망사건에 대한 고모의 자책감 때문일 것이라는 생각이 떠올랐다. 고모의 잘못이 컸다는 어머니의 말이 생각났던 것이다. 그러나, 고모부가 나에게 하소연하는 말을 들어보니, 사고를 내게 만든 고모 자신의 실수 얘기는 나오지 않고 엉뚱하게 상주 형이 그날 타고 다닌 오토바이에다 그 책임을 묻고 있는 것이 나를 의아하게 만들었다.

— 아니, 오토바이가 미제물건이고 그것이 4H상품이라는 게 그 교통사고하고 무슨 관계가 있냐 말이지. 오토바이를 타고 대로를 질주했으면 그거야 사람 잘못이지 어디 오토바이 잘못인가 말이지. 느네 고모는 엉뚱하게도 그 물건이 나온 나라까지 욕하는 거라. 자네도 생각해 보라고. 상주가 남들 부러워하는 농장주가 된 것도 4H활동 덕분 아닌가. 4H가 아니었으면 상주가 어떤 건달이 되었을지 누가 알어? 이 사람이 한동안은 4H에 대해 뭐라고 흠 잡지 않길래 난 안심하고 있었는데, 여자 마음 이해하는 거 내 머리 갖고는 안 된다니까.

— 며칠 나가 있다가 돌아오시지 않겠습니까.

— 어린아이도 아니고, 어디 가서 사고 칠 일이야 없겠지만, 식구들 생각도 해얄 거 아닌가 말이지. 허긴, 전에도 속상헌 일이 있어 가지고 어떤 절간에 가서 며칠 있다가 온 적이 있었으니까.

나는 오래 머물지 않고 고모부에게 작별 인사를 하였다. 집으로 돌아오는 길에서 나는 고모를 원망하는 어머니의 심정과 가출까지 벌이는 고모의 심정을 상상해 보았다. 어머니는 고모가 상주 형에게 재일교포 친척을 만나러 공항으로 가도록 한 것이 잘못이라고 하셨지만, 고모인들 그 같은 사고가 일어날 줄 알고 한 실수가 아닌 바에야 어쩌겠느냐는 생각이 들었다.

이제 보니까 어머니는 고모가 가출한 것도 모르는 모양이었다. 그러고 보니, 그동안 시누이 올케 간의 소통 부재가 서로 간에 오해를 부른 것 같았다. 오래 전 옛날 어머니와 고모 사이에 아버지의 생사문제에 대한 염원이 달랐음이 기억에 떠올랐다. 어머니에게는 아버지의 생존 소식이 자기가 바라던 바였으므로 가족간에 잘 전달되어야 할 중요한 정보였지만, 고모에게는 그런 소식이 집안의 걱정거리였고 아무에게도 발설해서는 안 될 비밀사항이었던 것이다. 이전에는 할머니가 계셔서 무언의 영향력을 통하여 며느리와 딸 사이에 소통의 가교역할을 어느 정도 했었다는 생각도 들었다. 내가 베트남에 가있는 동안에 할머니가 돌아가셨다는 것을 이번에 집에 와서야 알게 되었다.

나는 귀가 길에 다시 한번 상주 형의 교통사고 현장을 둘러보았다. 어스름 속이었지만, 나는 사고현장에서부터 저만치 멀리 떨어진 곳에서 고인의 유물 하나를 발견하였다. 그가 전부터 멋으로 쓰고 다니던 파랑색 벙거지가 바람에 날려 갔는지 길가 고랑창에 묻혀있었던 것이다. 나는 이 물건을 집어가지고 집으로 돌아온 다음에 조용한 곳에 가서 불을 놓아 소각처분을 했다. 상주 형이 저승길로 떠나는 마당에 내가 도와준 유일한 손길이었다.

상주 형의 교통사고 전말은 경찰서에 출두해서야 더 명확하게 알 수 있었다. 사고 당사자가 사망한 사건이라서 경찰서 조사는 사건 발생 5일 후에 있었고 그날은 내가 육지행 여객선을 타야하는 날이었다. 경찰 조사는, 사건의 경위를 확인하여 기록하고 보고하는 요식절차라고 하였다. 경찰 조사에 증인 출석으로 호출된 사람은 어머니였지만 나도 함께 경찰서에 출두하였고, 우리 말고도 사건현장에 있었던 목격자 두 사람이 출두하였다. 나는 이 자리에 나가서 상주 형의 사건 당일 날 족적을 더 명료하게 파악할 수 있었다.

그날 그 시간에 상주 형이 공항에서 재일교포 친척을 만나 무언가 중요한 얘기를 주고받는 모습을 봤다는 진술을 한 사람은, 재일교포 방문단을 안내하여 출국 수속을 마치게 해준 여행사 직원이라고 했다. 상주 형은 공항로에서 시내로 들어오는 어떤 길목의 전봇대를 들이받았는데, 그 옆 도랑 쪽으로 쓰러지면서 머리를 길섶 바윗돌에 부딪쳐서 뇌출혈을 일으킨 것으로 추정하는 것은 우연히 사건현장에 있던 목격자 두 사람의 증언이 있음으로써 가능하였다. 그날 우리 두 모자와 같은 시간에 경찰에 출두하여 마지막 사건 조사에 응한 사람이 이들 목격자였고 조서 작성은 오래 걸리지 않았다.

제주경찰서 교통계에 출두한 자리에서 나는 초등학교 동창 강범순을 만났다. 강범순은 우리 옆 자리에서 다른 일로 교통계 경찰관하고 면담을 하고 있다가 나를 발견하고 연신 고개를 갸웃거리고 있었지만 나는 그의 얼굴을 얼른 알아보지 못하고 있었다. 우리 모자의 면담이 끝나는 것을 기다리고 있던 그는 나에게로 다가와서 악수를 청하였다.

— 문창주, 나를 몰라보나? 나 강범순이여, 강범순.

— 아, 그렇구나. 오래만이여.

그의 얼굴을 똑바로 바라본 나는 옛날 친구임을 알아보긴 했지만 마지못해서 내민 손에 힘이 실리지는 못하였다. 그 악명높은 몽니다리 강범순을 하필이면 오늘 여기에서 만나다니, 나는 정말 그 자리를 피하고 싶었던 것이다.

— 왕년의 우등생이 열등생 얼굴을 몰라보는 건 실수가 아니여. 허긴 나도 문제학생으로 유명했으니까, 알아볼 만한데 말이지. 하여간 반갑네. ……. 이거, 얼마 만인가. 맞아 맞아. 우리가 초등학교 다닐 때로부터 벌써 20년이 됐다는 거여. 자네 계급장을 보

니까, 제대날짜가 얼마 안 남은 모양이구나. ……. 뭐, 나 말인가? 난 부선망(父先亡) 독자 케이스로 군대는 면제 받았지. 고아원을 나온 다음에는 이리저리 굴러다니다가 지금은 택시기사 하고 있어. 아버지가 순직경찰관이어서 개인택시 허가 받는 데에 점수를 잘 주더라고. 난 중졸밖에 안된 학력이잖아. 내 처지로는 수입이 괜찮은 편이여. 오늘은 무슨 교통사고 건으로 조사받으려고 여기 나왔어. ……. 아니, 내가 낸 사고는 아니고, 그냥 증인으로 나온 거라. 근데 자네 동생인가가 있었잖아. ……. 아, 걔가 자네 동생이 아니고 형이었던가? 아주 얌전했던 거 같은데. ……. 난 형제도 없고 달랑 혼자여. 아버지가 원래 육지사람이었잖아.

강범순은 내가 대답을 잘 안해준다고 고깝게 여기지는 않고 장황하게 말을 이었다. 오랜만에 만난 내가 정말로 반가운 모양이었다. 내 옆에 어머니가 계시지 않았다면 얘기가 더 길어질 것 같았다. 우리는 곧 헤어졌지만, 그와 헤어지고 난 후 나의 머리에 떠오르는 여러 가지 생각들이 나를 잠시 숙연케 하였다. 그가 육지 출신 순직경찰관의 아들이었음은 뜻밖의 사실이었다. 나는 아버지의 과거 행적에 관심을 갖다보니 4.3사건의 얼룩진 파장에 대해 꽤나 많이 알고 있었다. 우리 또래의 나이니까 강범순은 4.3사건 당시에 태어난 것이 맞고, 그의 아버지가 육지 출신 경찰관이었다면 그 난리가 한창일 때 좌익소탕을 위한 제주지역 경찰력의 강화방침에 따라 급파되어 들어왔을 것으로 추측되었다. 그냥 육지출신이기만 했다면 부친의 고향집으로 돌아갔겠지만, 고아원밖에는 갈 곳이 없었다면 필시 이북 출신, 그러니까 그 악명 높은 서북청년단 출신이었을 것이라는 추측도 떠올랐다. 그렇다면 우리가 초등학교 다닐 때 보았던 것과 같은 강범순의 몽니다리 짓도 그리 이상한 게 아니라는 생각이 들었다. 고아원이라면 그 당시 우리들에게는 깡패 집합소처럼 알려지고 있었던 것이다. 강범순은 오늘 저렇게 나에게 먼저 인사를 해오고 상주 형에 대해서도 다정하게 안부를 물어오는 것을 보면 별다른 감정의 덧남은 없어 보였다. 오늘 내가 상주 형의 사망 소식을 그에게 발설하지 않은 것은 잘한 일이라 생각되었다. 그가 혹시 과거에 자기가 말실수 한 것이 생각난다면 새삼스레 자책이 되면서 나에게도 서먹해졌으려니 싶었다.

특별휴가를 끝내고 부대로 복귀한 다음에도 고향집에 다녀온 충격은 쉬이 가시지 않았다. 형제간의 정을 제대로 나누어보지 못하고 타계해 버린 상주 형의 죽음이 못내 안타깝고 슬펐다. 그러나, 그의 죽음은 어차피 끝난 일이었고 세월이 가면 잊힐 일이었다. 이에 비해서, 아버지의 생존 사실은 앞으로 언젠가는 내가 맞닥뜨리게 될 일이었기 때문에 그것대로의 새로운 무게로써 내 마음속의 한 자리를 차지하였다. 부자간에 만나는 일이 가까운 장래에는 있을 것 같지 않지만, 남북관계와 국제정세가 호전되기만 한다면 언젠가는 만나게 될 것이 아닌가 생각하니 머리 위에 하늘 색깔이 달라지는 것 같았다.

13장
큰바람에 따르라니요

제대 후 나의 생활환경은 그전하고는 크게 달라졌다. 나는 상주 형 명의의 대농장을 물려받은 행운의 주인공이 되었다. 사범대를 졸업하여 교사자격을 받아봐야 발령받을 가망이 없는 헛것이라고 생각한 나는 농사일에 전념하기 위해 대학은 아예 자퇴해버렸다. 고모 부부가 나의 친근한 조력자임은 여전하였고, 농장경영 등으로 집 안팎에서 내가 떠맡은 책임이 많아지면서 그들의 조언을 구하는 문제는 더 많아진 셈이다.

상주 형이 오토바이 사고로 죽었을 때 한동안 매우 거북한 지경까지 갔었던 고모 부부 간의 불화는 이제 수습이 된 모양이어서 내가 그들을 대하기가 수월해진 것이 다행이었다. 그때 고모는 상주 형의 교통사고 사망이 4H경진대회 상품인 미국제 오토바이 때문이라고 투정했었다고 하지만 머지않아 한국 농촌의 모습이 바뀌면서 그같은 애먼 이유는 차차 희석시키게 되었다. 1960년대를 넘기면서 박정희정부의 막강한 추진력으로 전국의 농촌에 새마을운동이 시작되었는데, 이 새마을운동의 목적과 내용이란 것이 미국이 지원했던 종전의 4H지도자가 새마을운동 지도자로 맞바로 변신하는 경우가 많았던 것이다. 고모부가 이제는 버젓이 새마을운동 지도자라는 이름으로 활동하게 되었고 고모는 새마을운동의 열렬한 지지자가 되었다. 이를 보는 나의 마음도 기쁘고 후련하였으며, 그들을 찾아가 무슨 얘기를 건네는 일도 한결 부드러워졌다.

고모부가 나의 고마운 대화상대임은 제대 후에도 변함이 없었지만, 두 사람 간의 대화 내용은 같지 않았다. 시사문제를 바라보는 두 사람의 시각이 크게 달랐던 것이다. 내가 제대한 후 1년 정도 지났을 때 미국 정부가 베트남전쟁에서 손을 떼기로 했다는 뉴스가 나왔는데, 그즈음에 우리가 나누었던 대화는 두 사람의 역사인식이 크게 달라졌음을 보여주었다. 더 정확하게 말한다면, 고모부의 생각은 여전하였는데 나의 생각이 달라졌던 것이다.

공산당은 옳지않고 옳지않은 공산당을 물리치려는 미국의 전쟁은 옳다는 고모부의 믿음은 요지부동이었다. 나는 전쟁하는 베트남으로 떠날 때만 해도 미국이 벌이는 전쟁이 인류역사의 도덕적 발전을 위해 불가피한 것이라고 생각했고, 그런 생각은 고모부의 역사 인식과 일치하였지만, 이제는 두 사람의 생각 사이에 큰 거리가 생겼다. 나는 미국이 벌이는 사기극 전쟁에 대한 직접 목격자였지만, 고모부 쪽에서는 6.25라는 정의로운 전쟁에 대한 생생한 기억과 굳건한 신념에 변함이 없었다. 민족분단과 이념분쟁이 맞물려있는 나라의 전쟁에 미국이 깊숙이 개입했다는 점에서 한국전쟁과 베트남전쟁이 유사했지만, 한국전쟁에서는 승리한 미국이 베트남전쟁에서는 실패할 수밖에 없는 중요한 이유가 있었다는 것이 고모부의 주장이었다. 한국의 경우에는 절대다수 국민이 자유국가와 반공의 이념을 믿었기 때문에 자유진영의 맹

주인 미국하고 손을 잡을 수 있었지만, 베트남 국민들은 그러지 못했다는 것이다. 한국과 베트남 두 나라의 국내 실정이 다르다는 것을 무시한 미국정부가, 공산당을 물리쳐주기만 하면 베트남 국민들도 좋아할 것으로 오판하는 실수를 했지만, 공산주의를 퇴치한다는 선의만큼은 인정해야 한다고도 말했다.

내가 마음 모아 존경하는 고모부는 공산당을 싫어하는데, 내가 좋아하는 베트남 국민들은 왜 그렇게 공산당에 충성을 바쳤을까, 이것이 나에게는 풀리지 않는 수수께끼였다. 그렇지만 고모부의 반공주의는 너무 완강했기 때문에 두 사람의 대화 자체를 더 지전시키기 위해서는 이를 인정하고 들어가지 않을 수 없었다.

— 좋습니다. 고모부님 말씀대로 공산주의 퇴치라는 미국의 선의를 인정한다고 해도, 국제관계는 개인 간의 관계하고 다른 거 아닙니까. 개인관계에서야 남의 행동의 동기가 선의였다고 생각되면 잘못된 결과를 용서할 수도 있겠지만, 남의 나라에 전쟁을 일으키는 것까지 선의에서 나온 결과니까 용서한다, 이럴 수는 없는 거 아닙니까.

— 그건 자네 말이 맞아. 국제관계에서야 결과를 놓고 말할 수밖에 없을 거여. 그렇지만 결과를 놓고 말하더라도 역시 미국은 정의로운 나라라는 거지. 미국은 베트남 내정에 간섭한 것이 잘못된 것을 깨닫고선 지금 깨끗이 물러나고 있잖은가 말이지. 닉슨 대통령이 베트남전쟁에서 손을 떼야 한다고 판단한 건 미국국민의 여론이 그렇게 만든 것이고, 국민여론을 따라가는 미국정부는 결국에는 바른 길을 간다는 거지. 미국은 언론의 자유가 보장된 나라이고 자유언론의 비판이 여론을 형성하여 국정을 바로잡는

거 아닌가. 인간 역사는 어찌 보면 잘못된 실수의 연속이라 잘못인 줄 알고 시정하느냐 못하느냐 하는 것이 정의로운 나라냐 아니냐를 가름한다고 봐야지.

— 그렇게 정의로운 나라였다고 한다면 애초에 폭력수단으로 내정간섭하는 일은 없어야 하는데, 그게 이상하단 말입니다. 미국은 옛날 제국주의 열강들처럼 베트남을 정복하고 착취하려고 한 건 아니잖습니까. 아시아에서 공산주의 정권이 서는 걸 막기 위해 그렇게 큰 전쟁을 일으키다니, 정치이념이란 게 그렇게 중요하냐 하는 겁니다.

— 정치이념의 탈선현상이란 게 있다고 해. 원래 정치이념 자체는 두루뭉술해서 죄가 없지만, 그것이 권력쟁취의 명분과 수단으로 잘못 이용되다 보면 국내 정치의 분쟁요소가 되기도 하고 국제관계의 전쟁원인이 되기도 한다는 거지. 특히 정치이데올리기가 민주혁명의 깃발처럼 미사여구로 포장되면 무슨 유행병이나 마약과도 같이 사람들을 현혹시키게 된다는 거지. 근데, 공산주의 혁명이념에 현혹되는 건 무지한 사람들이 아니라 공부를 많이 한 사람들이란 거, 이것도 식자우환인 거 같애. 제주도에서 좌익운동이 크게 일어난 것도 그 당시 제주출신 일본유학생들이 많이 돌아와 있었기 때문이라는 거지.

— 그건 좀 이상하네요. 교육수준이 높아지면 좌경화한다는 이론이라도 있습니까.

— 그렇게 일률적으로 말할 순 없을 거여. 이상사회의 꿈을 가지려면 인간역사에 대해서도 알아야 하고 그러려면 어느 정도의 교육수준은 되어야 하겠지. 해방 후에 월북 인사들 중에는 지식인이나 예술인들이 다수 있었던 것도 사실이었어. 그렇지만 사람

마음이란 게 그리 단순한가? 세계역사를 훑어봐도 교육수준이 높은 나라들은 혼란스러운 혁명보다는 안정 속에 번영을 택한다고 봐야지.

— 혁명이냐, 안정이냐, 어느 쪽도 그 나름의 존재이유가 있으니 선택이 어렵겠어요.

— 어려운 문제지. 혁명이냐 안정이냐 하는 문제는 곧 진보냐 보수냐, 강경파냐 온건파냐 하는 문제이기도 하니까.

— 전 그 부분이 이상하단 말입니다. 어떤 사람은 좌익이 되고 어떤 사람은 우익이 된다, 뭐 그런 연구가 있을 거 같단 말입니다.

— 인간역사가 그렇게 단순하지 않다는 말 아닌가. 어떤 사람이 좌익과 우익 중에 어느 쪽을 택한 것은 그 사람의 어떤 성격 때문이다 하는 건 아주 흥미있는 연구 테마가 될 거여. 그리고 말야, 또 하나 흥미있는 연구 테마는 어떤 인물이 정치적인 노선을 바꾼 것은 어떤 성격, 어떤 배경 때문이냐 하는 문제라고 봐. 그 점에 있어서는 한 가지 법칙 비슷한 것이 있는 것 같아. 그러니까 젊을 땐 좌익이었던 사람이 나이 들면 우익으로 전향한다는 거지. 특히 좌익혁명의 실상을 직접 보거나 경험한 다음에는 우익으로 바뀐다는 거여. 우익이었다가 좌익으로 바뀐 경우는 별로 들어보지 못했거든. 난 말야, 4.3사건 때 일본으로 도피한 좌익 인사들이 지금쯤 어떤 생각일지가 궁금해. 그때 난리를 피해서 일본으로 간 사람들이 9천 명에 달한다는 말이 있지만, 그 중에는 4.3사건 주동자들도 많이 있었을 텐데 그 사람들이 지금도 좌익혁명을 지지할 것인지 모르겠다니까.

그날 나는 고모부와 헤어지면서 문득 일본을 방문하고 싶은 생각이 떠올랐다. 아버지나 큰고모 부부의 소식을 더 확실히 듣고도 싶었지만, 이와 더불어 꼭 만나보고 싶은 사람들은 일본으로 도피해 갔다는 4.3 사건 가담자들이었다. 그들이 아직도 좌익사상에 젖어있는지가 궁금하다는 고모부의 말이 자꾸 떠올랐다. 그들을 만나 얘기를 들어보면, 내가 모르는 공산주의 나라의 매력이란 게 무엇인지를 알게 될 것이 아닌가.

우리 남한에서는 공산주의 북한사회를 지옥 같은 곳이라고 했지만, 수많은 제주출신 재일교포들이 북한 송환을 자원했다는 것은 내가 모르는 어떤 것이 있다는 게 아닌가. 베트남 국민들에게도 공산주의는 충성을 바쳐 지켜야할 신념이었던 모양인데, 이 같은 수수께끼를 푸는 데에 일본방문이 도움될 것만 같았다. 일본에 다녀오는 경비가 만만치 않을 것이지만, 내가 베트남에서 고향으로 송금했던 참전수당이 꽤 된다는 생각이 떠올랐다. 상주 형이 밀감농장을 구입할 때 빌려 썼던 영농자금을 결제하고도 적지 않은 돈이 남아있었던 것이다. 게다가, 일본 오사카에는 화북마을 출신 교포가 많이 살고 있다고 했으니 그들도 나에게 도움이 될 것 같았다.

나는 일본 방문의 결심이 서자 바로 다음 날 여권발급 신청을 했다. 그 당시에는 여권발급 사무를 보는 곳이 제주도청 여권과가 아니라 법무부 소속인 출입국관리사무소였다. 나는 사라봉 서쪽 기슭 언저리에 있는 제주출입국관리사무소에 가서 여권발급 신청을 하기 위해 몇 가지 구비서류를 준비해야 했고 그러느라고 그 사무소에 몇 차례 출입하였다. 나는 혹시 구비서류 중에 잘못되어 돌아오는 것이 있을지 모른다는 생각에 매주 출입국관리사무소에 나가서 여권발급 신청이 처리되는 과정을 문의해 보아야 안심이 되었다.

담당 공무원을 찾아 들락거리는 동안 나의 마음속은 기대와 불안으로 가득 찼다. 일본으로 도피했던 4.3사건 주동자들이 과연 어떤 모습으로 남아있을지, 내가 일본에 가면 이들은 나하고 만나는 것을 마다하지는 않을는지, 상상은 많이 했으나 아무것도 확실한 것은 없었다. 그러던 어느 날 저녁 어머니가 나에게 말했다.

— 오늘 밖에 나갔단 들었는디 어제 우리 마을 사무실에 화북 출신 재일교포 한 사람이 와네 마을 발전기금으로 금일봉 주고 갔젠 해라. 내일이랑 이(里)사무소에 가그네 그 사람이 누군지 알아보라. 혹시 무슨 소식이라도 들어질지.

— 경 협주. 알아봅주 마씀.

어머니가 재일교포 방문자에게 관심을 갖는 것은 혹시나 그에게서 아버지 소식이나 들을 수 있지 않을까 하는 생각에서였을 것이다. 내가 베트남에서 번 돈으로 일본을 다녀오고 싶다고 말했을 때 어머니의 반응은 오락가락이었다. 처음에는 '좋은 생각' 이라고 찬성하시는가 했더니 불과 하루 뒤에는 '가봐야 뭘 더 알겠냐' 고 했고, 다시 하루 뒤에는, '나 몰른다, 알앙 허라' 로 낙착되었다.

나는 어머니가 시키신 대로 다음 날 이사무소에 들러 보았다. 그곳에서 내가 알아낸 것은 김영진이라고 하는 재일교포 방문자의 이름과 그 사람이 지금 머물고 있는 호텔의 이름이었다. 그 호텔 프런트로 전화를 해봤더니 그런 사람과 지금 연락되지 않는다는 대답만 돌아왔다. 나는 어떻게 할까 망설이는 가운데 발걸음을 사라봉 기슭으로 돌렸다.

출입국관리사무소에 찾아간 나에게 담당 직원은 나에 대한 여권 발급이 불가 처리로 결정났다는 통보를 해주었다. 불가 처리된 이유를 물어보는 나에게 그 직원은 그런 이유까지는 공문서에 나와 있지 않지만 그건 상식적으로 알 만한 일이 아니냐고 오히려 나의 얼굴을 빤히 쳐다보며 무안을 주는 것이었다. 나는 그때서야 머리에 번쩍 떠오르는 것이 있었다. 연좌제라는 단어였다. 나는 담당직원 앞에서 더 이상 뭐라고 물어보지 않았다. 내 머리가 이렇게 멍청했나 하는 생각만이 떠올랐다. 나는 맥이 탁 풀려서 마침 눈앞에 보이는 긴 의자에 털썩 몸을 내려놓았다.

한동안 멍하니 넋을 놓고 앉아있던 나의 귀를 번쩍 트이게 하는 어떤 사람의 목소리가 들려왔다. 사무실 직원하고 얘기를 나누던 민원인(民願人)의 목소리였다. 가만히 들어봤더니 직원에게 뭔가를 다그쳐 물어보는 민원인은 일본에서 잠시 입국한 사람 같았다. 나도 한국 사람이고 제주도 사람이다, 일본에서 20년 넘게 살았지만 이번에는 제주도지사 초청을 받고 고향에 온 사람인데 단 5일밖에 머물지 못한다니 말이 되느냐, 단 며칠만이라도 체류기간을 연장해 달라, 연장하지 못할 이유가 뭐냐, 이렇게 따지고 있는 것이었다. 담당직원의 대답은 간단명료하였다. 재일교포가 입국할 때 한국체류 기간을 연장해 준 전례가 없다는 것이고 그런 전례를 깰 수 있는 권한이 자기에게는 없다는 얘기였다.

— 김영진 씨만 예외로 할 수는 없는 거 아닙니까.

담당직원의 설명 마지막 부분에서 체류기간 연장을 강청하는 사람의 이름이 다시 나왔다. 더 이상 따져봐야 시간만 끌 뿐이라고 생각했는지 김영진 씨는 마침내 혀를 차면서 몸을 돌려세웠다. 나는 이 좋은 기회를 놓칠 새라 제꺽 그의 면전에 나서서 말을 걸었다.

내가 호텔로 찾아가지 않은 것이 천만다행이었다. 사무실 한쪽의 긴 의자에 나란히 앉은 우리 두 사람은 통성명 수인사를 나누었다. 화북

마을 문진섭의 아들이라는 말에는 고개를 갸우뚱하던 김영진 씨가, 옛날에 일본으로 밀항해 간 장현우의 처조카라는 나의 자기소개를 듣고는 환성을 지르면서 양손을 치켜들더니 나의 손을 꼭 잡고 오래 흔드는 것이었다. 장현우라는 이름이 그의 기억을 되살려 준 모양으로 그는 나의 아버지까지도 생각난다면서 자기하고는 화북초등학교 선후배 사이라고 하였다. 게다가 김영진 씨는 나의 고모 문정란과 문혜란까지도 잘 기억하고 있었다.

— 옛날에 문정란하고 문혜란이가 같이 다니는 걸 많이 봤었지. 어제 이사무소에서 문혜란 신부길 부부가 인사하는 걸 보고서 그 사람들이 부부가 된 것도 알게 되었어. 장현우는 나하고 농업학교 동기동창이고 신부길은 나보다 2년 후배여. 어제 봤는데 화북마을 새마을지도자라고 하데.

김영진 씨가 나하고도 화북초등학교 동문임을 알게 되면서 우리 두 사람 사이가 급속히 친해졌다.

— 나 오늘 점심 선약만 안 했어도 같이 가는 건데 안 됐네 이거. 선배 노릇 한번 본때 있게 하는 건데 말이지.

김영진 씨는 이렇게 말하면서 나의 손을 이끌고 밖으로 나섰다. 그는 손목을 치켜들고 시계를 보았다.

— 앞으로 두 시간 정도는 틈을 낼 수 있으니, 이 근처 어디에서 자네하고 같이 시간을 보내면 좋겠는데 어떤가.

— 좋습니다. 사라봉 기슭 쪽으로 가면 경치도 좋고 말입니다.

— 내친 김에 별도봉까지 갈 수 있으면 좋겠는데…….

— 두 시간이면 충분할 겁니다. 마침 요즘에 별도봉 가는 길이 훤히 트였습니다.

출입국관리사무소 바깥길에서 동쪽 방향은 얼마 가지 않아서 바로 사라봉 남쪽 기슭으로 통했다. 때마침 봄이 무르익을 때라서 걷기에 적당한 계절이었고 날씨도 좋아 보였다. 사라봉 쪽을 가리키면서 걸어가는 김영진 씨의 거동은 오랜만에 찾은 고향 땅의 풍경들을 하나하나 눈여겨 보는 상 싶었다. 사라봉 남쪽 기슭의 고샅길은 훤하게 트여있었으나 행인들은 별로 보이지 않았다.

김영진 씨는, 내가 조심스러워하는 기색을 보여서 그랬는지, 자기 신상에 대해 필요 이상으로 친절하게 소개해 주었다. 그가 우리 고모부 장현우 씨하고는 제주농업학교와 화북초등학교 시절을 같이 지냈던 막역한 친구 사이였고, 4.3사건 전후해서 경찰의 검속을 피하여 일본으로 밀항하는 친구들이 많이 있었다는 얘기까지는 귀담아 들었는데, 좌익 혐의를 별로 받지 않던 자기까지 일본행 밀항선을 타게 된 것은 어이없게도 우리 고모에 대한 짝사랑 때문이라는 얘기에 이르러서는 그의 말을 어느 정도나 믿고 들어야할지 나는 좀 헷갈리는 심정이 되었다.

— 하, 내가 문정란의 조카하고 이렇게 만날 줄이야 꿈이나 꾸었겠느냐 이거야. 문정란이가 장현우 짝이 되어 일본으로 달아나니까 나도 뒤따라서 밀항선을 탔다는 거여. 문정란이를 좋아하면서도 사랑 고백은 한마디도 못했으니 지금 생각해도 난 좀 얼뜨기 같았어.

나로서는 그의 연애 실패담을 듣기 싫지는 않았지만 나의 궁금증을 풀어줄 이야기 보따리를 엉뚱한 부분에서 풀어놓는 그의 기분대로 따라갈 수는 없어서 오래 참고있던 질문을 꺼내고야 말았다. 고샅길 주위에는 행인이 아무도 없었지만 나는 목소리를 한껏 낮추어 말했다.

— 저기요, 화북 출신 재일교포 이진수 씨라고 아십니까.

— 알고말고. 이진수 씨라면 오사카에 거주하는 화북출신으로는 최고 선배님이고 우리 화북향우회에서도 자주 만나는 사인데.

— 그분이 저하고는 숙질관계가 됩니다. 저의 아버지에겐 고종사촌 형님 되시고 말입니다.

— 맞아, 맞아. 이진수 씨가 작년엔가 고향방문 왔다가신 것도 내가 알고 있지. 재일교포 방문단 단장으로 왔다 가셨을 거여.

— 네, 저도 그렇게 알고 있습니다. 저는 군복무 중이라서 직접 만나뵙지는 못했습니다마는, 그때 그분이 저의 고모에게 전해주셨다는 말씀을 제가 여쭈어보고 싶어서 그럽니다.

— 무슨 말인데 그러는가?

— 저의 아버지가 6.25 때 북한으로 가셨다는 말은 그전부터 있었지만, 저의 큰고모네가 재일교포 북송 때 북으로 가셨다는 말과 저의 아버지가 북한에 살아 계시다는 말이 이진수 씨에게서 나왔다는 겁니다.

— 허, 그랬던가. 이진수 씨가 너무 나가신 것 같구만. 그 양반은 그럭저럭 거의 40년 만에 고향에 왔을 건데, 너무 나가셨어.

— 네? 무슨 말씀이신지.

— 너무 나가셨단 말이지, 그 양반. 나도 대강 들은 것이 있어. 장현우네 부부가 북한에 간 다음에 자기 형님, 그러니까 이진수 씨에

게 보냈다는 편지 이야기를 나도 들었던 것 같아. 자네가 들으면 좀 서운할지 모르지만, 장현우가 했다는 말은, 자네 부친이 살아있다는 것이 아니라, 만약에 살아있다면 연락이 되도록 하겠다고 했다는 거여.

— 아, 네. 그럼, 우리 큰고모네에게선 더 이상 소식이 없다는 겁니까?

— 그런 모양이야. 그러니까 딱 한번 편지 보내고선 감감 무소식이란 말이지. 북한으로 간 지 이거 10년이 다 됐는데 소식이 없는 건 그 나라에서 사는 형편이 힘든다는 거겠지. 이런 경우엔 무소식이 희소식인 것도 아닐 거라고. 형편이 좋다면 왜 소식이 없겠냐고.

— 아, 네, 그럴 거 같습니다.

— 이거 내가 말을 너무 솔직하게 한 거 같구만. 너무 상심하지랑 말아. 자네 부친이 남한을 버리고 간 북한 의용군이었으면, 그런 경우는 특별 우대를 받고 있을 거여. 자네 고모부 장현우네처럼 북송선 타고 간 사람들은 고생이 많다는 말이 있어. 자기네가 먼저 초청해서 들어간 사람들을 박대하다니 신의도 인정도 없는 집단이란 생각이 들어.

— 아, 네.

우리는 한동안 말문을 닫고 걸었다. 무슨 말을 할지 모른 나는 주변 경치를 둘러보는 척하였다. 옆을 보니 김영진 씨야말로 주변 경치에 마음을 뺏긴 것 같았다. 우리의 발걸음이 사라봉 남쪽을 빙 돌아서 동쪽 기슭에 이르렀을 때 김영진 씨는 시골길이 말끔하게 트이고 포장까지 된 것에 대해 탄성을 질렀다. 이같이 훌륭한 마을길 조성이 가능해진 것은, 요즘 한국 농촌에서 진행되고 있는 새마을운동 덕분이라는 나의 설명을 들은 그는 활짝 반색을 지어보였다. 최근에 시멘트 포장이 된 고샅길 바닥 여기저기를 툭툭 차보기까지 하였다. 길바닥에 닿는 발끝의 감촉을 즐기는가 보았다.

— 내가 낸 희사금이 바로 이런 사업에 쓰이는 거로구만. 내가 어제 화북마을에 금일봉을 낼 때 새마을운동 사업에 쓰일 거라는 말을 들었거든.

— 아, 네, 좋은 일 하셨네요.

— 화북마을 출신 재일교포들 돈을 모은 거라서 금액이 꽤 많았지. 내가 일본에서 떠날 때 그곳 사람들로부터 부탁받은 것이 있었어. 고향에서 고생하는 근친들에게 돈을 좀 전해달라고 말이지. 그런데 여기 오니까 모두들 그런 검은 돈은 안 받겠다고 하지 않겠어? 고민고민 하다가 그 돈을 다 모아서 단체이름으로 마을 사무소에 기부해 버렸지. 조총련에 소속된 교포가 고향사람들에게 돈을 주면 그걸 받는 사람이 사찰 대상이 된다는 거여. 그래가지고 경찰 출입하고 곤욕 치른 사람들이 이전에 있었다는 거지. 허긴 재일교포 사회에서도 몸조심해야 되는 건 마찬가지여. 한국의 정보기관이 그곳까지 들어가 있어서 이곳 사람이 일본 방문할 때엔 조총련 관련 인사하고 만나보는 일은 피해야 한다니까.

이런 말을 들은 나는 내가 일본에 가지 못한 것이 천만다행이라는 생각이 들었다. 내가 조총련에 속한 친지들을 찾아다녔다는 것이 교포사회에 다 알려질 뻔했고, 더구나 북한에 살아있을지도 모르는 부친의 소식에 관해 무슨 말 한마디라도 나왔다면 어찌 되었을 것인가를 상상하니 나의 일본 방문이 불허 처리된 것은 백번 잘된 일이다 싶었다.

우리의 발걸음은 자연히 사라봉 동북쪽 기슭에서부터 동쪽 방향으로 나있는 길을 따라가고 있었다. 그 쪽은 별도봉으로 향하는 길이었고 별도봉 꼭대기에 오르면 우리 화북마을이 훤히 내려다 보일 것임을 김영진 씨도 알고 있을 것이었다. 얼마 전까지만 해도 겨우 알아볼 수 있을 정도로 잡초 덤불 우거진 좁은 오솔길이었고 발부리에 걸리는 게 많은 비탈길이었지만 이제는 제법 두어 사람이 나란히 걸어갈 만한 산책길이 되어있었다. 나는 달라진 오름 풍경을 살필 겨를이 없이 김영진 씨로부터 듣고 싶은 말이 많았다. 아버지나 고모네에 대한 껄끄러운 소식은 머릿속에서 지워버려야 했다.

김영진 씨가 자신의 방한 일정에 대해 얘기할 때에 나는 다소 느긋해진 마음이 되어서 그의 설명의 전후관계를 짚어볼 수 있었다. 재일교포들의 고향 방문은, 대개의 경우 단체방문단 형식으로 허락이 나오는데 김영진 씨는 거류민단 간부였기 때문에 특별한 배려를 받았다고 하였다. 그런 가운데에도 김영진 씨는 한국정부의 방침이 만족스럽지 못한 기색이었다. 그동안 일본에서 온갖 고된 직업과 궂은일을 다 거치고 근래에는 겨우 가전제품 부속품 납품공장으로 상당한 기반을 닦았다는 그는 이제 한일 간의 가전제품 교역사업을 시작해 볼까 하고 시장조사를 해보려는 생각이었는데 한국 정부의 규제가 너무 심하다고 하였다. 자기처럼 열성적인 민단 간부에게 충분한 방한일정을 허락할 만도 한데 단 5일간의 일정밖에 내주지 않는 것은 너무 박하다고 불만을 토로하는 그의 말에 대해 나로서도 공감을 표하지 않을 수 없었다.

— 정부가 재일교포들 고국방문을 억제하는 것은 아직도 그 사람들을 믿지 못한다는 거네요.

— 바로 그런 거지. 그만큼 4.3사건의 여파가 오래 가는 거지. 남한

정부가 오랫동안 재일교포들을 경계하고 홀대했기 때문에 재일교포들은 또 남한정부를 원망하게 되었고 재일교포북송 선전에도 귀가 솔깃해졌다는 거여. 말하자면, 남한정부와 재일교포들 간에 불신의 악순환이 일어난 것이고, 양쪽 모두 자업자득으로 불행을 당한 거지.

— 그 문제 말입니다, 저희들도 중학생 때 재일교포북송반대 궐기대회에 몇 번 나갔었습니다. 북한은 생지옥 세상인데 왜 그런 데로 강제 북송하느냐고 외치는 행사였습니다.

— 그랬나? 그런 궐기대회는 정치적인 목적으로 과장도 있고 왜곡도 있게 마련이지. 분명한 건, 재일교포북송이란 것이, 싫다는 사람들을 누가 강제로 보낸 것은 아니라는 거여. 그럴 수는 없는 거 아니겠어? 50년대 말부터 최근에까지 북송선 타고 간 사람이 7만 명이 넘는다고 했거든.

— 그럼, 그 사람들이 자원해서 북한으로 갔단 말입니까? 북한이 생지옥이라는 것도 남한정부에서 꾸며낸 말입니까?

— 그런 점이 없다고는 할 수 없지. 현재는 많이 달라졌지만, 그전에는 남한보다 북한의 경제사정이 더 좋았거든. 더 큰 문제는, 재일교포들 일본 생활이 워낙에 비참했다는 거였어. 일본에서는 차별받아서 서럽지, 남한에서는 빨갱이 물 들었다고 죄인 취급을 하지, 얼마나 억울하겠냐고. 그러니까 북한의 달콤한 선전에 귀가 솔깃한 거여. 북한 사회는, 부자 가난 구별도 없고, 자녀들 교육비나 병원비도 안 들어가는 지상낙원이라고 선전한 거여. 남북한 정권이 모두 우리 교포들을 실망시켰던 거지.

우리가 별도봉 꼭대기에 이르렀을 때 김영진 씨는 이 근처 어디에서 좀 앉았다 가자고 하였다. 동쪽으로 얼마쯤 더 내려가면 화북포구에 닿을 수 있는 곳이었다. 잠시 그쪽을 내려다 보던 그가 입을 열었다.

— 어제는 화북마을 이장 안내로 곤을동 옛마을 쪽을 좀 둘러보았지. 바로 요 앞에 보이는 저 곤을동 동네 말이지, 자네는 자주 봐서 심상할지 모르지만 난 오랜만에 봐도 으스스했어. 그 마을은 다시 복구되지 않고 집터 돌담만 남아있던데 거기 살던 친구 하나가 문득 생각나 가지고 그만 속이 울컥해졌어. 4.3사건 때 나보다 뒤늦게 일본으로 건너간 사람들한테서 곤을동 마을이 온통 불에 탔다는 말을 전해 들었거든. 그때 일본으로 밀항선 탄 사람들은 배들 왕래가 많고 역사 오랜 저쪽 화북 포구보다는 규모가 작은 곤을동 포구를 많이 이용했댔어. 마을이 작고 외떨어진 곳이니까 경찰의 눈을 피하기 쉬웠거든. 그러다 보니 경찰의 눈에 골칫거리가 되어 초토화시켜버린 거지.

— 아, 네. 저도 그 비슷한 말 들은 것 같습니다만.

— 조선시대에는 화북항이 제주도의 관문 같은 곳이었으니까 화북마을에는 부자가 많았지. 옛날에는 여기 화북포구가 저쪽 조천포구나 산지포구보다 더 컸다고 해. 저거 보라고. 처음부터 디귿자 모양의 땅이 바닷가에 있었으니까 그냥 자연지형으로 이루어진 항구라니까.

— 조선시대 고전소설 「배비장전」의 배경이 바로 화북마을인 것을 책에서 보고 저도 기분이 좋았습니다.

— 만나고 헤어지는 애절한 스토리가 많은 것이 항구의 역사인 거지.

여기까지 말을 마친 김영진 씨는 잠시 말문을 닫았다. 화북포구 쪽을 향하고 있는 그의 시선은 만단의 상념을 불러내는 듯 움직일 줄을 몰랐다. 세월이 가도 크게 변함이 없었을 바닷가와 마을포구의 풍경들이 오래전 옛날 일들을 그의 머리에 떠올리는가 보았다. 잠시 후 다시 입을 열고 말하는 그의 음성은 깊이 잠겨있다가 나오는 것처럼 묵직하게 들렸다. 나는 소리나는 쪽으로 시선을 돌려 보았다. 그의 묵직한 목소리와는 어울리지 않게 그의 입은 빙그레 장난스럽게 웃고 있었고 그의 시선은 나의 얼굴을 향하고 있었다.

— 자네 얼굴을 보니까 자네 고모 문정란이 얼굴이 생각난다니까. 문정란이도 자네처럼 그렇게 눈썹이 짙었거든. 여자들은 보통 남자들보다 눈썹이 희미한데 말이지.

— 기억력도 참 좋으십니다. 제가 존경의 뜻으로 이제부터 선배님을 고모부님으로 모시면 어떻겠습니까. 고모부님, 이렇게 말입니다.

— 아니, 아니, 그건 안 되네. 그냥 속으로만 고모부 될 뻔했던 사람으로 인정해 주면 고맙지뭐. 부르는 말까지 그러면 내가 자꾸 옛날 생각이 나서 혼란스러워질 거 아닌가.

— 저에겐 고모님하고나 선배님하고나 과거 추억이 전무하지 않습니까. 그러니까 제가 들어서 좋아할 이야기만 해주셔도 되겠습니다.

— 우리가 겪은 일들을 자네가 알 턱이 없으니까 내 마음이 홀가분하긴 하네. 자네는 내가 말하는 것만 알게 될 것이고 내가 하는 말은 전부 믿을 거 아닌가.

— 바로 그렇습니다.

— 좋아, 좋아. 그러니까 내가 그 당시 문정란이를 좋아한다는 말 한 마디를 꺼내지 못한 건 장현우 때문이었단 말이지. 장현우는 공부는 나보다 좀 떨어졌지만, 구변도 좋았고 얼굴도 잘났거든.

게다가 그 친구는 동경유학생 출신이었고, 또 그 당시는 제주도 젊은이들 가운데 좌익운동이 불 붙을 때여서 장현우 같이 신념에 찬 열혈청년이 인기가 있었지. 우리 같이 미적지근한 남자는 겁쟁이나 회색분자 취급을 당하지만, 장현우 같이 성질이 공격적인 남자는 혁명투사도 되고 여자 마음 사는 것도 강공 펀치를 날릴 수 있다는 거여. 나 같이 투쟁가가 못되는 사람이 할 일은 따로 있다는 게 나의 변명인데, 그게 뭔지 알아? 좌익과 우익 간의 싸움을 말리는 사람도 있어얄 거 아니냔 거지. 사람들은 내가 좌익운동 혐의 때문에 일본으로 도피한 걸로 알고 있지만, 그게 아니라 난 문정란이를 뒤쫓아서 일본행을 한 거란 말이지.

— 말씀하시는 사연이 이해가 잘 안 갑니다만은.

— 글쎄, 내 말 들어보라니까. 그때 장현우와 문정란 두 사람이 경찰에 검거되는 걸 피해서 일본 가는 밀항선을 함께 탔던 것이 바로 저 곤을동 포구였어. 그날 밤은 달도 없는 깊은 밤이라서 어두컴컴했는데, 이 근방 청년들 여남은 명이 대절 어선에 올라타는 것을 내가 먼발치에 숨어서 봤지. 경찰에게 낌새를 보이면 안 되었기 때문에 가족들조차도 전송하러 나온 사람이 없었고 나도 마찬가지로 담벽 뒤에 숨어서 돌담 구멍으로 어렴풋이 내다본 거여. 문정란이가 떠나는 것을 내 눈으로 보기 위해서 말일세. 그 다음 날 난 바로 이 별도봉 꼭대기에 올라와서 저 곤을동 포구를 내려다보면서 결심했어, 문정란이를 따라가자고 말이지. 그러니까, 내가 일본 밀항선 탈 용단을 내린 건 경찰에 검거되는 걸 피하기 위해서가 아니라 내가 사랑하는 여자를 뒤따라 간다는 생각 때문이었다니까. 다른 사람들이 떠나는 것은 그냥 보아 넘겼지만 문정란이가 사라진 제주도는 텅 빈 것 같았단 말이지.

만약에 그때 그냥 남아있었으면 분명히 잡혀 들어갔을 거여. 내가 일본으로 간 다음에 시국이 더 험악해지면서 우리 같이 애매한 사람들도 막 잡혀가서 죽었다고 들었거든. 특히 반장 부반장급은 거의 다 잡혀 들어갔다는 거여. 증거 따지고 재판정에 세우고 하는 것도 없이 말이지.

— 그럼, 선배님이 일본 가신 다음에는 우리 고모님하고 가까이 지내셨겠습니다.

— 천만에. 따라가긴 했지만, 일단 일본에 들어간 다음에는 오랫동안 만나지도 못했어. 장현우네 부부가 북송선 탔다는 소문을 듣기까지 어디 사는지도 몰랐다니까. 남의 나라에서 산다는 게 얼마나 힘들었는지 정말로 죽지 않고 살아남기가 어려웠거든.

— 그런 말씀 들으니까 생각나는 것이 있습니다. 혹시 황인탁이라는 사람 아십니까.

— 황인탁이라, 들어본 것 같은 이름인데, 혹시 재일교포 한국사학자 아닌가?

— 맞습니다. 여기 제주대학에 와서 시간강사 했는데 한국현대사 강의하다가 간첩혐의로 잡혀갔어요. 그런데 이상한 것은 그 사람이 강의하는 것을 보면, 미국은 대한민국의 원수라고 했으니까 조총련계 사람인 것 같은데, 그랬다면 한국에 입국도 못했을 거 아닙니까. 시간강사 되기는 고사하고 말이죠.

— 그 사람은 민단계였어.

— 그건 좀 이상하네요. 그 사람 강의내용을 보면 4.3사건 때 좌익운동하던 사람들의 사상인 것 같았단 말입니다. 제가 그 사람 강의 들을 때는 너무 황당해서 이 사람 도대체 제 정신인가 의심스러울 정도였는데 베트남 가서 미국이 어떤 나라인가 보고나서는

그 황 선생 말이 근거없는 게 아니라는 생각이 들었다는 겁니다.

— 그런 일이 일어날 수 있지. 4.3사건 때 일본으로 도피한 좌익인사들은 자연히 조총련에 가입했지. 60년대 중반이 지나야 변화가 일어난 건, 오래 막혔던 한일간 국교가 정상화되면서 남한정부가 민단 육성에 적극적으로 나왔기 때문이지. 그렇게 되니까 조총련에서 민단으로 전향하는 사람들이 많아졌지. 민단에 속해 있어야 고향에 왕래할 수도 있었으니까. 그렇게 되면 민단에 속한 사람도 4.3사건 해석은 조총련처럼 반미적일 수가 있다는 말이지.

— 그러면, 조총련에서 민단으로 소속을 바꾼 사람들 가운데에는 황인탁 선생처럼 좌익사상 그대로인 사람들과 우익사상으로 바뀐 사람들과 두 가지 부류가 있다는 말이 되겠네요.

— 그렇다고 할 수 있지. 요즘에도 좌익에서 우익으로 바뀌는 사람들이 많아. 고향사람들과의 관계 등 현실적인 필요 때문도 있고, 세계역사의 흐름을 길게 바라보고 고심 끝에 노선을 바꾼 경우도 있고, 사람에 따라서 이유는 여러 가지겠지만 말이지. 사람들 생각이 바뀌는 건 이상한 게 아니라고 봐. 난 역사의 흐름을 바람에 빗대어 말하고 싶어. 큰 바람에 거스르지 않는 것이 개인적으로든 민족적으로든 재앙을 피하는 방법이 아닌가 말이지. 일본이 지금 하는 걸 봐도 큰 바람에 따르는 것이 상책인 것 같아. 종전 후에 일본은 미국이라는 큰 바람에 잘 맞추어 가고 있거든.

— 큰 바람의 방향이 정의가 아닌데도 그냥 맞추어 갈 수는 없지 않습니까.

— 그러니까 정의로운 바람이라야 큰 바람이 될 수 있다는 낙관주의를 전제로 하는 얘기지. 정의의 방향에 따라야 한다, 말이야 좋은 말이지. 문제는, 인간 역사에서 완벽한 정의사회란 존재하지 않는

거 같고, 애매하게 정의사회를 이루려고 하다가는 평화를 놓칠 수가 있다는 거지. 정의와 평화, 어느 쪽이 더 중요하냐, 둘 다 중요하지만, 딱 하나만 택하라고 한다면, 정의보다는 평화가 더 중요하다는 것이 내 생각이라. 정의를 택할 경우에도 어려운 문제가 뭐냐면, 인간사회에서 어느 쪽 바람이 정의의 방향인지 알아내기가 어렵다는 거여. 정의의 방향을 알아내려면 역사를 길게 보고 깊이 보아야 할 것 같아. 모택동 정권이나 소련의 혁명정부를 보라고. 인민을 해방시키겠다던 혁명가들이 결국에는 수백만 양민을 학살하고 정의의 파괴자가 되어버린 거 아냐. 그러니까, 어떤 바람이 옳은 방향인지를 알 수 없을 때에는 그냥 큰 바람 방향을 따르다 보면 아무리 잘못되어도 평화는 얻을 거란 말이지. 일본을 보라고. 만약에 일본이 미국이라는 큰 바람에게 승복하지 않았다면 어떻게 되었을까 말이지. 일본의 전후복구나 경제부흥은 잘 되었을까? 제주도에서 4.3사건 겪으면서 미국을 미워하던 사람들도 일본 와서 놀란 건, 패전국 일본사람들이 승전국인 미국을 미워하거나 반대하는 기색이 별로 없다는 거였어. 미국은 승전국이라고 해서 패전국 일본을 탄압하거나 착취하려고 하지 않았지, 일본군 포로들에게도 아주 인도적으로 대해주었는데, 그러는 나라를 미워할 수는 없었을 거 아닌가. 자기네 일본군은 연합군 포로들을 짐승처럼 학대했었으니까 창피하기도 했겠지. 그러는 걸 본 재일교포들도 생각이 달라진 거지. 야, 이거, 제주도에서는 미국을 잘못 본 거 아닌가, 이렇게 말이지.

— 지금도 제주도 사람들 중엔, 4.3사건 때 미국의 조종을 받고 엄청난 양민 학살이 벌어진 것을 놓고 뿌리깊은 반미감정을 갖고 있는 이들이 많다고 합니다.

— 나도 그건 잘 알지. 직접 겪었던 일이거든. 그게 바로 전쟁의 참혹함 아닌가. 4.3은 6.25와 마찬가지로 미소 강대국 간의 대리전쟁 같은 것이었고, 인간 역사상 최대의 비극이 전쟁인 거지. 인간의 이기주의 가운데 제일 악랄한 것이 국가이기주의이고, 전쟁은 국가이기주의에 불을 붙인 것이거든. 개인적인 이기주의는 악랄해봐야 한계가 있는 것이, 세상에 개인 혼자만으로는 살 수가 없고 남들과 협력해야 살아남으니까 어쩔 수 없는 거지. 4.3사건 당시에 미국의 국가이기주의 제일 강령은 멸공이었기 때문에 제주도에서 공산주의 게릴라를 소탕하는 것이 필요했고 제주사람들이 도매금으로 희생당한 거여. 그렇지만 태평양전쟁의 타이밍 전개가 조끔만 더 불행했었다면 제주사람들의 희생은 훨씬 더 컸을 거여. 태평양전쟁 말기에 말이지, 만약에 미국이 원자탄 사용을 하지 않았더라면 종전이 상당 기간 늦추어졌을 것이고 그랬더라면 그 당시에 일본이 구축했던 제주도 방어전선에서는 더 엄청난 살상이 일어났을 것이란 얘기지. 이와 아주 비슷한 경우가 오키나와의 참변이었는데 그때 오키나와 주민들 60만 중에 거의 10만 명이 미군 공격으로 죽었다는 거여. 그것도 오키나와 주민들이 싫어하는 일본군의 방어전선에 이용당하면서 그랬던 것이니 더 비극적이었지. 이처럼 악독한 국가이기주의는 다스릴 방도가 없어. 강력한 세계정부를 세우기 전엔 말이지.

— 선배님은 베트남전쟁에 대해서 얼마나 알고 계신지 모르겠습니다마는, 저는 그 나라 전쟁에서 직접 싸우는 동안 아주 감동 받았습니다. 베트남은 미국에 비하면 형편없이 작은 바람이잖습니까. 그런데도 그 나라 사람들은 미국이라는 큰바람과 악착같이 싸워서 이겨냈단 말입니다.

— 자네 말을 들으니까 아까 내가 했던 말을 좀 수정해야겠다는 생각이 드네. 베트남 민족처럼 단합만 잘되면 작은 나라도 큰 바람을 일으키는 거라고 말이지. 만약에 해방을 맞은 우리 민족도 베트남 민족처럼 똘똘 뭉칠 수만 있었다면 남북이 합쳐져서 통일정부로 나갈 수 있었을 거여. 미국이나 소련이 한국의 분단 상태를 이용하려고 한 것도 사실이지만 그보다는 이승만이나 김일성이가 미국이나 소련 세력을 이용해서 권력을 잡으려고 한 면이 더 많지 않았나 하는 거지.

— 요즘 제가 생각해 본 건 말이죠, 미국이라는 나라는 상대가 어느 나라인가에 따라서 성격이 다른 나라로 변신하는 것 같다는 겁니다. 일본에서는 정의로운 나라였는데 베트남에 가서는 불의의 나라가 되었단 말입니다. 그러다 보니까, 한국에서 친미였던 문창주가 베트남에 가서는 반미가 되었고, 한국에서 반미였던 제주도 사람들은 일본으로 간 다음에 친미로 돌아서고, 그렇게 된 거 아닙니까.

— 자네 말을 들으니까 재미있는 스토리 하나가 생각나네. 일본 동경에 중국사람 부부가 살았는데, 남편은 상해 출신으로 반미였고 부인은 대만 출신으로 친미였대. 그래서 보통 때는 잘 지내다가 동북아 국제문제가 뉴스에 나올 때마다 부부싸움이 벌어졌대. 이 같은 대립이 20년이나 계속되다가 마침내 화해가 되었는데 그건 그 사람네 아들, 성년이 된 아들의 생각을 따르기로 하면서 가능했다는 거여.

— 아들 생각을 따라서 간 것이 어느 쪽이었나요.

— 거야 물론 친미 쪽이었지.

— 아, 그건 그럴 수밖에 없겠네요. 그 사람들이 일본 동경에 살았

다고 했으니까 말입니다.

— 상대국에 따라서 미국의 정체가 바뀐다는 자네 말도 일리는 있어. 그렇지만, 더 엄밀하게 말한다면, 미국이 바뀐다기보다는 미국과 상대국 간의 관계가 바뀌는 거라고 봐야지. 그러니까 공산권 팽창을 막는 반공블록 구축이라는 미국의 기본정책은 변함이 없는 거지만, 그같은 미국의 정책을 받아들이는 상대국의 사정에 따라서 동맹관계도 되고 적대관계도 되고 한다는 거지.

— 저는 이 미국이라는 나라의 정체가 뭔지 헷갈린단 말입니다. 그 나라는 건국할 때부터 민주주의와 인권사상에 기초해서 세워졌다고 하는데 딴 나라에 가서 하는 짓을 보면 전혀 다른 거 같단 말입니다.

— 그건 이상한 게 아니여. 국내에선 민주주의자들인데 딴 나라에 가서 제국주의자 되는 건 미국만이 아니란 말이지. 국내에선 국민들 지지를 얻으려니까 민주니 인권이니 복지 같은 것을 내세우겠지만, 대외적으로는 자기네 나라 국익 차리는 것이 우선이니까 제국주의도 되고 패권주의도 되고 그러지 않겠어? 그건 어느 나라도 마찬가지일 거여.

— 그러네요. 하여간 제가 오늘 역사공부랑 인생공부랑 많이 한 것 같습니다.

내가 맞장구를 치는 동안 김영진 씨는 손을 들어 시계를 보았다. 예상보다 시간이 많이 갔는지 그는 이만 돌아가야겠다고 하면서 발길을 돌렸다. 돌아가는 길은 서쪽으로 가는 내리막길이었다. 김영진 씨로부터 들은 말들이 내 마음 속에 무겁게 자리하고 있어서 그것을 삭히는 데에 오랜 세월이 걸릴 것 같았다. 우리는 사방을 둘러보면서 짐짓 가벼운 얘기를 꺼내고 있었다. 넓은 바다와 높은 산이 이제야 시야에 들어온 것처럼 주변 경치를 둘러보면서 화제로 삼기도 했다. 그러던 중에 김영진 씨가 꺼낸 말이 나의 발걸음을 잠시 멈추게 했다.

— 지금 생각난 것인데, 자네 부친이 북한에 살아계실지도 모른다는 얘기였잖아. 자네 부친과 큰고모네가 북한에서 살고 있더라도 서로들 사는 형편이 좋아야 연락하는 게 가능하긴 하겠지만, 하여간 내가 적당한 경로로 알아보긴 할 테니까 기다려 보라구. 기다리기는 하는데, 아버지 소식 기다리는 것보다 세상이 바뀌길 기다리라고 해야겠구만.

— 네, 알겠습니다. 세상 바뀌는 거 언제까지고 기다리겠습니다.

우리는 잠시 후에 우리가 떠난 자리로 돌아왔고 그곳에서 아쉬운 작별의 인사를 나누었다. 왔던 길을 돌아서서 집으로 가는 동안 나의 머리는 온갖 상념들로 가득찼다. 1년 전에 다녀갔다는 재일교포 친척 이진수 씨의 전언이 일으킨 파장이 다시 기억에 떠오르면서 착잡한 심정이 되었다. 나름대로 선의에서 전한 소식이었지만, 그분 입에서 나왔다는 말들이 우리 집안을 불안과 갈등으로 몰아넣었고 상주 형의 죽음까지 불러온 셈이었다.

김영진 씨의 말은 한 마디 한 마디가 그의 굴곡 많은 세상경험에서 나온 것임이 느껴져서 존경스럽기도 하였다. 일본에서 맨주먹으로 자수성가한 그의 전력은 얼마나 파란만장했을까. 나라 없는 백성으로 일본인 사업가들 틈을 비집고 들어가 뭔가를 이루려고 할 때 풍향에 상관없이 거센 바람에 몸을 맡기는 유화주의나 기회주의로 빠졌을 것이 아닌가. 그러고 보니, 큰바람에 따라가야 한다는 김영진 씨의 말은 바로 일제시대 친일파 조선인들의 유약한 심정을 옹호하는 논리가 아닌가 싶었다. 일본의 힘을 이길 가망이 없는 조선인들은 대동아공영권의 종자(從者)가 되는 대세추종의 논리를 따랐을 것 같았다. 김영진 씨로서는 어쩔 수 없는 선택이었을 것이다. 남의 나라에서 눈물어린 찬밥 눈칫밥으로 살아온 사업가 김영진 씨는, 거센 바람에 맞서 싸우는 강골기질하고는 거리가 멀다고 생각되면서 유달리 친절하고 다정했던 그의 인상이 새로운 느낌으로 떠오르는 것이었다.

14장
만남은 우연이고 관계는 선택이라

일본 방문이 실패한 것을 계기로 나는 한 가지 큰 결심을 했다. 철저하게 농촌에 묻혀 살기로 마음먹게 된 것이다. 일단 그렇게 결심하고 나자 어릴 적 한때 부풀었던 입신양명의 꿈도 안개처럼 사라졌다. 고등학교를 졸업할 당시 나의 실력보다 한참 아래였던 친구들이 서울 소재 대학으로 진학하는 것을 보면서 끓어오르던 울분도 이제는 오래 전 한때의 추억처럼 여겨지는 것이었다.

상주 형이 일구어 준 밀감농장이 없었더라면 나의 농촌생활이 얼마나 궁색했을지를 상상해보면 나는 정말 기막힌 행운아였다. 더구나 상주 형이 밀감농장에 손을 댄 시점은 생각할수록 절묘한 타이밍이었다. 제주도의 밀감농사는 오래 전 옛날부터 있어왔지만, 그것이 돈 벌기 위한 수단이 된 것은 오래되지 않았다. 그러다가 6,70년대 박정희 정권하에서 국민소득 증대라는 산업화 정책이 자리잡기 시작하자, 제주도의 밀감농사가 떼돈 버는 사업으로 인식되어 이제까지 자급자족을 위한 밭농사에 매달리던 수많은 농가들이 밀감 과수원에 손을 댔다.

여기에다가 60년대 후반 한일수교가 정상화되자 제주출신 재일교포들의 고향 돕기 사업의 일환으로 일본의 개량종 밀감묘목이 대량으로 도입되어 밀감 농사의 발전에 획기적인 도움이 되었다. 재배기술도 많이 향상되었다. 애초에는 아열대작물인 밀감의 재배가 한라산 남쪽밖에 안 된다는 선입견 때문에 손대지 못했던 북제주의 밀감 농사가 70년대가 되자 일대 붐을 이루었다. 그렇게 되자 토지가격이 폭등하여 한동안 희비가 엇갈리는 화제가 만발하였다. 아직 농사 초년생이었던 나의 형 상주가 60년대 중엽에 멀찍이 한라산 북쪽 기슭 조천면 산간마을의 끝자락에 대단위 밀감농장을 일굴 때에는 그 일대 사람들에게 겁모르는 돈키호테로 알려졌던 기억이 난다.

나는 밀감농장에서 일해 본 적이 없기 때문에 당하는 어려움이 적지 않았지만 그럭저럭 잘 꾸려나간 셈이다. 밀감재배에 관련된 지식과 요령을 얻는 일은 고모부에게 신세진 것이 많았다. 고모부는 요즘 세상에 흔치않은 독농가여서 나에게 농사꾼으로서의 자부심을 심어주었다. 단순한 육체노동에 관해서는 그날그날의 날품 인부들에게서도 배울 것이 많았다. 농사일만큼은 책에서 배우기보다는 경험자에게서 배우는 것이 우선이었다. 비료 주고 약 치기, 불필요한 나뭇가지 전정하고 쓸데없는 꽃과 열매를 따주기 등의 작업은, 보기에는 간단해 보이는 일들이지만 실지로는 적절한 요령을 터득하기가 쉽지 않았다. 노동인력이 많이 들어가기로는 잡초 제거와 열매 따기가 최고였는데, 별것이 아닌 이런 단순노동조차도 초심자는 경험자의 작업량의 반에 반을 채우기 어려움을 보면서 숙련된 농사꾼들의 숨은 내공이 새삼 존경스러워 보였다. 어머니가 가까이서 격려의 이야기나 경험담을 들려주는 것도 도움이 되었다.

내가 직접 농사일을 한 경험은 거의 없었으나 그동안 보고 듣고 했던 농촌생활의 상식도 없는 것보다는 나았다고 할 수 있다. 수확 철이 되어 노동의 대가가 돈의 모습으로 돌아오는 것을 기다리며 1년을 보내는 것이지만, 식물을 키우는 가운데 느끼는 기쁨은 연중 내내 계속되는 것이었다. 발육이 멈추었던 나뭇가지에서 새싹이 돋아나고, 새하얀 꽃에 열매가 달리고, 가을이 무르익을 때가 되면 과수원 전체가 탐스러운 황금빛 물결로 넘실거리는 모습은 보면 볼수록 신기하고 대견스러웠다. 식물들의 생장과 번식 현상을 관찰하면서 발견하게 되는 위대한 우주의 질서와 오묘한 자연의 신비가 손끝에 잡히듯 가까이서 느껴지기도 했다. 누구에게 비위 맞추거나 윽박지를 필요가 없는 일이고, 계략과 재치로 사람들과 다투는 것이 아니라, 흙과 물과 바람의 성질을 알아내고 그것에 맞추면서 묵묵히 기다리는 것, 이것이 1년 열두 달 농사꾼이 하는 일이었다. 나는 운동신경이 좀 둔하긴 하지만, 나 나름대로 농사일의 요령이란 것이 생겼고, 무엇보다도 좋은 공기 마시며 육체노동을 하는 것이, 쾌식, 쾌변, 쾌면 등 이른바 건강의 기본요건인 삼쾌(三快)를 즐기는 첩경임을 몸소 체험하게 되었다. 처음 얼마 동안은 농장의 간판 같은 것을 생각하지 않았던 나는 자라나는 밀감나무들과 함께 자신감이 생기면서 큼지막한 나무간판을 만들어 농장 출입구에 세웠다. 〈남국농장〉이라는 좀 거창한 간판 이름을 택한 것은 내가 어쩌다 걸려든 구차한 농사꾼이 아니라 본격적인 독농가가 되었다는 자부심의 소치였다 할 것이다.

농사 일을 낭만적인 전원취미로 즐기겠다는 생각은 점점 사라져갔다. 상업화 정보화의 시대변화는 농업인도 비켜갈 수 없음이었다. 감귤나무의 품종 선택은 재배방법이나 상품가격과 직결되므로 다른 과수원들의 동태도 살펴야 하고, 시장동향을 주시하고 그 정보에 밝아야 출하시기를 맞출 수 있으며, 거래선을 잘 선택해야 수익률을 올릴 수 있는 것이었다. 어느 해에는 잘 모르는 영세상인하고 다만 인근마을의 시골사람이라는 친근감에서 거래를 텄는데 상품 대금을 반 정도나 떼이고 애를 먹었다. 몇 번 독촉하긴 했으나 그 시골 상인도 서울 상인에게 돈을 떼여서 속을 썩이고 있다는 말을 듣고는 더 다그칠 수가 없었다. 그 이후로는 개별 거래를 끊고 지역영농회를 통한 계통판매로 바꾸었는데 그러자 결제대금 미수나 가격 폭락 같은 걱정거리에서 벗어날 수 있었다.

내가 우리 과수원 출입구에 화초 몇 포기라도 심어볼 생각을 하게 된 것은, 나도 이제 부자가 되었다는 사실과 무관하지 않았을 것이다. 우리 〈남국농장〉을 다녀가는 어떤 사람이 이 집에는 돈 되는 나무만 키우고 꽃 피는 나무 키울 줄은 모르냐고 핀잔 놓았을 때 나는 마음속으로 아차 그렇구나 싶었다. 〈남국농장〉이라는 거창한 간판의 이름값을 못했던 것이다.

내가 농장주인이 되고서도 서너 해가 될 즈음이었다. 봄이 오기를 기다리던 나는 3월 초의 어느 따스한 날 오일장터를 찾아갔다. 오일시장은 어디서나 왁자지껄 잔칫집 분위기여서 여러 가지 볼거리 먹거리가 발을 멈추게 하였다. 여기저기 기웃거리던 나는 아는 얼굴 하나를 보게 되었다. 고등학교와 대학 다닐 때 먼발치의 동창관계였다가 군대 훈련소에서 용케도 다시 만나 막역한 사이가 된 박정훈이었다. 나는 그의 손을 이끌고 대폿집으로 향하였다. 오일시장 먹자골목은 그전부터도 꼭 한번 들러보고 싶은 곳이었기 때문에 대폿잔을 시켜놓고 앉았을 때 서둘러 기분이 고조된 쪽은 나였다. 내가 먼저 화두를 꺼내면서 두 사람은 마음을 열고 그동안 쌓여온 세상 사는 이야기, 군대에서 고생했던 경험담 같은 것을 털어놓았다. 우리 두 사람의 세상 이야기가 이리저리 돌더니 박정훈이 다니는 교회의 특별 전도기간 홍보에까지 이르렀다.

— 자네 마침 잘 만났네. 우리 교회에 새로 부임한 목사님이 얼마나 훌륭한 분이신지 한번 와서 설교를 들어보면 절대로 후회 않을 거네. 우리 교회에서는 3월 한 달을 특별전도 기간으로 정해서 신도 한 사람 당 적어도 한 사람씩 미래의 신도를 데려오기로 했는데 오늘 자네가 나를 만난 것은 바로 나에게서 신앙전도를 듣기 위해서인 것 같아.

— 난 교회 안 다닌 지 오래되었잖아. 신앙심이 도무지 안 생기는 걸 그렇게 강요한다고 마음이 동하겠나.

— 우리 목사님 말씀은 달라. 신앙심을 강요하지 않으니까 그냥 교양강연이고 역사강의고 생명철학 강의라고 생각하면 된다니까.

— 여보시오, 목사 설교가 어디 종합선물세트라도 되나.

— 글쎄 한번 와보라고. 지난번엔 진화론과 창조론을 종합한 세계관에 대해 설교했는데 머리에 쏙쏙 들어가더라니까. 요컨대, 하나님의 창조는 끝나지 않았고 지금도 계속되고 있다, 생물이 진화하는 끝없는 과정 그 자체가 바로 하나님의 창조과정이시다, 어때 그럴듯하지 않아? 신앙심이 과학지식하고 싸우지 않고 나란히 평화공존하잖은가 말이지.

— 나도 그 비슷한 말 들어본 적이 있는데 그럴듯한 생각이라고 봐.

— 기독교와 불교 간에 충돌문제도 신개념을 도입한다는 거, 그런 말 들어봤어? 옛날에는 기독교와 불교의 기본 입장이 서로 다르기 때문에 서로 다툴 수밖에 없었다는 거라. 원래 불교에서는 견성성불(見性成佛)이라고 해서 누구나 자신의 본성 가운데에서 부처님 마음을 발견할 수 있다고 보았지만, 기독교에서는 성령의 계시가 저 높은 곳에서부터 내려오는 것이라고 봤기 때문에 화합 될 수가 없었대. 그런데, 우리 목사님 말씀으로는 하나님의

사랑과 심판을 우리 자신의 마음 속에서 찾을 수 있다는 건데, 그렇게 되면, 우리들 각자의 마음이 성불할 수 있다는 부처님 가르침과 같아진다는 거지. 옛날식으로 자기네 종교만 옳다고 하면 안된다는 주장이셔.

— 야야, 누가 학교선생 아니랄까 봐, 말솜씨 많이 늘었다야.

나는 결국 박정훈의 열성적인 신앙 인도에 이끌려가는 몸이 되었다. 나처럼 사범대에 입학했던 박정훈은 한번 먹은 마음을 변치 않고 국어과 중등교사를 하고 있다고 했다. 그는 정말 선생티를 내는 것인지 나의 마음을 돌려놓은 것에 큰 보람을 느끼는 상 싶었다. 그가 말하는 참신한 신앙 해석에 공감하기도 했지만, 세상과 담을 쌓았던 그동안의 생활이 너무 허전했다는 반성이 나의 결심을 쉽게 한 점도 있었을 것이다. 게다가 박정훈의 신앙전력도 나처럼 긴가민가 오락가락했다는 얘기여서 어떤 동지의식 같은 것이 발동되기도 하였다. 다니다 말다 할 정도로 신앙심이 동요했다는 것인데 아마도 그 훌륭하다는 목사의 가르침이 그의 발길을 다시 교회로 돌리게 한 것 같았다. 알고보니, 그가 요즘 다닌다는 교회는 내가 오래 전 옛날에 잠시 다니다 그만둔 동문시장 인근의 제주동문교회여서 나의 관심과 상상을 새롭게 불러일으켰다. 옛날에 내가 혼자 그리워하던 최향지의 모습이 떠오르면서 내가 다시 동문교회에 나간다는 결심의 의미가 엄청 큰 것으로 다가오는 것이었다.

혹시나 하면서 제주동문교회 주일예배에 참석한 나는, 아닌게 아니라 바로 그 옛날의 최향지를 그곳에서 보고야 말았다. 교회 정문에서 나를 기다리던 박정훈과 함께 예배실에 들어가 앉은 나는 조심스럽게 사방을 둘러보았는데 교회성가대 앞에서 지휘봉을 휘두르고 있는 여자가 바로 최항지였다. 내가 앉은 자리에서는 그녀의 얼굴이나 어깨의 옆모습이 멀리서 비스듬하게 보였지만, 나는 그것이 누구의 모습인지를 대뜸 알아보았다.

그날 예배가 끝나는 대로 나는 박정훈의 손에 이끌려서 이 교회 접견실로 갔다. 그곳에서 나는 제주동문교회의 신도 명단에 정식으로 이름을 올렸고 때마침 그 앞을 지나던 최항지하고도 재회의 인사를 나누었다. 최항지와 박정훈 사이도 서로 안면이 있었기 때문에 우리 세 사람 사이는 일시에 신앙동지로서의 친분이 생기는 기분이 되었다. 박정훈이나 최항지나 진심으로 나의 동문교회 복귀를 반겨주는 것으로 보여서 내 마음의 어색함을 덜어주었다. 어찌 보면 그리 이상할 것도 없는 일이었다. 옛날에 한동안 이 교회에 다니다가 싫증을 냈었는데 훌륭한 목사가 새로 부임하면서 다시 마음을 돌이킬 수 있는 일이었고, 때마침 이 교회의 특별전도 기간에 맞추어서 돌아온 탕아처럼 신도명단에 이름을 올리는 것은 하나도 이상할 것이 없을 것 같았다.

내가 그날 이후 이 교회에 비교적 착실하게 나가게 된 데에는 박정훈과의 친분이 크게 작용한 셈이다. 그는 사교성이 별로 없는 사람이었는데도 이 교회 신도들과의 지면이 꽤 넓었고, 기회가 되는대로 그들에게 나를 소개해 주었다. 이들 중에는 박정훈하고 가까운 사이로 보이는 중학교 교사가 있었다. 문혜란이라는 그녀의 이름이 낯설지 않기에 옛날 기억을 더듬어 보았더니 그전에 내가 이 교회에 다닐 때 고등학생부 회장이던 여자였음이 생각났다. 이름만이 아니라 수더분한 분위기인 그녀의 얼굴까지도 나의 고모를 연상시켰던 옛날 일들이 떠올랐다. 박정훈은 문혜란 선생하고 초등학교 동창이기도 했고 한때 같은 학교 교사였던 적도 있다고 하였다. 내가 전에 제주동문교회에 다닐 때 박정훈을 만나지 못한 점이 이상했지만, 그것은 문혜란이가 박정훈을 이 교회로 끌어들인 시점이 나보다 뒤였기 때문인 것 같았다.

사람들 사이가 빨리 가까워지려면 그럴만한 기회가 닿아야 되는 것인즉 나하고 최항지의 관계가 바로 그러했다. 그런 기회가 학교생활에서는 소풍이라면, 교회에서는 야외예배가 있었다. 부활절도 지나고 신록의 계절 5월이 되어 야외예배 행사 예고가 나오면서 나의 마음도 그날이 오기를 기다리게 되었다. 판에 박힌 듯 획일적인 주일날 정기예배만 가지고는 사실 신도들끼리 인사말 이상으로 무슨 말이 오가기가 어려운 일이었다. 야외행사의 재미로 말하면 지난 시대의 추억이 더 정겹고 진득했다고 할 수 있다. 나중에 교통수단이 발달된 다음에는 대형차량을 이용하여 집단 전체가 일제히 원거리 목적지까지 이동할 수 있었지만, 70년대까지만 해도 학교의 소풍이나 교회의 야외예배는 도보행차로 왕복을 하였고 따라서 가까운 장소를 택하는 것이 상례였다. 그랬기 때문에 사람들은 서로간에 직접 얼굴을 마주하는 시간이 많아서 안면을 익히기나 담소를 나누기가 쉬웠다. 자동차로 단시간에 휙-하고 갔다왔다 하는 것과는 달랐던 것이다.

그 해 봄에 제주동문교회의 야외예배는 사라봉 등대 앞에서 열렸다. 그곳은 사라봉 북쪽 기슭, 바다가 저멀리 질펀하게 내려다보이는 평퍼짐한 언덕이었다. 그 당시에는 그 방향으로 가는 산책길이 훤히 뚫리지 않았기 때문에 만만치 않은 코스였고 더구나 노약자를 동반한 가족으로서는 꽤 힘든 코스였다. 그곳은 화북마을에서 아주 가깝지만 나는 일부러 동문시장 인근의 교회까지 가서 교회 신도들과 합류한 다음에 사라봉으로 향하였다. 앞서거니 뒤서거니 삼삼오오 무리지어서 걸어가는 우리 일행을 둘러보니 평소의 주일예배에서 모이는 것보다도 더 많은 사람들이 나온 것 같았다. 가족 중에서 주일예배에 잘 나오지 않는 사람들까지 데리고 나왔으니까 일종의 가족동반 소풍이라도 가는 기분이었을 것이다.

박정훈은 어쩌다가 오늘은 함께 온 가족들이 없었는지 나하고 어울리게 되었고, 아직 미혼인 문혜란 선생도 우리 두 사람과 자연스럽게 동행하게 되었다. 천천히 걸어가면서 살펴보니 오늘 최항지하고 함께 걸어가는 사람은 초로의 할머니 (나중에 알고보니 최항지의 모친인) 한 사람이었는데 그 할머니는 어쩐지 걷기가 불편해 보였다. 최항지네 가족이 이렇게 단 두 식구라니, 이상한 일이다, 하는 생각에 나는 발걸음 옮기는 것이 잠시 멈칫하였다. 최항지는 동행하는 할머니에게 뭔가를 설명하는 것 같았지만, 할머니는 그 말을 잘 알아듣지 못하는지 시종 무표정한 얼굴을 하고 있었다. 박정훈과 내가 가까이 다가가서 인사를 해도 받아주는 둥 마는 둥 하는 기색이어서 우리는 곧 그 자리를 피하여 걸었다. 최항지는 우리에게 낮은 목소리로, 우리 어머니 요즘 왔다갔다 하십니다, 하고 말하면서 한쪽 눈을 한번 찡긋 감아보였다.

최항지는 모친하고 동행하다 보니 일행보다 뒤쳐져서 목적지에 도착하였다. 나는 최항지가 효녀 노릇하는 것을 훼방놓을 수 없다는 생각에서 내내 박정훈의 옆자리를 지키는 꼴이 되었다. 야외예배라는 이름의 행사였지만 내용은 다채로웠다. 목사님이 인도하는 기도와 설교시간이 끝난 다음에 한 구변 좋은 장로님으로부터 이 교회의 30년 역사 소개와 세태 비평을 겸한 교양강연 비슷한 것이 있고나서 점심시간이었고 오후는 모두가 여흥시간이었다.

여흥시간에는 어른들의 가벼운 공놀이나 게임 같은 것도 있었지만 그보다 훨씬 재미있는 것이 어린이들의 노래자랑 시간이었고, 이 날 행사의 마지막 순서인 이 시간이 만장의 박수와 웃음을 자아낼 정도로 흥미진진했던 것은 사회자 역할을 맡아본 최항지의 눈부신 활약 덕분이었다. 성가대 지휘자이면 노래자랑 시간에 진행을 맡아볼 만하다고 하겠지만 최항지는 이 날 단지 음악 하는 사람의 소임만을 수행한 것이 아니었다. 최항지는 명랑하고 재치있는 여자여서 오락프로 진행에 적임자이기도 하였고, 게다가 당차고 화통한 여장부처럼 종횡무진 거칠 것이 없었기 때문에 나는 시종하여 마음 속으로 감탄의 박수를 보내고 있었다.

그날따라 유난히 반짝이는 최항지의 두 눈이 나의 시선을 끌었다. 그녀의 말하는 품과 행사를 진행하는 솜씨가 탁월했기 때문에 나는 거의 넋을 잃고 그녀의 모습을 바라보았다. 아직 대중 앞에 서보지 못한 아이들이 노래를 마음놓고 부르게 하려면 분위기를 띄워주는 일이 중요한데 최항지가 보여주는 그 방법이 놀라웠다. 그녀는 순서대로 등장하는 어린이들을 소개할 때 부모의 이름을 함께 말함으로써 청중의 주의를 끈 다음에 적절한 멘트를 통해서 출연한 아이들의 실력 발휘를 이끌어 냈다. 그들의 어린 마음에 자신감이 생기도록 용기를 북돋기도 하고, 날마다 같이 놀아주는 부모나 노래를 가르쳐준 선생님의 명예가 걸려있음을 일깨우기도 하고, 오늘 행사에 나온 친구들과의 경쟁심을 돋우어주기도 했는데 그런 격려의 발언은 획일적인 것이 아니라 아이들의 나이나 개성을 고려한 결과인 듯하였다. 최항지 자신이 아는 노래에 대해서는 그 노래의 서두를 반주삼아 들려주기도 하고, 노래 중간중간에 추임새나 훈수를 넣어줌으로써 출연한 어린이에게 용기와 신명을 북돋아 주기도 하였다. 청중들 앞에 세워지는 순간 거의 울음보를 터뜨릴 것 같던 아이가 우렁찬 발성의 기세를 얻는 예도 비일비재하였다. 자기가 낳고 기른 어린 자녀들이 노래하는 모습을 대견해하지 않을 부모는 없는지라, 이날 제주동문교회의 야외예배 여흥시간은 흥겨운 웃음바다였고 즐거운 잔치판이었다.

어린이 프로가 끝날 때쯤에 목사님이 마이크를 잡고 헛기침을 두어 번 하더니 오늘 야외예배의 피날레를 장식할 사람이 있다고 허두를 떼었다. 다른 사람도 아닌 바로 최항지 그 여자를 소개하는 목사님의 말이 약간 길어졌다. 어린이들에게 노래 가르치는 최항지 선생의 실력이 예사롭지 않길래 누구에게 물어보았더니, 오래 전 서울에서 열린 모 방송국 주최 가요콩쿠르에서 입상했던 숨은 실력의 소유자임을 오늘에야 알았다는 말씀이었다. 만장의 박수와 환호를 받으며 마이크를 잡은 최항지의 노래는 음치에 가까운 나의 마음에도 단번에 깊은 울림을 자아내는 명창이었다. 소박하면서도 애절한 호소의 느낌이랄까, 어디선가 들어본 노래인 듯했지만 생각나지 않길래 노래가 끝날 때 박정훈에게 물어봤더니 그 노래는 신귀복 작곡의 〈얼굴〉이라고 했다. 나는 노래책을 뒤져서라도 이 노래 하나는 배워야겠다는 마음이 들었다.

여흥이 파하고 돌아오는 길에 나는 일행 중에서 비교적 앞장서서 걷고 있었다. 최항지의 모친이 다른 노인들과 함께 제일 앞서 출발하는 것이 보였기 때문이었다. 문혜란 선생과 함께 걷는 박정훈은 어쩐 일인지 뒤쳐져 있어서 그들과 같이 가다보면 최항지 모녀보다 아주 뒤쳐질 것 같았다. 혼자서 걸어가고 있는데 뜻밖에도 최항지가 뒤에서부터 빠른 걸음으로 오다가 내 옆에서 잠시 동행이 되었다. 나는 오늘 타이밍이 잘 맞아든다는 생각이 들면서 그녀에게 말했다.

— 난 또, 앞장서 가신 걸로 알았지요.
— 목사님하고 잠시 얘기할 게 있었어요. 저의 어머니가 앞서 가시는 거 혹시 보셨나요?
— 네, 앞장서 가셨지만 아직 멀리는 못 가셨을 겁니다. 저 모퉁이만 돌아가면 보이실 겁니다. 최항지 씨는 가족이 단출하신가 봐요.
— 단출하다마다 아주 경량급이죠 뭐. 가업이 거덜나다 보니 온가

족이 산산조각 나버렸으니까.

— 네? 거덜이 났어요?

— 시국을 잘못 만난 덕분인가 봐요. 요즘 입조심 몸조심 까딱 잘못 하면 하루아침에 결딴나는 세상이잖아요.

— 가족들이 흩어졌다면 어디로…….

— 아주 멀리멀리죠 뭐. 우리 집이 전에는 남자 둘 여자 둘이었어요. 남녀 공평하게 말이죠. 그런데, 남자 한 사람은 하늘나라로 날아가시고 또 남자 한 사람은 어디 바다 건너 먼 나라로 날아가서 이젠 여자 두 사람만 달랑 남은 셈이네요. 불공평하지요?

— 네? 어쩜 그런 큰 불행을…….

최항지는 더 이상 말을 이을 새도 없이, 그럼 천천히 오세요, 하면서 걸음을 재촉하여 앞으로 멀어져 갔다. 동행자가 없어진 나는 걸음을 늦추고 있는데 혹시나 하고 기대했던 대로 박정훈과 문혜란이 뒤에서부터 나타나서 나의 옆으로 왔다.

— 어쩜 그리 운도 없으실까. 다른 일보다도 청춘사업이 우선 잘 돼야 할 텐데.

박정훈의 입에서 나온 말인데 나는 그게 무슨 뜻인지 묻는 듯이 그의 입을 똑바로 쳐다보았다. 그가 나에게 답하듯이 말을 이었다.

— 아, 지금 최항지 씨 얘기 하는 중이었어.

— 최항지 씨가 뭣이 잘 안 되었다고?

— 지금 말을 들어보니까, 최항지 씨 약혼자가 어디 멀리로 가버려

서 파혼이 됐다네. 최항지 씨처럼 감각이 있고 인기가 좋으니까 청춘사업도 잘될 거 아니겠냔 말을 하는 중이었지.

— 문창주 씨가 좀 도와주시면 좋겠는데. 최항지 씨가 너무 안됐어요. 그런 빠질 데 없는 인물이 파혼을 당하다니 너무해요.

문혜란 선생이 뜻밖에도 나를 지목하여 말을 걸어와서 나는 당황스러웠지만 한 마디 하지 않을 수가 없었다.

— 어떻게 그런 어려운 말씀을……. 나에게 무슨 능력이나 있다고.

— 그게 무슨 말인고 하니, 여기 문 선생님이 보기에는 최항지 씨가 요즘 실의에 빠진 거 같다네. 문 선생 자신은 지금 혼인날짜까지 받아놓은 느긋한 처지여서 최항지 씨 보기가 더 안타까운 심정이 되신다는 거지.

박정훈은 문혜란 선생 쪽을 똑바로 쳐다보면서 뭐라고 한 마디 할 것을 재촉하는 표정이 되었다.

— 솔직히 그런 심정 맞아요. 얼마 전에만 해도 우리 두 여자가 거의 같은 시기에 면사포 쓰게 될 것 같았는데 이렇게 되어 버렸네요. 우리가 같은 문씨 문중이니까 더 솔직히 말하는 거예요.

— 최항지 씨 오늘 노래하는 거 보니까 아주 활기있고 기운이 넘치던데요.

내가 겨우 한 마디 끼어들었다.

— 그게 다 자기위장인 거 같아요. 명랑한 척하면서 실망하는 마음을 감추는 거 말이죠.

— 난 그것도 모르고……. 자기 캄플라쥐는 원래 여자들의 특기 아닌가.

박정훈이 한 마디 거들었다.

— 그러고 보니까, 우리 네 사람은 모두 동갑내기들인데, 박정훈 씨는 기혼자이고 저도 곧 결혼할 몸이고 하니까 나머지 두 사람만 빠진단 말이예요. 그러니까 이건 동갑내기들 간의 의리문제도 되겠네요. 그리고 이 문제 푸는 것은 문창주 씨 자신의 의지에 달려있는 거 같아요.

— 뜻대로 안 되는 사업이 청춘사업 아닌가요?

나는 겨우 한 마디 끼어든 다음에 박정훈의 도움을 청하듯이 그의 얼굴로 시선을 돌렸다.

— 그 테마는 내 말을 들어보는 게 좋을 거여. 내가 이래 뵈도 연애소설 몇 권을 통독한 줄 아는가. 중요 부분을 밑줄 쳐 가면서 읽었는데 다른 건 다 잊어버렸지만 이것만은 기억하고 있지. 만남은 우연이지만 관계는 선택이라. 어때, 그럴듯하지 않은가?

— 맞아요, 박정훈 선생 말이. 의지대로 되는 건 아니지만, 또 의지 없이는 절대로 성사되지 않는 것이 남녀관계라고 봐요.

나는 뜻밖에 의미심장한 대화의 중심에 서게 되자 정면에서 대답하기를 피하고 딴전을 피우고 싶었다. 사실 그 순간에 문득 알고 싶은 것이 최항지네 가정의 불행 내막이었다.

— 근데 아까 내가 듣기로는 최항지 씨네 집안이 요 근래에 무슨 시국사건에 관련되어 좋지않은 일이 있는 거 같던데 어떤 일이…….

— 음, 그건 나도 얼마 전에 대충 들었는데, 그 집안이 아주 억울하게 된 모양이라. 요즘 시국사건에 기업체가 관련된 것이라고 하면 대강 알 만하잖은가. 신문에도 대충 나왔지만, 부친이 화병으로 돌아가셨다고 하니 얼마나 억울했겠어.

박정훈의 말은 그 정도로 그쳤지만 그것만으로도 최항지네 집안의 수난은 어느 정도 짐작할 수 있었다. 그즈음에 쉬쉬하면서도 널리 알려진 시국사건이라고 하면 유신정권의 무소불위 통제수단인 긴급조치 발동에 관련된 것임을 직감할 수 있었다. 그런 시국사건에 연루될 지경이라면 최항지 부친의 사업체는 정권의 사찰 대상이 되었을 정도로 대기업이었을 것이다. 십중팔구 반정부 운동가들에게 자금줄이 되었다가 된서리를 맞았다는 얘기 같았다. 최항지가 말한 대로 가업이 거덜난데다 파혼까지 당했다면 그 충격과 아픔이 엄청났을 텐데 그러고서도 오늘 여흥프로에서 그 같이 여유만만하고 순발력 있는 진행 역할을 맡아 할 수 있었다니, 그것만으로도 그녀의 대단한 저력을 보여준다는 생각이 들었다.

2부

15장
착각이요 허욕이었다

나는 친구 박정훈의 권유를 받고 교회에 나가기 시작하기는 했었지만 애초부터 독실한 신자가 되려고 결심한 것은 아니었다. 한동안은 박정훈이 말하는 지식인 교양과정으로서의 신앙생활에 관심을 가지고 있었지만, 그것조차도 시들해지더니 얼마 후에는 교회신도 명단에서 아예 이름이 지워지게까지 되었다. 교회 다니는 일이 나에게 더 무거운 짐이 되었던 것은 나의 아내 최항지하고의 껄끄러운 동반 때문이었다고 할 수 있다. 나에게 부부동반 외출은 그만큼 부담스러웠다는 말이다.

교회의 축복을 받고 결혼식을 올린 몸으로서 부부동반으로 예배석에 나타나기를 겨우 3년도 지속하지 못하다니, 나는 한동안 노상에서 사람들 보기가 창피스러워서 얼굴에 철판 깔고 나다니는 심정이었다. 신앙생활에서만이 아니라 결혼생활 전반이 실패작이 아닌가 의문을 갖는 데에는 반년도 채 걸리지 않았다. 자기가 갖지 못한 것들에 대한 선망과 동경의 마음만을 갖고 결혼을 한 것부터가 잘못이 아니었나 생각하면 가슴이 철렁 내려앉는 것 같았다. 더구나 그 선망하고 동경하던 것들이 막상 자기 성질에는 맞지 않고 자기는 그것들을 얻는 것이 불가능하다고 생각될 때에는 길 없는 황야를 헤매는 막막함이 느껴졌다.

부부라고 하면 뭔가 공통되는 것이 있고 서로 간에 이심전심으로 통하는 것이 있어야 하는데 그게 되지 않았다. 고도의 이해성과 조심성을 발휘하는 우리의 결혼생활에서 요란하게 부딪치는 일은 거의 없었다. 아내는 처음부터 나의 신앙생활에 기대를 하지 않았는지 내가 그럭저럭 교회 나가기를 그만두었어도 상관하지 않았다. 그렇게 대범한 여자였던 것이다. 나는 아침마다 묵묵히 나만의 일과를 시작하는 것이 행복스럽다고 여기게 되었다. 아내가 우아한 옷 차려입고 교회에 나가거나 사회봉사 나가는 시간에 나는 이미 농장에 나가있는 몸이었다. 그 시간까지 내가 집에 머물러있게 된다면 서로 얼굴 쳐다보기가 민망했을 것이지만 나는 그런 상황을 만들지 않았다.

애초에 최항지는 나에게 오르지 못할 나무가 아니었나 싶다. 내가 큰맘 단단히 먹고 내민 손을 최항지가 덥석 잡아주었을 때 나는 정말 하느님의 은혜라도 얻는 심정이었으니 그때의 어리숙했음을 생각하면 서른 살도 차지 않은 나이 탓을 할 수밖에 없다. 어눌한 말씨와 어벙한 촌티, 미죽은 성격과 초라한 행색, 이렇게 찌들린 시골남자의 외로움과 고충을 알아주고 격려해주는 천사의 얼굴, 이것이 세상모르던 한때 내가 그려본 최항지의 환상이었다. 그러나, 우아하고 품위 있고 세련된 서울여자, 내가 한때 우러러보던 최항지의 매력이라는 것이 나에게 얼마나 어처구니없는 자기기만과 과다비용을 요할 것인지 나는 미처 모르고 있었다. 그렇지만 한번 들여놓은 발길을 되돌릴 수가 없는 이상 그것의 의미를 최상의 것으로 만들자는 것이 나의 비장한 결심이었다고 할 것이다.

가업 도산으로 대학을 중퇴하고 결혼 약속까지 깨어진 비운의 미녀는 오갈 데 없는 무숙자 지경이 되어버렸고 게다가 화병으로 언어장애가 되어버린 노모까지 모셔야하는 처지였다. 나는 최항지의 안타까운 처지를 구해줄 수 있는 나의 위치에 뿌듯한 보람을 느꼈음이 사실이다. 최항지가 나하고 결혼함으로써 안정된 가정을 이루고, 심신이 온전치 못한 그녀의 노모도 나의 도움으로 꽤 괜찮은 양로원으로 들어가는 것을 바라보는 나의 기쁨은 작은 것이 아니었다. 나 같이 운 좋은 남자가 어디에 다시 있을까. 남자로부터의 경제적 도움이 가장 절실하게 필요할 때에 맞추어서 사랑하는 여자의 곁에 있었다는 것은 얼마나 절묘한 타이밍일까 싶었는데 그러나 착각이요 허욕이었다.

우리가 결혼한 지 얼마 안 되는 어느 날 최항지가 나의 연간 수입을 물어보고 나서 무심코 내뱉은 말이 한동안 나의 머리를 먹먹하게 만들었다. 소문처럼 부자는 아니었군요. 이 말을 듣는 순간 나는 할 말을 잃었고, 나의 재산을 일구어주고 죽어버린 나의 형 상주에게 미안한 마음이 들었다. 내가 최항지하고 결혼할 수 있었던 것은 가난을 벗어났기 때문이었고, 내가 가난을 벗어난 것은 전적으로 상주 형이 남겨준 재산 때문이었으므로 내가 상주 형에게 느끼는 감사의 마음은 절절한 것이었다. 그런데 부유해진 나의 처지에 대해 최항지가 만족할 수 없다면 나는 상주 형에 대한 감사의 마음을 거두어들이라는 말인가. 최항지가 들었을 세간의 소문이 내가 얼마나 큰 부자라고 전했는지는 모르지만, 상주 형이 일군 과수원 농장의 성공은 마을사람들의 부러움을 사면서 크게 부풀려진 모양이었다.

우아하고 세련된 서울여자 최항지와 나란히 걸어가는 궁상맞은 남편의 모습으로 비친다는 것은 마음 편할 리가 없는 일이었다. 남자의 자존심이란 것도 있었고, 내가 최항지하고 결혼할 때 품었던 감사와 기쁨의 기억도 아직 남아 있었다. 내가 최항지의 우아하고 기품 있는 풍모를 따라가려면 어떻게 해야 할 것인가, 이것이 신혼시절 나의 머리를 떠나지 않는 중요 과제였다. 가장 쉬운 방법은 최항지가 하자는 대로 따르는 것이었다. 하나이던 냉장고를 두 개로 바꾸는 것이나 주택 인테리어를 고급으로 꾸미는 것은 나에게 든든한 수입원이 있으니 어려운 일이 아니었다. 나는 그렇게 함으로써 사람이 달라지고 인생이 달라질 것이라고 기대했던 것이다.

뼈대있는 가문이란 집안 구석구석이 모두 그림이고 예술이어야 한다는 아내의 지론이 내 생활의 새로운 지표가 되었다. 우리의 결혼생활이 성공작이 되려면 두 사람 사이에 멀리 떨어졌던 거리를 좁혀야 되고 그렇게 되려면 우리들 각자가 상대방 쪽으로 가까워지도록 위치 이동을 해야 한다는 것이 나의 생각이었다. 내가 우리 집 인테리어를 고급으로 바꾸고 날마다 목욕을 열심히 해서 몸에 땀냄새를 없이하는 것은 아내 쪽으로 가까이 가려는 노력이었다. 내가 그래주면 아내도 내가 있는 쪽으로 얼마쯤 가까이 와줄 만도 한데 그 같은 기대는 번번이 실망으로 끝났다.

나에게는 누구에게 들려주기가 쑥스러운 오래된 이야기가 있다. 이 이야기는 최항지하고 나 사이의 미묘한 관계를 보여주기도 하거니와 나하고 상주 형 사이에 있었던 다양한 추억의 명암을 생각나게 하는 것이기도 하다. 내가 중학교에 입학하는 해 봄에 어머니는 나와 상주 형에게 고운 털실로 짠 예쁜 벙거지 모자를 똑같이 선물해 주셨다. 그 해 연초에는 내가 중학교 입학시험에 수석으로 합격한 소문이 퍼지면서 온마을에 화제가 되었기 때문에 내가 이 벙거지를 쓰고 밖에 나가면 그것이 내가 받은 입학선물인 것을 알고 부러운 눈으로 바라보는 동네사람들이 많았다. 그런 벙거지를 쓰고 다니는 학교 친구들을 본 적이 없었고 내가 보기에도 퍽 예쁘고 고급스러워 보였는데다가 어머니가 꼬박 한 달 동안 손수 자기 손으로 짜 만든 것이어서 나에게는 귀중한 보물이 아닐 수 없었다. 벙거지 꼭대기에는 사방으로 흔들거리는 꽁지깃 같은 것이 달려있어서 마치 재미있게 춤을 추는 것 같기도 했다. 형에게는 파란색, 나에게는 노란색으로 해주셨는데, 아마도 내가 동생으로 통했고 내 키가 더 작았으므로 노란색이 어울린다는 생각을 하셨던 모양이다. 어머니는 벙거지 선물 두 개를 우리 형제에게 주면서 그것이 무엇에 대한 선물인지 딱히 뭐라고 말씀하신 기억은 없다. 그냥 애매하게 만들어준 물건들이었지만, 그즈음에 우리 집안을 지배하던 화제와 분위기로 봐서 아들의 기특한 경사를 축하하는 선물이라는 이심전심의 공감이 되었을 것 같다.

어머니가 주신 벙거지 선물 두 개의 말로는 불행하였다. 상주 형이 오토바이를 몰고 제주공항에서 시내로 나오다가 교통사고로 죽은 것은 그가 좋아하던 파란색 벙거지를 쓴 채로였다. 어머니께서 나에게 일어난 경사를 기념하여 우리 두 형제에게 주신 선물이었지만, 상주 형이 나의 행운을 시샘한다는 기색이 없이 이 벙거지를 쓰고 다니는 모습을 바라보는 것은, 굴곡 많았던 나의 성장기 가운데에서 흔치않은 훈훈한 기억으로 남아있다. 어린 시절 한때는 뭔가 마땅찮은 듯이 노상 시무룩해 있던 상주 형이었는데, 이 벙거지를 쓰고 있을 때의 그의 모습을 보면 그가 이제는 나하고 같은 어머니 아들이 되고 싶은 것이라고 느껴졌던 것이다. 상주 형은 농사일과 태권도 운동 등 야외활동 시간이 많았는데 그럴 때에는 이 벙거지를 잘 쓰고 다녔었다. 어린애들 모자 같기도 하여 창피할 만한데도 그랬다. 그 벙거지를 쓴 것이 그 교통사고의 원인과는 상관이 없겠지만, 그것을 쓰지 않았다면 철제 헬멧을 썼을 것이 아닌가 생각하면, 안타까운 생각을 아니할 수 없다.

벙거지 선물은 나에게도 불행한 사건으로 이어졌다. 나는 농사꾼이 되고부터는 이 모자를 쓰고 농장일을 할 때가 많았다. 특히 추운겨울에는 방한모가 되어서 더욱 그랬다. 내가 이 물건을 애지중지했던 것은, 그것을 보면 꿈 많은 한 시절, 별로 짜부라짐 없이 마음의 화평함과 힘찬 기백을 가졌던 중학생 때가 생각나기 때문이었을 것이다. 신혼시절도 여러 해가 지난 어느 날 나는 이 벙거지를 찾았지만 눈에 보이지가 않아서 최향지에게 물어보았다. 잠시 머뭇거리는 그녀의 말투가 애매하게 들렸다. 내가 그런 물건을 찾는 것이 이해가 안 된다는 듯한 표정이어서 나는 더 이상 물어보지를 않았다. 아마도 그 벙거지의 색깔이 누리끼리 변색이 되었고, 워낙에 오래된 물건이어서 맥 풀린 축 늘어진 모습으로 벽에 걸려있던 것이, 남달리 인테리어 감식안이 뛰어난 그녀의 눈에 거슬렸을 것이라는 직감이 들었다. 이런 물건을 눈에 띄지 않게 잘 챙겨두지 못한 것이 후회스러웠다. 나는 아무 내색도 하지 않고 이 물건이 가있을 만한 곳들을 두루 찾아본 결과 마침내 마당 밖 소각장 옆 폐기물 더미 속에서 찾아냈다. 나는 아무 말 없이 그것을 주워다가 아무도 몰래 빨래를 한 다음에 나 혼자만 아는 깊숙한 곳에다 넣어두었다. 내가 그때 속으로 다짐한 것은, 우리가 같은 지붕 아래에서 사는 한 그 모자를 다시 꺼내 쓰는 일은 없으리라는 것이었다.

우리가 결혼생활 20주년을 바라볼 무렵에 아내는 나에게 청천벽력 같은 통고를 해왔다. 홀몸으로 떠나는 장기 출타 계획을 발표한 것이다. 아내가 나를 피하려고 멀리 떠나는 게 아닐까 하는 상상 때문에 나는 아차 싶었다. 우리 사이에서 태어난 하나뿐인 아들 만식이가 서울로 대학공부 하러 떠나는 바로 그 해에 일어난 일이었다. 나 같이 촌스러운 남편하고 함께 사는 것이 얼마나 역겨운 일이었으면 외아들 건사의 책임 면하기를 20년 동안이나 기다렸다가 도피성 해외체류를 계획했을 것인가 하는 상상이 불현듯이 떠올랐다.

해외체류의 목적이란 무슨 해외선교단 동반활동이라고 하였다. 얼마 전에 제주동문교회에 부임했던 부목사네 가족들이 중앙교단의 지원을 받는 야심찬 해외선교 사명을 띠고 베트남으로 가는데 함께 갈 동반자가 필요하다는 것이 아내의 설명이었다. 특히 그곳에 설립할 개척교회의 성가대를 창단하고 지휘할 사람이 필요하다는 얘기였으니, 목적이 분명한 출타계획이었다. 베트남은 공산국가가 된 이후에 기독교 선교의 불모지가 되었지만 근래에 개방화 자유화 바람이 불면서 개척교회 설립이 필요해졌다는 것이 이들 선교단의 파견 배경이라고 하였다.

막상 아내가 출국하여 멀리 떨어져있어 보니 이제까지 없던 마음이 생기면서 실소를 머금었다. 그동안 아내의 눈치를 살피고 조바심하던 생활이었다면 혼자 남은 것이 마냥 자유롭고 편한 마음이 되어야 할 터인데, 막상 닥치고 보니 아내의 신변이 걱정되고 허전한 마음이 더 앞서는 것이어서 우리가 부부인 것은 맞구나 싶었다. 눈에서 멀어지면 마음에서도 멀어진다는 말이 있지만, 눈에 보이지 않아야 마음에 떠오르는 것들도 있음이었다. 부부가 한 지붕 아래 살 때에도 둘 사이가 노상 데면데면하기는 했지만 그래도 급할 때 찾아보고 물어보고 하는 상대가 그 여자였음을 생각하면 문득문득 멀리 떠난 아내의 부재가 아쉬워지는 것도 사실이었다.

베트남에 가있는 아내가 생각날 때마다 머리에 떠오르는 것이 내가 그 나라에 두고온 팜호아의 모습이었다. 어느덧 20년이 지나는 동안 거의 잊혀져가는 얼굴이었다. 팜호아가 한 때나마 나를 좋아했던 것은 얼마나 진심이었을까. 말 한 마디 없이 홀연히 사라진 남자를 미워하지는 않았을까. 그 당시에 팜호아가 나를 사랑했다고 해도 오랜 세월이 흐르면서 나를 잊어버리진 않았을까. 혹시 팜호아가 최항지를 만나는 일은 없을까. 선교단이 가있을 곳이라는 베트남 남부지방 달랏이라는 도시를 지도에서 찾아봤더니 우리 부대가 주둔했던 나트랑 지역에서 멀지않은 고산지대였다. 그렇다면 두 여자가 만날 가능성도 있을 것 같아서 이를 두고 갖가지 상념이 떠올랐다. 한국과 베트남 간에 단절되었던 교류가 다시 활발해지고 있다는 소식이 나의 상상과 공상에 부채질을 하였다. 팜호아가 나를 잊지 않고 있다면, 베트남에 들어가는 한국인들에게 각별한 관심을 갖게 될 것이므로 두 여자가 만날 가능성은 더 커질 것이었다. 혹시나 팜호아가 최항지를 만나게 되고 나하고 최항지가 부부임을 알게 된다면 어떤 태도로 나올까. 알은 체를 할까, 모른 체로 지낼까. 해코지를 할까, 반겨줄까. 나는 끝없이 떠오르는 구름같은 상념들을 지우느라 짐짓 헛기침을 해보는 것이었다.

어느덧 1년이 다 지나 최항지가 귀국할 때가 가까워졌다. 출국한 때도 3월초였고 귀국 예정일도 3월 초의 새봄이었다. 아내를 베트남으로 보낼 때보다 귀국하는 그녀를 맞는 것이 나에게는 더 신경 쓰이는 일로 다가왔다. 가정 안에서 일어나는 일들이야 남들의 이목에서 벗어날 수 있지만, 오랜 출타 끝에 고향으로 돌아올 때는 자연히 여러 사람들에게 노출되게 마련인데 나는 이것이 부담스러웠다. 최항지를 마중하기 위해 공항에 나갈 교회 사람들이 많을 것은 뻔한 일이었다. 출국하는 아내를 배웅하러 나왔을 때에도 어색한 자리가 신경이 쓰였지만, 그때는 그래도 잠시 잠깐이었다. 입국하는 사람 마중 나가는 것은 다를 것이 아닌가. 출영대 앞에서 장시간 기다려야 하는데다 내 옆에는 최항지의 입국을 반겨하며 환성을 지르는 출영객들이 많이 있을 것이 머리에 떠올랐다. 그러는 동안에 나는 어떤 얼굴, 어떤 마음이 될 것이며 나의 입에서는 어떤 말이 나올까. 공항 출영대에서 어설픈 모습을 보일 바에는 아예 공항에 나가지 않아버리면 될 것이 아닌가. 최항지의 귀국을 하루 앞둔 날이 되어서도 나는 결론을 내리지 못하고 있었다.

오늘은 하루 종일 심란한 마음이 될 텐데 무엇을 하나, 미적거리고 있는데 전화벨 소리가 울렸다. ㅇㅇ면 감귤영농회 회장이었다. 내가 우리 영농회 부회장이기 때문에 회장이 걸어오는 전화가 자주 있는 편이었다. 오늘 용건은 밀감나무 품종갱신을 영농회 공동으로 추진할 것이냐 하는 문제에 대한 것이었다. 나는 품종갱신을 하자는 입장인데 회장은 이에 반대하고 있어서 조속한 의견조율이 요구되는 상황이었다. 나는 이 안건에 대해서는 관련 지식을 더 얻고 나서 결정하자는 말로 전화를 끊었다. 내가 찾아가 의논할 만한 전문가가 없을까 생각하다가 문득 떠오르는 사람이 있었다. 고등학교 때 동창 중에 제주대학교 원예학과 교수로 있는 손창원이라는 친구가 적임자일 것 같았다. 손 교수는 자기 소유의 감귤농장이 있고, 제주대학 출신이어서 나하고도 교분이 있는 친구였다. 나는 지체없이 전화를 걸었다. 토요일인데도 학교에 나가 있다는 그는 지금 자기 연구실로 방문해도 좋다고 하였다가 말을 바꾸어서 원예학과 육종학 실험실로 찾아오라고 했다.

옛날 다니던 모교를 오랜만에 방문하는 나의 마음은 오랜 세월의 무게 앞에 자못 숙연한 기분이 되었다. 몰라보게 훌쩍 자란 가로수들이 캠퍼스의 위엄을 더해주었고, 농과대학은 생명자원과학대학으로 이름이 바뀌어있었다. 겨우 찾아 들어간 육종학 실험실에는 손 교수가 좀 나이들어 보이는 학생들 두 사람과 함께 있었다. 실험실 여기저기에 각양각색의 크고 작은 유리병과 기물들이 비치되어 있었고, 한가운데에는 투명유리 진열장 비슷한 설치물이 있었는데, 뭔지 모를 이상한 실험실 장비들이 나에게 위압감을 주었다. 나의 방문을 받은 손 교수는 학생들에게 뭐라고 하던 말을 마무리하는 모양이었는데, 그 중에 한 학생이 먼저 실험실에서 나갔다. 그 학생은 나가면서, 그럼 잘 다녀오겠습니다, 하고 인사말을 건넸는데 그 말투가 좀 이상하였다. 한국말을 하는 품이 서툴러 보였고, 그러고 보니 얼굴 생김이나 피부색도 한국사람하고는 달라 보였다. 나의 방문이 손 교수가 하던 일에 훼방을 놓는 것 같아서 미안했기 때문에 나는 소소한 인사말은 모두 줄여야 했다.

— 토요일인데도 학교 나와야 하는가?

— 실험실 운영에는 주말이란 게 없다네. 시험관 안에 시약 관찰하는 것은 주중 주말 구별이 없을 거 아닌가. 요즘은 흙밭에서 괭이 들고 땅 파는 실습지 대신에 컴퓨터와 실험실 작업으로 원예학 연구논문이 나오는 세상이라네.

— 실험실 지키는 일은 실험실 조교가 하는 거 아닌가.

— 그건 그래. 연구 프로젝트 받아오면 연구보조원 몫의 수당까지 나오고 요즘엔 동남아 출신 대학원생들이 들어와서 우수한 실험실 보조원이 되어주고 있지.

— 동남아에서 온 애들이 우수하단 말인가?

— 그런 경우가 많다네. 지방학생들 중에 좀 여유있는 사람들은 서울 소재 대학원으로 진학해 버리니까 지방대학 대학원은 외국인들이 많이 들어오지. 이공계 전공은 실험실을 운영해야 하니까 교수마다 연구보조를 맡아주는 대학원 학생들이 없어서는 안되는데, 외국인 학생들이 없으면 제주대학 실험실은 문 닫을 데가 많을 걸세.

— 동남아에서는 주로 어떤 나라에서 그런 연구인력이 오는고?

— 여러 나라에서 오지. 중국하고 인도 학생들이 많지만, 요즘에는 베트남이나 방글라데시 애들도 많이 들어오고 있지. 아까 여기서 나간 대학원 학생이 바로 베트남서 왔는데 나한테서 연구지도를 받고 있어. 지금 박사논문을 준비하고 있지.

— 그런가? 베트남 학생이 손 교수 지도를 받는다고?
— 왜 그렇게 놀라지?
— 내가 이래 뵈도 베트남전 참전용사 아닌가.
— 그렇구나. 난 베트남에는 한번도 가보지 못했지만, 베트남 학생들이 성실하고 끈기가 있어서 믿음직스러워.
— 아까 보니까 그 학생이 어디 멀리로 가는 모양이데?
— 아, 며칠 간 서울 나들이 갈 일이 있다고 해서 특별휴가를 주었지. 며칠 동안 실험실 관리를 다른 사람에게 맡기는 인수 인계를 지시하기 위해 내가 오늘 나온 것이라네. 바로 저기 서 있는 학생이 며칠 간 실험실 관리를 하기로 한 거지.

손 교수는 실험실 저편에서 뭔가를 들여다 보고있는 젊은이를 가르켰지만, 나의 관심은 다른 사람에게 향하고 있었다.

— 그 베트남 학생에게 서울 나들이 특별휴가를 주었다고?
— 자기 어머니가 베트남에서 며칠 간 한국구경을 왔대. 모자간에 헤어졌다가 몇 년 만에 만나는 건데 내가 편리를 봐줘야지 어쩌겠나.
— 그 베트남 학생은 언제 서울로 간다고 했지?
— 내일 아침에 간다고 했는데, 왜 그런 걸 묻나.

나는 잠시 주저 끝에 머릿속에 번쩍 떠오른 생각을 불쑥 말했다. 나도 내일쯤에 서울 갈 예정으로 있는데 그 베트남 학생하고 동행해도 되겠느냐고 물어봤다. 베트남 나라에 대해서는 잊지 못할 추억들이 있는지라 그 나라 사람에게 물어볼 말들이 있어서 그런다고 했더니 손 교수는 별다른 의심을 두지 않는 눈치였다. 그는 나에게 그 베트남 청년의 이름과 전화번호를 메모해주었고, 오늘 밤에 그 청년에게 전화를 걸어 나에 대한 소개를 미리 해두겠다고 말했다.

나는 곧 이어서 오늘 찾아온 용건에 대해 말했다. 일본에서 개발했다는 밀감나무 신품종을 영농회원들에게 권하는 문제에 대해 내가 대충 설명했는데, 그의 대답은 그리 신통치 못했다. 자기도 그 품종이 우수하다고 보지만 한국과 일본의 기후와 풍토가 다르다는 것을 감안하여 시험기간을 거친 후 점차적으로 갱신하는 것이 좋을 것이라는 얘기였다. 전문가처럼 어려운 용어를 많이 쓰면서 설명한 그의 의견이란 것이 결국은 일반 농사꾼의 생각이나 별반 다를 것이 없다 싶었다.

다음 날 아침 제주공항에 나가 봤더니, 베트남 청년 농마이가 먼저 와 있었다. 나는 두 사람의 기내 좌석을 옆자리로 해달라고 항공사 직원에게 부탁하였다. 좌석에 앉을 때에는 내가 농마이에게 기창(機窓) 옆의 좌석을 양보하겠다고 했지만 그는 사양하였다. 나는 그에게 눈 아래 펼쳐지는 구름바다 풍경을 구경하고 싶지 않으냐고 했지만 그는 베트남 사람들도 장유유서 예의를 안다고 하며 고집을 피웠다. 장유유서라는 말을 알다니, 이 청년이 한국 공부를 많이 했구나 싶었고 베트남은 우리와 같은 유교문화권이라는 말이 생각났다. 게다가 이 학생은 내가 자신의 지도교수의 친구임을 알고 있으니 나를 더 존대할 것이라는 생각도 들었다.

농마이의 한국어 실력은 우리 사이의 의사소통에 큰 불편이 없을 정도가 되었다. 몇 마디 가벼운 인사말 끝에 그에게 제주대학에서의 연구생활이 어떠냐고 물어봤더니, 아주 보람 있고 만족스럽다는 대답이 돌아왔다. 지난 2년 동안 심했던 언어장벽의 고충이 이제는 많이 줄었고, 앞으로 3,4년 더 고생하면 박사학위를 딸 것이며, 베트남으로 돌아가면 대학교수가 될 희망이 있기 때문에 외국생활인데도 힘든 줄 모른다고 하였다. 더구나 그는 지금 한국정부의 장학금을 타는데다 지도교수의 연구보조원 급료까지 받기 때문에 돈 한 푼 안 들이고 유학생활을 하고 있다는 얘기였다.

한국과 베트남의 식물들 생장환경이 크게 다를 터인데 한국에서의 육종학 연구결과가 베트남에서도 활용가치가 있느냐고 물어봤는데 그건 나의 무지함을 드러내는 질문임이 밝혀졌다. 실험실 유리벽 안에서는 온도와 습도 등 환경조건을 여러 가지로 조절할 수 있기 때문에 두 나라의 자연환경이 다른 것은 문제가 되지 않는다는 얘기였다. 결혼은 어떻게 할 거냐고 가볍게 물었는데 그의 대답이 사뭇 진지하였다. 박사과정을 마치는 동안에 결혼적령기가 지나버릴 것 같아서 한국여자들 가운데에서 신붓감을 찾아볼 생각이라고 하였다. 국제결혼이라는 게 어려운 문제가 한둘이겠느냐고 말했더니, 그는 이 같은 질문을 예상이나 했던 것처럼 꽤나 유식한 대답을 내놓는 것이었다.

— 베트남 여자들이 한국남자 좋아하는 것처럼 한국여자들은 베트남 남자를 좋아할 거 아닌가요? 여자들에겐 외국남자가 더 매력있게 보인다고 하든데요. 남자는 사회적인 욕구가 강하지만, 여자는 본능적인 욕구가 강하니까 그런다는 겁니다. 여자들은 본능적인 욕구가 강하다는 말 이해가 안 가십니까? 여자들은 무엇을 선택할 때, 사회문화적인 요인보다는 자연법칙에 따르는 욕구가 더 크게 작용한다는 겁니다. 제가 공부하는 식물육종학에 잡종강세라는 게 있습니다. 이종간에 교배를 시키면 동종간 교배보다 더 우수한 형질의 개체가 생긴다는 건데 이런 법칙에 따르게 되면 여자들은 외국남자를 좋아한다는 말이 되지요. 인간

의 문명현상도 잡종강세이기는 마찬가지예요. 이질적인 문명이 만나는 곳에서 더 훌륭한 문명의 창조가 있었으니까 말입니다.

나는 농마이의 장황한 설명을 들으면서 별 황당한 생각을 다 하는구나 싶었다. 식물육종학 지식으로 남녀간의 사랑을 설명하겠다니, 과학적인 지식이 사고의 질서가 아니라 혼란을 가져온다는 생각이 들면서 그의 설명에 대해 가타부타 응답하고 싶지도 않았다. 이 청년이 한국여자의 사랑을 받고싶은 마음이 얼마나 간절했으면 이같이 생뚱맞은 자연법칙과 사랑논리를 운운할까 싶어서 안쓰럽기도 하였다. 나는 일부러 가벼운 화제로 말을 돌렸다. 그에게 서울에 가있을 동안의 일정을 물어봤더니, 주머니에서 무슨 팸플릿 하나를 꺼내어 보여주었다. 농마이의 모친 일행은 이 스케줄대로 한국방문 기간을 보낼 예정이라는데, 팜플렛의 표지에는 '한국문화의 멋과 맛, 여기에 있다' 라는 프로그램 명칭이 나와 있었다. 농마이는 거기에 나온 대부분의 일정에 함께 참가하여 모자간에 회포를 푸는 기회로 삼을 예정이라고 하였다. 한국의 전통문화 체험을 원하는 베트남 거주 한국인이나 한국문화에 관심을 가진 베트남 국민들을 대상으로 한다고 되어있었는데 이런 행사를 기획한 주관 기관은 하노이 주재 한국대사관과 호치민 주재 한국총영사관으로 되어있었고 한국 내 협력기관은 문화관광부로 되어있었다. 예정된 문화체험의 내용을 봤더니, 첫째 날은 국악공연 및 춘향전 뮤지칼 공연 관람, 둘째 날은 인사동 일대 화랑가 및 동대문시장 방문, 셋째 날은 서울시내 고궁 관람으로 되어있었는데, 한국교민들과 베트남국민이 동일한 한국방문 행사에 함께 참가한다는 것이 나의 눈길을 끌었다. 안내 팜플렛에는 100명의 한국방문단 명단까지 나와있었는데, A조와 B조 각각 50명으로 되어있었다.

베트남 한국방문단의 일정표를 들여다 보는 나의 마음이 동하기 시작했다. 여기에 나온 문화체험 기회에 내가 함께하고 싶었는데, 다른 건 몰라도 공연관람을 함께하는 것은 괜찮을 것 같았다. 국악공연 장소는 국립국악원이었고 춘향전 뮤지컬은 국립극장에서 있을 예정인데, 일반 시민들의 관람과 한국방문단의 관람 시간을 구분하지 않는 모양이었다. 비행기에서 내린 우리는 국립국악원에서 다시 만나자고 약속을 하고 헤어졌다. 서울시내의 다른 곳에서 시간을 보낸 내가 오후 3시에 공연장으로 갔더니, 그는 자기 모친과 함께 나를 기다리고 있었다. 농마이 모친의 일행은 오전 11시에 한국에 도착했다고 했다. 바로 오늘 베트남을 떠났을 최항지의 한국 도착 예정시간도 11시였음이 생각나서 나는 다시 착잡한 마음이 되었다. 어쩌면 이들 두 여자는 같은 비행기로 한국에 들어오면서 서로 알아봤을 수도 있지 않을까 하는 생각이 들었던 것이다.

국악공연장에서 나와 농마이 모자는 객석 뒷켠에 자리를 잡았는데, 농마이를 사이에 두고 나와 그의 모친이 양옆 자리에 앉았다. 옆자리에서 가까이 보이는 농마이의 얼굴이 오래 알아왔던 사람처럼 느껴졌다. 옛날에 많이 봤던, 야위면서도 야무진 베트남 사람들 특유의 얼굴이었다. 나의 주된 관심사는 무대 위의 공연보다도 무대 아래 앉아있는 베트남사람들의 동태였다. 특히 그들이 한국국악 공연을 감상하며 어떤 반응을 보일 것인지가 궁금하였다. 주로 객석의 한가운데에 모여앉은 그들의 태도는 교양있는 관객답게 정숙하고 얌전하였지만 어딘지 밝고 활기찬 얼굴로 보였다. 장거리 여행을 나온 사람들이어서 피로의 기색이 있을 만한데도 그랬다. 국악 연주가 하나씩 끝날 때마다 그들에게서 열띤 박수가 나왔는데 나는 그것이 이상하게 생각되었다. 베트남사람들의 열띤 반응이 진정으로 한국음악의 선율에 감동하여 나오는 것인지가 의아스러웠던 것이다. 그들의 귀에는 생소한 한국국악이었고, 게다가 한국은 그들에게 총부리를 마주 겨누고 싸웠던 나라가 아닌가. 한국은 베트남 나라에 엄청난 인명 살상과 재산 피해를 안겨주었으니 그들은 한국의 국악에 대해서도 거부감을 느낄 것 같은데 이럴 수가 있다니 얼른 이해가 되지 않았다.

휴식시간에 휴게실로 가서 앉았을 때 나는 농마이에게 물어보았다. 그의 모친은 다른 동료들 쪽으로 가서 담화중이었지만, 나는 목소리를 아주 낮추었다. 오늘 여기 온 베트남 사람들은 한국음악을 듣고 감동하는 모습인데, 남의 나라 전통음악을 좋아하는 것은 쉬운 일이 아니잖으냐고 했더니, 그도 처음에는 나와 같은 의문을 가졌다고 했다. 베트남 사람들에게는 분명히 처음 듣는 음악일 텐데 이같이 열띤 반응이 나오는 것은 그에게도 뜻밖이었다는 것이다.

그의 의문이 풀린 것은 그의 모친을 보면서였다고 했다. 그의 모친도 오늘 공연을 들으면서 큰 박수를 보냈는데 그런 반응을 보인 이유를 가만히 생각해 봤더니 그것은 아들사랑의 연장이었다는 것이다. 자기 아들이 한국인들 덕분에 박사가 되고 대학교수가 될 희망을 갖고 있는데 어떻게 한국을 좋아하지 않겠으며 한국을 좋아하는데 어떻게 한국음악을 좋아하지 않겠는가 하는 얘기였다. 자기 모친에게서부터 시작된 상상을 다른 사람들에게로 확대해 본 결과, 이번 한국방문단의 친한적(親韓的)인 성향이 오늘 공연장에서까지 열띤 반응을 가져왔다고 생각하게 되었다는 것이다. 한국인들 덕분에 절망을 희망으로 바꾼 친한적인 성향의 사람들이 선정되어 왔으므로 그냥 음악감상의 감동만은 아니고 한국이라는 나라에 대해 감사의 뜻으로 보내는 박수소리가 아니겠느냐는 얘기였다. 옛날에는 베트남 국민정서의 대세가 반한적(反韓的)이었지만, 요즘에는 한국의 정부나 기업체의 도움으로 자기 살 길을 여는 사람들 가운데에서 친한적인 정서가 퍼져 간다고 했다.

나는 한국에 대한 베트남 국민들의 정서가 바뀐 것이 그지없이 고마웠다. 그들의 국민정서가 반한에서 친한으로 바뀔 수 있었음은, 총부리를 마주 겨누고 싸웠던 불행한 전쟁의 과거사를 잊어주었다는 것이 아닌가. 지난 날의 상처를 아물리는 것이 그리 쉬운 일은 아니었겠지만, 지나간 과거보다 앞으로 올 미래가 중요함을 알고 있는 그들은 역시 현명한 민족이라는 생각이 들었다.

국악원 공연을 본 다음 날 나는 한국 방문단의 그날 일정인 서울시내 관람에는 동행하지 않았다. 나의 서울 나들이에 대해 누구에게 말할 수 있는 구실만 만들면 되었던 것이다. 오전 시간에 전국농민회 사무실에 들려서 농산물 수입개방에 관련된 농민회의 대책에 대해 알아보았고, 오후에는 가락동 농산물 공판장을 대충 둘러보았다. 저녁 무렵에 제주행 비행기를 탈 때에는 이 정도면 알찬 여행을 했다는 만족감이 들었고, 베트남 청년 농마이와의 동행을 통하여 뜻밖에 얻은 가외의 소득이 컸다는 생각이 들었다.

베트남 체류 1년 만에 돌아온 아내 앞에서 나는 예의와 상식에 어긋남이 없이 재회의 인사를 잘 치렀다고 할 수 있다. 반가운 마음이 왈칵 솟아나기는 했지만 다음 순간 이 여자와 함께 앞으로 보낼 세월이 막막하다는 생각이 고개를 들었다. 나는 아내가 남편과 떨어져 지낸 1년 세월을 어떻게 보냈는지 궁금하여 약간 에둘러서 물어보았다.

— 베트남 생활 1년이 고생되지 않았소? 더운 나라라서 기후 적응도 어려웠을 것이고.

— 고생이야 각오했던 거지요. 우리가 간 데는 고지대라서 별로 덥진 않았지만, 사계절 변화가 없는 것도 그렇고, 베트남어 실력이

짧은 것도 그렇고, 답답한 게 한둘이 아니었어요. 특히 불편한 건 냄새였어요. 우리 개척교회 이웃에 사는 사람들이 불결하고 역한 냄새를 피운다고 잔소리 좀 한 것이 심한 언쟁이 되어 정나미가 떨어져가지고 그걸 참느라고 정말 혼났어요. 하나님과 약속한 것만 아니었어도 1년을 참지 못하고 돌아왔을 겁니다.

아내는 말을 마치면서 잠시 웃었지만 눈살을 살짝 찡그리며 마지못해 웃는 쓴웃음이었다. 아내는 역한 냄새, 그중에서도 특히 음식 냄새와 사람의 몸 냄새에 대해 유난히 예민하였다는 기억이 떠올랐다. 베트남 사람들은 한국 사람들보다 훨씬 더 불결했을 것이었다. 열대성 기후에서는 물건이 잘 썩게 마련이었고, 게다가 사회발전 단계로도 우리나라보다 많이 뒤떨어진 나라인 것이다. 최항지가 정말로 팜호아를 만나지나 않았을까 눈치를 살폈지만, 그런 낌새는 보이지 않았다. 그럴 가능성을 생각했던 내가 너무 좀스럽게 여겨졌다.

나는 아내의 귀국을 진심으로 반기지 못하는 속마음이 찜찜하였다. 할 말을 찾지 못해 당황스럽던 나는 아내가 가져온 귀국선물을 받고서 감사의 마음만은 확실하게 보여주었다. 아내는, 한국에서 야자수라고 부르는 코코낫트리의 큼지막한 열매 두 개를 갖고 왔는데, 하나만 속을 파먹기로 하고 하나는 씨로 쓰기 위해 열매 속을 그대로 두기로 하였다. 껍질이 딱딱한 이 열매를 물기 많은 진흙 속에 오래 묻어두고 있으면 싹이 나온다는 말을 들은 나는 아내의 정성이 고마웠다. 이 열대식물을 어디서 키울까 하다가, 화북마을에는 터를 잡기가 애매해서 널찍한 〈남국농장〉 입구에다가 심기로 하였다. 표정을 가다듬은 나는, 이것을 싹 틔우고 잘 키워서 당신의 베트남 추억을 오래 간직하는 마스코트로 삼겠노라는, 썩 훌륭한 수사법을 쓰고나서야 마음이 놓이는 것이었다.

16장
아파트 당첨이 됐다구요

방학을 맞아 서울에서 내려온 아들 만식이가 사라져버렸다. 처음에는 이상하다는 정도로 생각했지만 날짜가 지나면서 나는 예사롭지 않다는 예감이 들기 시작했다. 우리 부부 간에 있었던 말다툼을 곰곰이 돌이켜 보았다. 다투다 보니까 괜히 감정이 고조되어 아들이 들어서는 안 될 말이 튀어나오고 말았다. 부모가 살림을 가르면 아들은 어느 쪽에 붙으란 말이냐고 나의 입에서 튀어나간 한마디가 과했다고 생각되었다. 아내의 말은 나보다도 한 수 더 뜬 것이었다. 따로 살면 어떻소, 걔는 이제 독립해 나갈 텐데. 이건 아무래도 너무 나간 말이었다. 부모가 따로 살면 어떠냐는 말을 어떻게 할 수 있었을까.

마지막 여름방학이니까 한 학기만 지나면 아들은 대학을 졸업한다. 아들이 졸업 후에 제주도에 살 것인지는 아직 모르지만, 외지에서부터 단 며칠이라도 고향에 들어오면 별거중인 부모 가운데 누구를 따라갈 것인지, 아들은 심각한 고민에 빠질 것이 아닌가. 그 애가 무단가출을 한다 해도 이상한 일이 아닐 것이다. 부모가 사이좋게 함께 살아야 자식도 함께 있고 싶을 게 아닌가. 돌이켜보면 아들은 그전에 몇 번 귀향했을 때에도 우리 내외가 행복하게 사는 모습을 본 적이 없었다.

아파트 분양에 당첨됐으니 계약금을 마련해야 할 것이라고 아내가 말했을 때 나는 당황스러웠다. 아내가 낡아빠진 구식 가옥에서 오랜 세월 살아준 것을 고맙게 생각해 오던 나였다. 결혼 후 20년이 넘는 세월이었다. 서울에서 편리한 고급아파트 생활을 해본 아내였기 때문에 불편한 것이 많았을 것이다. 한평생 몸에 배인 구식 초가집 체질을 버리지 못하는 시어머니가 얼마나 미욱스러웠을까. 아무리 그렇더라도 남편 입장이라는 것도 있지 않은가.

몇 년 전에 어머니가 돌아가시고 난 후 집을 옮기는 문제에서 아내가 자기 위주로만 계획했음을 안 나는 울화가 치밀었다. 거의 날마다 농장 나들이를 해야 하는 남편의 실정을 고려했다면 어떻게 시내 주택가의 아파트로 살림을 옮길 생각을 하였단 말인가. 이번에 말다툼할 때만 해도, 왜 나하고 의논도 없이 아파트 청약을 했느냐는 나의 추궁에 대해, 그전에 그런 말을 할 때에는 아무 말이 없다가 왜 이제 와서 투정이냐고 오히려 나를 퉁 놓았다. 아내는 오히려 나의 말을 답답하고 한심하게 생각했던 모양이다. 아파트 당첨이 바로 떼돈 버는 길인 것은 시간문제라는 얘기였다. 서울지역에서는 그런 식으로 돈을 번 지가 오래되었으니 앞으로 언젠가는 제주지역에서도 그 뒤를 따를 것이라는 게 아내의 주장이었다.

어머니의 별세가 거주지 이동을 요하는 중요한 상황변화이기는 했다. 외곽지 양로원에 입원중이던 나의 장모가 비슷한 시기에 돌아가신 것도 그랬다. 우리 과수원은 제주시내에서 동쪽으로 한참 떨어진 곳에 있고, 아내의 신앙생활이나 사회활동은 제주시내를 중심으로 하고 있으니, 그 중간쯤 어디에 널찍한 2층 집을 지어서 나는 아래층을 쓰고 아내는 2층을 쓰면 어떨까 생각 중이었던 것이다. 다만 이 같은 계획에 대해서 건축업자하고 의논해 보느라고 시간을 끌고 있었던 것이다.

사라진 만식이는 기어코 나타나지 않았다. 무단가출일 것이라는 나의 예감이 맞았음이 드러나자 내 처지가 한없이 처량해 보였다. 그러나, 며칠을 두고 갖가지 상념과 걱정을 떠올리는 동안 나는 확 달라진 생각으로 나와 우리 가정의 미래를 내다보게 되었다. 아들의 가출은 불행한 사건이 아니라 오히려 우리 가정이 화평으로 가는 좋은 기회라는 생각이 들었다.

아내는 아파트에서 살고 나는 농장에다 전원주택 같은 것을 마련해서 살면 되지 않겠는가. 아들 만식이는 아내의 말대로 집을 나가버리면 되는 것이다. 교회의 성가대 활동 나가랴, 양로원이나 고아원, 장애인 재활원 등지로 봉사활동 나가랴 쉴 새 없이 바쁜 여자가 남편 뒷바라지 해주기를 바랄 수도 없는 일이었다. 아내는 한가하게 노는 것도 아니고, 불순한 일로 바쁜 것도 아니지 않은가.

아들은 우리가 따로 사는 모습을 보지 않게 된다면 부모의 틈서리에서 느끼는 갈등에서부터 자유로워질 것이다. 대학 졸업 후 제주도에 내려와야 할 이유도 별로 없다. 나는 사라진 아들과의 관계에 대해서는 더 이상 걱정하지 않기로 하였고, 아내에 대한 원망도 그만 씻어버리기로 하였다. 돌이켜 본즉 아내가 부부간 별거를 대수롭지 않게 여기는 등 배포가 두둑한 것은 과거에 유사한 경험을 했던 것과도 무관하지 않을 것 같았다. 나하고 처음 만나던 당시 최향지 학생네 가족들은 여러 해 동안 서울과 제주도 양쪽에서 이산가족 생활을 했다고 들은 기억이 있었던 것이다.

아들의 가출이 우리 부부의 불화가 일으킨 서글픈 파장이라는 생각을 떨쳐버리자 한동안 우울했던 기분도 많이 가셨다. 그러던 차에 가출

후 두 주일 정도 되어서 날아온 아들의 편지가 나의 착잡한 마음을 많이 위로해주었다. 그 편지는 부모 두 사람이 함께 읽어보라는 것이 아니라 부와 모에게 각각 따로 보낸 것이었다. 부모가 함께 보도록 편지를 한 통만 보냈다면 두 사람이 만나게 될 어색한 자리가 걱정되었던 것이라고 생각되었다. 자기 엄마에게는 어떤 편지였는지 모르지만 나에게 온 편지는 아들에 대한 믿음을 심어주기에 족하였다. 어디 간다는 말도 없이 집에서 사라져버린 것이 죄송하지만, 자기 나름으로는 아버지와 어머니에게 불편을 끼치지 않기 위함이었다고 솔직하게 말하는 편지는 글씨까지도 또박또박 정성껏 쓰여 있었다.

나는 며칠을 두고서 아들의 편지를 거듭 읽어보았다. 부모에 대한 아들의 세심한 배려가 고맙고 대견스러웠다. 더구나, 편지에 나타난 부모 존경의 태도가 엄마에게 치우치지 않았다는 것도 기특하였다. 편지를 몇 번이고 읽어보는 나의 마음에서는 아내에 대한 고마움도 울컥 솟아났다. 어려서부터 대학생이 되기까지 아들의 가정교육을 책임지다시피 하였고 명문은 아니지만 서울 소재 대학으로 진학할 수 있도록 한 것은 엄마였던 것이다. 그런 아들이 아빠를 존경의 눈으로 바라본다면 그것은 엄마의 영향이라고 봐야할 것이었다. 아들이 세련된 언어습관이나 시대감각을 몸에 익힌 것하며 사람 대하는 매너가 의젓할 수 있었던 것도 오로지 엄마 덕이었다.

부부 간에 살림을 분산한 나는 혼자서 밀감농장에 작은 살림을 꾸렸는데 누구 시비 거는 사람도 없었고 별로 불편하거나 힘들지도 않았다. 고모네에게는 고심에 찬 변명 한번으로 족하였다. 아들에게 우리의 살림분산 소식을 편지로 알리고 나자 걱정하던 일의 마지막 절차를 마쳤다는 시원함이 느껴졌다. 자유로운 독립 살림을 시작하고부터는 예전보다 마음이 편하고 내 세상을 내가 사는 것 같은 기분이 되었지만 그동안 내가 허송세월했다는 생각은 들지 않았다. 최항지와 함께 살아봄으로써 중요한 인생수업을 거쳤다는 느낌이라고 할까. 마치 내가 못 가본 먼 나라에 대한 남들의 여행담을 듣고서 공연히 애태우는 사람의 경우와 내가 비슷했었다는 자기발견이었다. 정작 그 선망의 나라로 여행을 다녀온 다음에는, 그렇게 힘든 여행을 다시는 가고싶지 않다고 고개를 젓는 격이었다. 아름답거나 감동적인 장면은 얼마 되지 않은데다 대부분이 힘겹고 지겨운 코스의 여행을 끝낸 셈이었다.

새로운 생활방식에 마음을 맞추어 나갈 즈음에 아들 만식이에게서 두 번째의 편지가 날아왔다. 대학생들 졸업시즌이 되어서 아들도 자신의 졸업 후 진로를 고민하고 있으려니 짐작하고 있던 차였다. 이번에 온 편지는 두툼한 부피부터가 나의 마음을 조이게 했다. 아들의 편지를 개봉할 순간의 반가움을 무색케 한 것은 천만뜻밖의 사연이 일으키는 놀라움이었고 그같이 놀라운 사연들은 하나가 아니라 여럿이었다.

만식이가 이제까지 한번도 본 적이 없는 자기 외삼촌, 그것도 오래 전에 외국으로 도피행각을 벌인 후 줄곧 행방불명 중이었던 인물을 서울의 한 모퉁이에서 용케 만났다는 것, 외삼촌이 중국을 배경으로 구상 중인 한류스타 양성을 위한 연예기획사 사업에 아들이 창립멤버로 참여하기로 했는데 그 일정에 급히 맞추려고 하니 다른 일들은 모두 생략하거나 연기해야 했고, 지금 편지를 쓰고 있는 곳은 엉뚱하게도 대만의 한 호텔이라는 것, 이렇게 누가 들어도 잘 믿기지 않을 정도의 놀라운 소식들을 담고 있었다. 나는 이것이 정말 사실인지 잘 믿어지지 않았으나 다시 곰곰이 생각을 정리해 보니, 나의 놀람이 컸던 것은, 내가 바깥세상 사정에 캄캄무지했기 때문이 아닌가 싶기도 하였다. 이런 생각이 들면서 나는 아들의 편지 가운데에서 중요한 부분들을 다시 반복해서 읽어보았다.

…… 제가 서울에서 외삼촌을 만나게 된 것은 정말 천만뜻밖의 행운이었습니다. 이제까지 한번도 만나본 적이 없는 외삼촌이었습니다. 그즈음에 저는 저의 졸업 후 진로가 고민스럽고 막막한 심정에서 절망과 허탈 속을 헤매고 있었습니다. 자신 있는 진로가 보이지 않았고, 불량한 학교성적도 후회스러웠지요. 저는 그냥 잠시 답답한 마음에서 벗어나 보자는 생각으로 그 낯선 학교의 연극공연을 보러 갔던 것입니다. 남산 기슭에 있는 조그만 전문대학이었는데 다만 부설극장에서 공연되는 작품은 볼 만하다고 들은 적이 있었지요.

그날의 행운은 저의 동행자 선택에서부터 나왔습니다. 저와 비슷한 고민에 젖어있는 저의 고등학교 친구하고 동행했던 것입니다. 저희들은 원하던 연극구경을 마치고 나오다가 그 학교 게시판을 건성으로 보고 있었는데 때마침 그곳에는 저희 눈길을 끄는 광고가 나붙어 있었습니다. '한류스타들이 동아시아 연예계를 주름잡는 시대입니다. 공연예술에 끼있는 용사들은 모두 오십시오. …… 끼를 발휘함은 용기와 패기에서 시작됩니다.' 바로 그 '중국연예계 진출 희망자 오리엔테이션' 이 열리는 날짜와 시간에 맞추어 저희가 그 학교 그 게시판 앞에 서 있었다니 얼마나 큰 행운이겠습니까. 저희가 서둘러 찾아가 본즉 오리엔테이션은 한창 진행 중이었습니다. 저와 저의 친구 동행자는 중간에야 끼어든 사람답게 얌전하게 앉아서 진행 중인 안내설명과 질의응답을 열심히 들었지요. 그러는 사이사이에 저희들끼리 의문스러운 것들을 놓고 간간히 얘기를 주고받았는데 이때에 저희가 쓴 말이 제주도 방언이었다는 것이 일을 낸 것입니다.

저희가 쓴 제주도 말이 워낙 특이했기 때문에 우리 가까이로 다가왔던 오리엔테이션 진행자가 말을 걸었고 그분이 바로 저의 외삼촌 최항신 씨였던 것입니다. 그분은 전에 제주도에 거주해 보셨으므로 제주도 방언을 알아들을 수 있었습니다. …… 제가 외삼촌을 따라서 중국으로 가지 않고 여기 대만으로 급히 들어온 목적은 외삼촌의 활동무대를 대만에서 중국으로 옮기는 마무리 잔일들을 대행해 드리기 위한 것입니다. 마무리 일들이라고 하지만 중요한 것은 거의 끝났고 제가 할 일이란 여기 남아있는 외삼촌네 가재도구와 약간의 부동산 등속을 정리하고 필요한 물건들을 상해로 부치는 일에 잔심부름을 하는 정도입니다. 이제까지 외삼촌은 한국과 대만 간의 인삼교역 방면에 상당한 사업기반을 쌓으신 것 같지만, 이제 대만은 한국인의 활동무대로서는 시효가 지났다는 판단인 것 같습니다. 그동안 인삼교역 사업을 해오신 것도 기존의 가업을 승계한다는 이점 때문이었지 외삼촌의 적성으로 말하면 연예활동 방면이 더 맞는가 봅니다. 상해 지역을 거점으로 하여 유능한 한류스타들을 양성한 다음에는 중국 내의 여러 지역으로 활동무대를 확장한다는 웅대한 꿈을 갖고 계십니다. 그날 있었던 연예기획사 오리엔테이션에서 한류가수 지망자가 많이 나왔다고 합니다. 외삼촌은 이들을 데려가서 가수양성 프로그램을 실시할 준비를 하기 위해 벌써 상해로 들어가셨습니다.

제가 여기에서 외삼촌의 살림을 정리하면서 이상하게 여긴 것은, 이분이 대만과의 교역 사업을 그만두고 주거까지 중국으로 옮기는 것에 대해 이곳에 사는 지인들에게 거의 알리지 않고 있었다는 것입니다. 요즘에 저와 함께 대북(臺北)시내에 머물고 계신 외숙모가 이곳 현지인들과 접촉을 피하려고 하시는 것도 그렇습니다. 이 지역에 사는 외삼촌 지인들은 처음에는 뜻밖의 소식에 놀라고 섭섭해 하다가 나중에는 이곳을 떠나는 외삼촌네를 마치 의리의 배신자 같이 여기는 것만 같습니다. 저는 이 부분이 잘 이해되지 않았습니다. 가만히 들어보니까 외삼촌은 이곳 사람들에게 신세진 일이 많았던 것 같습니다. 외삼촌이 이곳 대만으로 처음 왔을 때에는 달랑 맨몸으로 피신하러 왔던 것인데, 선대에 쌓은 대만사람들과의 신뢰관계와 한국 국내에서의 의로운 민주화운동을 호의적으로 고려한 대만

쪽 거래업자들이 파격적인 협력관계를 마련해 주었는가 봅니다. …… 외국에 나와 본 경험이 전무한 저에게 영 어울리지 않는, 낯선 외국인들 상대와 국제간의 유통 업무를 맡긴 것은 외삼촌으로서는 일종의 책임회피가 아닌가 하는 상상까지 하게 되었습니다. 자신의 거취를 숨기려 하는 외삼촌도 그렇지만 이곳 사람들의 과민반응도 이상하긴 마찬가지입니다. 이 같은 의문은 며칠 동안의 관찰 끝에 어느 정도 풀렸습니다. 그것은 대만과 중국간의 미묘한 긴장관계를 알게 되면서 가능했습니다. 대만사람들 대부분이, 대만은 중국과 별개의 나라이고 대만국민들은 중국국민들과 동화되거나 동일시되어서는 안 된다는 강한 자부심과 독립의식을 갖고 있는 것 같습니다. 대만 사람들 입장에서는, 한국에서 온 유력한 사업파트너를 중국 쪽에 뺏긴다는 섭섭함과 상실감, 심하면 배신감까지 느끼는 것이 어쩌면 당연한 일 같습니다. 대만은 국민소득 수준이 중국을 엄청 큰 차이로 능가할 뿐만이 아니라 사회정의, 인권보장, 문화발전 등 모든 면에서 선진국이라는 것이 그들의 생각인 것입니다.

어쨌거나 저는 요즘에 중국의 한류열풍 기류를 잘 활용하는 방향에서 저의 갈 길을 정하기로 결심했습니다. 그러고 보니 저는 그동안 이런 선택을 하기 위한 준비를 많이 했던 셈입니다. 제가 짬짬이 어머니를 쫓아 음악회 감상을 다니면서 그 방면의 지식이나 감각을 얄팍하게나마 익힌 것이 그날 그 대학에서 연예인 모집행사에 나갈 생각이라도 나게 한 것이겠지요. 대학시절 제2외국어 선택을 어머니 권유대로 중국어로 했던 것도 오늘을 위한 준비가 되어버린 셈이네요. 어머니는 어떤 생각에서 저에게 그런 권유를 했을까요. 어머니는 어쩌면 자기 오빠가 대만에 가있는 것을 의식해서 그랬던 것은 아닐까요…….

편지에 쓴 사연들이 하도 극적이어서 만식이 녀석도 그냥 결말만 알려주고서는 성이 안 찼으려니 싶었다. 어쨌거나 자기 외삼촌과 조우하는 절묘한 타이밍 덕분에 졸업 후 진로를 찾게 되었다는 것이니 나로서도 기쁜 일이었다. 반갑기는 했지만, 아들의 편지 내용은 나에게 여러 가지 의문을 던져주었다. 우선 나의 머리에 떠오르는 것은, 만식이가 외삼촌을 만나봄으로써 기억을 되살리게 된 최항지 집안의 애매한 역사였다.

개성에 고향을 둔 최항지 집안은 원래 지주 신분이었는데, 해방 직후 월남, 서울에서 거주하다가 고위직 공무원인 최항지 아버지를 따라 제주도로 내려와서 다년간 이 섬에 머물렀고, 그러던 중 어떤 공기업의 임원이 된 아버지가 홀몸으로 상경하는 바람에 한동안 이산가족이 되었음은 나도 일찍부터 알고 있었다. 최항지 아버지는 박정희 정권의 수출드라이브 정책에 힘입어 대외무역 사업으로 성공했지만, 유신정권하에서 반정부 운동가로 찍혀서 일거에 도산하게 되었고, 재판중이던 부친은 옥사, 오빠는 해외도피, 최항지 자신은 모친과 함께 제주도로 귀환, 이 같은 불상사들이 내가 결혼할 당시 최항지 집안의 대략적인 정황이었다. 만식이 편지 내용으로 보아서, 대만으로 망명한 최항지 오빠는 독재정권에 의해 쫓겨난 사람이라는 이유로 그곳에서 더 존대를 받았던 모양이었다. 전후관계를 종합해 볼 때, 최항지 오빠가 자기를 기사회생케 해준 대만사람들을 떨쳐두고 자신의 활동무대와 주거를 한꺼번에 중국으로 옮기는 것이 의리 배신으로 비쳐진다는 것은 충분히 가능한 일이다 싶었다.

만식이 편지로 인해서 나의 관심을 끌게 된 것은 대만사람들이 중국에 대해 갖고 있다는 경쟁의식과 우월감이었다. 중국 본토에서 쫓겨나서 섬나라 대만에 정착한 것만으로도 억울했는데 80년대를 전후해서는 거대 중국의 막강한 힘에 밀려서 국제사회에서도 버림받게 된 대만

사람들의 딱한 처지는 나도 어느 정도 알고 있던 일이었다. 90년대에 들어서면서 대만과는 단교하고 중국과의 수교를 개시한 한국에서도 대만의 존재는 망각 속에 묻히는 시대가 되었다.

대만사람들이 한국에서 버림받는 심정이 어떠했을지는 그들이 과거에 한국국민들에게 어떤 존재였는지를 돌아보면 짐작이 될 터였다. 일제시대 조선인 독립운동가들이 궤멸 직전의 임시정부를 상해에서 중경으로 옮겨 다닐 때 이를 도와준 것이 대만정부의 원조인 장개석의 국민당정부였고, 해방 후 한국정부의 수립을 축하해주고 수교를 개시한 선두대열에 선 것도 그들이었다. 그들은 모택동의 농민혁명군에게 밀려서 섬나라 대만으로 패주하는 신세가 되었지만, 오늘날 대만 사회가 중국하고는 비교가 안 될 정도로 발전된 선진국이 되었음은 온세계에 알려진 사실이다. 중국은 현재 특권층의 부패와 국민소득의 양극화가 심화되는 등 사회정의 구현의 사각지대에 머물러 있다고 했다.

나는 아들에게 보내는 회신에서 어떤 말을 써보낼지 한참을 고심했다. 내가 봐도 만식이 외삼촌이 야심차게 계획하는 한류활동의 무대를 중국대륙으로 잡는 것은 불가피한 일일 것 같았다. 우선 연예활동의 무대 규모로 볼 때 대만과 중국은 비교가 되지 않는다. 문제는 만식이 외삼촌이 대만을 떠나면서 그곳 사람들과의 인간관계를 잘 마무리하지 못한다는 것이었다. 내 생각에는, 떠나기가 미안하여 대면인사조차 제대로 못하는 것은 약소민족의 자기비하 근성처럼 보였다. 불가피한 일을 불가피하다고 솔직하게 말하지 못하고 그것이 마치 자기 잘못인 양 생각하기 때문에 떳떳이 말하지 못한다는 것이다. 나는 솔직하고 진정어린 자기 입장의 해명을 권하고 싶었다. 혼자 생각으로 고심은 했지만, 나는 결국 그런 뜻으로는 아무 말도 꺼내지 않기로 했다. 나는 아들에게나 처남에게 뭐라고 가르치는 말을 할 위치에 있지 않다는 생각이 들었던 것이다.

아들 편지를 읽어본 나의 머리에는 잊혀져 가던 옛날 일들이 떠올랐다. 만식이가 어릴 때부터 엄마의 영향을 많이 받은 것이 오늘의 희망을 낳을 수 있었음이 참으로 용한 일이었다. 나는 학교 다닐 때 음악이나 미술과목에서는 먹통이었다. 그 당시 제주도에서는 흔치 않은 음악회에 엄마와 아들이 꽤 많이 들락거렸는데 나는 이를 보면서 공연한 시간낭비라는 생각만이 들었었다. 그때부터 아들은 음악방면에 어떤 끼가 있었음일까, 언젠가 중앙 연예계의 젊은 가수들이 조촐한 뮤지컬 공연을 제주에서 열었는데, 막바지 흥겨운 피날레 시간에 출연 가수들이 신나는 율동이 섞인 고별합창을 할 때 느닷없이 무대로 뛰어올라간 만식이가 그들과 함께 즉흥적인 열창과 모션을 연출하여서 무대진행자들을 당황케 했다는 말을 나도 나중에 들었던 기억이 떠올랐다.

어쨌거나, 엄마와 아들이 한때나마 의기투합하여 빚어낸 미래의 희망은 아빠로서도 반길 일임에 틀림이 없었다. 여기에 더하여 만식이가 편지를 나에게만 보낸 것도 기특하게 생각되었다. 그전에는 아빠와 엄마가 제각기 편지를 받도록 함으로써 살림 분산을 앞 둔 두 사람이 어색하게 만나는 것을 면하도록 했던 것이다. 이번에는 아빠 한 사람만 편지를 받아보게 하는 아들의 심정은 어떠했을까. 그 애는 아마도 아들 편지를 받아든 아빠가 아파트에 사는 엄마를 찾아가서 아들에게서 날아온 소식을 가지고 기분 좋은 담소의 시간을 갖게 될 것을 상상했을 것 같았다.

아파트로 이사한다는 아내의 결정이 어머니가 돌아가신 다음에 있었다는 것은 아내 나름의 자상한 배려였을까. 아내는, 어머니가 살아계신 동안에는, 아파트청약 은행적금에 다달이 입금을 하다가 어머니가 돌아가신 다음에라야 아파트 분양 신청을 했던 것이다. 어머니가 반세기 동안 거주하셨던 그 역사 오랜 집을 버리고 떠나도록 할 정도로 아내가 무지막지한 여자는 아니었던 것이다. 만약에 아내가 그런 생각을 비쳤더라도 그것만은 내가 가만두지 않았을 것이다. 어머니가 외롭고 구차한 곁살림 신세를 마감하고 본가 큰집으로 들어올 때의 모습을 상상하면 더욱 그랬다. 가족들 앞에서 남편하고 나란히 서 본 적이 없는 여자가 그 남편이 살고 있지도 않는 집에 입주할 때의 심정은 어땠을까. 어머니는 남편이 살던 집이었고 자기가 입주하여 지켜온 그 집에서 언젠가는 남편을 만나고 말 것이라는 희망을 갖고 살았을 것이다. 어머니는 돌아가시기 전 며칠을 비몽사몽의 환각상태에서 헤매었는데 그러던 중 어느 시간에 나에게 또박또박 말을 건네셨다.

— 어젯밤 꿈에 느네 아방 봐정게 무슨 기별이 오젠 허는 거 닮다. 내가 느네 아방을 이 집이서 볼 줄 알아신디 이젠 글른 거 같다. 느라도 언제 느네 아방 만나거든 내가 이 집이서 천수 누리고 잘 살당 갔젠 말허라.

어머니는 이런 말씀을 하시고 나서 며칠을 기다리지 못하고 돌아가셨다. 나는 혹시나 어디에서 무슨 말이 날아올까 기다렸지만 감감무소식이었다.

17장
큰물에서 놀기 위해

대만에 가있는 아들에게서 편지를 받은 후 우리 부부 사이의 관계는 많이 부드러워졌다. 아내로서는 아들 편지를 통하여 반가운 오빠 소식을 듣게 된 셈인데, 이것도 우리 부부 사이에 유쾌한 화제가 되어주었다. 아들이 부모 사이의 화해무드를 원격조종한다고나 할까, 우리 부부가 가끔이라도 만나는 날에는 아들에 대한 희망이나 걱정을 화제 삼아 담소를 나누게 마련이었고 그러다 보면 우리는 아직 부부임을 실감하는 것이었다. 아들의 장래에 대해 기대를 거는 마음은 나보다도 아내 쪽이 더한 것 같았다. 나는 그저 아들이 탈선의 길로 빠지지 않게 된 것이 고맙고 대견한 정도였으나 아내는 마치 아들이 스타가수의 출세가도로 들어선 것처럼 화려한 기대를 부풀리는 것이었다.

나는 이것이, 자식사랑이나 자식자랑은 아빠보다 엄마가 더하다는 말의 사례로 생각하고 있었는데, 가만히 보니까 그것만도 아니었다. 아내는 자기 나름대로 아들의 재능을 믿을 만한 근거를 자신의 재능에 대한 믿음 가운데에서 찾는 것 같았다. 아내는 어릴 적부터 음악에 취미를 갖고 있었지만 명문대학 음악과에 몇 번 미끄러지다 보니 괜히 세월만 낭비하였고, 탐탁치않은 다른 전공으로 바꾸다 보니 대학과정을 마치는 둥 마는 둥 했다는 것이고, 음악에 대한 열정의 발산은 교회 성가대의 지휘자 정도로 낙착되어 되어버렸다는 것이다. 자신의 음악적인 소질을 살리지 못한 것이 여한인 아내는 한류스타를 꿈꾸는 아들의 미래 속에서 이에 대한 보상을 찾는가 보았다.

아내와의 별거생활이 해를 거듭하다 보니 홀아비생활의 요령이라는 것도 생겼다. 우리 두 사람에게 하루하루의 시간표가 전혀 다르다는 것은 따로 사는 것이 더 편하다는 것을 의미하였다. 농장에 거주하는 나의 시간표는 해가 뜨고 지는 것을 기준으로 하는 것이고 사계절과 날씨의 변화에 맞추는 것이었기 때문에 사회생활의 규칙과 관행을 따라야 하는 아내의 시간표와는 같을 수가 없었다. 아내와 만나는 것은 아들과 관련하여 의논할 일이 있거나 남의 집 경조사 같은 일에 부부동반으로 나타날 때였다. 가끔 여자의 몸이 그리울 때에도 나는 아내의 아파트를 찾았다. 그럴 때에는 술을 좀 마시고 취한 척하는 것이 습관이 되었다. 말짱한 맨정신으로 어떻게 아내를 껴안으랴 싶은 조심성도 있었지만, 아내도 내가 적당히 취한 상태로 가는 것을 좋아하는 눈치여서 이런 습관이 그냥 굳어져 버린 것 같다.

이렇다 할 사건 사고가 없던 우리 부부에게 어느 해 가을엔가 좀 이색적인 작은 사건이 일어났다. 이전에는 아내가 우리 〈남국농장〉을 방문하는 일이 거의 없었는데 그해 11월 어느 날 아내로부터 느닷없이 농장으로 찾아오겠다는 전화가 걸려왔다. 해마다 가을철이 되면 밀감 따는 일손이 태부족이라는 나의 말을 아내가 심중에 두고 있었는지 밀감 따기 작업을 도와주러 온다는 것이었다. 그것도 교회의 성가대원들을 대거 동원하여 몰려온다는 것이었다. 어떻게 서로 간에 연락이 됐는지 토요일 오후에 걸려온 전화로, 바로 다음 날인 일요일 오후에 과수원으로 온다는 얘기여서 나는 무척 당황스러웠다. 우리 농장의 노력봉사에 성가대원들을 동원할 수 있다는 것은 아내가 평소에 교회활동과 성가대 지휘에 쏟는 열성이 대단했음을 보여주는 것이라고 생각한 나는 아내의 제안을 거절할 수가 없었다.

약속했던 대로 다음 날 오후 두 시에 스무 명 가까운 성가대원들이 우리 농장으로 들이닥쳤다. 이들을 맞이하기 위해서 나는 그날 예정되었던 밀감 따기 일꾼들의 동원을 모두 취소해 놓았다. 밀감 따기 작업에는 거의 모두 경험이 없는 새내기들이기 때문에 이들에게 밀감 따는 요령을 설명하는 등 뒷바라지하기도 작은 일이 아니었다. 여기저기 밀감열매들을 가리키면서 상품 될 만한 것만 따고 불량품이 될 파치는 나무에 그냥 놔두도록 당부하였고 밀감 따는 가위의 사용법도 가르쳐야 했다. 젊은이들이라서 기운은 좋았지만 새내기들 일손이 거칠고 서투른 것은 어쩔 수 없었다. 이들은 특히 작업 중에 말이 많고 시끄러웠다. 이것저것 신경 쓰느라 정신이 없어서 정작에 밀감 따기 작업이 잘되고 있는지 살펴보지를 못한 결과가 곧 나타났다.

한 시간이 겨우 지나면서 나는 일의 진행이 엉망이라는 것을 알아차렸다. 이들에게는 파치 될 것과 상품 될 것을 구별하는 것이 그렇게도 어려운 모양이었다. 밀감 따는 가위의 휘어진 부분 뒷등을 밀감열매의 꼭지 부위에 대고 가위질 하도록 그렇게 가르쳤는데도 그 간단한 말을 그대로 실행에 옮기지 못하는 사람들이 많았다. 그 결과 가위질 중에 손상을 입은 열매들이 부지기수였다. 손상 입은 열매는 곧 부패할 것이고 부패 과일은 전염성이 있어서 옆에 있는 것들까지 부패하게 마련이었다. 그러나 이 사람들에게 당장 밀감 따기를 중단하도록 할 수는 없는 노릇이었다. 나는 그들의 태평한 모습을 물끄러미 지켜보면서 이 일을 어떻게 수습할지 잔머리를 급히 굴리고 있었다. 아내에게 급한 일이 생겼다고 말하고는 곧바로 차에 올랐다. 밀감 포장용 골판지 상자 도매상으로 향하는 것이었다.

밀감상자 40개를 사서 싣고 다시 농장으로 돌아왔을 때에도 자원봉사 일꾼들의 작업은 그대로 진행되고 있었다. 다만 아내만이 혼자서 조용한 곳으로 가서 앉아있었다. 코를 연방 훌쩍이면서 손수건으로는 흘러내리는 콧물을 닦고 있었고, 간간이 재채기까지 터져나오는가 보았다. 아내는 자신의 딱한 모습을 남에게 보이고 싶지 않아서 혼자 물러나 앉은 모양이었다. 나는 아내 얼굴을 보기가 안쓰러웠지만, 정작에 본인은 태평한 얼굴이었다. 나를 쳐다보더니 씽긋 웃는 모습까지 보였다.

— 알레르기 증세니까 별 거 아니에요.

— 밀감 따는 데에 오면 눈물 콧물 나는 사람이 있는 건데 내가 깜빡했네 그거.

나의 불찰이었다. 아내의 특이체질을 잘 알고 있는 나는 이런 일이 일어날 것을 미리 내다보았어야 했던 것이다. 과수원에는 1년에 열 번 이상의 농약 살포가 있고 두엄퇴비를 뿌리는 일도 여러 번 있게 마련이니 아내처럼 감각이 예민하고 알레르기 증세가 있는 사람은 출입을 삼가야 하는 것이었다. 밀감 따는 일은 열매 위에 묻혀있던 농약을 많이 스치게 마련이었고, 때마침 우리 과수원에는 바로 며칠 전에 열매 딴 뒤의 후속조치로 두엄을 뿌린 구역이 있었다. 나는 아내에게 오늘 작업을 끝마쳐 달라고 부탁하였다. 거래 상인으로부터 출하 날짜를 좀 늦춰달라는 연락을 받았다고 둘러대었다. 성가대원들이 농장 일에 동원해준 것이 고마워서 오늘 수확한 밀감은 지금 사온 박스에 넣어 모두 나

눠주겠다는 말은 하면서도 밀감을 이렇게 따면 상품으로 팔 수가 없다는 말은 차마 할 수가 없었다.

성가대 일꾼들을 다 보내고 혼자 남은 나는 과수원 땅바닥에 털썩 주저앉았다. 후유— 한숨이 나오면서 만감이 교차하였다. 문득 생각난 것은 예전에 아내에게서 자주 듣던, 내 몸의 땀냄새 얘기였다. 우리 부부가 성질 맞추기 조율이 잘 안 되는 것은 타고난 감각의 차이 때문이었다. 나는 아내 쪽으로 가까이 가는데 아내는 나 쪽으로 가까워질 기미가 없었던 것이다. 이제 다시 생각해 보니 그럴 수밖에 없는 일이었다. 나의 편에서 목욕을 자주하는 것은 조금 부지런하면 되는 일이었지만, 아내의 편에서 다른 사람 몸에서 땀냄새 맡는 감각은 의지대로 될 수 없는 것이 아닌가. 감각의 차이가 곧 삶의 방식의 차이였다. 아내의 예민한 감각은 섬세한 감성이나 비범한 예술성으로 통할 수 있지만 그런 것은 내가 넘볼 수 있는 영역이 아니었다. 예술은 꽃이고, 노동은 뿌리라 할 때, 전자는 최향지의 영역이고 후자는 나의 영역이 아니런가. 꽃은 아름다움을 성취하면 책임을 완수한 것이다. 두엄 섞인 땅속 뿌리의 너절한 삶을 꽃에게 요구한다면 아름다움은 손상될 것이 아닌가. 애초에 서로 맞지 않는 짝짓기가 불행한 일이었지만 불행의 길을 택한 사람은 나였으니, 내가 이에 대한 응징을 받고 있는 것이 아닌가 싶었다.

과수원에서 일어났던 작은 변고로 인해 나는 한동안 찜찜한 기분이 되었다. 그러던 어느 날 아들에게서 온 편지가 내 마음의 씁쓸함을 많이 위로해주었다. 대만발(發) 편지를 받은 지 두 달 가량 되었는데 이번에는 중국 상해에서 보낸 편지였다. 얼마나 바빴는지 이번 편지의 글씨는 이전하고 달리 서둘러 쓴 속필이었다. 아마도 바쁜 일정에서 겨우 짬을 내어 휘갈겨쓴 다음에 다시 읽어보지도 않고 그냥 보낸 모양이었다. 나는 아들의 편지 가운데에서 읽기 어려운 부분에 대해서는 두 번

세 번 반복해 읽으면서 말로 듣기만 했던 거대도시 상해의 잿빛 하늘을 그려보는 것이었다.

> …… 저는 상해에 있는 연예기획사에 온 지 두 달 반 만에 사장 비서격인 총무 자리를 그만두고 보컬그룹 양성 프로그램의 정식 멤버가 되었는데, 요즘 빡빡한 일정을 소화하느라 눈코 뜰 새가 없답니다. 제가 가수가 된다는 꿈은 급조된 것이라기보다는 오랜 잠복기에서 벌떡 깨어나 뒤늦게 전력투구 혼신의 에너지를 다 바치고 있는 셈입니다. …… 만들어 낸 자연스러움도 애초부터 자연스러운 것에 못지않게 신명날 수 있고 유희본능을 만족시킬 수 있다는 것은 저에게 새로운 발견입니다. 부모님께서도 많이 보셨겠습니다마는, TV 무대에서 보는 젊은이들 댄스음악이 얼마나 자연스럽고 신명납니까. 상하좌우로 종횡무진 휙휙 돌아가고 흔들어대는 춤 동작들이 일사불란 노래 소리와 어울리면서 전혀 어색하거나 억지스러움이 없이 보는 이를 즐겁게 하지 않습니까. 그런데, 보컬댄스 그룹의 이런 동작들 하나하나가 강도 높은 맹훈련이 만들어낸 작품이라는 것입니다. 어쩌면 피땀 어린 훈련 끝에 만들어진 작품인데도 훈련받은 티가 나지 않고 그냥 자연스럽다는 느낌을 갖게 하는 것이 예술가적인 재능이고 끼가 아닌가 합니다.
>
> …… 자연미 수준에 이른 인공미는 노래와 춤에만 있는 것이 아닙니다. 춤추는 이들의 인체와 생리현상에서도 기술적인 인공미의 극치를 본다는 것입니다. 감쪽같은 성형외과 수술이나 화장술을 가지고 예쁜 얼굴 만드는 정도가 아닙니다. 목구멍 성대에서 곱고 풍부한 소리울림이 나오도록 비방을 쓰려면 이비인후과 의사가 있어야지요, 사뿐사뿐 걷고 날렵하게 돌아가는 모양새가 사람들 눈길을 끌게 훈련시키려면 모델양성학원과 댄스학원의 강사가 있어야지요, 웃는 모습이나 얼굴 표정이 우아하면서도

섹시하게 보이게 하려면 연극연출가와 상담심리학자가 있어야지요, 그러니까 우리가 하는 댄스음악은 이만저만한 종합예술이 아니라는 겁니다. 우리 프로그램에 전속된 전문가는 인삼보양 전문가도 있네요. 사람 몸의 기운을 보하여 건강한 목소리를 곱고 높게 낼 수 있도록 하는 데에는 인삼보양을 빼놓을 수 없다는 것이 우리 사장님의 믿음인 것 같습니다. 인삼전문가이신 우리 사장님 말씀으로는 극동3국에서 한국산 인삼 효과가 가장 빼어난 것은 그 까닭이 있다는 것입니다. 원래 한반도의 물과 공기가 좋기 때문에 한국에서 피는 진달래꽃이 일본이나 중국 것보다 예쁘다는 것이니, 이런 나라에서 키워낸 인삼의 약효가 좋을 것은 당연하다는 것입니다.

제가 배우는 것은 가수 되는 공부만이 아니라 중국에 대한 공부도 있습니다. 저번 편지에 중국과 대만국민들 사이의 미묘한 감정싸움에 대해 썼습니다만은, 제가 여기 상해에 와서 두 달 남짓 지내는 동안 눈여겨 본 것도 바로 그런 국민감정 문제입니다. 그렇게 안할 수 없는 것이, 우리 사장님이 대만에서 오래 체류했다는 말을 듣는 여기 중국사람들은 이상한 경계심을 가지고 우리를 주목한다는 것입니다. 대만사람들에게 대해 갖는 경계의 시선을 우리에게도 던진다는 것입니다. 여기 사는 한국인들의 말을 들어보았더니, 중국인들이 대만에 대해 갖는 프라이드는 대만사람들이 중국인들에 대해 갖는 프라이드보다 더 뿌리가 깊은 것 같습니다. 그러니까 옛날 청나라 패망 후 군벌들이 권력을 잡고 날뛰던 혼란기에, 제국주의 일본군 출신 장개석이 이끌었던 무능 부패한 국민당 군대가 농민출신 혁명가 모택동이 이끌었던 공산당 군대에게 쫓겨나서 대만으로 도망갔던 것을 생각하면 대만정부는 이제 창피해서라도 두 손 들고 나오라는 것이 중국인들 프라이드의 뿌리라는군요. 대만정부는 벌써 없어졌어야 할 봉건세력 모리배 집단이었고, 그동안 미국의 도움으로 겨우 버텨왔지만 이제 미국에 맞서서 아시아대륙 정의의 수호자 역할을 하는 중국의 정통성에 흠집 내지 말라는 겁니다. 이곳 공안당국에서 우리 연예기획사의 사업계획에 대해 철저히 캐묻고 조사하는 목적을 알 것 같습니다. 우리가 혹시 대만사람들의 불순한 사상에 물들지나 않았나 의심했었다는 것입니다. 우리 사장님이 대만에서 한 일들은 정치색이 전혀 없는 인삼장사뿐이었고 여기 중국에서 계획한 것도 순수하게 연예인 양성사업이란 것을 이제야 납득하는 모양입니다.

우리가 중국에 들어온 것은 큰물에서 크게 놀기 위해서였지만, 막상 들어와보니 한류문화의 열풍이 이 나라 사람들에게 일으키는 변화의 파장은 작은 것이 아님을 알게 되었습니다. 중국에서 일찍이 큰 인기를 얻은 한류문화는 티브이 드라마와 영화인데 그렇게 될 수밖에 없는 이유가 있었다는 것입니다. 한국 드라마와 영화가 들어오기 이전에 중국사람들이 보고 즐겼던 영상문화라는 것은 무협지나 판타지처럼 실생활과는 동떨어진 세계를 그린 것이었다고 합니다. 영상 스토리가 보통사람들이 일상적으로 느끼는 희로애락을 담고있어야 거기에 빠져들고 시청자들끼리 교감을 이루어낼 텐데 그런 게 없었다는 거지요. 그런데 우리 한국의 드라마나 영화는 평범한 가정을 배경으로 하는 일상생활의 애환과 고락을 그린 것이 이 나라 사람들에게 어필했다는 것이지요. 게다가 중국사람들은 오랫동안 경직되고 엄숙한 공산당 혁명에 열을 올리다 보니 가족이나 애인 끼리의 아기자기한 재미에 공감하는 기회가 적었기 때문에 중국사회의 지도자들까지 한국드라마의 수입을 정책적으로 지원해야 한다고 주장했다는 겁니다. 뒤늦게 개혁개방의 바람이 일어나면서 강압적 혁명이나 추상적 이념보다 복고적인 유행이나 평범한 생활 속의 휴먼드라마가 국민들의 인기프로가 되었다는 것입니다. 우리의 홈드라마가 그들에게서 잊혀진 과거에 대한 향수를 불러일으킨다는 것이지요. 그동안 우리 국내에서는 저질적인 멜로 드라마라고 욕을 먹던 스토리가 이 나라 국민들에게 열광적인 호응을 얻고 있다니 기분좋은 일 아니겠습니까.

우리 기획사가 꿈꾸는 댄스음악의 아이돌스타 양성 사업이 얼마나 성공할지는 아직 모르지만 중국인들을 매혹시킨 한류 드라마의 인기를 후광으로 삼는 것이 외삼촌의 의도인 것 같습니다. 드라마와 노래는 영역이 다르지만, 어떤 고정관념에 구애됨이 없이 자유분방하게 흔들며 즐기는 것이 여러 분야 한류문화의 공통점일 것 같습니다. 오랜 역사를 통하여 우리 조상들을 얕잡아보았던 여기 중국사람들에게 한류바람이 맹렬하게 불어닥친다는 생각을 하면 저는 요즘에 온몸에서 뜨거운 의욕이 용솟음치는 것 같고 제가 이 시대에 한국사람으로 태어났다는 것이 자랑스럽습니다.

나는 아들의 편지를 무슨 장문의 보고서처럼 장시간 동안 읽어야 했다. 아들의 편지가 암시하는 연예기획사의 사업 내용은 내가 아는 세상의 범위를 훨씬 뛰어넘는 것이었다. 아들은 군대식 대중가수 훈련과정이 즐겁고 신난다고 말하지만 그 말이 얼마나 사실일 것인지는 의아스러웠고, 사실이라 치더라도 아들의 그 같은 자기 표현에 대해서 공감이 가지는 않았다. 어쩌면 막막했던 자신의 미래를 희망찬 것으로 보기 위한 자기기만은 아닌지, 아니면 부모의 마음을 기쁘게 하기 위한 과장표현은 아닌지, 가수양성의 맹훈련을 즐긴다는 아들의 심정에 대해 수긍이 잘 가지 않았다. 아들은 나하고 다른 세상을 살고있다는 서운함이 지펴올라 씁쓸해지는 것이었다.

가볍게 피어오른 나의 의심은 점점 짙어지면서 다른 방향으로 뻗쳐갔다. 아들은 아마도 아빠는 이 편지의 내용을 잘 모르겠지만 엄마는 잘 알 것이라고 생각하면서 이 편지를 쓰지 않았을까. 필경 그러리라 싶었다. 허구한 세월을 농장에서 보내는 사람하고, 음악공부를 정식으로 해봤고 시대의 흐름에 맞추어서 활발한 사회생활을 벌이는 사람하고 어찌 같을 수가 있겠는가. 그렇다면 아내와 아들은 한 통속이 되고 나 혼자만 외톨이가 되는 게 아닌가.

아들 편지를 본 후 나는 매우 착잡한 심정이 되었다. 급변하는 세상에 아들이 잘 적응하는 것 같아서 기분이 좋기는 했지만, 모두들 변하는데 나 혼자만 제 자리를 맴도는 처지가 처량하게 느껴졌다. 이렇게 착잡하고 처량한 심정으로 하루하루를 보내던 어느 날이었다. 초겨울 서늘해진 바람을 한가롭게 맞으면서 과수원 한켠에 앉아서 쉬고 있는 나를 어떤 낯선 사람이 찾아왔다. 흔치 않은 중절모자를 쓴 남자였다. 서울에서 제주도 구경 온 사람이라고 자기를 소개한 그는 단정하고 점잖아 보이는 초로의 신사였다. 제주도에 온 지 1주일이지만 가는 곳마다 감동이라고 말하는 그를 박대할 수가 없었던 나는 그에게 내 옆자리에 앉도록 권하였다. 그가 머리에 썼던 베이지색 중절모자를 벗자 반질거리는 대머리가 드러났다. 대머리 벗어진 부분을 손으로 몇 번 쓰다듬으면서 그가 말을 꺼내는 품이 무슨 실수의 변명처럼 들렸다.

— 제가 베트남, 그 더운 나라에서 다년간 살다보니까 햇빛 가리는 모자를 쓰는 게 버릇이 되었습니다.

누가 봐도 이 사람의 중절모자는 대머리 감추기 위한 수단일 터이고 요즘처럼 초겨울 소슬바람이 부는 날에는 햇빛 가리는 모자가 아니라 맨머리에 찬바람 막으려고 쓰는 모자일 터인데 무슨 당치않은 군소리를 덧붙이는가 싶었다. 필시 이 남자는 자기가 베트남에서 살다 온 것을 나에게 알리고 싶었을 것이라는 직감이 들었다.

— 그래요? 저는 베트남 참전용사입니다. 이거 정말 반갑네요.

우리는 새삼스럽게 자리에서 일어나 정식으로 악수까지 나누었다. 그가 베트남에 간 것은 개척교회 전도활동을 하러 간 것이라 했는데 그 나라 체류기간을 다 합하면 서너 해가 된다고 했으니, 내가 다녀온 1년보다 훨씬 더 오랜 셈이었다. 나는 수확이 끝난 나뭇가지들을 헤치고는, 밀감 따는 일꾼들의 눈이 놓쳤던 열매들을 몇 개 따서 그에게 건넸다. 이를 덥석 받아서 먹어 본 그는 정색을 하고 밀감 맛을 평하였는데 이번에도 그가 하는 말은 군더더기처럼 길고 생뚱맞다는 느낌이 들었다.

— 제주도는 하늘의 축복을 받은 땅입니다. 그 중에도 이렇게 맛있는 밀감이 난다는 것이 큰 축복이지요. 제가 베트남에 있을 때 먹어봤는데 여기 밀감만큼 당최 못하더란 말이죠. 제주도 과일 맛이 정말 짱입니다. 우리 서울사람들도 요즘엔 제주사람들을 부러워하는 거 아십니까?
— 서울은 서울대로 축복받은 곳이고 성공한 사람들이 다 모이는 곳 아닙니까. 근데, 여기 오실 땐 어떻게 찾아 오셨습니까? 찾기가 쉽지 않았을 텐데요.
— 남국농장이란 데가 어디냐고 물었더니 다 통하던데요. 렌트카 타고 오다가 요앞 계곡 같은 개천가에서 잠시 내려서 쉬다가 왔지요. 자동차는 그 옆에 세워두었습니다.
— 쉽게 찾아오셨으면 머리가 아주 좋으신 거 같습니다, 하하.
— 계곡이 크진 않아도 고목나무들 보존이 잘 되어서 경치가 좋았습니다. 우리 서울사람들에게는 정말 별천지이지요.
— 아, 그랬든가요. 여기 제주도에 개천은 물은 잘 흐르지 않지만

얕은 곳 깊은 곳, 넓은 곳 좁은 곳, 변화가 많은 것이 특징이라고 합니다.

— 고목나무들 중에는 오래된 감나무도 있었는데, 어찌 반갑던지 한참 바라보다가 왔지요. 잘 익은 감이 몇 개 달려있었는데 곧 떨어질 것 같드군요. 주인 없는 감일 테니까 어떻게 따면 좋을까, 생각만 하다가 지나와 버렸지요. 아무래도 잘 익은 감 떨어지기를 기다리는 건 바보짓이란 생각이 들더군요, 하하.

— 지금 계절이 언젠데, 아직까지 남아있으면 제대로 익은 감이 아닐 겁니다.

— 감도 제주도에서 나는 감은 특별할 것 같았지요.

낯선 신사는 제주도 칭찬하는 말들을 두서없이 늘어놓았다. 나는 다른 말들은 귀넘어 흘리면서 이 사람이 베트남에서 살다 왔다는 사실에 온 정신이 쏠리고 있었다.

— 외국까지 가서 전도활동을 하시다니 어려운 점이 많았겠네요.

— 그렇습지요. 하나님이 시키신 일이 아니라면 못할 일이지요.

— 저는 신앙 경력이 별로 없습니다마는, 그 많은 세상 일 중에 어떤 일이 하나님 뜻이라는 걸 어떻게 알 수가 있는 건지, 그러니까 하나님은 어떤 방식으로 일을 시키시는 건지 어떻게 아느냔 말이죠.

— 저도 그걸 몰라서 망설일 때가 많습니다. 결국은 사람들 만나는 것이 하나님 뜻이라는 결론에 이르렀지요. 그러니까 하나님은 사람과 사람이 만나는 일을 통해서 깊은 뜻을 펴신다는 말씀이지요.

서울 신사는 여기에서 잠시 말을 끊었다. 그의 표정으로 봐서 더 하고 싶은 말이 있는 것 같았지만 나는 그쯤에서 말문을 닫아버렸다. 내가 그의 얘기를 더 들으면 어쩐지 매우 거북할 것만 같았던 것이다. 그렇게 어정쩡하게 그 사람을 보냈지만 그날 우리가 나눈 얘기들은 묘한 여운과 함께 여러 날 동안 나의 뇌리를 맴돌았다. 나는 며칠이 지나고 나서야 이 서울남자가 했던 말들이 수상쩍었다는 데에 생각이 미쳤다. 베트남 개척교회에서 했다는 전도활동, 햇빛 가리려고 쓴다는 중절모자, 열대지방보다 맛있다는 제주 과일, 이런 것들이 어떤 관계로 엮어지는지가 수상한데 여기에다가 잘 익은 감 떨어지기를 기다렸다는 뚱딴지같은 말은 뭣 때문에 했으며, 게다가 제주도에 초행이라는 사람에게는 어울리지 않게 우리 과수원 같은 곳에 구경 오다니 이상한 일이었다. 남국농장 이름을 가르쳐준 사람은 누구였을까. 나는 생각할수록 하 수상쩍은 일들로 인해 머릿속이 어수선한 채로 한동안 찜찜한 기분을 떨치지 못하였다.

18장
미국 국민이 꿈이었어

나는 가다오다 작은고모네와 만나는 자리에서 혹시 일본을 통해서 아버지나 큰고모네 소식이 넘어왔는지 물어볼 때가 많았지만 감감무소식이 된 지 오래되었다. 그동안 남북한 간의 화해와 교류를 모색하는 여러 가지 명칭의 남북회담이 열려왔지만, 나의 관심을 끌 만큼 큰 변화가 일어나지는 않았다. 말은 풍성했고 행사는 빈번했지만 실지로 달라지는 건 별로 없이 세월만 흘러갔던 것이다. 나의 아버지와 큰고모네처럼 북한에서의 거주지는 고사하고 생사조차 모르는 이산가족들의 경우에는 세상이 소소하게 변해봐야 무슨 도리가 있겠는가 싶어서 아예 잊고 살았던 셈이다.

90년대 말엽 김대중 정부가 들어서면서 세상이 달라지는 것을 여러 방면에서 보게 되었다. 토요일을 공휴일로 정하는 직장이, 공무원 사회에서부터 공기업과 사기업으로 점차 늘어났고, 일본에서 들어오는 영화나 방송을 자유롭게 볼 수 있게도 되었다. 달라지는 세상을 더욱 실감나게 느낄 수 있었던 것은 냉랭했던 남북한 간의 긴장이 슬슬 풀리는 것이었다. 숱한 논란을 불러온 남북정상회담이 열리더니 그때까지 말로만 변죽을 울리던 남북이산가족 상봉 행사가 적십자사 주최로 열린다는 뉴스가 나왔을 때, 나는 그것만으로도 세상 많이 달라지는구나 실감할 수 있었다.

벌써 30년이나 지난 옛날이지만, 내가 사라봉 기슭에서 조우했던 재일교포 사업가 김영진 씨가, 조총련쪽 사람을 통해서 아버지와 큰고모네의 생사 여부를 알아봐주겠으니 기다려 보라는 막연한 약속을 했던 사실도 기억에 떠올랐다. 북한에 거주하는 가족들의 성명과 주소를 기재하면 이산가족 상봉신청서를 낼 수 있다는 말을 들었지만, 우리 가족들의 경우에는 생사여부를 알아내는 일이 우선이었다.

나는 작은고모부에게 이 같은 이야기를 꺼내면서 그의 관심을 촉구했는데, 그것이 김영진 씨의 귀에까지 전달되었다. 아마도 여러 사람이 중간에서 애써준 결과였겠지만, 아버지와 큰고모네 내외가 북한에 살아있다는 정보가 김영진 씨의 국제전화 음성을 통해 고모부에게로 전해지기에 이르렀다. 얼마 후 김영진 씨가 추석명절을 맞아 고향을 방문했을 때에는, 북한 거주 가족들의 거주지까지 정확히 전해주었고, 이런 소식과 더불어 아버지는 그동안 새로 얻은 처자들과 함께 4인 가족을 이루고 있다는 것까지 전해왔다. 우리가 혹시나 하고 추측하던 대로였다.

함경남도 흥남시 ○○○번지. 6.25 당시 '흥남부두' 철수작전을 연상케하는 북한 내의 주소에 아버지네 새 가족과 큰고모네가 같이 살고 있다는 단편적인 정보에서부터 작은고모부는 몇 가닥 상상과 추측의 실오리들을 뽑아냈다. 남한에서처럼 공간이동의 기회가 열려있지도 않은 나라에서 그들이 서로 만나는 일이 어떻게 가능했을지 궁금했던 고모부는 한참이나 머리를 짜낸 모양이었다. 필시 큰고모네 내외가 일본에서 북한으로 들어갈 때의 대대적인 홍보가 그들의 상봉에 절호의 기회였을 것이라는 게 그의 추측이었다. 재일교포 북송선이 북한으로 들어갈 때를 전후하여 북한의 신문방송에 입북인사들에 대한 대대적인 환영행사가 분명히 보도되었을 것이고, 이를 본 아버지는 그 북송선 탑승자들 중에는 필시 4.3사건 때 일본으로 피난 간 좌익인사들이 많이 있을 것이라는 짐작을 했을 것이고, 그랬을 경우에는 북한 입국자들 명단을 꼼꼼히 조사해보지 않았겠느냐는 추측까지 나왔다.

김대중 정부 당시의 남북화해 무드에 열기를 더해준 것이 제주도민들이 추진했던 남북교류 행사들이었다. 2천 년대에 들어서면서 제주도민들은 한라산과 백두산의 정기를 잇는 일이 남북통일의 디딤돌을 놓는 것이라는 거창한 기치를 내걸고 밀감과 당근 등 다량의 제주도 특산물을 북한 주민들에게 보내주는 이른바 '비타민C 외교'를 여러 차례 실행했고, 북한 당국은 이에 대한 답례의 뜻으로 제주도 주민들 250여 명을 평양으로 초청하여 주요 관광지와 역사유적지를 관람시켜 주기에 이르렀던 것이다.

북한 민족화해협의회의 공식 초청을 받은 북한방문단원들은 대한항공 특별기를 타고 제주공항에서 평양 순안공항으로 직행해 갔는데, 5박6일 동안 이들이 받은 파격적인 환영과 접대 사실이 언론에 보도되면서 제주사회는 한동안 들뜬 축제 분위기에 젖다시피 하였다. 이를 계기로 제주도 사람들 간에 나돌았던 화제들 가운데에는 북한정권의 최고권력자 김정일의 러브스토리가 들어있어서 세간의 흥미가 더해졌다. 그의 총애를 받는 현재의 부인 고영희가 제주도 조천면 출신 재일교포 2세였는데 60년대 초에 있었던 재일교포 북송 때 어린 나이로 북한으로 건너간 후 무용가로 활동하다가 연예 방면에 남다른 안목을 가진 김정일의 눈에 띄어서 일약 국모의 지위까지 올라갔다는 것이다. 사람들의 화제는 더욱 진전되어, 북한 당국이 제주도민 북한방문단에 대해 파격적인 환영과 접대를 베푼 것은 북한 최고권력자의 각별한 처가의 배려가 은연중에 작용한 것이 아니겠느냐하는 얘기까지 나오게 되었던 것이다.

내가 제주도민 북한방문단 뉴스에 관심을 갖게 된 것은 물론 북한에 살아계신다는 아버지와의 상봉 가능성을 생각하고 있기 때문이었고, 그런 문제를 가지고 고모네하고도 의논을 해보았다. 제주도민 북한방문 보도들 틈에 끼여있던 비교적 작은 뉴스 하나가 특히 나의 주의를 끌었다. 그 북한방문단에는 고 사장이라는 사람이 끼어있었는데 그는 평양에 살고있는 자기 친형과의 면회를 신청했지만 거부되었다는 것이다. 북한 당국의 따뜻한 환대에 희망을 걸었던 그 북한방문단원은 북한 민화협을 통해서 자기 형과의 면회 주선을 요청했지만, 상봉 기회는 끝내 주어지지 않았다고 했다.

나는 이런 보도가 나온 지방신문을 들고서 고모네 집으로 찾아갔다. 내가 첫번째로 제기한 의문은, 고 사장이라는 그 북한방문단원이 2년 전부터 실시되고 있던 적십자사 주최의 이산가족 상봉 행사를 이용했다면 공식적인 절차에 맞춰서 수월하게 자기 형을 만나볼 수 있었을 텐데 왜 그렇게 하지 않았을까 하는 것이었다. 나보다 시사정보에 더 밝은 고모부는 이 점을 쉽게 설명하였다. 지금 남북한 간 이산가족 상봉의 기회를 기다리는 사람들은 10만 명이 넘는데 적십자사 상봉행사에서 차례가 되기는 어림없다는 얘기였다. 작년까지 2년 동안 남한측에서 상봉 신청자가 뜻을 이룬 것은 300인을 넘지 못한다고 하였다. 이런 사정이니, 평양방문단의 고 사장이라는 사람은, 아예 적십자사 상봉행사에 신청서를 내지 않았거나 신청서를 냈는데도 선정이 되지 않았거나 했을 터이니, 그가 공식초청을 받고 평양에 갔을 때 형과의 면회를 요청했음은 자연스러운 일이었을 것이라는 게 고모부의 추측이었다.

나에게 더 큰 의문을 자아낸 것은, 고 사장이라는 북한방문단원이 요청한 자기 형님과의 면회가 왜 거절당했느냐 하는 것이었다. 고모부는 이 같은 의문을 푸는 실마리를, 고 사장의 형이라는 인물이 재일교포 입북자라는 점에서 찾았다. 일본에서 북송된 재일교포들은 다년간 자유세계에서 살아본 사람들로서, 강압적이고 폐쇄적인 북한사회의 실상을 뒤늦게 알게 되자 북한체제에 대한 반대세력으로 돌아버린 경우가 많았고 이에 따라 재일교포 입북자들은 북한정부의 경계 대상이 되고 핍박받는 신세가 되었음을 고모부는 알고 있었다. 이 같은 정황을 알고 있으면서 우리가 이산가족 상봉을 신청해봐야 결과가 뻔하지 않으냐는 것이 고모부의 말씀이었다.

— 고 사장네 형제 간의 상봉은 아주 쉽게 이루어질 수 있었는데도 기회를 주지 않았단 말이지. 우리가 이산가족상봉 신청서를 낸다면 여기 남쪽에 있는 세 사람이 북쪽에 있는 세 사람을 만나는 것이 되는데, 북쪽에 세 사람 중에 두 사람이 재일교포 입북자인데 상봉 기회를 주겠냔 말이지. 한 가지 더 불리한 점은 현우 형님(나에게는 큰고모부)이 동경유학생 출신이라는 거야. 북한에서는 아직도 부르좌지 출신은 신뢰를 받지 못한다고 하거든. 만약에 상봉 기회를 준다 해도 문제가 돼. 재일교포 입북자들은 요주의 인물로 찍혀서 사찰 대상이라는데 남한의 가족들을 만나고 난 다음에는 더 심한 사찰을 받게 되지 않겠냔 말이지.

— 답답한 일이네요.

— 북한국민은 외국인과 만나는 것보다도 남한국민과 만나는 것이에 더 심한 제재를 받는다는 거여. 세상 돌아가는 정보에서 철저하게 차단된 북한국민들이 우리보다도 더 충성스럽고 통일에 대

한 열망도 더 강하다는 것이 이상하단 말야.

내가 부친 상봉의 희망을 포기하는 결심이 쉬웠던 것은, 농장에는 쉴 새 없이 할 일이 있기 때문이었을 것이다. 바쁜 농사일 틈틈이 책 읽는 시간도 있었고, 책읽기가 지루해지면 마을 사람들이나 지역영농회 사람들과 어울리는 시간도 있게 마련이었다. 시골생활이 단조롭다고 느껴질 때 흥미가 동하는 것이 여행이었고, 지역영농회에서 연례행사로 마련하는 단체 해외여행이 나의 관심을 끌었다. 나는 이 같은 기회를 이용하여 중국여행을 딱 두 번 다녀왔다. 더 이상 따라가지 않은 것은, 영농회 단체여행에 부부동반으로 가지 않은 사람은 호텔 룸메이트로 거북한 사람을 만날 수 있기 때문이었다. 나이가 들면 룸메이트 정하는 일이 까다로워지는 것은 다른 이들도 마찬가지라고 하였다. 그러던 내가 지난 2월 영농회 행사인 미국여행에 따라가게 된 것은 박정훈 선생을 룸메이트 삼아 갈 수 있었기 때문이었다. 여행 시기가 마침 겨울방학 중이었다. 현직교사를 영농회 여행단의 특별 케이스 동행자로 영입하는 데에는 영농회 부회장인 나의 간곡한 요청이 주효했다.

열흘이나 걸리는 장거리 여행이라서 이것저것 준비할 것도 많았고 나의 출타 중 농장관리 대책도 세워야했다. 그렇게 바쁜 가운데 중국 상해에 가있는 아들에게서 편지가 왔다. 편지의 내용은 짤막하여서 한쪽 지면이 반밖에 차지 않았다. 그동안 준비한 아이돌그룹 공연이 다음 달인 2월 하순 쯤에 있을 것이라서 이에 대한 연습을 하느라고 무척 바쁘다는 것, 공연 날짜가 정해지는 대로 알릴 생각이니까 중국 현지까지 와서 관람해주면 좋겠다는 것, 연예인 되기가 이렇게 힘들 줄 몰랐으나 다른 것은 모두 잊고 연습에만 열중하고 있다는 것 등을 전하고 있었는데, 공연을 보러 우리가 중국에 갈 경우에 대비하여 찾아갈 장소의 약도 및 주소와 전화번호를 알리는 것이 편지를 보내는 주요 목적인 것 같았다. 나는 아들의 편지를 책상 서랍 속에 집어넣었다. 2월 하순이면 여행을 끝내고 돌아와 있을 때이니까 중국으로 가든 안 가든 그때 가서 생각하기로 했다.

한국인 여행사의 패키지 해외여행이 흔히 그렇듯이 우리 여행단의 10일 간 미국여행은 무리할 정도의 강행군으로 일관하였다. 미국 내의 유명 관광지를 두루 돌아보기 위해서는 아주 빡빡한 일정을 짜야 된다고 했고, 따라가지 못할 사람은 옵션투어 같은 스케줄을 포기해야만 되었다. 그런데 우리의 미국여행 마지막 날에 바로 나의 동숙자인 박정훈이가 사고를 냈다. 평소에도 소화불량 증세가 있었다는 이 친구는 우리 여행의 마지막 날 하루 일정을 포기하겠다고 나온 것이다. 그날은 아침부터 엘에이(LA) 소재 디즈니랜드 관람을 가기로 되어있었는데, 이리저리 많이 걸어 다니면서 구경하는 일정을 감당하지 못하겠다는 얘기였다. 나로서는 친구간의 의리도 생각해야 했지만, 솔직히 연일 강행군으로 쫓아다닌 피로감이 몰려와서 하루 일정에 대한 동반 포기를 자원하였다.

아침시간부터 무료해진 나는 호텔 방에서 혼자 서성거리다가 소파에 앉아서는 불편하게 자고있는 박정훈을 물끄러미 내려다보았다. 평소에 말수가 적고, 미국여행 열흘 간도 별로 말썽이 없었던 친구였는데 어제 밤에는 기분이 아주 엉망으로 망가져서 밖에서 돌아온 것이 이건 정말 딴 사람이 아닌가 싶었다. 여행 중에 매일 아침 식사는 호텔 내의 대형 레스토랑에서 먹었지만, 저녁 식사 때에는 구경삼아 삼삼오오 무리 지어 시내로 나가서 대중식당 같은 데를 찾아갔다. 미국관광이 끝나기를 하루 앞둔 날 밤에 일어난 일이었다.

이날 따라 우리 두 사람은 어쩌다가 서로 다른 일행을 따라갔다가 돌아왔는데, 나보다 나중에 들어온 박정훈은 나를 보자마자 미국사람들 욕을 된통으로 내뱉는 것이었다. 그의 일행이 들어갔던 대중식당은 말로만 듣던 미국 대도시의 고약한 우범지대에 접해있는 모양이었다. 엘에이 지역으로 들어오면서 수행 가이드가 들려준 주의사항을 무시한 셈이었다.

이곳 코리아타운의 인근지역은 흑인을 비롯하여 소수민족이나 불법체류자 등 저소득층이 많이 거주하기 때문에 노상강도 같은 폭력사건이 빈발하고 특히 해가 진 다음에는 외출을 절대 삼가달라고 주의를 시켰는데도 박정훈네 일행이 너무 방심했다는 생각이 들었다. 그들이 식사하던 대중식당의 바로 앞 거리에서 무슨 폭력사건이 일어나자 식당 주인은 출입문을 급히 닫으면서 식사를 빨리 마치라고 독촉하였다고 했다. 폭력배들이 식당건물까지 손괴할 염려가 있다는 것이었다.

겁에 질린 일행이 식사를 다 마치지 못하고 나왔는데, 뱃속이 허전함을 느낀 박정훈은 일행 중의 한 사람과 함께 어디 가서 우유나 한 병 사서 마시기로 했다는 것이다. 한참이나 헤맨 끝에 찾아서 들어간 수퍼마켓에서 또 한번 기분을 잡쳤다고 했다. 점원에게 밀크가 어디 있느냐고 물었지만, 그 말이 통하지 않아서 한참을 옥신각신했는데 나중에는 박정훈 자신이 우유를 찾아내어 점원에게 가져갔더니 그제야 웃으면서 그것은 '밀크' 가 아니고 '멜크' 라고 했다는 것이다. 함께 갔던 사람이 귀로에 설명하는 것을 들어보니, 미국인들의 'milk' 발음을 한글로 표기하면 '밀크' 와 '멜크' 의 중간쯤일 것이라 했다고 전하는 박정훈의 입에서 한국의 영어선생들을 비양거리는 말이 나왔다. 자기는 영어선생 되지 않고 국어선생 된 게 천만다행이지, 영어발음 교정을 위해 미국사람들 입 모양을 열심히 쳐다봐야 할 영어선생들이 가엾다는 얘기였다. 미국에 대한 악담은 더 이어졌다. 온세계의 질서와 평화를 수호하는 세계 속의 경찰이라고 큰소리 치는 미국인데, 자국 내의 대중식당에 들어온 외국손님의 안전조차 지키지 못하다니 가당키나 하냐는 말과 함께 불끈 쥔 주먹을 공중에 대고 흔드는 것이었다.

박정훈에게 일어난 불행이 하루저녁으로 끝나는가 했는데 그게 아니었다. 그는 평소에 잘 먹지 않던 우유를 많이 먹었기 때문인지 배탈이 나서 밤잠을 설치는 일이 일어났고 하루 동안 여행 스케줄을 포기하기에 이른 것이었다. 나는 호텔방에 앉아있는 것이 점점 지루해졌다. 친구가 옆에서 곤히 자고 있으니 무슨 소리 내기도 미안한 일이었다. 밤잠을 설친 박정훈은 한동안 낮잠을 잘 것 같으니 나 혼자라도 어디 바깥구경 갈 데가 있으면 좋겠다는 생각을 하다가 문득 좋은 생각이 떠올랐다. 미국여행을 다니는 중에 우리 일행 누군가에게서 들은 말 가운데에는, 엘에이 지역에서 우리 여행단의 가이드를 담당할 여행사는 제주도 출신이 사장이라는 얘기가 있었는데, 그 여행사를 한번 방문하면 어떨까 하는 생각이었다. 제주출신이라는 그 사람은 얼마나 똑똑했으면 감히 미국까지 와서 여행사를 차릴 수 있었을까 호기심이 일어났던 것이다.

오늘 아침 배부받은 여행일정표를 꺼내어 살펴보니 그것을 만들어 배포한 여행사의 이름이 '세계여행사'로 되어있었다. 여행사 본부의 소재지는 분명히 미국 엘에이로 되어있었다. 나는 조용히 옷을 갈아입고 슬그머니 호텔 밖으로 빠져나왔다. 운동장 같이 넓은 도로에 자동차들은 줄을 이어 씽씽 달리는데 행인들은 하나도 보이지 않으니 누구에게 물어볼 수도 없었다. 무턱대고 시가지 번화가 쪽으로 걸어 나갔는데 멀리 가기 전에 길 건너편 건물 2층에 한글 간판이 보였다. 이역만리 미국 땅인데 이 번화한 대로상에 한글 간판이 걸려있다니, 나는 매우 반가웠다. 무겁던 발걸음에 기운이 솟는 것 같았다. 말로만 듣던 엘에이 코리아타운의 막강한 한국인 파워를 실감하는 기분이었다.

길을 건너 가까이 가보니 그것이 바로 '세계여행사' 간판이었다. 한글간판이 큰 글씨로 쓰여있고, 그 아래에 좀 작은 글씨로 World Tour Company라는 영문간판이 보였다. 이 여행사는 사장이 한국인이라서 한국인들을 주요 고객으로 삼을 것 같았고, 이 여행사가 가이드를 맡는 여행자들은 여행사에 가까운 호텔에 투숙시킬 것 같다고 추측이 되었다. 나는 지체 없이 2층으로 올라가는 계단을 밟았고 잠시 후 여행사 간판이 부착된 출입구의 문을 열었다. 여행사 사무실에는 대여섯 명 되는 직원들이 집무 중이었고 고객 같이 보이는 사람들 두어 명은 여행사 직원과 마주 앉아 상담 중인 것으로 보였다. 그들이 쓰는 말이 한국어여서 나를 안심시켜 주었다. 나는 출입구 가까운 자리에 앉아있는 직원에게로 가서 한국어로 말을 걸어보았다.

— 저어, 잠깐 실례하겠습니다. 제가 한국에서 미국관광을 왔는데요, 오늘 이 세계여행사의 가이드를 받고 디즈니랜드에 단체관람 가기로 됐었는데…….
— 한국 어디에서 오셨는데요?
— 제주도에서 왔습니다. 갑자기 사정이 생겨서 따라가지 못했는데 디즈니랜드 안내책자라도 받아볼까 해서…….

이런 말이 오가는 사이에 제일 안쪽에 앉아있던 제일 나이들어 보이는 남자직원이 일어서서 내가 서있는 쪽으로 성큼 걸어왔다. 그가 앉았던 자리 쪽을 얼른 돌아봤더니 넓은 책상 위에 사장(President)이라는 명패가 놓여있었다. 나를 향해 입을 여는 그의 얼굴에는 엷은 웃음이 어른거리고 있었다.

— 제주도에서 오셨다고요? 저도 제주도 사람인데요.

나의 얼굴을 유심히 뜯어보면서 여기까지 말하던 그는 돌연 안색이 바뀌었다.

— 어쩐지, 알 만한 사람인 것도 같은데…….

그 순간 나의 입에서부터 먼저 탄성이 터져나왔다.

— 아이고, 이거 선생님 아니십니까, 김상길 선생님.
— 그래, 내가 김상길 선생 맞네. 자네 이름은 뭐더라. 생각날 것 같으면서…….
— 문창주입니다. 문창주 기억 안 나십니까.
— 그래, 문창주 맞았어. 내가 문창주를 잊어버리겠나. 제주○○고등학교 수재였다는 거 기억 나네.

김상길 선생은 나의 손을 이끌고 사무실 안쪽에 위치한 조용한 별실로 들어갔다. 한국어로는 접견실, 영문으로는 Reception Room이라는 명패가 부착된 방이었는데 직원들이 쓰는 사무실보다 더 고급스럽고 안락해 보이는 공간이었다. 자리에 앉은 우리 두 사람은 다시 서로의 얼굴을 찬찬히 들여다 보았다. 김 선생은 옛날 우리에게 영어를 가르칠 때에도 쩌렁쩌렁 목소리가 울리던 열정적인 성격이었음이 떠오른 나는 저절로 입이 벌어지면서 긴장이 풀리는 것 같았다. 천만뜻밖의 만남으로 마음이 들떠있었는지 이것저것 두서없이 물어보던 김 선생은 자기 명함을 여러 장 나에게 내밀면서 제주도로 돌아가거든 그곳 여행사 업자들에게 전해달라는 부탁 말과 함께 제주도 고향 이야기로 화제를 돌리는 것이었다.

— 서울에 큰 여행사들하고 우리 여행사가 협력관계 된 지는 오래 됐는데 제주도 여행사들하고 접촉은 요즘에야 시작되었네. 제주도에 가볼 생각을 하면서도 잘 안 되네.
— 제주도 나오신 지 오래 됐으면 고향 사람들 많이 잊어버리실 거 아닙니까?
— 어릴 때 일은 늙어가야 더 생각난다는 거 모르는가? 어디 보자, 우리가 몇 년만에 만나는 거지? 내가 그때 고등학교 선생 그만 둔 것이 30대 초였고 지금 내 나이가 60대 중반이니까 그동안에 장장 30년도 더 지났다는 거여.
— 정말입니다. 저도 이제 50대가 되었습니다. 저는 오늘 김 선생님 만나러 미국에 온 것 같은 기분입니다. 패키지 여행을 왔는데 룸메이트 친구가 배탈이 나는 바람에 오늘 하루를 공친다고 하던 참이었습니다. 이 친구도 선생님에게 영어 수업 받은 학생이었습니다. 박정훈이라는 학생 기억 안 나십니까? 지금 우리 모교에서 교편 잡고 있습니다.
— 박정훈이라, 기억이 잘 안 나는데. 그럼, 박정훈이 그 친구는 지금 호텔에 있는가?
— 네, 간밤엔 화장실 출입하느라고 잠을 설쳤으니까 지금은 정신없이 자고 있을 겁니다. 오늘 디즈니랜드 구경 못 간 것만 손햅니다.
— 디즈니랜드라면 이젠 일본에도 있고 홍콩에도 있잖은가. 가까운 데서 느긋하게 보지, 뭐.
— 여행사 사업하시면 세계여행 다닐 기회가 많으시겠습니다.

— 솔직히 말해서, 세계여행 실컷 다니는 재미로 이 사업 하잖는가. 아마도 70개 국 정도는 가봤을 거야. 내 생전에 100개 국은 채울 거 같애.

— 미국에서 여행사 사업을 다 하시다니 장하십니다. 한국사람이 미국에서 사업하는 데엔 불리한 것이 많지 않습니까?

— 이래 뵈도 난 지금 미국국민이라네. 정식으로 미국 국적을 얻은 게 이제 10년이 넘었어.

— 그리 되셨습니까? 미국 국적 얻는 것이 꽤 어렵다고 들었는데요.

— 어렵다 마다. 내가 여기서 여행사 시작할 때엔 한국인 신분으로 사업허가를 받으려니까 애로가 많았어. 재산증명서 내라, 미국인 고용기준 따르라, 까다로운 게 많았지. 그러다가 정식으로 미국 국적 얻는 것은 우리 아들 덕을 봤지. 우리 아들은 애비보다도 미국국민 되는 것이 더 빨랐어. 내가 유학생 신분으로 미국 와서 고생할 때 낳은 아들이야. 속지주의(屬地主義)라고 해서 외국인 부모의 자식이라도 미국 땅에서 태어난 아이는 무조건 미국 시민권이 나오거든. 이 아들이 커서 지금은 여기 실리콘밸리에서 연구원 생활을 하고 있어. 이민 오는 것은 배우자 초청 케이스가 최우선이고, 자식이 초청하는 케이스는 성년 된 지 5년이 지나야 되는 등 좀 까다로워. 그러니까 난 우리 아들이 성년이 되기를 기다렸다는 거지. 미국국민이 된 다음에는 사업하기도 많이 수월해졌고 그렇게 되니까 정말로 아메리칸 드림을 이루었다는 기분이 들었어.

— 미국시민권 얻는 데에 장장 30년 가까이 걸린 셈인데 대단한 집념이십니다.

— 그런 셈이지. 오래 걸리긴 했지만, 부자 간에 역할분담 방식이

제일 확실한 거였어. 자넨 잘 모르겠지만, 난 대학에서 영어 전공 택할 때부터 미국국민 되는 것이 꿈이었어. 내 일생 중에 미국국민이 된다는 마스터플랜을 짜놓고 그 기본계획에 따라서 다른 모든 계획을 맞춘 것인데, 이제 그 꿈을 이룬 셈이지.

— 고등학교 선생님 하신 것도 그런 아메리칸 드림의 한 단계였습니까.

— 뭐, 그렇다고 봐야지.

— 세계여행 실컷 다니는 것이 꿈이셨다니, 선생님의 경우는 아메리칸 드림보다는 글로벌 드림이라고 해야겠습니다.

— 아, 그건 괜찮은 평이네. 일찍이 버트란드 러셀은 앞으로 언젠가는 세계정부시대가 올 거라고 했는데, 나 같은 사람이 많이 나와야 세계정부 꿈이 빨리 실현될 거 아닌가 해.

— 세계여행을 많이 다니면 세계정부 지지하는 것도 쉬울 거 같습니다.

— 맞아, 맞아. 미국국민 되는 건 곧 세계정부 시민 되는 길인 거 같애. 세계역사가 흘러가는 건 미국국민들이 어떻게 방향을 잡느냐에 달려있지 않겠어?

김상길 선생의 표정은 자부심과 행복감에 차있는 것 같았고 그의 어조는 당당하였다. 나는 귀로는 김상길 선생의 말을 듣고 있으면서도 마음속으로는 다른 생각을 하고 있었다. 옛날 김상길 선생이 당했던 파혼사건에 대한 생각이 머릿속을 맴돌고 있었던 것이다. 동료 교사였던 안민영 선생과의 결혼이 불발로 끝난 후 김상길 선생은 행방불명이 돼버렸었다. 그 당시 안 선생은 피스코로 왔던 미국남자하고 결혼하여 미국으로 떠났다는 소문까지는 파다했었는데, 그때 이후 김 선생은 안 선생을 만난 적이나 있는지, 안 선생 대신에 다른 어떤 여자와 배필이 되었는지 알려진 바가 없었던 것이다. 그러나, 내가 뭐라고 말하기 전에 김상길 선생이 먼저 나의 궁금증을 풀어주는 발언을 해옴으로써 나의 관심을 확 끌어당겼다.

— 여기 엘에이에도 제주도 출신이 열 명이 넘는다구. 찾아보면 아마 더 있을 거라. 그중에서 내가 최고 선배지만, 스무 명이 넘으면 엘에이거주 제주도 교민단체를 만들어 볼 생각이야.
— 그렇게 많습니까?
— 뉴욕엔 더 많은 모양이야. 백 명 가까이 된다고 했으니까.
— 제가 듣기로도 제주도 사람들의 해외진출 역사가 대단하다고 했습니다. 일제시대에 일본으로 진출한 제주도 사람들은 다른 어느 지방보다도 더 많았고 말입니다. 그럼 선생님 사모님도 제주도 출신이십니까?
— 그렇다네. 우린 중학교 동창이야. 중학교 졸업하고 한참 지나서 만났는데 말하다 보니까 서로의 계획을 알게됐어. 이 여잔, 미국의 어떤 교회에서 주는 선교(宣敎)장학금 수혜자로 선정은 받아놓고 어떻게 혼자 미국에 갈 건지 걱정하고 있었더란 말이지. 나도 비슷한 고민을 할 때였으니까 덥석 손을 잡은거지.

묻지도 않은 과거 얘기를 털어놓던 김상길 선생은 누군가가 찾는 바람에 접견실 밖으로 나가있다가 잠시 후 다시 들어왔다. 앉자마자 입을 여는 그의 표정은 시종 회심의 미소를 띠고 있었다.

— 오늘 우리 그대로 헤어질 수는 없지 않은가. 자네가 오늘 여기를

떠나면 언제 다시 만나겠냐고. 그래서 내가 제안을 하나 하겠는데 들어줄 수 있겠나.

— 여부가 있습니까. 말씀만 하십시오.

— 에, 또, 뭔고 하니, 자네가 고등학교 때 배웠던 안민영 선생 기억나나?

— 아, 네, 안민영 선생님 말씀입니까? 잘 기억하고 있습지요.

— 그 안민영 선생하고 점심식사를 함께 하자는 거여. 안민영 선생이 지금 엘에이 한국총영사관 직원으로 있어. 여기서 멀지도 않아. 코리아타운과 가까우니까. 나하고 안 선생하고는 왕년에 같은 학교 동료교사였잖은가. 우린 직장이 가깝기도 하고 전화도 자주 하는 사이지만, 같이 만나 식사하거나 하는 일은 별로 없어. 그런데 안민영 선생이 얼마 안 있으면 퇴직할 나이가 돼. 직장 그만두면 거주지도 옮겨가신대. 남편 직장을 따라서 산디애고 쪽으로 말이지……. 그래, 그래. 엘에이에서 남쪽으로 조금 간 곳이지. 남편이 산디애고 주립대학 교수로 있어. 안민영 선생의 남편은 자네도 좀 알잖은가. 제임스라고 기억 나?

— 네, 기억 납니다. 그때 우리한테 영어회화 가르치던 제임스 선생이 지금은 대학교수란 말씀이네요.

— 그렇다니까. 산티애고대학 미국학과에서 아시아 · 미국 관계론을 가르치고 계셔.

— 그러면 옛날 피스코 시절 경험이 도움될 거 같네요.

— 당연히 그렇겠지. 제임스 교수는 한국과 일본에서 피스코 파견 복무를 10년이나 했다니까 미국인이 아시아지역에서 당하는 문제들을 많이 안다고 봐야지.

— 아시아인이 미국에서 경험하는 문제는 아시아에서 온 부인이 잘

알 거고요.

— 바로 그렇지. 그런 점이 잘 어울리는 커플이지. 출신국이 그런데다가, 직업적으로도 잘 어울려. 교수인 남편의 전공이 아시아·미국 관계론인데 부인의 직장은 한국영사관이니까 남편의 연구자료가 부인의 업무 데스크에서 많이 나올 거 아니겠어? 아주 이상적인 역할분담인 거지.

— 오늘 저는 미국인 가정 두 군데에서 이루어지는 역할분담의 실상을 보고 가네요. 선생님께선 미국국민 되는 꿈을 이룬 것도 가족 간 역할분담 덕분이라고 하셨는데 그런 것이 미국식 실용주의라고 볼 수도 있겠습니다.

내가 가벼운 마음으로 던진 한마디 말이 김상길 선생 자신의 가정생활 내막이 드러나는 계기가 되었다. 그들 부부의 경우는 가사의 역할분담 정도가 아니었던 것이다.

— 미국식 실용주의라고? 그래, 그래. 우리 부부의 생활방식도 미국식 실용주의라고 하고 싶어. 우리 부부는 각자가 자기 일을 즐기다 보니까 두 사람의 생활공간이 자연스럽게 아래 위층으로 분리되었어. 난 세계여행기념품 전시장을 아래층에 만들고, 와이프는 자기 전공인 해양생물관 방면의 소형박물관을 윗층에 만들다 보니까 그렇게 되더라고.

— 네? 해양생물학 박물관입니까? 아까 선생님 말씀이 사모님은 중학교 동창이시라고 하셨는데.

— 그렇다니까. 우리 와이프는 제주해녀의 딸답게 해양생물학을 공부했다네. 지금 LA 작은 대학에 교수로 있는데, 두 사람이 하는

일이 워낙 다르다 보니까, 서로 통하는 것이 별로 없어. 부부가 출창 옆에 붙어있는 것보다 차라리 주말부부가 되자는 것이 우리 부부의 실용주의적 결론이야. 안민영-제임스 부부가 LA와 산티애고 두 곳에서 따로 살면서 주말부부인 것도 그렇지만, 미국엔 이런 식의 주말부부가 수도 없이 많다니까. 난 이런 식의 합리적 실용주의가 맘에 들어. 미국이라는 나라가 원래 그런 나라였거든. 세계 각처에서부터 인종과 문화가 다른 사람들이 들어와서 함께 살고 있으니까 습관이나 성질이 다른 사람들하고도 사이좋게 살 수밖에 없는 거지.

— 저도 미국 여행 중에 많이 보고 느꼈습니다. 미국 사회는 이질문화에 대해 관대하고 문화다양성을 존중하는 곳이라는 거 말입니다.

— 문화다양성 가정으로 말하면 안민영-제임스 커플이 모범적일 거야. 아까 말하다 말았지만, 우리 세 사람, 그러니까 자네와 나와 안민영 선생 이렇게 세 사람이 오늘 점심 식사를 같이하자는 말이지. 어때, 괜찮겠어?

— 여부가 있겠습니까. 저로서는 감지덕지입니다.

고교시절 안민영 선생은 우리들에게 그야말로 스타교사였는데 그런 사람과 점심식사에 동석한다니 나로서도 환영할 일이었다. 나 자신이 한때는 안민영 선생이 김상길 선생 대신에 미국남자와 결혼한 것을 놓고 서운하게 여겼고 약소민족의 설움으로 확대 해석하기까지 했었지만, 그것이 모두 세상을 보는 나의 안목이 짧았기 때문이라는 생각이 자리잡기 시작했다. 나는 점심 초청에 고맙게 나가겠지만 다만 호텔방에 홀로 남아있는 친구 박정훈이가 걱정된다고 말했다. 김상길 선생은 잠시 생각 끝에 접견실 냉장고를 열고 요구르트 두 개를 꺼내어 나에게 건넸다.

— 이게 유명한 캘리포니아산 요구르트야. 이걸 박정훈에게 갖다주라구. 미국 와서 물을 바꿔먹은 게 탈이 난 모양인데 이거 먹으면 기운이 좀 날 거여. 그러고, 우리가 만날 식당은 요 앞에 신라식당으로 하자구. 이 근처에서는 유명한 한국요리 식당이지. 만나는 시간은 열두 시 반으로 해도 괜찮겠지.

나는 김 선생의 요구르트 선물을 받아 넣고 신라식당의 위치를 알아본 다음에 세계여행사 건물을 나왔다. 호텔에 돌아가 봤더니 박정훈은 이제 상태가 많이 회복된 모양이었다. 잠시 외출 중에 있었던 일을 전해 들은 그는 나 못지 않게 놀라는 기색이었다. 김상길 선생을 만났다는 이야기만으로도 그의 놀람이 큰 것을 본 나는 안민영 선생의 등장에 대해서는 한 마디도 언급하지 않았다. 그는 내가 건넨 요구르트를 받으면서 잠시 생각 끝에 자기 여행가방을 뒤져서 무슨 비닐 봉지 하나를 꺼냈다.

— 마침 여기 제주산 깅깡이 있었네. 한국에서 갖고 온 깅깡을 아직 반도 못 먹었어. 이걸 선생님에게 갖다드리면 어떨까.

— 좋은 생각이여. 제주도 냄새 나는 물건이니까 좋은 선물이 될 거여.

나는 약속보다 좀 이른 시간에 신라식당으로 갔는데 김상길 선생도 곧 이어서 나타났다. 그는, 내가 전한 제주도 깅깡 선물을 받아들고 고맙다는 치사를 하고나서는 준비해둔 물건 하나를 나한테 내밀었다. 두꺼운 책 만한 크기였는데 그리 무겁지는 않았다.

— 이건 박정훈이를 통해서 내가 제주○○고등학교에 보내는 선물일세. 자네들 모교가 나의 모교도 된다는 생각을 하니 내가 그냥 있을 수 없더라구. 이건 학생들 지리과 학습용 지구본인데 한국엔 아직 이런 풍선식 지구본이 안 나온 모양이야. 가서 사용법 안내를 잘 읽어보고 쓰라고 하세.

— 이거 잘 전달하겠습니다. 선물과 함께 선생님 사상도 잘 전하도록 하겠습니다. 아메리칸 드리머도 애국할 수 있다는 사상 말입니다.

우리의 말이 채 끝나기 전에 안민영 선생이 신라식당으로 들어왔다. 세 사람이 자리에 앉고 나서도 안민영 선생이 나에게 던지는 수인사가 한동안 계속되었다. 나는 미국인 두 사람과 자리를 같이한 한국인 한 사람이라는 기분이 될 수밖에 없었다. 안 선생은 얼른 봐서 못 알아볼 만큼 변한 모습이었으나 보기 드문 미인이었던 옛날 얼굴의 자취를 알아볼 수는 있었다. 그녀의 얼굴이 세월을 비켜가지는 못했어도 별로 추레함은 없이 우아하게 나이들어 가는구나 싶어서 옛날 우리 학생들 간에 인기가 높았음이 새삼 생각나기도 하였다. 옛날에는 안 선생의 입이 너무 커서 옥에 티라고 생각했던 기억이 떠올랐지만, 지금은 무대가 미국으로 바뀐 탓인지 입이 큰 것도 개성미가 아닌가 싶었다.

기대를 모았던 옛날 선생님들과의 식사 회동이 나에게는 그리 즐거운 자리가 되지 못하였다. 그들 두 사람에게 관련된 나의 기억이 너무 무거운 부담으로 작용했던 탓인지 나는 시종하여 조심스러운 마음이 되었다. 그들이 묻는 질문에 적절한 말로 응답하는 정도가 내 몫의 역할인 것으로 생각하고 나는 그냥 그들의 대화를 듣는 것으로 만족하기로 하였다. 김상길 선생이 나에게 기대했던 것은, 옛날의 동료 교사 안 선생에 대한 추억의 끝마무리 장식에 기여하는 것이 아닐까 싶기도 하였다.

나는 그들의 대화를 듣는 동안 그때까지 내 마음 속에 있던 궁금증을 많이 풀어낼 수가 있었다. 무엇보다도, 옛날 우리 학생들 간에 풍문으로 알려졌던, 그들의 연애와 약혼과 파혼에 관련된 사건들이 그들에게 상처가 되고 있다는 어떤 낌새도 보이지 않았음이 나를 안심시켰다. 새롭게 나의 관심을 끈 의문은 왕년의 삼각관계 주인공들인 세 사람이 현재는 어떤 사이일까 하는 것이었다. 김 선생은 안 선생에게 간간이 제임스 교수의 동정에 대해서도 물어보았는데, 그것이 단순한 안부 물음으로 보이지는 않는 것이 이들 두 남자 사이에는 그동안 적잖은 왕래가 있었는가 보았다. 김 선생이 안 선생보다 몇 해 늦게 도미하여 대학원 과정에 입학한 대학교에 안 선생의 남편 제임스가 교수로 재직하고 있었음이 드러나기도 했다. 또한, 김 선생이 안 선생에게 여행사 업무에 관련된 몇 가지 도움말을 청하는 것으로 보아서 안 선생은 총영사관 직원으로서 김 선생의 여행사 일을 조력해 줄 수 있는 입장인 것 같았다. 요컨대, 이들 두 사람은 용감하게 조국과 고향을 등지고 온 한국계 미국인 동지로서 끈끈한 동포애와 협력관계를 유지하고 있음이 느껴졌다.

또 하나 나의 기억에 남는 것은 안민영 선생이 나를 향해 특별히 한 말이었다. 안 선생의 남편은, 한국에서 평화봉사단 이름으로 활동한 적이 있어서인지, 한국전쟁과 베트남전쟁에 대한 논평을 자주 한다는 얘기였고, 한국전쟁은 미국의 대외정책이 최고의 성공을 이룬 케이스이고 베트남전쟁은 그 최악의 실패 케이스라는 말을 여러 차례 했다는 것이다. 이에 따라서 제임스 교수가 보고 싶어하는 것은, 한국사람과 베트남사람이 사이좋은 친구가 되거나 부부가 되는 모습이라고 하였다.

— 어찌 보면 서로 우정이나 애정을 나누기가 제일 어려운 두 나라가 한국과 베트남이라는 거라. 한국사람들이 보기에는 베트남이 미국과 싸운 것은 이해가 안 되는 멍청이 짓이고, 베트남사람들에게는 한국이 미국과 동맹관계가 된 것이 줏대 없는 얼간이 짓으로 보이기 쉽다는 거지. 게다가 한국과 베트남 두 나라는 서로 총을 겨누고 전쟁을 벌인 원수 시절도 있었고, 그것도 미국 때문에 일어난 전쟁이었단 말이지. 이렇게 원수 진 두 나라 사람들끼리 만나면 어떤 드라마가 펼쳐질까 하는 것이 이 양반에게 관심사라는 거라. 어때, 자네가 보기에는 어떤 만남들이 있는지, 뭐 아는 사례가 없는가 말이지.

안민영 선생의 물음에 대해 나는 적당히 얼버무리는 대답밖에 할 수가 없었다. 그것은 나로서도 가끔 자문해 보는 질문이었지만 너무 부담스러워서 피하고 싶은 질문이기도 하였다. 담화의 주제가 거북하게 느껴지면서 나는 회식 자리가 그만 끝날 때가 되지 않았나 싶어서 벽시계를 올려다 보기까지 하였다. 다행히 안민영 선생은 말 상대를 김상길 선생에게로 바꾸었다. 자기 핸드백에서 무슨 책자인가를 꺼내어 김상길 선생에게 건네는 것을 보니 이 자리에서 전해주려고 일부러 갖고 나온 것 같았다. 겉표지를 얼른 보았더니, 'World Government Vision, Vol. XI' 라고 적혀있었다.

— 이 책은 세계정부운동 본부에서 나오는 저널이에요. 전에 선생

님이 관심을 비쳤던 것이 생각 나서 갖고 나왔어요. 월드 거번먼트 비전을 한국어로 어떻게 번역하면 좋을지 생각중이예요.

— 그렇습니까? 제 생각엔 번역하지 말고 영어단어 그대로 두는 게 좋을 것 같은데요. 실지로 세계정부가 설 때에 공용어는 영어가 될 테니까요.

— 그것도 좋은 생각이네요.

— 제가 세계정부운동에 관심 가진 지는 오래 되었는데 아직 이런 저널은 보지 못했네요. 이렇게 두툼한 저널이 나오는 걸 보면 캠페인의 호응이 좋은 모양이지요.

— 맞습니다. 그전에는 회원 증가가 부진한 편이었는데 작년에 9.11 테러사건이 터진 다음에 회원 수가 부쩍 늘어난답니다. 그 충격적인 사건을 겪으면서 세계정부의 필요성을 절감하는 사람들이 많아진 거지요. 국가 간의 전쟁이나 문명 간의 충돌을 피하는 데에는 세계정부가 최선책이라는 얘기지요.

— 이론적으로야 세계정부가 좋은 거 알겠지만, 현실성이 있느냐가 문제지요. 요즘엔 국제간에 분쟁이 더 많아지는 것 같잖습니까.

— 정치적인 분쟁은 그칠 줄 모르지만 우리의 희망은 경제나 문화 방면에서 찾고 있지요. 정치인들은 국경선을 강화하고 부국강병 정책으로 나가야 선거에 유리하지만, 경제인이나 문화인들에게는 국경선이 빨리 무너져야 협력과 교류가 잘된다는 겁니다. 앞으로는 역사를 주도하는 것이 정치인이 아니라 경제인과 문화인들이라는 얘기지요. 역사를 긴 안목으로 보자는 거지요.

— 그런 말씀 공감이 되긴 합니다마는 워낙 거창한 문제라 놔서요. 하여간 좋습니다. 저도 이참에 정식으로 회원 가입을 할 생각입니다. 이 단체의 회원가입은 어떻게 합니까?

— 이 저널에 나온 세계정부운동 본부 홈페이지에 들어가면 회원가입 안내가 나와 있을 겁니다. 인터넷으로 회원 가입만 해두셨다가 다음 번 총회에 출석하시면 되겠습니다. 지금까지는 총회가 그냥 조용히 모이는 거였는데 앞으로는 세계정부운동이 뉴스거리가 되도록 광장에 모여서 시위도 하고 그런답니다.

— 이 표지에 나온 인물은 누구지요?

— 아, 이번 호 표지에 나온 사람은 역사학자 아놀드 토인비인데, 이 사람이 세계정부시대를 예언했다고 해서 그런 주장을 재조명하는 것이 이번 호 저널 기획기사랍니다. 저번 호 저널 표지에는 버트란드 러셀이 나왔는데, 역사상 저명인사들 중에서 세계정부사상의 원조들을 골라서 소개하기로 한 거지요. 이런 사상이 갑자기 나온 것이 아님을 알리는 거지요.

— 여기 보니까, 제임스 교수님이 지금 진행 중인 세계정부운동의 공동대표로 나와있네요.

— 그렇습니다. 처음에 이 운동이 시작된 곳도 미국의 명문대학들이 많이 있는 뉴잉글랜드 쪽이 아니라 이곳 캘리포니아 지역이라는 겁니다. 이쪽 지역이 아무래도 민족 간의 갈등이나 동서 간 문명의 충돌이 더 심한 곳이라서 그렇다는 말이 있어요.

두 사람의 얘기를 듣는 동안 나는 제임스-안민영 부부가 벌이는 의로운 캠페인에 존경심을 금할 수 없었고, 미국이라는 나라의 저력을 다시 발견하는 심정이 되었다. 그들의 세계정부운동은 피해의식에 찌들린 불행한 나라 백성들에게는 기대할 수 없는 웅대한 구상으로 보였던 것이다. 미국에서 일고있는 세계정부운동에 한국인 참여자도 있는지 물어볼 기회를 엿보던 나는 입을 다물고 말았다. 김상길 선생이 시계를 보면서 이만 자리를 떠야겠다고 말했기 때문이다.

세 사람의 회동을 끝내고 호텔로 돌아오는 동안 내내 나는 밖에서 있었던 일들을 박정훈에게 어떻게 전할 것인지 걱정이 되었다. 내가 잘못 전했다가는 결기를 잘 부리는 이 친구가 어떻게 나올지 염려되었던 것이다. 그렇다고 내가 그의 속내를 잘못 넘겨짚을 수도 있겠거니 싶어서 그저 내가 보고들은 모든 사실을 솔직하게 전하기로 하였다. 그러나, 내 나름으로는 성의껏 재미있게 풀어낸 이야기 보따리가 그에게서 예상 밖의 과민반응을 불러일으킴을 보고 나는 그만 할 말을 잃고 말았다. 그는 어이없다는 듯 입맛 다시는 소리를 내더니 김상길 선생의 집념 어린 아메리칸 드림 성공 스토리를 힐난하는 말로 이어갔다.

— 아무리 미국국민 되는 것이 꿈이었다고 하지만, 기본적인 자존심은 있어야지 않은가 말이지. 난 말이지, 그런 사람 제일 혐오해. 미국국민이 될 수만 있다면 어떤 고통도 감수하겠다는 사람 말이지. 한국에서 대학교수 하던 것을 그만두고 미국국민이 된 다음에 세탁소나 식당사업 한다는 사람을 보면 밉상스럽기 전에 가엾게 생각되더라고.

박정훈은 김상길-안민영 커플의 오래 전 러브 스토리에 대해서 아직도 기억하고 있었는지, 내가 그들과 함께했던 회동에 대해 매우 민감한 반응을 보였다. 김상길 선생이 안민영 선생을 불러낸 오늘의 회동에 대한 박정훈의 반응은 신랄한 비꼬기 수준이어서 말을 꺼낸 내가 몹시 무안해질 지경이었고, 그의 비꼬는 말 가운데서는 마치 순정 연애소설의 한 대목을 읽는 것 같은 고도의 감정이입이 느껴졌다. 오랫동안 절절하게 연애편지 쓰고 결혼 약속까지 했던 애틋한 로맨스의 탑을 그렇게 쉽게 허물다니 자존심도 없는 남자인가. 소중하게 간직해야 할 청춘 시절 추억조차도 그 알량한 아메리칸 드림의 성취를 위해서 이용하려고 하는 자신의 모습이 민망스럽지도 않았는가. 갈라선 다음에도 그렇지, 참담한 실연의 과거가 있었으면 있는 대로 조신하는 마음으로 서로 딴 세상 사람처럼 떨어져 살 일이거늘, 어린아이들 손꼽장난인가, 얼굴에 철판이라도 깔았는가, 미국 땅에 와서까지 희희낙락 이웃친구 불러내듯이 만나서 같이 식사를 즐기고 식사 중에 분위기 내려고 옛날 제자를 연극무대 소품처럼 앉혀놓는 것이 쑥스럽지도 않았는가……. 흥분에 가까운 감정을 뱉어낸 후 박정훈이 나에게 묻는 말도 파렴치한을 매도하기 위한 예비 질문 같이 느껴졌다.

— 김상길 선생이 미국에 와서 제임스 교수와 만날 당시에, 제임스는 안 선생이 김 선생과의 약혼을 파기한 사람이라는 걸 알고 있었는지, 그런 건 오늘 있었던 이야기를 통해서 알 수 없었느냐 하는 거지.

— 그건 잘 모르겠는데. 내가 센스가 둔해서 그랬는지 모르지만, 그런 거 낌새 챌 대목은 없었던 것 같아. 그치만, 그게 뭐 중요한가? 알았을 수도 있고 몰랐을 수도 있고, 그러지 않은가?

— 안 선생이 알려주지 않았으면 제임스 그 남자만의 추측으로는 알 수 없는 일 아니겠어?

— 그러니까 안 선생이 제임스에게 그런 걸 알려주었을 수도 있고 그러지 않았을 수도 있겠지.

— 만약에 말이야, 제임스가 김 선생을 만났을 때, 자기가 결혼한 여자와 약혼했다가 파혼당한 남자라는 걸 알았더라도 두 사람이 자연스럽게 대하고 왕래하고 그렇게 할 수 있었을까 하는 얘기지.

— 그게 왜 자연스럽지 못하다고 생각하지? 더구나 서양사람들은 남녀관계가 우리보다 더 자유롭다고 하든데. 이혼한 다음에도 다시 만나서 친구도 되고 사업 파트너도 되고 말이지.

— 아무리 서양사람들이 자유롭다고 해도 어떻게 이혼한 사람과 다시 만나서 친구가 되겠노. 과거 생각이 문득문득 떠올라서 현재 생각하고 뒤엉킬 거 아냐? 한번 지나간 과거사는, 그것이 떨떠름한 것일수록 과거 속에 묻어버려야 현재를 자유롭게 살 수 있는 거 아냐? 그러고 말이지, 서양사람은 그렇다 치고, 김상길 선생이 미국에 와서 제임스를 만날 때에는 어땠을까 하는 거지. 아, 이 사람은 내가 자신의 아내한테 파혼당한 남자라는 것을 알고 있다, 이런 생각을 하면서도 자연스럽게 그런 사람과 만나고 왕래하고 했다고 생각해 보라구. 자네 말 들어보니까, 김 선생은 제임스하고 그냥 어쩌다 만나서 인사하는 정도가 아니구만. 자기가 들어간 대학의 교수님이니까 여러 가지 편의도 얻었을 것 같단 말이지. 그러고 보니까 김 선생이 엘에이에서 여행사를 차린 것도 안민영 선생에게서 어떤 식으로든 덕을 보기 위해서가 아닌가 하는 생각이 든단 말이지. 총영사관 직원이니까 충분히 그럴 수 있는 위치일 거 아냐.

— 허, 자네는 별 거 가지고 흉으로 삼네 그거. 김상길 선생이 그랬다고 해서 뭐가 잘못이냐고.

— 그런 것이 뭐 잘못이라고는 할 수 없겠지만, 좀 치사하고 째째하지 않은가 허는 거지. 막말로 남자로서의 줏대도 없고 자존감도 없는가 말이지. 이들 세 사람은 장기간은 아니지만 한 동안 같은 학교 울타리 안에서 영어선생을 했던 사람들인데 서로 부끄럽지도 않으냐 말이지. 옛날 있었던 은밀한 로맨스의 역사를 가지고

자기의 처세수단으로 이용한다? 정말 그래도 되는 건가?

— 이거 보라구. 세상 산다는 게 그리 쉬운가? 남녀간의 애정관계를 종결한 다음에 사랑이 아닌 다른 의미로, 그러니까 업무상 친분관계 같은 것으로 계속 만나선 안될 이유가 뭐냐 말이지. 인간관계라는 것을, 의미와 목적을 바꾸고 계속하면 안되는 건가? 가령 말이지, 애비가 어린 아들을 키울 때에는 애비가 바라는 방향에 맞추어서 했는데 다 키워놓고 보니까 어릴 때와는 전혀 다른 방향으로 간다 할 때, 그런다고 해서 아들 사랑을 포기하겠느냐 말이지.

— 아들은 어떤 방향, 어떤 직업으로 나가더라도 아들 아닌가. 아들이라면 병신이라 해도 사랑할 수밖에 없는 것인데, 이런 경우와 비교 대상으로 하면 안되지, 이 사람아.

— 자네 논리를 어떻게 반박할까 고심하다 보니 그런 억지 비유가 나오는 거여.

— 알겠네. 그만 하게.

한때의 연인들이 이제는 다정한 이웃이 되어 화목하게 잘 지내고있다는 소식이 호되게 비방을 당하는 뜻밖의 상황이 나를 당혹케 하였다. 내가 안민영 선생에게서 들었던 세계정부운동 얘기를 박정훈 앞에서 굳이 꺼내 본 것은 미국사람들의 스케일이 이렇게 크다는 사실에 공감해 줄 것으로 기대했기 때문이었다. 이번 여행을 통해서 드러난 이 친구의 미국 혐오 심리에 물타기를 하고도 싶었다. 세계정부운동은 곧 세계평화운동인데 이같이 인도적인 사상운동이 바로 이 나라에서 일어나고 있다고 하면 초강대국 미국의 존재의의를 새롭게 인식할 것이 아닌가 하는 생각이었지만, 이번에도 나의 예상은 빗나갔고 모처럼 기대했던 우리의 공감대는 이루어지지 않았다.

— 강대국 논리란 것이 뻔하다고. 자넨 베트남전쟁 구경까지 했잖은가. 뭐, 정의로운 세계역사를 위해서 불가피한 전쟁이라고 했든가? 자기네 나라 사회질서도 잡지 못하는 나라가 딴 나라의 질서까지 걱정한다는 게 말이 되는가 말이야. 세계정부라는 것이 실현되어도 그 정부의 실권은 강한 자들의 손안에 있을 것이고, 그렇게 되면 강자가 약자를 이용하고 억압하는 것도 합법적으로 이루어질 거 아닌가. 이제까진 약육강식을 위해서 전쟁이라도 일으켰지만, 국경선이 없는 세계정부 시대가 되면 전쟁하는 수고도 할 필요가 없어진다는 거 아닌가 말야.

— 그만 하자. 갈수록 태산이네.

나는 끝내 세계정부운동의 기수들 중에 제임스-안민영 부부가 있더라는 말은 꺼내지 않았다. 그런 말이 이들 부부에 대한 박정훈의 혐오를 희석시켜주기는커녕 오히려 더 악화시킬 것만 같았다. 나는 뜻하지 않은 면박을 당한 것이 머쓱하고 당황스러웠다. 뭔가 돌파구를 찾던 나는 김상길 선생에게서 받은 지구본 선물을 꺼냈다. 이 지구본은 한국에서는 아직 볼 수 없는 풍선식이라고 했던 말이 생각났다. 포장지를 뜯어보니 어린이 장난감 고무풍선 같은 것이 들어있었다. 두 사람은 사용법 안내문을 읽어보면서 풍선 주둥이에 입술을 대고 푸-하고 바람을 불어넣어 보았다. 부풀어 오른 풍선은 점점 커지더니 근사한 지구모양의 공이 되었다. 바람 넣기에 따라서 부풀었다 졸아들었다 변하는 게 마치 인간의 힘이 지구를 쥐었다 놓았다 하는 느낌까지 들어서 학생들에게 재미도 있고 상상력도 자극하는 좋은 학습도구가 될 것 같았다.

지구본의 북극 꼭지 너머로 김상길 선생의 활짝 웃는 얼굴을 그려보는 나의 입가에도 빙긋이 웃음이 배어나왔다. 옆자리에서 박정훈의 시큰둥한 목소리가 들려왔다.

— 멸치 자존심은 뼈대에 있다고 하든데, 아메리칸드림의 화신, 우리 김상길 선생도 자신의 뿌리는 잊어버리지 않았다는 거네. 이런 선물 보낼 생각이 다 나시고.
— 이 사람, 그렇게 막 비꼬지 말게나. 나도 한때는 아메리칸 드림 비슷한 거 갖고 있었는데, 그런 말 들으면 그때의 내 마음 한 구석이 막 따끔거린다니까.
— 걱정 말게. 내가 이 선물을 우리 학교에 전달하는 건 아무 이상이 없을 테니까. 그리고 말이야, 솔직히 말해서 그럴 능력과 여건이 안돼서 그렇지, 그렇지만 않다면 아메리칸 드림으로 홀리지 않을 사람 많지 않을 거 같애.
— 박정훈이 한 사람만 빼놓고 말이지.
— 그래, 맞어. 내가 감히 고하노니, 추상고절에 독야청청은 나뿐인가 하노라.
— 이 사람, 미국까지 와서 국어선생 티내는 거야?
— 내가 어젯밤 겪은 일 생각 안 나? 우리 학교 영어선생 하나가 미국 한번 와보고는 한다는 소리가, 자기가 했던 영어가 엉터리영어고 자기는 얼치기 영어선생이라는 걸 이제야 알았다는 거여. 그러니까, 미국 와서 큰소리 칠 사람은 영어선생이 아니라 국어선생이라는 말이네.

우리는 결국 허허- 웃는 소리로 우리의 끝없는 말다툼을 끝내고 말았다.

다음 날 이른 아침 우리는 엘에이발(發) 비행기를 타고 귀국길에 올랐다. 나는 장거리 여행을 무사히 끝낸 사람의 안온한 기분을 느긋하게 즐기기로 하였다. 요행히 나의 자리는 기창(機窓) 밖으로 광활한 조망이 내려다 보이는 위치였다. 박정훈은 어디에 앉았는지 보이지 않았다. 기창 밖으로는 아침 햇살 아래 더욱 푸르른 하늘이 내다보였다.

나의 머릿속에서는 김상길 선생의 자부심에 찬 얼굴 모습이 생생하게 떠올랐다. 자유로운 세상이며 기회의 땅, 김상길 선생이 그런 나라의 국민이 된 것에 대해 내가 뭐라고 탓할 것인가. 그의 꿈과 성공은 보람찬 것으로 보였으며, 다른 누구의 인생도 파괴하지 않았다. 나도 한때는 그의 가르침에 따라 미국을 숭배하였고, 세계의 지배자 미국의 그늘 작은 모퉁이에 비집고 들어가는 것이 나의 어린 꿈이었음을 생각하면 나의 어린시절 추억은 그의 그림자를 벗어날 수 없었음이 사실이다 싶었다.

김상길 선생과의 만남에서 또 하나 인상적이었던 것은 자신의 결혼생활 스타일에 대한 그의 변명이었다. 자기에게 파혼의 상처를 남겨준 여자와 스스럼없는 친구가 되는 유연함도 그렇거니와 그가 자기 아내와 같은 지붕 아래 살면서 주말부부로 지낼 수 있는 유연함은 그 자신의 표현대로 합리적 실용주의로 설명될 수가 있을까. 부부 간의 도리로 그럴 수 있느냐는 등 명분을 따지지 않고 사실상의 편리와 실익을 따르니까 분명히 합리적 실용주의일 터이었다. 그렇다면 나의 결혼 생활은 어떤가. 우리가 명색이 부부인데 어떻게 거처를 따로 할 수 있느냐고 주저할 때에는 명분을 따르는 것이었지만 결국에는 별거의 편리함을 택한 것이니 실리를 따랐던 셈이다. 그렇지만 아직도 아파트로 아내를 찾아갈 때에는 술김에 제 정신이 아닌 척하는 것은 미국식 실용주의가 몸에 배이지 못한 것이 아닌가. 김상길 선생은 정말 말짱 해맑은 정신으로 한 지붕 아래 살면서 1주일을 기다렸다가 주말에만 만나서 쌓였던 회포를 풀 수 있다는 말인가. 김상길 선생의 걸걸한 성품이라면 능히 그럴 것도 같았지만, 미국과 같은 나라이니까 그런 방식이 가능할 것 같았다. 만약에 나도 미국처럼 사람도리 보다 실속을 앞세우는 나라에 살고 있다면 지금처럼 취기의 힘을 빌려서야 아내의 아파트를 찾는 등 어설픈 짓을 할 필요가 없을 것이 아닌가 싶었다.

헛기침을 하며 다시 내다보는 기창 밖은 한없이 멀리 펼쳐진 공간이었고, 원거리 공간의 조망은 나에게 원거리의 과거 시간을 조망하게 만들었다. 나의 지난 날 세월이 한 무리의 그림자처럼 나의 뇌리에 떠오르는 것 같았다. 내가 지나온 과거의 행적들은 그런 것일 수밖에 없었는지, 하염없는 의문에 휩싸였다. 내가 어릴 때 어머니께 들었던 말이 문득 떠올랐다. 남자가 그렇게 미죽어서 어디다 쓸꼬……. 결국 조용하고 평화로운 농촌생활이야말로 나의 미죽은 성격에 가장 잘 어울리는 삶이 아니었을까. 비록 그것이 선택이 아닌 운명으로 주어진 것이었지만, 나는 이제 그 운명을 사랑할 수 있을 것 같았다. 오래 전 옛날 이야기가 되어버린 연좌제, 나는 그 연좌제라는 올가미로 농촌에 묻혀 사는 감옥살이가 억울했었지만, 이제 지나고 보니 나의 농촌 생활도 그 나름의 의미와 기쁨을 찾을 수 있을 것 같았다. 나는 다시 기창 밖으로 눈을 돌려 아래를 내려다 보았다. 창 밖의 광활한 공간을 흘러가는 구름 모습들이 마치 누군가의 노련한 화필로 그려진 풍경화 같다는 생각이 들었다.

19장
경로우대 티켓으로

내가 미국여행 중에 우연히 만난 사람들은 망각 속에 오래 묻혔던 옛날 일들을 내 마음 속에 일거에 재생시켜주었다. 그러나 이들과의 만남은, 내가 세계와 만나는 통로를 뒤흔들거나 나의 미래에 새로운 진로 모색을 촉구하는 계기가 되지는 못했고, 내가 막연하게 지녔던 세계인식의 틀을 확인하는 정도의 의미가 있었다 할 것이다. 이에 비교해 볼 때, 나의 미국여행 기간에 일어나서 내가 돌아오기를 기다리고 있던 일들은 이보다도 더 크고 충격적인 것이었고, 그 일들은 세상을 변화시키는 세월의 놀라운 힘을 나에게 보여주는 동시에 세상의 변화에 대응하는 나의 비상한 결단을 촉구하는 것들이었다. 겨우 10여 일, 제주도에서 떠나는 미국여행의 경유지인 서울에서 다른 볼일 때문에 체류한 며칠간을 셈하고도 두 주일 남짓의 기간에 일어난 일들이었다. 인천국제공항에 내린 나는 박정훈이며 다른 일행들과 헤어져서 서울시내의 한 종합병원에서 건강검진을 받느라고 여러 날을 지체하였다. 나에게 흔치않은 서울나들이 기회를 이용하자는 생각이었다.

여행일정을 모두 마치고 집에 돌아온 것은 늦겨울 해거름이 내리는 어스름 녘이었다. 여러 날 외출 나갔던 나를 반겨줄 사람이 아무도 없었지만 이제는 집안 풍경이 아무리 적막해도 만성이 된 나였다. 외출에서 돌아오면 우체통부터 먼저 살펴보는 것이 나의 버릇이었지만, 매일 배달되어오는 신문 말고는 별다른 우편물이 있을 리 없는 집이었다. 오늘도 마찬가지려니 했는데, 그게 아니었다.

우체통 한쪽 틈바구니에 꽂혀있는 종이쪽지가 하나 있었고, 우체통 안에 빼곡이 쌓여있는 신문뭉치들 아래에도 웬 편지봉투가 들어있었다. 종이쪽지는 작은고모가 끼워둔 것이었지만, 편지봉투는 우체국 날인도 없고 발신인이나 수신인 같은 것이 적혀있지도 않은 것이어서 나의 호기심만 잔뜩 돋우었다. 나는 수상쩍은 봉투부터 먼저 열어보았다. 봉투 속의 백지에 적힌 짤막한 문귀는 나의 정신을 대번에 뒤흔들어 놓았다. 〈팜호아가 제주도에 들어왔음. 전화 걸어주기 바람. 전화 ○○○○○○○번.〉 편지봉투에는 다른 물건도 들어있었다. 내가 베트남에 가있을 때 사이공 렉스호텔에서 꼬불쳐갖고 나왔다가 나중에 그 주인인 팜호아에게 돌려주었던 비취색 팔찌였다. 이게 꿈인가 싶었고, 한동안 실감이 나지 않았다. 한글 글씨는 옛날에 보았던 기억이 어렴풋이 되살아나는, 팜호아 그 여자 자신의 서투른 필체였다.

다른 종이쪽지에는 낯익은 고모의 필적이었다. 〈급한 일이니 들어오는 대로 전화 바람. 고모〉 전화기를 손에 들 때에는 무슨 일인지 몰라 걱정되고 조마조마한 마음이었지만, 저쪽에서 들려오는 고모의 기운찬 목소리는 나의 불안한 마음을 대번에 씻어주었다.

— 무사(무슨 일로) 경 늦어시니. 미국여행 끝나민 곧 돌아올 줄 알았주게.……. 기여(그래), 큰일이여. 아부지 만나게 되었젠 말이주.

북한에서 아부지가 이산가족 상봉 신청 냈젠 허난, 지금 곧 우리 집이 왕 자세헌 말 들어보라.

정말로 꿈만 같은 일이었다. 나는 자리에 앉아볼 새도 없이 외출복 그대로인 채로 고모네 집으로 향했다. 자가용차로 겸용해서 쓰는 트럭에 급히 올라 탄 나는 그러나, 바쁜 사람처럼 차를 고속으로 몰지는 못했다. 꿈이냐 생시냐 싶은 일들 앞에서 얼떨떨한 심정이 된 나는 머릿속을 정리하느라고 바빴다. 팜호아가 제주도에 들어왔다니, 그녀의 희미한 얼굴 모습이 자꾸 눈앞에 어른거렸다. 나는 마음을 가다듬고 희미한 그 모습을 밀쳐냈다. 팜호아의 모습을 밀쳐낸 자리에 나는 아버지의 얼굴, 한번도 본 적이 없이 상상으로만 그려보는 아버지의 모습을 애써 떠올려 보았다. 머릿속에서 한동안 엎치락뒤치락 뒤엉키는가 했던 두 사람 모습이 물러간 자리에 다급한 목소리로 통화하던 고모의 모습이 크게 떠올랐다. 아버지가 북한에서 이산가족 상봉 신청을 내는 일이 어떻게 가능할 수 있었는지, 나는 얼떨떨한 정신을 가누느라 애써야만 했다.

대문을 열어주고 나를 맞아준 사람은 고모였지만 이야기 맞상대는 고모부였다. 대문 안으로 들어서는 나의 얼굴이 보이자마자 고모부는 웃음 띤 얼굴로 소리치듯이 말하는 것이었다.

— 경로우대여, 경로우대.

나는 그게 무슨 뜻인지 얼른 알아듣지 못하고 고모부의 얼굴을 빤히 쳐다봤다. 자리에 앉아서 잠시 설명을 들어서야 고모부의 말뜻을 알아들은 나는 아버지를 만난다는 너무나 벅찬 소식에 얼른 말문을 열지 못하였다.

— 연령이 중요했던 거여. 80세 이상 되는 상봉신청자들을 놓고 컴퓨터로 추첨해서 100명을 추려냈다고 허데. 남북한이 꼭 같은 방법으로 했다는 건데, 이제 생각해 보니까 그것이 최선의 방법인 걸 알겠어. 80세 이상 노인들에게 우선권을 준 것은, 사망하기 전에 가족 상봉의 소원을 들어주기 위함이라는 말이 있어. 허긴, 뭐, 팔순 노인들에게 충성도나 사상성 검증이 별 의미가 있겠어? 그 나이가 되면 이념이고 투쟁이고 가물가물해질 거 아닌가. 이제 곧 죽음을 앞둔 사람들에겐 젊을 때 일들이 다 어리어리해지고, 옛날에 통일이니 혁명이니 구호 외치던 때가 있었던가 아리송해질 거란 말이지.

— 아버진 80세가 넘었지만 큰고모네도 그렇습니까?

— 그렇다는 거지. 곰곰이 생각해 보니까, 현우 형님 나이는 올해 여든 두 살이고, 처형의 나이는 딱 여든 살이 된다는 거여. 그 형님네가 제주도를 떠난 지는 54년이나 되더라고. 반 세기가 넘었어.

고모부의 견해로는 남한에 있는 우리가 이산가족 상봉신청을 내기 전에 북한쪽 아버지네가 신청한 것이 아주 잘된 일이었다. 상봉대상자의 나이보다 상봉신청자의 나이를 우선적으로 고려하기 때문이었다. 고모부는 대한적십자사에서 보내온 '남북이산가족 상봉 대상자 확인서' 복사본을 방바닥에 펼쳐놓았다. 얼른 훑어봤더니, 북한거주의 이산가족 상봉신청자 난에는 '문진섭, 장현우, 문정란' 이라고 쓰여있고, 남한거주의 상봉대상자 난에는 '문창주, 신부길, 문혜란' 이라고 나와 있었다. 북한의 상봉신청자들이 만나기를 원하는 남한의 상봉대상자들이 확실하게 상봉예정 장소에 나갈 수 있음을 확인하는 문건이었다.

고모부는 이 간단한 문건의 기재사항을 놓고서도 아버지의 신상에 대한 그럴듯한 추측을 많이 내리고 있었다. 구순 나이를 바라보는 아버지의 건강상태가 괜찮은 것으로 보는 이유는, 상봉신청자인 아버지의 현재 거주지인 흥남에서부터 이산가족 상봉 장소인 서울까지의 왕복코스 스케줄을 감당할 정도가 된다고 생각되기 때문이었다. 상봉대상자 난에 현재 살아있는 가족들만이 정확하게 거명되고 있음도 눈여겨 볼 만하다는 것이 고모부의 말씀이었다. 아버지는 4.3사건 와중에 형무소로 끌려갈 당시 거의 같은 시기에 태어난 아들 둘이 있음을 알고 있었을 텐데도 상봉대상자 난에는 문창주 이름 하나만을 써넣었고, 자신의 배우자였던 두 여자나 상주 형의 이름은 써넣지 않았다는 것이다. 이는 최근의 우리 집 가족상황이 아버지에게 잘 전달되었음을 뜻한다는 것이었다.

고모부는 어딘가에 간수해두었던 신문 한 장을 꺼내어 내 앞에 펼쳐놓았다. 시각효과라는 것이 있어서 나의 눈에 얼른 들어온 것은 고모네 부부의 활짝 웃는 사진이었다.

— 자네가 그때 여기 있었으면 자네 사진이 들어갈 뻔했다니까.

고모부의 점잔빼는 목소리가 들려왔지만, 누구 사진이 신문에 실렸느냐가 중요한 것은 아니었다. 지방신문 사회면에 1호 기사로 나오다니, 나는 우리 가족들이 졸지에 유명해지는 기분이 되었다. '높이 들었던 붉은 깃발, 역사의 무덤에 묻고'라는 제목 아래 나온 기사의 주요 내용은, 6.25 당시 인민군 의용대로 출정했다가 그동안 북한에 살아있던 85세의 문진섭 씨가, 적십자사에서 마련해주는 이산가족상봉 기회를 통해서 제주도에 거주하는 아들과 여동생네 부부를 만나게 된 내력이었다. 기사의 말미에는, 이념분쟁을 넘어서는 남북간 화해에 담긴 인도주의야말로 현재의 평화주의 정부가 지향하는 역사발전의 주요 지표이며 우리가 겪는 시대변화의 위대한 이정표라는 거창한 표현으로 결론을 맺고 있었다. 신문을 대충 읽어본 나는 기사의 어조가 너무 장중함에 마음 한 구석에서 겸연쩍은 심정이 되었다.

— 높이 들었던 붉은 깃발이라니 어디서 들어본 말 같습니다.
— 그럴 거여. 옛날 북한 인민군이 부르던 적기가(赤旗歌)의 한 부분에서 나온 거 아니냐. '높이 들어라 붉은 깃발을', 적기가 중에서도 이 부분이 제일 매섭고 섬뜩했었어. 하여간, 세상 많이 달라졌지. 옛날에는 쉬쉬하며 발설하지도 못한 특급비밀이요 가문의 수치였던 수형인 월북자가 무슨 영웅이나 된 것처럼 신문기사에 대서특필로 나오다니 오래 살고 볼 일이여.
— 지금 대통령이 이래저래 욕을 많이 먹더니 좋은 업적도 있다는 거네요.
— 원래가 큰일 하려면 욕도 많이 먹는 거 아닌가. 또, 신문이란 게 사실을 과장하고 사건을 크게 부풀리는 경향이 있지. 남북이산가족 상봉 행사가 저번에도 있었지만 제주도 사람이 주인공이 된 건 이번이 처음인 모양이라. 그러니까 우리 집에까지 직접 와서 인터뷰하고 이렇게 대서특필로 띄워주는 거지.

그동안의 정황 설명은 고모부가 했지만 앞으로 일을 진행하는 이야기는 고모가 했다. 이제까지 듣고만 있던 고모는 이산가족 상봉행사에 나가기 위한 구체적인 준비과정에 대해 생각해 둔 바를 말하였다. 그날 입고 갈 옷은, 남북 간에 차이가 너무 드러날 정도의 고급옷을 피하면서도 기본적인 품위는 유지해야함을 말하였고, 북한 가족들에게 전해

줄 선물도 너무 고급물건으로 하면 위화감을 줄 수도 있다는 점에 유의할 것과 그 물건이 북한의 가정으로 들어간 다음의 쓸모 같은 것도 고려해야함을 설명하였다.

선물 품목으로는 곧 없어질 식품보다는 오래 남아있을 의복이 적당하겠지만, 겉옷 선물을 하는 것은 체형과 치수를 정확히 알아야 하는 것이니 피하기로 하고, 두루뭉술하게 입을 수 있는 속옷 종류를 선물하는 것이 어떻겠냐는 의견까지 내놓았다. 더구나 사람의 속살이 닿는 속옷을 선물하는 것은 가족끼리라야 어울린다는 말을 했는데 듣고 보니 그럴듯한 생각이었다. 남한 쪽 세 사람이 가서 북한 쪽 세 사람을 만나는 3대3의 상봉인데 양쪽 가족의 인적 구성으로 보아, 아들은 아버지의 선물을, 동생은 언니의 선물을, 아랫동서는 윗동서의 선물을 준비하기로 한다는 세밀한 계획까지 내놓는 것이었다. 나는 아버지 만나는 일을 도무지 실감하지 못하는데 벌써 선물 이야기냐고 했더니, 상봉행사 일이 이제 닷새 앞으로 닥쳤는데 벌써라는 말이 어떻게 나오냐고 나의 무심함을 퉁 놓는 고모의 모습은 무슨 휴먼 드라마의 알뜰 주인공을 연상시켰다. 선물 사러가는 일은 모레쯤 세 사람이 함께 가기로 하자고 제안한 후 나는 고모네를 뒤로하고 집으로 총총걸음을 하였다.

나는 감격스러우면서도 착잡한 심정으로 집에 돌아왔다. 저녁을 먹는 둥 마는 둥하고 잠자리에 들었지만 잠이 잘 오지 않았다. 아버지를 만나러 간다는 것이 나의 가슴에서는 그리 대단한 사건처럼 느껴지지 않는 것이 이상하였다. 아버지의 오래 전 좌익운동 전력으로 인하여 내가 어린 시절부터 겪었던 시련과 아픔을 생각하면 더욱 이상한 일이었다. 내가 내심으로 아버지를 원망하고 있었길래 부자간의 초대면조차 반갑지 않다는 것인지 자문해 보기도 하였다.

그러나 내가 아버지를 원망해본 기억은 떠오르지 않았다. 한때는 아버지 같은 좌익운동가들 때문에 민족의 비극이 일어났다고 생각한 적이 있었지만 그때에도 아버지를 미워하기보다는 시대정신의 착각으로 돌려버리고 싶었던 나였다. 아들로서 어떻게 아버지를 미워할 수 있겠는가. 아들이 아버지를 그리워하기보다는 아버지가 아들을 그리워함이 더 간절할 것임은 당연할 것 같았다. 철이 든 다음에야 아버지가 있었음을 알게 된 나로서는 처음부터 아버지 없는 세상에 익숙해진 삶이었지만, 아버지에게는 일찍부터 있었던 아들을 분단의 역사 때문에 잃어버린 것이니까 그 애절한 상실감과 그리움이 나하고 같을 수가 있겠는가. 필경 아버지가 나를 만나러 흥남을 떠나 서울로 들어오는 동안 마음 속에 일어나는 감격은 내가 제주를 떠나 서울로 들어가면서 느끼게 될 감격에 비해 훨씬 크고 찐할 것으로 짐작되었다.

아침에 눈이 뜨이면서 나의 머릿속에 번쩍 떠오른 생각은 베트남여자 팜호아가 제주도 땅에 들어와 있다는 것이었다. 어제 저녁에 잠시 나의 마음속 한 구석으로 밀려났었던 팜호아 생각은 다시 나의 심중 한가운데를 차지하고 있었다. 나는 팜호아라는 여자가 나의 마음에 너무 벅찬 무게로 다가오는 것 같아서 하루 동안만 더 생각하기를 미루고 싶었다. 그러나 내일은 초대면하는 아버지를 위한 선물을 사러가기로 고모네와 약속된 날이기 때문에 오늘 중으로 팜호아를 찾아나서야 할 판이었다.

팜호아를 찾아 나서기 전에 한 가지 해야 할 일이 있었다. 미국여행 다녀온 선물을 전하기 위해 아내의 아파트에 들르는 일이었다. 나는 간단한 외출복으로 차려입고 집을 나섰다. 아내에게 선물을 전하러 가면서도 아내가 아파트에 없었으면 좋겠다는 생각이 들었다. 아내가 부재중이어도 선물을 두고 나오면 될 일이었다. 아내를 위한 선물이란 뉴욕에서 산 스카프였다. 나는 이제까지 화려한 여성용 액세서리를 아내에게 사준 적이 없기 때문에 내 딴에는 큰맘 먹고 산 유명 브랜드의 고급 스카프였다. 뉴욕 코리아타운에 들렀을 때 인근의 메이시스백화점에서 산 것인데 이 나라의 최고급 백화점답게 포장 디자인이 내가 보기에도 고급스러운 느낌이 들었다.

나는 평소의 버릇대로 아파트주차장 내의 멀찍한 곳에 나의 자가용차인 트럭을 세우고 막 내리려고 하다가 급히 멈추고 차문을 닫았다. 얼마쯤 저쪽 아파트 출입구에서 걸어 나오는 두 사람이 얼핏 눈에 띄었던 것이다. 아내가 어떤 남자하고 나란히 걸어 나오는 모습이었는데 아내의 동행자가 대번에 나의 시선을 끌었다. 그가 쓴 베이지색 중절모자 때문에 나의 기억이 재빨리 되살아났던 것이다. 얼마 전에 나의 농장으로 찾아왔을 때보다 더 말쑥하고 세련된 차림이어서 남자들 품위를 잘 따지는 아내의 안목으로도 손색이 없을 것이라는 느낌이 들었다. 남자는 손에 아무것도 들고 있지 않았지만, 아내는 여행용으로 보이는 작은 가방 하나를 손에 들고 있었다. 그러고 보니 아내의 옷차림은 어디 멀리로 가는 사람답게 산뜻하게 차려입었다는 느낌이 들었다. 자가용차 쪽으로 유유히 걸어가서 차 안으로 들어가는 두 사람의 모습을 나는 숨을 죽이고 주시하였다. 그들의 말은 들을 수 없었지만, 서로 바라보면서 즐거운 표정으로 웃고 있음을 보아하니 무슨 좋은 소식이라도 있는 것 같았다. 그들의 거동으로 보아 내가 타고 간 포터트럭을 전혀 눈치채지 못했으리라 짐작되었다. 그들이 아파트를 나오는 시간이 조금만 더 늦어서 나하고 딱 맞닥뜨렸다면 그들은 얼마나 당황했을 것이며 나는 또 얼마나 민망스러웠을까 생각하니 오늘 우리는 운이 아주 좋았다는 안도감이 들었다. 그들이 탄 차가 멀리로 사라진 후 나는 차에서 내렸다. 아내의 아파트 호실로 걸어 들어가는 동안 나의 기억력과 상상력이 바쁘게 돌아갔다. 벌써 여러 달이 지난 일들이었다. 망각의 어둠 속에 묻혀가던 일들이 어슴푸레 빛을 얻으면서 기억 속에 떠올랐다. 서울에서 왔다는 이 남자가 요즘에도 제주도에 머물러 있는 모양인데 내 아내의 아파트에서 잠자리를 같이 한 것은 아닐까 하는 생각이 들자 나는 금세 낯이 화끈거려오는 것 같았다. 중절모자 쓴 이 남자는 베트남에서 개척교회 활동을 했다고 말했으니, 두 사람은 그때부터 전도활동의 동료였다는 것이 아닐까. 중요한 것은, 이 서울남자가 나의 농장에 일부러 찾아왔고 나에게 자신의 과거 일부를 고백했으며 내가 원치 않는 이야기까지 일부러 들려주었다는 사실이었다.

나는 아내의 아파트 출입구 앞에서 잠시 걸음을 멈추었다. 이들 두 사람은 저렇게 잘 차려입고 도대체 어디로 가는 중이었을까. 이들 두 사람이 한 아파트 안에서 나오는 것은 도대체 어인 일인가. 아내가 남편 몰래 외간남자와 동침하였다면 남편이 뭣 모르고 주는 선물을 받고 얼마나 부끄러울 것인가. 나는 좀 멈칫하긴 했지만 갖고 온 열쇠로 아파트 문을 열었고, 내친 걸음에 안으로 들어갔다. 전에도 가끔은 들르는 아파트인지라 실내의 인테리어나 가구 등속은 대체로 눈에 익은 것들이었다. 모든 물건들이 제 자리에 잘 정리되어 있는 것이 깔끔한 아내의 성질 그대로였다.

아파트 실내를 여기저기 훑어봤지만 외간 남자가 이곳에서 밤을 지냈을 것 같은 흔적은 찾아볼 수 없었다. 벽에 걸려있는 옷이나 신발장에 놓여있는 신발을 둘러보아도 남자 물건이 없었다. 세상이 아무리 변해도 여자의 분수라는 것은 알고 있다고 말하는 아내의 목소리가 들리는 듯했다. 벽에 걸린 사진틀 두 개가 전부터 있었던 것인지 미심쩍어서 가까이 다가가 들여다 보았다. 두 개 모두 단체사진이었는데 하나는 교회 성가대원들의 성탄절 기념사진이라고 하단 설명에 적혀있었지만 다른 하나는 얼른 봐서도 좀 이색적인 풍경이었다.

자세히 들여다 봤더니, 더운 나라의 가벼운 옷차림과 높은 키의 야자수나무로 봐서 베트남 풍경인 것을 알아볼 수 있었다. 비슷한 나이로 보이는 다섯 사람이 찍은 사진이었는데 그중에 한 여자는 분명히 아내 얼굴이었고 한 남자는 모자를 안 쓴 맨머리 모습이었지만 누구인지 이내 알아볼 수 있었다. 나는 고개를 돌리고 눈앞 소파에 앉으면서 두 사람 사이에 있었을 것 같은 사연들을 상상해 봤다. 이 서울남자가 외딴 곳에 있는 나의 농장을 찾아온 것은 나에게 어떤 메시지와 힌트를 던지기 위함이었다는 심증이 갔다. 상상력을 아무리 동원해 봐도 더 이상 뭔가 집히는 것은 없고 머릿속의 혼란만 가중시켰다. 문득 오늘 스케줄이 한가하지 않다는 생각이 떠오른 나는 얼른 몸을 일으켰다. 스카프 선물은 어디 놓을까 잠시 생각하다가 아내의 화장대 앞 작은 테이블 위에 놓고 나왔다.

20장
심은 대로 거두리니

아파트 밖으로 나온 나는 늦겨울 흐린 하늘을 올려다보며 긴 한숨을 내쉬었다. 이제 팜호아를 찾아나서는 것이야말로 나의 비상한 결심과 용기를 요하는 일이었다. 트럭에 올라타기 전에 나는 아파트 구내의 공중전화 박스를 찾아 들어갔다. 집에서부터 챙겨갖고 온 메모쪽지를 꺼내 들고 전화번호를 돌려보았다. 한참 만에 전화를 받은 사람은 거칠고 묵직한 목소리의 남자였다.

— 거기에 베트남에서 온 팜호아라는 여자가 있는가요?

— 여기 있다가 베트남으로 돌아갔는데요.

— 미안하지만 그곳은 어딥니까? 팜호아라는 베트남 여자가 무슨 일로 왔다갔는지 알 수 없을까요.

— 누구십니까? 그런 것을 물어보시게.

— 그 베트남 사람이 며칠 전에 저의 집에 찾아왔다는데 제가 부재중이라서 못 만났습니다. 그래서 제가 찾는 겁니다.

— 아, 그런 얘기 들은 것 같습니다. 여긴 남원읍 의귀리에 있는 밀감농장인데요, 그 사람은 우리 농장에 있다가 관광비자 기간이 끝나서 베트남으로 돌아갔습니다. 그 사람의 아들은 여기 우리 농장에 있습니다. 우리 과수원에 관리인으로 와 있으니까 여기 오시면 만나볼 수 있습니다. 의귀리에 있는 〈남촌농장〉을 찾으시면 되겠습니다.

짤막한 통화만으로도 팜호아가 제주도에 왔다 간 내력을 대충 짐작할 수가 있었다. 팜호아는 귀국했지만, 의귀리에서 밀감농장 관리인으로 있는 아들을 만날 수 있다니까 다행이었다. 나는 지체없이 남원읍 의귀리에 있다는 그 농장으로 가기로 했다. 의귀리는 한라산 동쪽 자락의 간선도로인 남조로를 타면 쉽게 갈 수 있는 마을이었다. 나는 전화상으로 들은 농장의 위치를 머릿속에 그려보면서 힘차게 트럭 액셀을 밟았다. 차를 몰고 가면서 문득 떠오른 의문은, 팜호아의 아들이라고 했던 베트남 청년의 아버지는 누구냐 하는 것이었다. 뒤늦게 떠오른 이 의문에 담긴 의미의 파장이 엄청난 것임을 깨달은 나는 운전대를 잡은 손이 부지중에 떨려옴을 느꼈다.

운전 중에도 나의 머릿속은 마구 떠오르는 상념들을 정리하기에 바빴다. 관광비자로 입국했던 팜호아는 제주도에 그전부터 와있는 아들과 여러 날을 같이 있었던 모양인데, 그 아들을 만나보면 저간의 사정을 어느 정도 알 수 있을 것 같았다. 요즘에 베트남 청년들이 돈 벌러 한국에 들어오는 예가 많다고 하지만, 팜호아는 자신의 한국 방문의 예비단계로서 아들을 먼저 보내지 않았을까. 내가 베트남에서 그녀에게 나의 고향은 한국 최남단의 섬 지방이라고 했던 말을 잊지않고 있었다면, 관광 비자를 가지고 한국에 들어온 후 제주도에 찾아올 수 있었을 것이다. 팜호아가 이같이 치밀한 계획을 세우고 나를 찾아온 것은 어떤 목적이었을까. 그녀는 그 오랜 세월을 어떻게 살아왔으며, 나하고의 관계를 어떻게 생각하고 있을까. 연이어 떠오르는 의문들이 하나도 풀리지 않은 채로 나는 베트남 청년이 일하고 있다는 의귀리의 농장에 이르렀다.

의귀리에 있다는 〈남촌농장〉은 남조로 큰길에서부터 동쪽으로 한참 들어간 곳에 있었다. 〈남촌농장〉이라는 간판이 큼직하게 세워져 있는 앞에서 나는 소리를 질러 주인을 불러냈다. 금방 나타난 농장주인은 건장한 체격에다 구릿빛 혈색이 돋보였으나 때 이른 반백의 머리가 초로의 나이임을 알리고 있었다. 나는 농장주인에게는 자연스럽게 수인사를 했으나 베트남 청년이라는 관리인에게 내민 손은 어색함을 피할 수 없었다. 초면의 인사였지만 나는 일부러 존대말을 쓰지 않았다.

— 수고가 많소. 나 문창주라는 사람이오.

— 안녕하심까. 저는 무앙티엣임다.

젊은이는 제법 한국어 문장으로 응답했지만 발음이 어눌한 것은 어쩌지 못하였다. 날렵하게 가느다란 체구가 우선 눈에 띄었지만 거무스레한 얼굴 가득히 파안대소하는 그의 모습은 돈 벌러 들어온 해외근로자라는 궁상스러운 인상을 많이 거두어 주었다. 동남아 출신 산업근로자들이 제주도에 오면 밀감농장이나 양돈농장으로 많이 간다는 말을 들어오던 나로서는 이제야 시대상의 변화를 실감하는 느낌이었다. 옛날에 좀 배웠던 베트남어 실력이 전혀 떠오르지 않는 것이 답답하였다. 베트남 청년이 한국어를 얼마나 구사할 수 있는지 궁금하였던 나는 농장주인에게 물어보았다.

— 제가 이 사람에게 한국어로 물어보면 얼마나 알아듣고 대답할 것 같습니까. 이 사람 어머니가 제주도 다녀간 내력을 물어봐야 하는데 말입니다.

— 쉬운 표현은 소통이 되는데 말이 길어지면 어렵지요.

— 그럼, 농장일 하는 건 어떻게 시키십니까?

— 그런 말은 간단하니까 소통이 됩니다. 입으로 안되면 손짓 발짓 눈짓까지 다 동원하지요.

— 어디서 한국어를 배우고 있지는 않습니까?

— 제주시나 서귀포에 가면 한국어 가르치는 데가 있는 모양이지만 간다온다 교통이 문제지요. 요즘에는 우리 마을 초등학교 병설 유치원에 나가서 한국어를 배우고 있습니다. 제가 학교에 부탁해서 유치원 급식시간에 아이들에게 음식 나누어주는 일을 거들어 주도록 한 것입니다. 아이들이 쓰는 말은 배우기가 쉽고, 유치원 선생은 말을 천천히 해주니까 잘 알아듣는 모양입니다. 거의 매일 점심식사 때 한 시간 정도 나가다 보니 한국어 초급은 유치원에서 뗄 것 같습니다. 이 마을 유치원생들이 다 친구가 되니 길에서 만나 인사를 해도 한국어 공부가 된다는 거 아닙니까. 그 다음 코스는 어디서 시킬까 생각중입니다.

농장주인의 말투가 좀 이상해서 물어봤더니 그의 출신지는 서울인데 대담한 귀농귀촌 계획을 세우고 제주도에 들어온 지가 5년이 넘는다고 하였다. 농장 이름이 〈남촌농장〉인 것은 서울을 벗어나 따뜻한 고장에 온 기분을 내기 위함이라 하였다. 우리 농장의 이름이 〈남국농장〉이니 서로 의형제를 맺자는 우스개까지 나왔다. 그를 부를 때 최 사장님이라고 칭하기로 한 나는 나의 과수원 경영에 대해서도 잠시 소개를 하였다.

최 사장은 초면답지 않게 자상하게 응대해주었다. 베트남 청년 무앙티엣이 자기 어머니 팜호아의 한국방문 내력을 나에게 설명하지는 못할 것이라고 했고 최 사장 자신도 이들의 신상에 대해서 아는 것이 별로 없다고 하였다. 나에게 남은 방법은 팜호아가 나의 농장을 방문했을 때 동행한 한국인을 찾아내어 물어보는 것이었고, 오늘 우선 내가 할 일은 팜호아의 그날 하루 동안 종적을 찾아 나서는 것이라고 생각되었다. 나는 최 사장에게서 무앙티엣의 외출을 허락받기 위해 나의 과거사를 재주껏 윤색을 해서 고백하였다. 나는 왕년에 베트남 참전용사였는데 전후방 구분없는 그 나라 전쟁판에서 살아남은 것은 무앙티엣 모친의 도움 덕분이었고, 모처럼 제주도로 찾아온 은인의 제주도 방문에 대해 어느 정도 알아봐야 배은망덕자 됨을 면할 게 아니냐, 이렇게 말했더니 그는 선선히 나의 청을 들어주었다. 다음은 무앙티엣에게 말할 차례였다.

— 너의 어머니가 저번 날 우리 집에 갔다가 나를 만나지 못했대. 너의 어머니가 그날 찾아갔던 곳을 오늘은 우리가 함께 가보는 거야. 여기 최 사장님도 허락하셨으니까 걱정할 거 없어.

나는 무앙티엣에게 또박또박 느리게 말하였다. '너' 라고 할 때마다 그의 어깨를 톡톡 쳐주었다. 말을 마치면서 내가 타고 온 트럭을 가리켰더니 그는 말뜻을 알아들었는지 고개를 두어 번 끄덕이면서 네네, 하고 응수하였다. 나는 지체없이 무앙티엣을 차에 태우고 핸들을 잡았다. 시동을 걸기 전에 문득 생각난 것이 있어서 그에게 물어보았다.

— 지금 너에게 어머니 사진 갖고 있어?

나는 수중에서부터 나의 사진을 꺼내어 보여주며 다시 한번 같은 말을 건네보았다. 그러자 무앙티엣은 자기 호주머니에서 사진 한 장을 꺼내어 나에게 보여주었다. 나의 기억에서는 이제 가물가물 희미해진 팜호아의 얼굴이었다. 오래 전에 보았던 갸름하면서도 탱탱했던 얼굴이 아니라 주름살이 얼기설기 잡히기 시작한 중늙은이의 얼굴이었지만, 그것이 나의 기억 속에 남아있는 팜호아의 얼굴임을 알아볼 수는 있었다. 나는 힘을 주어 트럭 액셀을 밟았다.

나는 속으로 오늘의 행선지를 예정하고 있었지만, 우리가 어디로 갈 것인지는 선택의 여지가 별로 없는 것이 사실이었다. 최 사장 말에 의하면, 팜호아는 여기 제주도에서 베트남 사람들이 많이 모이는 장소를 아들에게 물어본 후에 '외국인근로자센터' 라는 곳을 찾아갔다고 했다. 몇 달 전 무앙티엣이 제주도에 들어와서 일자리를 알아보려고 했을 때 이 센터에 가서 〈남촌농장〉을 알선 받았고, 그 후에도 휴일이 될 때마다 이곳에 가서 베트남 근로자들을 만나 객지에 사는 외로움을 풀기도 했다는 얘기였다.

팜호아가 자기 아들의 안내를 받고 찾아간 곳이 이 센터였다고 했으니까 그곳에 가면 팜호아의 종적을 추적해 볼 수 있을 것이라는 게 나의 생각이었다. 무앙티엣이 가리키는 대로 차를 몰았더니 '외국인근로자센터' 는 쉽게 찾을 수 있었다. 제주시의 한복판 시외버스 터미널 뒤편에 있는 그 센터는 시외버스를 많이 이용하는 외국인 근로자들에게 편리하도록 터를 잡은 것 같았다. 그곳에 도착한 때가 마침 점심시간이어서 우리는 가까운 공터에 차를 세우고 점심 식사를 위해서 바로 앞에 보이는 허름한 대중식당으로 들어갔다. 식당에는 외국인임이 분명한 손님들이 많이 와있었는데, 한쪽 벽에 걸린 메뉴판을 보았더니 파격적으로 저렴한 가격이 나의 눈길을 끌었다.

외국인근로자센터는 이름 그대로 외국인 노동자들이 많이 모이는 곳이었다. 사무실인 듯 휴게실인 듯 애매한 칸막이 공간이 몇 개 있었는데, 출입구 안쪽에 앉아있던 한 직원은 나와 함께 안으로 들어서는 무앙티엣을 대뜸 알아보았다. 그 직원은 무앙티엣이 묻는 말에 쉽게 대답해 주는 것이 아마도 베트남 출신인 모양이었다. 가만히 보아하니, 며칠 전 팜호아가 여기를 찾아왔을 때에도 이 직원에게서 안내를 받은 것 같았다. 센터 직원은 메모쪽지에 뭔가를 적더니 무랑티엣에게 건네주었고 그것은 다시 나에게로 넘어왔다. 쪽지에는 '제주시청 별관 결혼이민자지원센터' 라고 쓰여있었다. 나는 지체없이 무앙티엣을 차에 태우고 출발했다.

'결혼이민자지원센터' 의 건물은 제주시청 별관 4층이었지만, 시청 본관과는 많이 떨어진 곳이었다. 시청 사람들에게 물어보고 찾아갔는데 그들에게는 '이민자센터' 로 통하고 있었다. 이민자센터 출입구의 게시판을 들여다 봤더니, 이 센터의 주요 업무는, 결혼이주민들을 위해 한국어교육을 실시함과 함께 한국의 풍속과 법규를 소개하고 사회통합을 유도하는 등 한국이주 이후에 그들이 겪는 환경적응 문제에 대해 안내하고 도와주는 일이라고 나와 있었다.

나는 혹시나 하는 마음으로 이민자센터 사무실로 들어갔다. 출입구에 가까운 자리의 한 직원에게 문의해 봤더니, 상담 서비스 등 이곳 이민자센터의 도움을 받을 사람은 신청서에 인적사항을 써내게 되어있다고 했다. 나는 사정사정하여 지난 1주일 동안에 기재된 이민자센터의 서비스 신청자 명단을 꼼꼼이 살펴봤지만 팜호아라는 이름은 찾아볼 수가 없었다. 생각해 보니 그것은 뻔한 일이었다. 이 신청자 명단에 이름을 올리는 사람은 제주도의 어딘가에 현주소를 갖고 있어야 하기 때문이었다.

팜호아가 실지로 이 센터에 왔다갔다면 뭐라고 말하면서 누구를 찾았고 누구의 도움을 얻어서 우리 집까지 찾아갔다는 말인가. 한국사람의 안내 없이는 시골벽지인 우리 농장을 찾아갈 수 없었을 것이 아닌가. 팜호아는 그 한국사람에게 뭐라고 말하면서 우리 집을 찾아갔고 쪽지편지까지 남겨두고 갔다는 것인가. 나는 연속되는 의문에 대해 아무런 답도 생각나지 않았고, 누구한테 이것을 물어볼 수도 없는 처지여서 오늘 팜호아를 찾아보는 일은 그냥 포기하기로 하였다.

그러는 가운데 문득 생각나는 것은 언젠가 최항지로부터 들은 말이었다. 오래 전부터 최항지는 교회사람들과 함께 양로원이나 고아원 같은 사회복지시설에 봉사활동 나갈 때가 많았는데, 베트남 선교에 갔다온 다음부터는 그 나라에서 온 이민자들의 상담역으로 봉사활동 나가기도 한다는 얘기를 한 적이 있었던 것이다. 그렇다면 이곳 이민자센터의 베트남사람들 상담역으로 나오는 것은 아닐까 하는 생각이 들었지만, 그런 일을 가지고 뭐라고 물어볼 것인지, 나는 선뜻 나서지를 못하고 돌아설 수밖에 없었다. 최항지에게서 그런 말을 들을 때 더 자세히 물어보지 않은 것이 후회되었다. 결혼이민자들은 아주 작은 문제로 상담을 해주어도 크게 도움되는 일이 많더라는 말까지 들은 적이 있었던 것이다.

사무실 밖으로 나온 나의 앞에 조금 전에 훑어봤던 이민자센터의 게시판이 있었다. 이번에는 좀 자세히 봤더니 아까는 보지 못했던 게시물이 보였다. 무슨 교양강연에 대한 안내문이었다. 강연의 제목은 〈결혼이민자의 길, 세계시민으로 통한다〉, 연사의 이름은 '김병국'이었다. 그냥 돌아서려고 했지만, 연사의 이름 아래 괄호 안에 적힌 전현직 타이틀이 나의 눈에 들어왔다. '전직 베트남주재 한국대사, 현재 제주도 자문대사'로 되어있었던 것이다. 불현듯 생각나는 것이 있어서 연사의 이름을 다시 들여다 보았다. 이름이 김병국인데 베트남주재 한국대사를 했던 사람이라, 그러자 얼핏 머리에 떠오르는 사람이 있었다. 나의 베트남 참전동지 김 병장의 이름이 바로 김병국이었지 않은가. 시계를 봤더니 강연이 시작된 지가 반 시간밖에 되지 않았다.

나는 무앙티엣을 데리고 다시 센터 사무실로 들어갔다. 아까 그 직원에게 물어서 강연장소가 한국어교실이라는 말을 들은 나는 지체없이 그곳으로 갔다. 중학교 교실만한 곳이었는데 청중은 빼곡이 차있었다. 무앙티엣에게 이 교양강연을 함께 듣자고 말했더니 순순히 따라주었다. 가까운 거리에서 나의 눈으로 바라본 연사는 그 옛날의 베트남전 참전용사, 교양인답게 예의 바르고 친절했던 김 병장임에 틀림이 없었다. 강연내용은, 국적을 바꾼 결혼이민자들의 혼란스러운 국민의식이라는 문제를 세계화 추세의 미래상과 결부시켜서 풀어내는 것이어서 무앙티엣도 들어서 좋은 강연이라고 생각되었다. 딱딱하기 쉬운 주제라는 점과 특히 한국어 실력이 짧은 청중임을 감안하여 쉽고 재미있는 얘기가 되도록 노력하는 것을 알 수 있었다. 간간이 베트남 전쟁 경험담을 섞어서 말할 때에는 나의 입가에 저절로 웃음이 배어나왔다. 강연이 끝나자 이곳 센터장이라는 사람이 앞으로 나갔다. 그는 오늘의 교양강연이 김병국 대사 제주도 재임 중의 마지막 스케줄임을 알리면서 감사의 인사에다 환송의 의미를 추가한 박수를 이끌어냈다. 나도 손바닥에 열이 나도록 힘차게 박수를 보냈고 무앙티엣도 씽긋 웃으면서 나를 따랐다.

김 대사는 센터장의 배웅을 받으면서 4층에서 바닥층까지 걸어내려왔고 나는 그들의 뒤를 멀찍이서 따라 내려왔다. 김 대사를 태워주러 온 호출택시가 시청별관 앞에 대기하고 있었지만 나는 더 이상 기다릴 수가 없어서 바로 앞으로 나섰다.

— 대사님, 저를 몰라보시겠습니까.

— 네? 누구신지…….

— 그때 베트남 참전용사 김 병장님 아니십니까? 저, 문창줍니다. 제주도 문창주 상병 기억 안 나십니까?

— 아, 맞소. 제주도 문창주 상병님, 기억납니다.

— 오늘 대사님 강연 저도 잘 들었습니다. 김 병장님이 대사님 되신 걸 저는 오늘에야 알았네요. 그때 외교관이 꿈이라고 하신 건 저도 기억하고 있습니다.

— 맞소. 그때의 꿈대로 외교관이 되고 베트남 대사까지 했소. 지금은 여기 제주도에 자문대사로 와있는데 임기가 끝나서 떠날 준비 중이오. 오늘은 여기 작별인사하러 온 셈이오.

우리는 어느 사이엔지 두 손을 꼭 맞잡고 힘차게 흔들고 있었다. 김 대사는 나의 손을 잡은 채로 택시에 함께 타자고 하였다. 제주도청에 있는 자기 사무실에 같이 가자는 얘기였지만, 나는 그의 제안을 거절할 수밖에 없었다. 엉거주춤 서 있는 무앙티엣을 가리켰더니 김 대사도 양해를 하고 그럼 가까운 커피숍으로 같이 가자고 말을 바꾸었다. 택시기사에게는 정중하게 호출 취소를 사과하였다.

가까운 커피숍을 찾아 걸어가는 동안 나는 마음이 좀 헝클어지는 것 같았다. 팜호아의 종적을 찾아나서면서 조마조마하던 마음이었는데 천만뜻밖에 조우한 옛날의 참전동지로 인하여 생각의 갈피를 잡기 어려워지는 심정이었다. 한 순간 어느 쪽에 관심을 두어야 할지 헷갈렸으나, 가만히 생각해 보니, 두 사람은 모두 베트남전쟁에 대한 나의 추억의 연장선 상에 있다는 공통점이 있었다. 베트남 대사를 했었다면 참혹한 전쟁 이후의 그 나라 실정을 나에게 들려줄 수 있을 것이고, 이를 통해서 나는 팜호아가 살아온 지난 30년 세월에 대한 궁금증을 다소나마 풀 수 있지 않겠는가. 나는 단단히 결심하였지만 다방에 들어가서 자리를 잡은 후 우리들 간의 담화가 내가 원하는 쪽으로 진행될 때까지는 한참을 기다려야 했다.

— 이렇게 제가 대사님하고 자리를 마주하니까 저의 신분이 단번에 격상되는 기분입니다.
— 별 말씀을 다 하시오.
— 그럼, 베트남 대사로는 몇 년이나 가 계셨나요?
— 96년부터 3년 간이었소. 그 이전 90년대 초에 호치민 주재 총영사로 2년 있었던 것까지 합하면 모두 5년을 베트남 주재 공관에서 근무한 셈이오. 이젠 외무부에서도 베트남통으로 불리고 있소, 허허.
— 그러셨군요. 늦게나마 축하드립니다. 군복무 시절부터 국제관계 문제에 견문을 넓히시더니 결국 성공하신 거네요.
— 실은 여기 제주도에 자문대사로 온 다음에 문 형이 생각나서 좀 찾아보기도 했어요. 그때 문 형이 사범대를 다녔다는 말이 생각나서 제주도교육청에 교사들 명단도 조회를 해봤는데 문창주라는 이름은 없었어요.
— 교직은 일찍부터 포기했습니다. 지난 30년 동안 제주도 시골농장에서만 묻혀 살다보니 저는 아주 국제촌놈이 되었습니다.
— 과공의 말씀이오. 제주도처럼 풍치 좋은 곳에서 대자연의 호흡에 맞추어 사는 것이 더 부럽소.
— 제주도 촌구석에 박혀있어도 머릿속 그림들은 그 시절 전쟁의 추억을 떨쳐내지 못하니 저는 그때 아주 베트남 귀신이 되어버린 모양입니다. 찜통같은 열대야, 네이팜탄 불구름, 억수같이 쏟아지는 스콜, 김 대사님은 그런 거 잊으셨는지 모르겠습니다만

은. 아, 그러고 보니, 제가 말을 잘못 한 것 같습니다. 대사님은 그 후에도 그 나라에 장기간 살으셨으니 저하고 비할 바가 아닌데 말입니다.

— 맞소. 오랫동안 그 나라 물을 먹고 산 사람이니까 잊을 수 없는 게 사실이오. 게다가 난 보통사람들이 겪지 못하는 과거사가 있는 사람이라 놔서…….

김 대사는 여기에서 잠시 말을 끊었다. 말을 더 할까 말까 주저하는 것처럼 보였다. 나로서는 그가 심중에 있는 말을 자연스럽게 털어놓기를 바라는 마음이었지만 그렇다고 마냥 기다릴 수는 없었다. 나는 기회를 보아 의중의 화제를 꺼내고야 말았다.

— 저도 기억나는 것이 있습니다. 우리가 그때 귀국 명령 받고 돌아오는 비행기 안에서 말씀하신 거 있잖습니까. 국경을 초월하는 로맨틱 스토리였습지요.

— 문 형은 그때 일들 아직도 기억하고 있단 말이오? 난 그때 그런 말을 하고나서 못할 말을 해버렸구나 후회했소. 생각이야 왔다 갔다 하는 거니까 입 밖으로 말을 꺼내지만 않았으면 곧 잊어버릴 일을 가지고 난 속앓이를 한 셈이오. 내가 그때 그런 말을 입 밖에 낸 걸 문 형이 들어서 알고 있다는 생각이 날 때마다 난 아주 무지막지한 사람이 되는 기분이었소. 그러니까 내가 다랑시바 생각을 하면 바로 문 형 생각이 떠오르고, 내가 문 형에게 한 말도 잊혀지지를 않았소.

— 제가 다 기억할 정도니까 아주 특별한 추억이셨지요.

— 그때 문 형이 나한테 다랑시바를 어떻게 할 거냐고 물었을 때, 그

냐 미래의 일을 어떻게 아느냐고 얼버무렸으면 좋았을 걸 가지고, 여자가 날 찾아오면 어떨지 모르지만 내가 여자를 찾아가는 일은 없을 거다, 이렇게 말해버린 것이 난 너무 부끄러웠다는 거요.

— 김 대사님이 베트남 찾아가는 길은 오랫동안 막혔잖습니까.

— 허긴 그랬소. 줄잡아 20년 동안은 그 나라 가는 길이 완전히 막혔던 거요. 그러니까 이건 내가 실지로 베트남으로 가느냐의 문제가 아니라 다랑시바와의 과거사를 기억 속에 어떻게 간직하느냐의 문제였던 거요.

— 현실적으로 그 나라에 갈 수 없는 상황이니까 자연히 잊혀지는 게 아니겠습니까.

— 그럴 수도 있겠지요. 그런데 나의 경우에는 한국에서 나의 사랑과 결혼이 실패했다는 상황이 작용한 게 아닌가 싶어서 찜찜하네요. 이것도 창피한 얘기가 되겠는데, 사랑다운 사랑을 해보지 못한 사람에게는 놓쳐버린 사랑의 추억이라도 간직하고 싶을 거 같소. 남녀간의 사랑이란 게, 뭐랄까, 파트너가 얼마나 잘난 사람이냐도 중요하지만, 더 중요한 건 그 파트너를 어떻게 만났느냐 하는 것이 아닐까 싶소. 나와 다랑시바야말로 굉장히 드라마틱하게 만난 거요. 그 이상으로 드라마틱 로맨스가 있을 것이며, 그 이상으로 전쟁역사에 기념비적인 만남이 있을까, 그런 생각을 하면 그대로 덮어버릴 수가 없었소. 내가 베트남 대사 되고 싶었던 것도 다랑시바 생각 때문이었소. 그런데, 베트남에서 5년이나 살면서 기다려도 다랑시바는 나타나지 않더란 말이오. 하여간 그 나라에 가서 사는 동안 나는 하루도 다랑시바를 잊은 날이 없었다고 할 수 있소. 날마다 아침이 밝으면, 오늘은 다랑시바가 불쑥 나타나는 일이 일어나지 않을까, 이런 생각이 떠오

르더란 말이오.

— 대사님은 연애소설을 썼으면 대작이 나올 것 같습니다. 추억의 미학을 즐기시니 말입니다.

— 추억의 미학이라, 그런 멋진 말 어디서 들어본 것도 같은데, 나의 경우는 그런 멋진 말이 어울리지 않을 것 같소.

여기에서 김 대사는 잠시 말을 끊고 눈을 감았다. 그리고는 한동안 앞자리의 나를 잊은 듯 시선을 공중으로 띄우더니 다시 말을 이었다.

— 전쟁 후에 베트남에 가보지 않았을 때에는 다랑시바하고의 과거사에 대해 기억도 되살려보고 다시 만나면 어떤 말을 할까 낭만적인 상상 공상 몽상을 즐기기도 했지만 한번 그 나라에 가보고서는 그것이 싹 달라졌다는 거요. 한국과 베트남이 수교를 한 게 1992년도였는데, 난 그 이전에도 베트남에 가볼 기회가 있었소. 마침 타일랜드 공관에서 근무하던 때였는데, 그때 내가 가 본 베트남은 그 참혹한 모습이 전쟁 때보다 더 심했다는 거요. 그때 우리가 봤잖소. 전쟁 중인데도 물자 귀한 줄 모르고 펑펑 쓰고 즐기고 했잖소. 부자나라에서 다 대주었으니까. 그랬는데 전쟁이 끝나면서는 물자 대 줄 나라는 없지, 생산공장은 돌아가지 않지, 그래가지고 종전 후 10년간은 연간 경제성장이 제로상태를 면하면 다행이었다는 거요. 전쟁기간보다도 더 힘들게 살았다니 오죽 했겠소. 베트남은 원래 쌀 수출 대국이었는데 전쟁 치르고 상당 기간은 쌀 생산량이 폭삭 꺼져가지고 집단 아사자가 속출했다는 거요. 그런 나라를 보면서 내가 무슨 추억이고 낭만이고 떠올릴 수 있었겠소?

— 전쟁이 끝난 나라는 상처가 아물어야 할 건데 말이죠.

— 전쟁의 상처에다가 그 상처를 덧나게 하는 다른 재난들이 있었다는 거요. 미국하고 전쟁이 끝난 후 집단농장 같은 공산주의 체제는 잘 돌아가지 않았지, 설상가상으로 이웃나라 캄보디아하고 쓸데없는 전쟁을 치렀지, 국력 낭비가 컸단 말이죠.

— 공산주의 지킬려고 전쟁까지 했던 거 아닙니까. 외부요인은 어쩔 수 없다 치고 내부적으로 공산당 정부가 실패한 것에 대해서는 비판이 컸겠습니다.

— 그랬다고 봐야지요. 내부 비판이 있었기에 80년대 후반이 되어서는 개혁개방 정책을 써서 경제발전이 본궤도에 들어설 수 있었겠지요. 제가 보기에는 베트남나라의 공산주의는 목적이 아니라 수단이고, 공산주의 아닌 것 하고도 유연하게 협력할 수 있다는 데에 희망이 있는 거 같애요.

— 유연하게 협력한다는 겁니까?

— 그래요. 북한이나 중국처럼 경직된 사회주의가 아니라 명분상 사회주의를 유지하면서 그때 그때의 상황에 따라서 실용주의 정책을 쓴단 말이죠. 그러니까 미국하고 싸워서 이긴 것은 베트남의 공산주의자들이 아니라 민족주의자들이었다는 말이 나오는 거지요.

— 그런 말씀 들으니까, 생각나는 말이 있네요. 한국인들은 민족보다 이념을 더 중시했고, 베트남사람들은 이념보다 민족을 더 중시했다고 말이죠.

— 제가 보기엔, 베트남이 프랑스와 미국의 지배에서 벗어나려고 100년이나 싸운 것이 이중으로 재앙이었던 거 같아요. 그런 싸움이 가져온 직접적인 피해는 엄청난 인명피해와 재산피해이지

만, 또다른 피해는 사회주의에 대한 허망한 꿈에 빠졌던 게 아닌가 하는 겁니다. 강대국을 혐오하다 보니까 강대국 역사를 만들어준 자본주의 경제까지도 배척하게 되어가지고, 다른 나라에서는 유통기한이 끝나버린 사회주의 이념에 집착해서 세월만 낭비하지 않았는가 하는 거지요. 그런 점에서 보면, 한국이나 대만의 경우는 미국의 원조로 살아난 역사이다 보니까 일찌감치 미국이 택한 자본주의까지도 받아들여 가지고 경제발전에 순항하는 행운을 잡지 않았나 싶소.

— 역사를 그렇게 단순하게 설명할 수 있나요?

— 현재로서 나타난 것을 보면 그런 생각을 안할 수 없다는 겁니다. 제가 그동안 제주도에 와있으면서 4.3사건에 대해서도 좀 알아봤는데 제주도 역사가 홀딱 뒤집힐 뻔했두만요. 객관적인 정세의 구도는 제주도 역사하고 베트남 역사가 아주 비슷했는데 결과는 반대로 나왔다는 거지요. 미국의 내정간섭에 반대하는 반란군이 민중의 절대적인 지지를 받았고, 미국의 지원을 받는 정부는 인기가 없었으니까 말이지요. 그런데 제주도의 경우에는 미국의 지원을 받는 폭력정권이 민중의 반란을 제압했지만, 베트남에서는 민중의 결집된 힘이 승리함으로써 부패정권과 외세를 모두 물리쳤다는 거지요. 그렇지만, 베트남 국민들의 행운은 딱 여기까지란 말입니다. 미국이 물러간 베트남은 비참한 민생고를 당해야했는데, 미국의 절대적인 영향권 내에 있던 한국은 눈부신 발전의 행운을 누리는 거 아닙니까. 4.3사건 기록에 보니까 그 당시에 제주도에 와있던 국군부대 지휘관들까지도 하마터면 반란군에 가세할 뻔했던 모양인데 그렇게 됐다면 제주도 천지가 아주 좌익세상이 될 뻔했고, 그런 판국에 6.25전쟁까지 겹

쳤다면 어떻게 됐겠습니까. 그야말로 상상만 해도 아찔한 일 아닌가요? 이승만 정부가 그때 무자비하다는 비난을 들으면서도 좌익소탕 작전을 폈던 것이 그래도 나라를 살린 것 같소.

— 지금 생각해 보면, 4.3사건에 대해서는 좌익반란으로 보는 것보다는 통일운동으로 봐야 될 것 같아요. 민족분단으로 가는 단독선거를 반대했던 것이고, 정치이념보다는 분단문제를 더 크게 봤다는 거지요. 그동안 한국이 부딪쳤던 문제들, 부정부패나 독재정권 등 거의 모든 문제들의 근원을 따지고 보면 민족분단에서 시작되었단 말입니다. 이건 제가 부딪쳤던 개인적인 불행도 마찬가지인 것 같고 말입니다.

— 4.3사건에 통일운동의 성격이 있었던 건 분명하지만, 통일보다 더 중요한 건 어떤 체제의 통일이냐 하는 거지요. 아무리 통일이 중요하다지만, 우리 한반도를 공산당 나라 만드는 통일이 되어서야 되겠느냐 하는 겁니다. 남한만의 단독선거를 고집하지 않고 남북한 전체의 총선거를 했다면 십중팔구 김일성 정권이 되었을 거란 말이죠. 해방 후 북한에서 사회주의 정권이 들어선 다음에도 남한에서는 좌우익 간 대립이 상당 기간 계속되었다는 거 아닙니까.

— 그러면, 그 당시 제주도 사람들의 선택은 잘못되었다는 말씀이네요.

— 그건 참 말하기 어려운 문제인데, 구태여 말한다면, 제주사람들의 선택은 그 당시로서는 옳았지만, 오늘날 시점에서는 옳지 않았다고 봐야지요.

— 대사님은 시대를 초월하는 보편적인 가치란 걸 믿지 않으십니까.

— 보편성 논쟁은 괜히 혼란만 일으킬 것 같고요, 제가 예를 하나 들

어볼까요. 500년 전 조선시대 사람들은 남편이 죽어버린 과부가 평생 수절하는 것을 옳다고 봤다고 하지요. 그렇지만 요즘 세상에 그런 과부를 갸륵한 열녀라고 봐줄 사람은 없을 거란 말이죠.

— 저도 한국과 베트남의 경우를 비교해볼 때가 많은데요, 좀 전에 대사님 말씀하신 대로, 만약에 베트남이 이제라도 안정 속의 발전단계로 들어간다고 하면 통일국가와 국가발전 모두를 갖게 되는 거 아닌가요. 남한은 자본주의 국가발전이 많이 앞섰다고 하지만, 발전을 빨리 서둘면 뭐 합니까? 남북한 간에 이질화를 더 심화시켜 가지고 통일될 가망은 점점 희박해지지요, 게다가 졸속 성장은 결국 천민자본주의로 달려가는 거 같고 말이죠. 차라리 이념 선택이 잘못되어 나라발전이 좀 뒤지더라도 민족분단만은 피했더라면 하는 생각이고, 그런 점에서 베트남국민들이 부럽단 말이죠.

— 저는 그렇게 비관하고 싶지는 않고요, 지금 정권의 햇볕정책처럼 타협과 관용으로 가려면 우선 물질적으로도 넉넉해야 할 것 같아요. 쌀독에서 인심난다는 말도 있잖소, 헛허.

김 대사는 말을 마치면서 짧게 웃었다. 우리의 담화가 너무 장황해지는 것이 지루했는지, 김 대사는 잠시 볼일 보러 간다면서 자리를 떴다. 이제 나는 무앙티엣하고 둘이서만 마주하게 되어 무슨 말이고 해야만 되었다. 우선 알아듣기 쉬운 말이라야 했다. 모친의 제주도 체류 일정에 대해 물어보았지만, 그의 한국어 실력이 닿지를 않는 모양이었다. 무료해진 나는 김 대사가 앉았던 자리에 그가 놓고 간 작은 책자에 눈이 갔다. 오늘 교양강연 마치고 나올 때부터 그의 손에 들고 다닌 물건이었다. 손으로 집어다가 보았더니 표지에 '결혼이민자지원센터 연간 사업 실적' 이라고 쓰여있었다. 이민자센터에서 나오는 정기간행물이었다. 이런 간행물까지 나오는가 싶어서 잠깐 펼쳐보았더니, 이민자센터에서 실시하는 결혼이민자 현지적응 교육과 상담활동의 작년도 실적에 대한 기록이 주된 내용이었고, 실제로 이민자 교육과 상담을 맡았던 실무자들의 보고와 경험담, 결혼이민자들의 한국적응 체험기 등도 실려 있었다. 이민자센터 간행물의 끝부분에는 이 센터의 직원들 명단이 나와 있어서 얼른 훑어봤더니 아니나 다를까, 베트남출신자 상대의 상담자로 최향지 이름도 나와 있었다. 더 자세히 보고 싶었는데 김 대사가 들어오는 바람에 그럴 수가 없었다. 자리로 돌아온 김 대사는 이제까지 관심 밖에 있었던 무앙티엣 쪽을 보면서 나에게 말했다.

— 이 베트남 청년은 어떤 일로 한국에 왔나요?

— 서귀포 쪽 밀감과수원에서 돈 벌고 있습지요. 요즘 동남아 산업근로자들이 제주도에도 많이 들어오는 모양입니다. 자기네 나라에서 버는 것보다 열 배나 더 번다고 하니까, 코리안 드림이라고 할 만하지요.

— 농장에서 일하면 숙식문제는 쉽게 해결되니까 재네들에겐 좋은 조건이라는 말을 저도 들은 거 같네요. 오늘은 이 젊은이하고 어떻게 동행하신 거지요?

— 아, 네, 얘기가 좀 복잡해지는데, 제가 베트남전쟁 중에 재네 어머니 덕분에 살아남은 인연이 있습니다. 그 사람이 얼마 전에 제주도에 다녀갔다는데도 저를 만나지 못했다는 겁니다. 오늘은 모친 대신에 아들을 데리고 나와서 제주도 구경을 시켜주고 있습니다. 같이 다니면서도 두 사람 간에 언어장벽 때문에 고충을 겪는 중입니다.

생각 같아서는 사실대로 솔직하게 말하고 나서 김 대사의 도움으로 팜호아의 한국방문 수수께끼를 함께 풀어보고 싶었지만 어느 선에서 나의 비밀을 털어놓을지 생각이 오락가락하였다. 내가 무앙티엣에게 하지 못한 질문들을 김 대사가 대신 맡아서 해준다면 좋겠다는 생각을 하고 있는데, 나의 심중을 어떻게 알았는지 그 자신이 무앙티엣에게 베트남어로 말을 거는 것이었다.

나는 그들 두 사람의 베트남어 대화를 알아듣지 못했으나 그중에는 나의 의문을 풀어줄 내용이 들어있지 않을까 했는데, 잠시 후 나의 짐작이 들어맞았음이 드러났다. 김 대사의 입에서 탄성이 터져 나왔다.

— 하, 세상에 이럴 수가. 이 사람 모친이 호치민 주재 한국총영사관에 직원으로 있다지 않소.

— 네? 정말입니까?

— 저 자신이 한때 호치민 주재 총영사를 했는데, 이 사람 모친은 호치민 총영사관이 생길 때부터 줄곧 그곳 직원으로 있다지 않소. 이제 10년 경력을 가진 최고참 직원이라는 말이네요.

— 그럼, 김 대사님은 그 직원을 기억 못 하십니까? 총영사관에 근무한다는 팜호아라는 여자 말입니다.

— 팜호아요? 팜호아라, 팜호아.

김 대사가 무앙티엣에게 뭐라고 말하자, 청년은 수중에 간직했던 모친의 사진을 꺼내어 보여주었다.

— 하, 팜호아라는 사람이 바로 이 사람이라는 거, 이제 기억나요. 이 사람이 문 형을 살려준 은인이었단 말이오? 어-, 이제야 확실

히 생각 나네요. 노래를 하면 꼭 한국어 노래를 했고 말이죠.

— 해외공관에서도 직원들 노래 부르는 시간이 있었습니까.

— 노래와 춤 좋아하는 우리 민족성이 어디 가겠소? 직원들끼리 서로 친해지는 방법으로는 노래가 최고였소.

— 팜호아가 한국노래를 잘했다고 방금 말씀하셨습니까?

— 그랬다니까요. 그래서 그 사람 기억이 더 잘 되는 거 같소.

— 대사님, 미안하지만, 팜호아에 대해서 이야기해 주실 것들이 더 없으십니까. 제가 언제 베트남으로 가서 팜호아를 만나려고 하는데 이 사람의 그동안 소식을 좀 알아야 될 거 아닙니까.

김 대사는 가만히 나의 얼굴을 보다가 눈을 들어 멀거니 허공을 바라보기를 번갈아 하는 모습이 과거의 기억을 떠올리는 상 싶었다. 나의 마음은 점점 더 조마조마해지고 있었다. 김 대사가 들려주기로는, 종전 후 10년 이상이나 베트남 국민들의 경제난이 극심했다고 했는데, 이 말만으로는 팜호아의 행불행이나 안전여부를 짐작하기 어려운 일이었다. 팜호아는 열성적인 베트공 게릴라였으니까 베트남 통일정부 세상이 된 후에는 당당하게 집권세력의 어느 위치에 속했을 것이고, 그 나라의 경제난이 아무리 심했더라도 생활고를 겪는 지경에는 이르지 않았을 거라는 것이 순간적으로 떠오른 나의 추측이었다. 그러나, 김 대사가 들려주는 말은 나의 추측을 크게 벗어난 것이었다.

— 한국 총영사관에 근무하는 베트남 직원들은 대우를 잘 받는다고 알려졌기 때문에 고학력자가 많이 들어오는 편이었소. 우리 공관 직원들에게 팜호아가 잘 알려진 건 이 사람이 특히 영어를 잘하고 한국어 실력도 좋았기 때문이었지요. 아까 말했듯이 한국어 노래

까지 잘 부르는 사람이었으니까. 어떤 직원에게서 들은 말로 기억되는데, 팜호아가 고학력자인데도 더 좋은 직장에 갈 수 없는 이유가 있었다는 거요. 베트남전쟁이 한창 진행 중일 때 이 사람이 적성국의 군인하고 내통했다는 것이 드러나서 종전 후 사상개조 캠프에 수용되어 다년간 고생한 전력이 있었다는 거요.

내가 김 대사의 말을 들으면서 떠오른 의문은, 팜호아는 열성적인 베트공으로 활동했었는데도 종전 후에는 왜 사상개조 대상이 되었을까 하는 것이었다. 그 당시 팜호아가 나하고 교제했던 것은 첩보활동을 위한 적군 내부 침투였을 텐데도 그것이 적군과의 불순한 내통으로 오해받았다는 말인가. 다음 순간 문득 생각나는 것이 있었다. 팜호아는 부친과 오빠가 남베트남의 친미정권에 속한다고 했었는데, 그랬다면 종전 후 복잡한 정파 간의 순수성 논란 중에 적군과의 내통 혐의와 결부되어 반동분자로 찍힐 수 있었을 거라는 생각이었다. 팜호아의 가족상황이 더 궁금해졌다.

— 팜호아의 가족들에 대해서 특별히 기억 나는 것은 없으십니까.
— 분명한 기억은 없지만, 남편이 있었다가 헤어졌다는 말을 들은 것도 같고, 그렇소.

나는 무앙티엣에게 직접 물어보기로 했다.

— 자네에겐 동생이 아무도 없나?
— 동생이 하나 있었는데 지금 없어요. 오래 전 죽었어요.

어눌한 말로 대답이 돌아왔다. 무앙티엣의 동생이 있었다니 더 궁금해졌다. 아마도 한때 팜호아의 남자가 있었고 자식도 있었지만, 지금은 아무도 없다는 말인 듯하였다. 다시 상상 공상을 이어가려는데 김 대사가 입을 열었다.

— 무앙티엣네 집안 사정이 좋지 않았던 건 확실한 것 같소. 그러니까, 우리 한국공관이 그 집안을 구해준 셈이요. 베트남하고의 적대관계를 청산한 지 얼마 되지 않았기 때문에 이 나라에 한국 공관이 들어갈 때에는 매우 조심스러웠고 그 나라 국민들에게 별로 드러나지 않게 했지요. 우린 우리가 저지른 전과가 있었기 때문에 그랬지만, 이 나라 사람들 자존심이 워낙 강해서 그 사람들 민족감정을 건드리지 말라는 것이 우리 공관 직원들에게 내리는 중요한 훈령이었소. 베트남 주재 한국공관이 처음 생길 땐 누가 불이라도 질러버릴지 모른다는 걱정을 할 정도였소. 오죽하면 번듯하게 단독건물에다 대사관 간판을 달지 못하고 외진 곳 조용한 호텔을 빌려 썼겠소. 우리 한국공관이 탈없이 들어가는 걸 보고 미국공관이 들어간 것은 그로부터 3년이나 뒤였소. 원수지간이었다가 겨우 화해하는 격이었으니까 베트남 사람으로 한국공관 직원 하겠다는 지망자도 처음에는 별로 없었고, 팜호아처럼 교육수준 높은 사람이 들어온 건 우리에겐 좀 뜻밖이었던 거요. 팜호아는 아들 교육에 투자할 여력도 없었을 거요. 이 사람 출생 후 5년 이상이나 전쟁상태였는데다가, 그 다음 십몇 년은 극심한 경제난 시대였으니까 초등이나 중등교육을 제대로 받는 것조차 어려웠을 거요.

나는 때를 놓치지 않고 의중에 있던 질문을 던져보았다. 베트남 주재 총영사관의 업무 가운데 한국에 들어오는 베트남 근로자나 결혼이민자들과 관련된 것이 어떤 게 있느냐는 질문이었는데, 그 대답을 들어보니 나의 짐작이 맞았구나 싶었다. 그 나라의 해외파견 산업근로자나 결혼이주민들의 신원증명에 관련된 자잘한 업무가 중요한 것이고, 한국에 대한 베트남 현지 주민들의 여론을 종합해서 보고하는 업무도 있다는 것이니 팜호아가 제주시의 결혼이민자지원센터에 찾아가는 것이 이상한 일은 아니라는 생각이 들었다.

내가 이런 말을 듣는 동안 얼핏 머리에 떠오르는 사람은 3년 전엔가 서울에서 나와 함께 국립국악원 공연을 구경했던 베트남 유학생 농마이와 그의 모친이었다. 그때 내가 듣기로는 농마이 모친이 속했던 베트남 국민 한국방문단을 조직하고 그들을 위한 한국문화 체험 행사를 주관하는 일에 호치민주재 한국 총영사관도 참여했다고 했었다. 그랬다면 그곳 총영사관의 현지 출신 고참직원인 팜호아는 한국을 방문하는 베트남 사람들에게 한국문화와 한국인에 대한 호의적인 인식을 심어주는 일에 열성을 다했을 터인데, 그러는 동안 그녀는 나하고의 옛날 추억을 돌이켜보며 어떤 상념에 잠겼을 것인지, 이를 상상해 보는 나의 마음도 잠시 숙연해지는 것이었다.

김 대사는 시종 자상하고 친절한 어조로 말했지만 그의 설명을 듣는 나의 심정은 정말 좌불안석이었다. 그는 나의 심정을 아는지 모르는지, 나의 얼굴을 정면으로 보면서 말을 했고 나는 감히 눈을 들어 그의 얼굴 보는 것이 민망스러웠다. 그의 입에서 금방이라도 호된 일갈이 나올 것을 상상해 보는 나의 머리에서는 한동안 다른 생각이 싸그리 달아나는 것 같았다. 팜호아의 불행은 적성국의 군인과 내통한 사실에서 시작이 됐고, 그 적성국의 군인은 바로 당신 아니오? 이역만리 타향에 막노동으로 돈 벌러 들어온 무앙티엣은 바로 당신의 아들이 아니오?

나는 마구 치밀어오르는 상념들 때문에 김 대사와 마주한 자리가 점점 불편하게 느껴졌다. 다행스럽게도 김 대사는 차고 있던 시계를 보더니 이제 그만 돌아갈 시간이 됐다고 하면서 일어섰다. 그러면서 좀 전에 내가 들여다 보다가 내려놓았던 소책자를 나에게 내밀면서 말했다.

— 아까 이거 보고 계시던데 필요하시면 갖고 가서 보셔도 좋소. 저는 도청에 가면 얻어볼 수도 있을 거요. 이곳 결혼이민자들 실태가 잘 나와있두만요.

나는 그의 자상한 배려에 감사했다. 다방을 나온 우리들은 작별인사를 나누었다. 김 대사는 나에게 손을 내밀어 악수를 한 다음 무앙티엣에게도 손을 내밀었다.

— 자, 그럼 두 분의 장래에 행운을 빕니다.

그의 과잉 친절이 나에게는 부담스러웠다. 모든 사정을 훤히 꿰뚫어보면서도 아닌 척하는 것은 아닌지, 나는 그의 능청스러운 표정에 무안당한 느낌이 들면서 작별 인사를 서둘러 마쳤다. 그 자신의 비밀 이야기는 나에게 털어놓는데 나의 입에서는 속시원한 고백이 나오지 않으니 그는 나와 동석하는 동안 내내 나의 옹졸함을 비웃지는 않았는지, 그가 택시를 잡아타고 사라지는 모습을 바라보면서 나는 안도의 한숨을 쉬었다.

무앙티엣과 함께 자가용 트럭에 올라타는 나의 심정은 착잡하였지만 허전하지는 않았다. 하루 동안에 오랜 세월을 훌쩍 지나온 것 같은 심정이기도 하였다. 이제 집으로 돌아간다고 말하자 무앙티엣은 안심하는 눈치였다. 그는 아마도 우리가 최 사장에게서 허락받은 외출 시간 넘기지 않을까 걱정했던 모양이다. 〈남촌농장〉까지 차를 모는 동안 나는 무앙티엣에게 그의 직장인 밀감농장의 이모저모에 대해 물어 보았다. 요즘에 한국인 업주들이 자기가 고용하는 외국인 근로자들에게 휴가 내주기를 꺼리고 한국어 배우는 기회를 주지 않으려 하는 것은 그들이 도망가지 못하도록 묶어두기 위함이라는 말을 들은 바가 있었던 것이다. 자신에게 별다른 고충이 없는 것처럼 말하는 것으로 보아 무앙티엣은 최 사장의 배려에 만족하는 것으로 생각되었지만, 다른 한편 젊은이 자신의 이해성과 인내심이 가상하다는 생각도 들었다.

〈남촌농장〉에 이르러 차를 멈추면서 나는 무앙티엣에게 물어보았다. 혹시 베트남에서 제주대학교로 유학 온 농마이라는 사람을 아느냐고 했더니 그는 반색을 하면서 아는 정도가 아니라 여러 번 만나기도 하였고, 작년 여름에는 농마이가 박사학위 받는 날 축하하러 제주대학까지 가기도 했다는 대답이었다. 농마이가 의귀리에 있는 〈남촌농장〉까지 놀러 온 적도 있다는 말을 듣고서는 그것이 마치 나의 배려로 일어난 일이나 된 것처럼 기쁘고 대견스러웠다. 농마이가 차에서 내린 다음에 나의 머리에 떠오르는 상상들도 유쾌한 것이었다. 농마이는 소원이던 박사를 받고 귀국해서는 대학교수가 된 것이 아닐까, 농마이가 의귀리 밀감농장까지 직접 찾아왔음은 식물육종학을 전공하는 그의 연구논문 작성과도 관련이 있지 않았을까, 그러고 보니 호치민 주재 한국총영사관에 근무한다는 팜호아가 농마이 모친에게 한국방문 행사에 참여할 기회를 줄 때부터 이들 두 가족 간의 접촉이 있었을지도 모른다, 하여간 내가 농마이하고 지면을 익혀둔 것은 앞으로도 좋은 인연으로 남을 것이 아닌가…….

상상과 공상이 너무 나간 것 같아서 머쓱해진 나는 자동차의 시동을 잠시 끄고서 김 대사가 나에게 주고 간 이민자센터 간행물을 꺼내 들었다. 좀 전에 커피숍 안에서 보았던 직원명단에서 최항지 이름이 나와있는 부분에 나의 시선이 잠시 머물렀다. 팜호아가 최항지를 만나는 장면을 상상해 보았으나 머릿속에 그런 모습이 잘 그려지지가 않았다. 한순간 최항지에게 전화를 걸어보면 어떨까 하는 생각도 해봤지만 그만두기로 했다. 바로 오늘 아침에 최항지가 그 이상한 서울남자와 나란히 외출하는 장면을 보았는데 전화하기는 아무래도 내키지 않았다.

이민자센터 간행물의 직원들 명단에 시선을 주던 나는 그 페이지 끝부분에서 알 만한 이름을 발견하고는 고개를 내저었다. 강범순이라니, 이 사람은 나의 초등학교 동창이 아닌가. 맡고있는 직책은 서무부서에 속해있었다. 밑져야 본전이라는 생각에서 전화나 해보려고 서둘러서 제주시 방향으로 차를 몰았다. 제주시내에 들어오는 대로 공중전화를 찾아서 통화를 해봤더니 초등학교 때 친구 강범순이가 맞았다. 그 친구는 내가 누군지 대번에 알아보았다. 오늘 오후 김병국 대사의 교양강연장에서도 먼 발치로 내 얼굴을 보았는데 그때는 다른 볼일 때문에 나에게 알은 체를 못했다고 했다. 지금 바로 센터로 오면 퇴근시간이 지나도 기다리겠다고 하였다.

잠시 후 나는 그의 사무실 문을 두드리게 되었다. 다행히 다른 직원들이 모두 퇴근한 뒤여서 우리 두 사람은 편한 마음으로 이야기를 나눌 수 있었다. 그와 대면하기에 앞서서 내 머릿속을 채우고 있던 의문은 강범순이가 최항지의 신상에 대해 얼마나 알고 있을까 하는 것이었다. 최항지와 내가 부부관계라는 사실을 알고 있다면 그에게 팜호아의 방문에 대해 물어보기가 쑥스러울 것 같았다. 그러나, 강범순이가 나를 맞아들이자마자 불쑥 던진 질문은 나의 걱정을 한 방에 날려버렸다. 오래만에 만난 옛날 동창에게 인사말 같은 건 한 마디도 없이 다짜고짜 터치는 말이었으니 강범순 자신도 어지간히 좀이 쑤셨던 모양이었다.

— 내가 자네 농장에 다녀온 거 알고 있나?

— 뭐, 우리 농장에 다녀왔다고?

— 지난 월요일에 갔었는데 부재중이데.

다른 사람도 아니고 강범순 자신이 이민자센터 전용 미니버스를 몰아서 팜호아를 우리 농장까지 데려다 주었다는 사실은 그야말로 천만뜻밖이었다. 강범순의 말을 들어본즉, 베트남 여자 팜호아가 베트남 출신 결혼이민자 상담역인 최항지 앞에 나타날 수 있었던 요행수는 대충 내가 상상했던 대로인 것 같았다. 최항지가 강범순에게 미니버스 운행 서비스를 부탁했다는 말은 내가 듣기에도 귀가 번쩍 트일 만하였다. 억척스러운 이 베트남 여자가 오래 전 옛날 전쟁통에 목숨을 건진 것은 문창주씨 덕분이었음을 잊지않고 이역만리 찾아온 모양이라고 하는 것이 최항지가 강범순에게 설명한 사연이었다고 말하는데야 나로서는 믿을 도리밖에 없었다. 목숨을 건져주었다니, 팜호아가 넉살좋게 제주도에 사는 문창주라는 남자를 만나는 길을 물어보려니까 나온 말이었겠지만, 오랜 세월 모질게 살아온 사람의 기억창고에 나하고의 추억이 온전히 남아있는 것만해도 가슴 뭉클한 일이다 싶었다. 최항지가 보여준 넉넉한 아량도 그랬다. 그녀가 팜호아의 생뚱맞은 자기소개를 듣고 어떤 해석을 했는지는 알 수 없는 일이었으나, 그같이 수상쩍은 상담 신청을 들이미는 외국인에게 무슨 소리냐고 퇴짜 놓지는 않았던 모양이고, 짧지도 않은 거리의 교통 서비스를, 그것도 이민자센터 내의 인력으로 제공할 수 있었다는 것인데 이 모두가 나의 상상을 멀리 벗어난 일이었다. 강범순이

전하는 말로는, 최항지가 그려서 건네준 위치 약도가 있어서 우리 농장을 찾아가기는 그리 어렵지 않았고 시종하여 뿌듯한 보람을 느꼈다고 했다. 그러나 언어장벽이 있는데다 팜호아의 표정이 너무 근엄해 보여서 그녀에게 아무런 말도 붙여보지 못했다는 얘기였다.

내가 듣기에도 흐뭇한 또 하나의 얘기는, 강범순이 이민자센터의 서무부서에 근무하게 된 내력담이었다. 그는 30년 가까운 개인택시 운전으로 돈은 많이 벌었지만 옹색한 택시 운전석의 압박으로 허리병을 얻어서 고생하던 차에 이곳 이민자센터의 운전기사 모집에 응했다는 것이다. 택시기사보다 돈벌이는 적지만 무엇보다도 근무시간이 일정하고 마음이 편하여 여생을 이곳에서 보낼 속셈이라고 하였다. 직원들이 모두해서 여남은 명인데 자동차 운송할 일이 그리 많은가 물어봤더니 그 대답이 자못 감동적이었다. 결혼이민자들이 한국사회 적응과정에서 부딪치는 제일 큰 문제가 언어장벽이지만, 이 센터가 발족한 후에도 한동안은 그네들에 대한 한국어교습이 매우 부진했었다는 것이다. 이민자들이 한국어 교습에 나오려면 가족들의 협조가 절대로 필요한데도 그게 잘 안되었다고 하였다. 결혼이민자들은 주로 벽지 시골의 노총각들하고 맺어진 것이기 때문에 장거리의 교통문제도 컸다고 하였다. 한국어를 잘 모르고 제주도 지리도 생소한 그네들은 노선버스 타기가 불안하였고 택시를 타려면 돈이 들고 했는데, 이 같은 애로사항을 알게된 어떤 부자 독지가가 선뜻 미니버스 한 대를 사서 기증했기 때문에 운전기사 자리가 생겼다는 것이다. 내가 듣기에도 기운 나는 말이었고, 인덕 좋은 사람은 이렇게 운이 트이는구나 싶은 나는 이민자센터를 나오면서 강범순의 손을 굳게 잡고 흔들었다.

그날 밤 잠자리에 들면서, 나의 머릿속을 온통 차지한 것은 아련하게 떠오르는 팜호아의 모습이었다. 며칠 후에 초대면하게 될 아버지의 모습은 나의 상상 속에 희미하게 떠올랐다 말았다 했고, 무앙티엣의 모습은 하루 종일 동행한 사람치고는 아직 나의 뇌리에 확실한 자리매김이 되어있지 않았다. 나는 밤늦도록 잠을 이루지 못하여 몸을 뒤척였고, 잠이 든 다음에도 비몽사몽의 혼미상태를 벗어나지 못했다. 거의 새벽이 되어서야 꿈다운 꿈을 꾸었다. 처음에 내 품에 안긴 여자는 분명히 팜호아였다. 웃음기 머금은 얼굴은 물론이고 탱탱한 젖가슴까지도 젊은 시절의 팜호아였다. 나는 그녀의 벌거벗은 알몸을 탐하고 있었다. 나의 입술이 그녀의 아랫도리로 내려갔다. 부드러운 듯 까슬한 거웃무덤이 나를 아득한 옛날 젊은 시절로 데려간 것일까. 딱 한번 그녀의 아랫도리를 애무하면서 감미로운 전율에 떨었던 오래 전의 기억이 되살아나는 듯했다. 꿈 속에서도 그렇게 명료한 생각이 가능할까, 옛날 팜호아의 아랫도리에서는 풋풋한 살 냄새 같은 것이 있었다는 생각이 떠오른 나는 그녀의 꺼칠한 거웃에 나의 입술을 바싹 들이밀었다. 어느 순간 나의 입안에 들어와 있는 물컹한 것이 있길래 꺼내보았더니, 밤송이만한 조그만 감, 맛 없고 따갑기까지 한 감이었다. 놀란 나는 고개를 치켜들고 여자의 얼굴을 쳐다봤더니 그것은 팜호아가 아니라 최항지의 얼굴이 아닌가. 머쓱해진 나는 고개를 홱 돌렸는데 이와함께 잠이 깨고 말았다. 나는 한참 동안이나 멍한 상태로 꿈속의 장면들을 음미해 보았다. 은유법과 반어법이 꿈 해석의 요체라는 말이 있었다. 얼토당토않은 황당한 장면 같았지만, 곰곰이 생각해 보니, 이 꿈은 현재 내가 처해있는 마음상태, 두 여자 사이에서 왔다갔다 갈등하고 있는 나의 욕망을 그대로 보여준다고 생각되었다.

나는 꿈 속의 아찔한 장면이 머릿속에 어른거리는 채로 자리에서 일어났다. 이산가족들 만나서 줄 선물 준비를 하러 나가는 날이었다. 팜호아와 무앙티엣에 대한 상념들을 머릿속 한쪽 구석으로 밀어낸 나는 고모네하고 약속한 것이 있음을 떠올렸다. 나는 동문로터리의 서쪽 어귀에 있는 산지천 다리에서 고모네를 만난 다음에 동문시장 안으로 들어갔다. 그저께 만났을 때 고모가 말한 계획으로는, 속옷 종류의 선물을 택하기로 했었고 나는 아버지 몫의 선물을 사기로 되어있었다. 그때 들은 말을 내가 잊지는 않았지만, 막상 즐비한 옷가게들 앞에 서자 어떤 상표, 어떤 색깔, 어떤 모양의 것을 고를지 막막하여 고모에게 물건 선택을 부탁한다는 말을 건네보았다. 그러자 그 사람좋은 고모의 입에서부터 따끔한 꾸지람이 돌아왔다.

— 야, 느가 아부지에게 선물 허는 거 몇 번이나 해볼 거니. 이건 느가 아부지에게 허는 첫 번이고 마지막인 선물이여. 느 손으로 만져보곡 느 마음으로 골라사 될 거 아니냐.

다시 생각해 보니 고모의 말씀이 백번 지당하다 싶어서 내 손으로 직접 아버지 선물을 고르기로 하였다. 나는 세상물정을 헤아리는 고모의 말씀을 듣고 미안스러워지면서 얼른 떠오르는 물음 하나를 대뜸 건네보았다. 오늘 아침부터 생각하고 있었지만 아직도 결론이 나지 않은 물음이었다.

— 고모에게 물어볼 일이 하나 있는디, 아버지에게 선물 드리멍 아버지허고 같이 사는 분한테도 선물허는 것이 도리 아닌가예.
— 아부지허고 같이 사는 분이민 느네 새어멍 말이냐.
— 네에. 한번도 본 적이 어신 사이주만은 어멍 아들 간에 인사 차리는 마음으로 허민 괜찮을 것도 같고 좀 거북헐 것도 같고예.

나로서는 할까말까 하던 물음이었는데 고모의 대답은 대찬성이었다. 나의 생각이 괜찮다는 정도가 아니라 내가 하려는 행동에서 내가 생각지도 못했던 의미를 발견하는 대답이었다. 아버지 월북 후의 부인 몫으로 선물을 한다는 나의 결심은 기껏해야 아들 몰래 재혼한 아버지의 심정을 뒤늦게나마 양해하니 안심하시라는 뜻이라고 할 수 있었지만, 나의 제언에 대한 고모의 찬동은 그 이상의 의미를 담고 있었다. 한 번 보지도 못한 의붓아들로부터 뜻하지 않은 선물을 받고 반가워할 새엄마의 심정까지 헤아리고 있었던 것이다. 곰곰이 생각해 보면, 북한에서 살고있는 아버지가 남한의 아들네를 만나보겠다고 상봉신청을 올릴 적에는 같이 살고 있는 새엄마로부터, 묵시적이건 명시적이건, 어떤 양해의 언질을 듣고서 했을 것이 아닌가 하는 말씀이었다. 죽을 때가 가까운 이제 와서 오래 잊었던 아들을 만나보면 뭘 하겠냐고 심드렁하게 한 마디 했다면 아버지의 낯이 어떻게 되었겠냐는 얘기였으니 그것은 살아온 경륜 못지않게 여자로서의 온정 어린 직감이 느껴지는 말씀이라고 생각되었다.

고모가 선물 고르는 일은 나보다도 더 많은 시간이 걸렸다. 여성용 속옷들은 색상이나 디자인이 다양하여서 고르기가 수월치 않아 보였다. 게다가 언니 몫의 속옷 선물 사는 것으로 만족하지도 않았다. 속옷 가게를 나온 고모는 우리를 이끌고 시장통을 벗어나서 인근의 보석상 거리로 들어갔다. 예쁜 장신구를 갖고 싶은 것이 여자의 욕심인 것은 북한 사회에서도 다르지 않을 것이라는 말이 자기의 변심에 대한 고모의 변명이었다. 자기 언니는 옛날에 예쁜 것을 알아보는 감각이 있었다는 고모의 말에 대해 고모부는 그냥 고개를 끄덕이고만 있었다. 언니 선물을 챙겨 넣은 고모는 다시 마음이 동했는지 오빠 몫으로도 선물을 해야겠다면서 손목시계까지 하나를 골라서 흥정을 하였다. 나는 그냥 가볍게 한마디 했다.

— 속옷 선물로 통일허기로 했잖수과.
— 그것만으론 암만해도 좀 부족해 보여네게. 어젯밤에 곰곰이 생각해 보난 팟삭 죄송헌 마음이 들언 잠을 못 잤저. 난 그전엔 우리 오빠영 언니영 북한에 살아있는 거 원망했주게. 북한 땅에 살아있느니 차라리 죽어부는 게 낫겠다고 말해시난. 그 지옥같은 디서 뭣 허레 살암시멍, 여기 가족덜안티 걱정만 시킨덴 원망해시난 이런 염치어신 사름도 있이카 말이주.

고모는 약간 상기된 표정으로 말하였고, 이를 가만히 지켜보는 고모부는 그냥 빙긋이 웃고만 있었다. 선물 준비 쇼핑을 마친 후 고모네하고 헤어진 나는 근처에 있는 이발관으로 향하였다. 더 밝고 건강한 얼굴로 아버지 앞에 나타나고 싶었던 것이다. 이발관 좌석에 눈을 감고 앉은 나의 머릿속에 좀 전에 헤어진 고모의 얼굴이 떠올랐다. 며칠 안 남은 이산가족 상봉은 고모부나 나에게보다 고모에게 더 큰 의미가 있음이 역력했던 것이다. 고모부나 나의 경우에는 자기 선물을 받을 사람과 살을 맞대고 한 지붕 아래 살아본 전력이 없음에 비해 고모의 경우에는 자기 언니나 오빠와 오랜 세월 한솥밥 먹으며 동고동락했던 사이임이 달랐던 것이다. 고모는 자기 오빠의 북한 생존 소식을 달가워하지 않았었고, 재일교포 언니의 북송 소식에도 싫은 기색을 보였던 한때가 회한을 자아내는 모양이었다. 가족 중에 월북자가 있는 집안 사람들이 불안과 공포에 떨어야 했던 시대의 일이었지만, 이제는 과거의 전력을 불문에 부치고 남북의 이산가족이 상봉하는 비용을 나랏돈으로 대어주는 세상이 되었다. 시대의 변화는 고모네 부부의 금슬에도 큰 영향을 주는가 보았다. 이들 부부가 이전에 티격태격 불협화음을 냈던 것은 주로 4.3사건 때 미국과 이승만 정부가 옳았느니 글렀느니 하는 문제 때문이었지만, 이제 늘그막에 이른 이들 부부에게 그런 골치 아픈 문제는 가물가물 잊혀지고 있는 것 같았다. 고모는 국회의원 선거홍보물에 나온 후보들의 사상성을 알아보려고도 하지않고 그네들 중에서 제일 마음에 드는 얼굴을 골라서 표를 준다고 말한 적이 있었다. 이와 더불어, 언젠가 고모부에게서 들은 말이 생각났다. 그들 부부 사이를 원수처럼 갈라놓았던 정치노선의 차이가 싱거운 말장난처럼 무의미해진 것은, 오래 전 전쟁과 내란에 얽힌 스산했던 기억들이 희미해지면서 생긴 변화라고 하였다. 고모에게는 집안을 몰락케 만든 나라가 미국이었던 반면에, 고모부에게는 망하는 나라를 일으켜준 것이 미국이었던 시절이 있었지만, 그런 다툼은 수십 년을 따져봐야 결론이 나지 않았고 점점 아리송해졌다는 것이다. 어떤 사람들은 4.3의 역사를 잊지않는 것이 불행한 과거사의 주인공들에 대한 예의라고 하였지만, 고모네 부부는 마음의 풍화작용이라 할 자연스러운 망각의 덮개를 씌움으로써 불화의 역사를 종식시킨 셈이었다.

이발을 마친 말쑥한 얼굴을 거울 속에서 바라보는 나의 마음은 한결 유쾌해졌고, 아버지에게 더 미더운 얼굴이 될 것 같았다. 아버지 앞에 나타나는 자신의 모습이 어떻게 비칠지 머릿속에 그려본다는 것은, 말하자면 아버지를 미리 만나는 것이 아닐까 싶었다. 아버지는 아들의 인생이 어떤 것이었든 아들을 사랑할까. 아마도 그럴 것 같았다. 아버지의 인생이 어떤 것이었든 아들도 아버지를 이렇게 사랑하고 있지 않은가. 가벼운 걸음으로 이발관을 나온 나의 눈에는 잿빛 겨울하늘조차도 시원스럽게 드높아 보였다.

집에 들어와서 겨우 저녁식사를 마쳤을 때 전화 벨이 울렸다. 아내의 전화였는데 지금 전화 거는 곳은 서울의 한 여관이라고 했다. 마음이 조마조마해진 나는 별다른 응답 없이 대부분의 시간을 그냥 듣기만 했다.

— 건강검진 때문에 돌아오시는 것이 늦어진다는 말은 박정훈 선생에게서 들었어요. 검진 결과는 어떠셨나요? ……. 당신처럼 건강을 잘 챙기는데 탈이 나겠어요? 저는 지금 중국으로 만식이 공연 구경 가는 길이에요. 비행기표 살 땐 농장으로 여러 번 전화했는데, 계속 부재중이라서 저 혼자만 가는 것이니까 원망 마시라구요. 만식이 공연 날짜보다 며칠 앞서 가는 거예요. 오빠 전화도 왔는데, 공연 구경보다 먼저 볼 것들이 있다고 했어요……. 네네, 그래요. 오빠 얼굴 본 지는 30년이 넘어요. 교회 성가대 일은 1개월 간 휴가 받았어요. 마침 대리역할 할 사람이 있었어요. 그런데 베트남에서 왔다는 그 여잔 어떤 사람인가요?……네네, 베트남전쟁 때 알게 된 사람이라고 하던데, 그렇게 오래 전 일을 아직도 기억하다니 대단하네요. 이민자센터에서 만난 그 여자를 당신 농장으로 가시도록 안내한 사람은 바로 저예요…….

이상하게도 아내에게는 세상만사가 모두 자연스럽게 일어나는 것처럼 보이는 것이 나하고는 달랐다. 나에게 일어났으면 부자연스러울 것 같은 일들도 아내에게는 그렇지 않았던 것이다. 만단의 의혹을 불러일으켰을 여자를 남편이 사는 집으로 보낼 수 있는 무던함이라니……. 나에게는 음악감상 같은 귀족적인 취미가 어울리지 않았으니, 아들 공연을 보러 간다는 아내의 전화가 나의 부재중 불통으로 끝난 것은 아내가 바라는 바였을 것이다. 자기 오빠를 만나보는 것은 30년만의 일이니, 빨리 서둘러 가는 것도 자연스러운 일이었다.

아내의 중국행은 역시 내가 옆에 있지 않은 것이 어울릴 것 같았다. 게다가 아내가 아들의 무대공연 구경 가는 것을 축하해주는 사람이 그 서울 남자였던 것도 장면설정이 잘 들어맞는 드라마 같지 않은가. 아내의 화통한 성질, 거침없이 밀어붙이는 인간관계의 돌파력 같은 것이 떠올랐다. 합의이혼 문서에 도장 한번 찍으면 간단히 끝날 일일 것이다. 나는 아내가 서울남자와 가까워진 내력을 짐작하고 있고, 아내는 내가 팜호아와 맺어진 사연의 윤곽을 짐작하고 있다. 우리 두 사람은 서로의 마음이 지나온 행로를 대충은 알고있으니 얼마나 좋은가. 우리는 헤어지는 마당에서도 실없는 오해나 충격이 없을 것이다. 모든 것을 이해하는 것은 모든 것을 용서하는 것이라는 말도 있지 않은가.

머릿속이 복잡한 셈 치고는 밤잠을 설치지 않았다. 어젯밤에 못 잤기 때문이었는지, 일찍 자리에 들었는데도 잘 잤다. 어지러운 꿈자리도 없었다. 생각해 보니 오늘 할 일도 만만치 않았다. 단호한 결심을 요하는 문제는, 나하고 팜호아네 모자하고의 숨겨진 사연을 사람들에게 고백하고 인정받는 일이었다. 아니, 결심은 거의 다 되었지만 그것을 실천으로 옮기는 나의 담력이 문제였다. 무앙티엣을 만나면 어떤 표정을 지으면서 어떤 표현의 화두로 시작하여 내가 네 아비니라, 이 한마디를 꺼낼 것인가. 그런 가운데 내가 알고있는 실천력의 비결이 문득 떠올랐다. 행동으로 옮길 만큼 마음의 준비가 되어있지 못할 때에는 마음보다 행동을 먼저 앞세우는 것이었다. 그러자 무앙티엣을 만나기 전에 고모네를 만나는 것이 좋겠다는 생각이 들었다. 그 쪽이 결심을 행동에 옮기기가 쉬울 터였다. 우선 고모네에게 팜호아와의 재결합 의지를 밝히자. 그러면 어떤 대답이 나올까. 최항지와 나 사이의 불화를 잘 알고 있는 고모네가 최항지에게 상당한 호감을 갖고 있는 것은 이상한 일이었다. 고모네는 내가 홀아비 생활하는 것이 궁상맞다고 생각했는지, 최항지 칭찬을 많이 했었다. 그렇게 교양있고 세련된 여자와 갈라서고 근본도 모르는 먼 나라 여자를 아내로 들인다는 게 말이 되느냐고 나올 것이 아닌가. 최항지처럼 참한 여자를 더 행복하게 만들어 줄 다른 남자가 있고, 나에게는 최항지보다 더 잘 어울리는 여자가 있다고 하면 알아듣지 않을까. 베트남전쟁에서 내 목숨을 부지할 수 있었던 것은 팜호아 덕분인데, 그들 모자를 오래 고생하게 만든 책임은 나에게 있다는 말을 하면 어떨까. 그러면, 누가 그런 책임을 지라고 하는 사람 있느냐, 베트남 여자에겐 연락을 하지않아 버리면 되고 과수원에서 일한다는 아들에게는 다시 찾아가지 않으면 끝날 문제라고 할지도 모르나 어쩌면 그렇게까지 야박한 말을 하진 않을 것이다.

모처럼 어려운 결심에 이르렀지만 이보다 앞서서 해야할 일이 떠올랐다. 고모네에게 내 결심을 토로하기 전에 해야할 일은, 팜호아에게 전화를 거는 것이었다. 부자관계 입증이라는 중대 사안에 대해 팜호아로부터 사실 인정과 화답의 발언을 듣는 것이 순서라고 생각되었다. 결단을 내린 나는 즉시 전화번호부에서 외무부 안내 부서의 번호를 찾아보았다. 호치민 주재 한국총영사관의 전화번호를 알려면 외무부와의 통화가 필요했던 것이다. 팜호아의 개인 전화번호를 모르므로 그녀의 직장인 호치민 주재 한국공관에 접속하여 통화할 생각이었다. 나는 안내받은 호치민 총영사관의 국제전화 번호를 메모지에 적은 다음에 전화통 앞에 앉았다.

그러나 그 낯설고 기다란 전화번호를 돌리기가 선뜻 내키지 않았다. 약간 맥 풀린 손을 놓고 잠시 앉아있는 동안 문득 내가 지나온 운명의 역정이 서글픈 모습으로 떠올랐다. 쪼개지고 갈라지는 것이 나의 운명인가 싶었다. 아버지와 내가 이산가족이 된 것은 이 나라가 남북으로 갈라진 탓이라고 하더라도 내가 지금 처자식을 모두 잃어버린 꼴이 된 것은 나 자신의 어리석음 탓이 아닌가.

그렇지만, 내가 심은 대로 내가 거두는 것이니 누구를 원망하겠는가. 잠시 천정을 올려다 보며 앉아 있던 나는 슬며시 일어서서 문밖으로 나섰다. 정적에 쌓인 농장 안을 이리저리 거니는 동안 겨울 아침의 찬 공기가 등허리까지 시리게 하였다. 추위를 이기려고 잔뜩 웅크리고 있는 듯한 밀감나무들이 전에 없이 안쓰러워 보였다. 아직 겨울잠에서 채 깨어나지 못했는지 새 봄을 맞이할 준비가 보이지 않았다. 그럴 리가 있겠는가 싶어서 가까이 다가가 보았더니 작은 나뭇가지들 사이로 아주 조그만 움트기 작업들이 이제 막 시작되고 있었다. 계절의 순환은 역시 어김이 없는 것이었다.

다시 집안으로 들어오던 나는 울담 안쪽 양지 바른 곳에서 잠시 발을 멈추었다. 해마다 조금씩 번성해가는 소담한 꽃밭 한켠에 심어둔 야자수 열매 코코넛의 상단 한편에 조그만 새싹이 살며시 움터 나올 준비를 하고 있었다. 베트남 선교활동에서 돌아온 최항지로부터 선물로 받은 것이었다. 심은 지 오래되었는데도 감감무소식이어서 죽었는가 했었는데 이제야 싹을 틔우다니. 머지않아 야자수 나뭇잎 모양을 보여줄 것이라 생각하니 이와 함께 달라질 우리 〈남국농장〉의 풍경이 잠시 떠오르는 듯하였다. 베트남 풍경에서 흔히 나오는 야자수나무의 길게 늘어진 가지들, 그것들과 함께 오래 전 베트남 시절의 기억들이 한꺼번에 되살아나는 듯하였다. 팜호아가 이 농장에서 야자수나무 크는 것을 본다면 얼마나 반가울까. 필경 야자수나무가 그려진 우리 십자성부대 마크와 더불어 나와 함께했던 베트남 시절의 추억을 상기하게 될 것이 아닌가.

빙긋이 웃음이 나오면서 집안으로 들어오던 나는 문득 한 가지 생각이 떠올랐다. 심은 대로 거두는 것이로되 내가 심은 것이 그렇게 초라하지 않을 것 같았다. 아들 하나는 재주껏 자기 갈 길을 개척하여 국제

무대에서 예술활동을 하고있고, 다른 아들 하나는 내가 일구는 대농장의 가업을 든든하게 승계할 것이 확실하지 않은가. 한때 벼랑 끝에 몰렸던 베트남 여자 팜호아도 나하고의 연분을 되살린다면 이제 희망의 재출발을 하지 않겠는가. 그 여자하고라면, 세상에 무엇이 중요한지 서로 간에 마음이 통할 것 같지 않은가.

이런 생각을 하고 있는 나의 머리에 뜬금없이 떠오르는 상념이 있었다. 미국여행 중에 안민영-제임스 부부가 세계정부운동을 한다는 말을 했을 때 내가 다부지게 회원가입 신청을 하지 못한 것이 문득 후회스러웠던 것이다. 나처럼 이산가족의 혹독한 고통을 직접 겪어본 사람이야말로 세계정부운동에 나설 자격이 충분하지 않겠는가. 나만이 아니었다. 나의 두 아들이나 팜호아까지도 종래의 국경선 개념을 뛰어넘는 과감한 인생을 살고 있지 않은가. 우리 가족은 실지로 세계정부운동의 선구적인 실천가들이 아닌가 싶었다. 후회까지 할 일은 아니었다. 팜호아가 이 나라에 온 다음에 세계정부운동 가입 신청서에 온 가족이 나란히 이름을 올리도록 하자. 그러고 보니, 아예 나와 팜호아의 신혼여행을 미국 엘에이로 가는 것이 더 좋을 것 같았다. 다음 열리는 세계정부운동 총회의 날짜에 맞추어 엘에이로 가면 안민영-제임스 부부를 만날 수 있을 것이다. 그들의 축복을 받는 것이 우리 두 사람의 미래를 열어갈 믿음과 용기를 줄 것 같지 않은가. 그들은 전쟁의 참혹함과 민족분단의 슬픔을 잘 알고 있었길래 특별히 한국과 베트남 사람들의 만남에 관심을 표명했을 것이다. 머리를 끄덕거리며 집안으로 들어선 나는 방바닥에 놓인 전화통 가까이로 다가가 앉았다. 베트남 나라의 높고 푸른 하늘과 우거진 밀림지대가 아스라이 떠오르는 듯하였다.

복면의 세월

초판 1판 1쇄 인쇄일 2019년 9월 4일
초판 1판 1쇄 발행일 2019년 9월 11일

지 은 이 양영수
만 든 이 이정옥
만 든 곳 평민사
서울시 은평구 수색로 340 [202호]
전화: (02)375-8571(代)
팩스: (02)375-8573

평민사 모든 자료를 한눈에 –
http://blog.naver.com/pyung1976
이메일: pyung1976@naver.com

등록번호 제251-2015-000102호

ISBN 978-89-7115-710-7 03800

정 가 16,800원